Stefanie Ross

Der Reiz des Bösen

PIPER

Zu diesem Buch

Marcus Lauer, Kommissar beim Hamburger LKA, hat in seiner Karriere schon viel erlebt und gesehen. Doch mit einer perfiden Verbrechensserie, über die er durch die Lokalreporterin Sabrina von Wesenberg erfährt, erreicht das Grauen ein neues Ausmaß. Der Täter nimmt den Opfern das für sie Wichtigste: die Schönheit, die Karriere – oder ihr Leben. Sabrina vermutet dahinter jeweils den gleichen Täter, doch nur zusammen mit der Erfahrung von Marcus, seiner genialen Assistentin Juliane, dem Obdachlosen Astra, der Hamburg kennt wie kein anderer, und Marcus' sechzehnjähriger Tochter gelingt es, den Täter schließlich aufzuspüren. Dabei läuft dem ungewöhnlichen Quintett die Zeit davon, denn ausgerechnet einer von ihnen soll das nächste Opfer des Psychopathen werden.

Stefanie Ross arbeitet im Bankwesen. Sie liebt es, besondere Figuren mit Ecken und Kanten zu entwickeln. Ihr Leben bewegt sich zwischen nüchternen Zahlen, Motorradtouren und dem Schreiben. Sie lebt an der Ostsee, wo Wind und Wellen sie inspirieren.

Stefanie Ross

Der Reiz des BÖSEN

Kriminalroman

PIPER

Mehr über unsere Autorinnen, Autoren und Bücher:
www.piper.de

Wenn Ihnen dieser Kriminalroman gefallen hat, schreiben Sie uns unter Nennung des Titels »Der Reiz des Bösen« an *empfehlungen@piper.de*, und wir empfehlen Ihnen gerne vergleichbare Bücher.

Unser Versprechen für mehr Nachhaltigkeit
• Klimaneutrales Produkt
• FSC®-zertifiziertes Papier
• Hergestellt in Europa

FSC www.fsc.org
MIX
Paper from responsible sources
FSC® C021394

Originalausgabe
ISBN 978-3-492-31769-6
Dezember 2022

Redaktion: Lisa Wolf
Umschlaggestaltung: bürosüd, München
Umschlagabbildung: mauritius images / Ingo Boelter
Satz: Satz für Satz, Wangen im Allgäu
Gesetzt aus der Sabon Next
Gedruckt von ScandBook in Litauen
Printed in the EU

PROLOG

Sie konnte sich nicht bewegen, war gefesselt, mit elastischen Binden an der Innenseite des Garagentores fixiert. Der Knebel in ihrem Mund ließ keinen Hilferuf zu.

Heftig rang sie durch die Nase nach Luft, als sich der Geländewagen langsam in Bewegung setzte und rückwärts auf sie zurollte. Das konnte er doch nicht tun! Das tonnenschwere Fahrzeug würde sie zerquetschen. Einen Sekundenbruchteil vor dem Aufprall begriff sie, dass genau das seine Absicht war. Wenn er schon so gnadenlos mit ihr umging, was würde er dann ihren Freundinnen antun? Sie hörte ein widerliches Knirschen. Ehe sie verstand, dass es ihre eigenen Knochen waren, die zermalmt wurden, senkte sich eine gnädige Dunkelheit über sie.

***

Zufrieden betrachtete er das Haus. Er musste zugeben, dass sie alles erreicht hatte, was sie damals angekündigt hatte. Doch dafür hatte sie einen hohen Preis bezahlt und auf eine Familie oder Partnerschaft verzichtet, es dafür zu Reichtum, einem großen Haus und einem protzigen Wagen gebracht. Und was hatte es ihr genützt? Nichts. Am Ende seiner kleinen, aber sorgsam einstudierten Rede hatte er ihr angesehen, dass sie begriffen hatte, worum es ihm ging. Neben der Angst hatte er in ihrer Miene Reue erkannt – und auch die Einsicht, dass all die schönen Dinge, die sie in ihrem Leben angehäuft hatte, ihr nun nichts nutzen würden. Wie gewonnen, so zerronnen.

Natürlich hatte er dafür gesorgt, dass das Ganze nach einem tragischen Unfall aussah. Er holte sein Smartphone aus der Jackentasche und rief die App auf, mit der er sein Vorhaben verwaltete. Erstes Teilprojekt abgeschlossen.

In wenigen Stunden würde er den zweiten grünen Haken setzen können. Danach würde es schwieriger werden. Doch er hatte Geduld.

KAPITEL 1

Halb fünf Uhr nachmittags. Endlich war es Zeit, den gemütlichen Teil des Tages einzuläuten. Nach exakt acht Stunden im Büro war Marcus Lauer wieder zu Hause und ließ die Tür seines Reihenhauses hinter sich ins Schloss fallen. Als Kriminaloberkommissar beim Hamburger Landeskriminalamt kannte er sich mit den Vorschriften des Waffengesetzes aus, dennoch verstaute er seine Dienstwaffe in der Flurkommode. Da er alleine lebte, hatte er den Tresor seit Monaten nicht mehr benutzt. Eigentlich gab es nicht einmal einen vernünftige Grund, warum er die Walther überhaupt noch jeden Tag trug. Vermutlich eine alte Gewohnheit. Sein Job bestand heute, im Gegensatz zu früher, im Wälzen von Akten, da bestand höchstens die Gefahr, dass er sich am Papier schnitt.

Mit einer Flasche Bier setzte Marcus sich auf die Terrasse. In der Sonne war es warm genug, um im T-Shirt draußen zu sitzen. Er überflog auf seinem Smartphone die Schlagzeilen eines Nachrichtenmagazins und überlegte wieder einmal, das monatliche Abo zu kündigen. Es gab nicht einen Artikel, der ihn interessierte. Er war jedoch zu bequem, sich seinen E-Book-Reader aus dem Haus zu holen, und klickte sich gelangweilt durch verschiedene Webseiten. Er wollte schon weiterscrollen, als ihm eine Überschrift auffiel. *Wintereinbruch auf den Kanaren*. Wenn das keine Ironie war. Er saß Anfang März in Hamburg bei über zwanzig Grad auf seiner geschützten

Terrasse, während bei seiner Ex-Frau und seiner Tochter am Vortag Temperaturen um den Gefrierpunkt geherrscht hatten. Mehr als einen Anflug von Schadenfreude verschwendete er jedoch nicht an seine ehemalige Familie, dafür waren ihm Frau und Tochter in all den Jahren einfach zu fremd geworden.

Marcus studierte gerade die Neuankündigungen auf Netflix, als es zweimal energisch an der Haustür klingelte. Wenn er nicht ein neues Bier gebraucht hätte, wäre die Versuchung groß gewesen, die Störung zu ignorieren. Er erwartete keinen Besuch, und auf Paketzusteller, die ihm eine Sendung für irgendeinen Nachbarn zur Aufbewahrung andrehen wollten, konnte er verzichten.

Auf dem Weg zum Kühlschrank warf er einen flüchtigen Blick aus dem Küchenfenster und vergaß im nächsten Moment, was er eigentlich vorgehabt hatte.

Ein Mädchen, eher eine junge Frau, stand einige Meter vor dem Haus und betrachtete es neugierig. Die langen blonden Haare waren zu einem lockeren Zopf zusammengebunden, sie war braun gebrannt und trug eine Jacke, dir ihr viel zu groß zu sein schien. Neben ihr lag ein Rucksack im Militärlook auf dem Boden, der Platz genug bot, um damit auf Weltreise zu gehen.

Marcus blinzelte. Tatsächlich. Das war Valerie. Seine Tochter litt nicht auf Teneriffa unter den kalten Temperaturen, sondern stand in Hamburg vor seinem Haus. Er konnte froh sein, dass er sie überhaupt erkannte. Sie hatten sich seit Ewigkeiten nicht gesehen. Früher hatte sie sich telefonisch an ihrem Geburtstag und zu Weihnachten für seine Geldgeschenke bedankt. Seit einigen Jahren schickte sie ihm nur noch eine WhatsApp. Wenn seine Ex-Frau ihm nicht pflichtschuldig einmal im Monat ein Foto über den gleichen Messengerdienst schicken würde, dann ... Valerie trat vor und trommelte energisch gegen die Tür.

Eilig öffnete er. »Na, das ist mal eine Überraschung.«

Valerie musterte ihn von Kopf bis Fuß. »Papa?«

Die Frage fuhr ihm direkt ins Herz. Natürlich. Ihr hatte niemand Fotos von ihm geschickt. Er nickte stumm, weil er seiner Stimme nicht traute.

Sie wuchtete den Rucksack hoch. »Na, dann happy Familienzusammenführung. Mom meinte, das Haus sei groß genug, dass ich hier wohnen kann. Lässt du mich rein, oder ...«

Obwohl sie ihn beinahe trotzig ansah, bemerkte er, dass ihr Blick unsicher umherhuschte.

»Komm«, sagte er lediglich und wich zurück.

Sie ließ ihr Gepäckstück im Flur auf den Boden fallen.

»Ich ... Ich wollte mir gerade ein Bier holen. Willst du auch eins?« Er rechnete rasch nach. Sechzehn. Sie war alt genug. »Auf der Terrasse kann man noch in der Sonne sitzen. Und es ist wärmer als bei dir zu Hause.«

»Okay.«

Sie zog die Jacke nicht aus, kramte aber in einem Fach ihres Rucksacks herum, bis sie einen zerknitterten Umschlag in der Hand hielt. Er sah sie neugierig an. Als sie keine Anstalten machte, ihm etwas zu sagen, geschweige denn zu erklären, drehte er sich um. »Küche ist hier rechts. Man kommt da auf die Terrasse und auch durchs Wohnzimmer.«

Während Marcus zwei Flaschen Jever öffnete, dämmerte ihm langsam, was gerade geschehen war. Seine Tochter war hier, und, wie es aussah, würde sie auch nicht so schnell wieder gehen. Doch wie sollte das funktionieren? Mit sechzehn musste man doch noch zur Schule gehen, oder nicht? Wein und Bier kaufen und trinken durfte man in dem Alter allerdings schon, das wusste er.

Unsicher sah er sich um. Sie saß bereits draußen. Auf seinem Stuhl. Na, das konnte ja lustig werden.

Nachdem Marcus die Flaschen auf dem klapprigen Tisch abgestellt und sich ein zweites Stuhlkissen zurechtgelegt hatte, schob sie ihm den Umschlag hin.

»Moms Einverständniserklärung, dass ich bei dir wohnen kann. Offiziell teilt ihr euch ja das Sorgerecht, und es dürfte keine Probleme geben, aber man weiß ja nie. Ab Montag gehe ich dann hier aufs Gymnasium. Den Unterhalt für mich musst du ihr nicht mehr überweisen, weil ich jetzt ja hier wohne.«

Und er wurde überhaupt nicht gefragt? Gut, er machte sich in seinem Job nicht gerade kaputt, aber er schätzte seine Ruhe und sein gewohntes Leben.

»Und auf die Idee, mich zu fragen oder vorzuwarnen, seid ihr nicht gekommen?«

Sie sah an ihm vorbei zu einer Amsel, die in einem Lebensbaum verschwand. »Dann hättest du vielleicht Nein gesagt, und das Risiko wollte ich nicht eingehen. Mom kenne ich, dich nicht. Das will ich jetzt ändern. Außerdem habe ich mit einem Abi von einer deutschen Schule bessere Aussichten auf einen Studienplatz.«

Vermutlich wäre das der passende Zeitpunkt, um sie nach ihren Zukunftsplänen zu fragen, er tat es aber nicht. Ihre Worte wirkten einstudiert, dazu noch das leise Zittern ihrer Unterlippe. Noch vor wenigen Minuten hätte er es nicht für möglich gehalten, aber irgendwo tief in ihm verborgen empfand er noch väterliche Gefühle für dieses Mädchen, obwohl sie ihm völlig fremd war.

Er griff nach seinem Smartphone, rief eine App auf und schob ihr das Gerät zu. »Da. Das WLAN-Passwort.«

Valerie sprang auf. »Ich muss kurz auf die Toilette.«

Sie war schnell, aber nicht schnell genug. Er hatte noch die Tränen in ihren Augenwinkeln gesehen.

Wenig später kehrte seine Tochter zurück, nahm sich ihre Flasche Bier und prostete ihm zu. »Auf uns.«

Er erwiderte den Gruß, wusste aber immer noch nicht, was er eigentlich mit ihr anfangen sollte.

Am besten, er plante einen Schritt nach dem anderen. Sie brauchte Bettwäsche, Handtücher, Platz im Badezimmer. Er musste seinen Krempel aus dem Gästezimmer rausholen und im Keller verstauen. Essen. Was mochte sie? Ernährten sich die jungen Leute heutzutage nicht alle vegan?

»Isst du Salamipizza?«, fragte er, während sie die Daten seines Routers in ihr Handy eingab.

»Ja, sicher. Wieso denn nicht?«

»Weil es doch gerade in ist, sich vegan oder vegetarisch zu ernähren.«

Sie pustete sich eine Strähne aus dem Gesicht. »Ich hasse Massentierhaltung. Zu Hause … Ich meine, auf der Insel, wissen wir noch, wo das Fleisch herkommt. Pizza und McDonald's gehen mal in Ordnung, nur nicht so oft. Damit unterstützen wir die Falschen, und es ist ungesund. Besser ist es, sich nachhaltig zu ernähren. Also ja, ich esse viel vegetarisch, aber nicht nur.«

»Dann kannst du kochen?«

»Ja. Du nicht?«

»Nur, wenn du es kochen nennst, die Pizza aus der Verpackung zu nehmen und in den Ofen zu schieben. Ich esse mittags in der Kantine. Da reicht abends eine Scheibe Brot und am Wochenende eben was Schnelles aus dem Ofen oder vom Imbiss.«

Normalerweise war *Haus des Geldes* seine Lieblingsserie, heute schaltete Marcus sie nach wenigen Minuten aus. Die Pläne des Professors konnten ihn nicht fesseln. Es war still im Haus. So, als wäre seine Tochter gar nicht hier. Aber sie war es, und deswegen störte ihn die Stille.

Sie hatten eine Salami- und eine Mozzarellapizza gerecht geteilt und über Belanglosigkeiten geredet. Seine Versuche, sie auszuhorchen, waren kläglich gescheitert. Er wusste immer noch nicht, warum Valerie beschlossen hatte, die Insel zu verlassen.

Mit ihren Bluetooth-Ohrsteckern hatte sie sich ins Gästezimmer zurückgezogen, aus dem sie zuvor gemeinsam eine Unmenge Krempel geschleppt hatten. Er war eindeutig zu bequem geworden und hatte sich vorgenommen, die aussortierten Bücher, Klamotten und leeren Kartons in den nächsten Tagen endgültig zu entsorgen, ehe sie monatelang im Keller herumlagen.

Ihr einziges Gesprächsthema waren Bücher und Serien gewesen, bei denen sie keinen einzigen gemeinsamen Nenner gefunden hatten. Er kannte die Namen, die sie nannte, nicht einmal. Eine gute Voraussetzung für das künftige Zusammenleben war das nicht gerade.

Unschlüssig betrachtete er das Handy. Sollte er seine Ex-Frau darüber informieren, dass Valerie heil angekommen war? Das hatte seine Tochter doch bestimmt selbst erledigt.

Er nahm das Smartphone in die Hand und rief WhatsApp auf. Auch wenn er die App nicht oft nutzte, fiel ihm sofort auf, dass seine Ex-Frau ein neues Profilbild hatte. Neugierig sah er es sich an. Ein Sonnenaufgang mit den Worten »Endlich frei«.

Er legte das Handy zurück auf den Tisch.

KAPITEL 2

Er war ein Meister der Täuschung. Nichts erinnerte mehr an den Jungen von früher. Das teure Seidenhemd, dazu die graue Anzughose und die protzige Uhr an seinem Handgelenk – alles an ihm schrie Geld und Macht. Es fiel ihm überraschend leicht, immer wieder in eine neue Rolle zu schlüpfen. Er konnte sein, wer er wollte.

Als erfolgreicher Geschäftsmann hatte er in den letzten Wochen regelmäßig den Sex-Club besucht. Anfangs hatte er befürchtet, in dieser Welt nicht überzeugend auftreten zu können. Doch letztlich hatte er sogar Gefallen daran gefunden, den dominanten Liebhaber zu spielen. Statt einige Stunden dort aus Pflichtgefühl zu verbringen, um sein nächstes Opfer in Sicherheit zu wiegen, hatte er ein gewisses Vergnügen empfunden und geduldig gewartet, bis er seinem Ziel näher kam. Zuerst hatte er sie bewusst ignoriert, um ihr Interesse zu wecken, doch heute war sie endlich an der Reihe.

»Komm mit«, befahl er.

Gehorsam rutschte sie von ihrem Barhocker. Nichts erinnerte in diesem Moment an die Frau, die es gewohnt war, Anweisungen zu geben.

Stumm deutete er auf eines der Separees. Den Blick bereits auf den Boden gerichtet, wie es sich für eine unterwürfige Sub gehörte, ging sie dorthin. Beinahe hätte er bei dem Anblick verächtlich geschnaubt.

Er wartete exakt zwei Minuten, ehe er ihr mit seinem kleinen schwarzen Lederrucksack in der Hand folgte. In diesem Etablissement war es völlig normal, dass die Männer ihr eigenes Spielzeug mitbrachten.

Kaum hatte er den kleinen Raum betreten, dimmte er das Licht, bis alles beinahe in völliger Dunkelheit lag. Er wollte nicht riskieren, dass sie ihn so kurz vor dem Ziel noch erkannte, obwohl das natürlich nahezu ausgeschlossen war.

»Shibari?«, fragte er knapp.

Ihr Einatmen klang wie ein Seufzen, während sie eifrig nickte. In einem Gespräch, das sie vor einigen Tagen mit einer anderen Besucherin geführt und er mitangehört hatte, war der Name der traditionellen japanischen Fesselungstechnik gefallen. Ihr war nicht aufgefallen, dass er jedes Wort verfolgt hatte, obwohl er scheinbar mit einer Blondine im roten Kleid geflirtet hatte. Jetzt hatte er sie. Wenn sie misstrauisch wurde, war es zu spät.

»Bitte, tu mir nicht weh«, bat sie.

O nein, das würde er nicht, das würde sie schon selbst erledigen. Er schlug ihr sanft mit der flachen Hand auf die Wange. »Wie heißt es?«

»Bitte, tu mir nicht weh, Herr.«

»Ich werde dich lehren, dass Schmerzen Lust sind und in Demut Leidenschaft liegt.« *Blablabla.* Zur Vorbereitung hatte er die gängige Literatur gelesen, die es mittlerweile in jedem Bahnhofsladen gab. »Wenn du dich unwohl fühlst, so sage ›Hamburg‹.«

»Ja, Herr.«

»Ausziehen. Langsam. Leg dich auf den Bauch, Hände auf den Rücken.«

Sofort ließ sie sich auf das Doppelbett sinken und bot ihm eine ganz ansehnliche Stripshow. Es war beinahe eine Schande, diesen Körper zu vernichten. Aber vielleicht kam es ja nicht so weit. Sie hatte es selbst in der Hand. Sein Körper reagierte bereits, aber der würde heute Abend auf sein Vergnügen verzichten müssen. Nach diesem Abend war der Club für ihn tabu.

»Du wirst nicht ohne meine Erlaubnis kommen. Hast du das verstanden?«

»Ja, Herr.«

»Braves Mädchen.«

Er holte das dünne Seil aus seinem Rucksack und begann, damit ihre Hände zu fesseln. Als er sicher war, dass sie sich nicht mehr selbst befreien konnte, setzte er seine Arbeit an den Fußgelenken fort. Nun wurde es komplizierter.

»Ich werde testen, wie bereit du bist.«

Ein wohliges Seufzen war die einzige Antwort. Sanft legte er ihr die Schlinge um den Hals und führte das Seilende den Rücken entlang zu den Füßen. Er drehte sie auf die Seite und bog ihre Beine zurück, bis sie in einem gespannten Halbkreis vor ihm lag. In seiner Hose pochte es bereits schmerzhaft, doch er konnte sich keine Ablenkung erlauben. Darum musste er sich später kümmern.

Mit zusammengebissenen Zähnen rief er sich den Verlauf des Seils ins Gedächtnis. Falsch ausgeführt oder bei zu später Befreiung führte es erst zu höchster Erregung und dann zum Tod.

Sein Opfer keuchte schon leise. Das mit der Erregung klappte hervorragend, nicht nur bei ihr, auch bei ihm. Er ballte die Hand zur Faust, um sich zu fokussieren. Mit einem Ruck zog er das Seil straffer. Nun musste sie sich zusammenkrümmen, um den Druck auf ihrer Kehle zu mildern. Noch wuchs ihre Erregung durch die Drosselung, aber lange würde sie die Beine nicht so weit zurückbiegen können. Sie war zwar schlank, aber nicht besonders sportlich. Sobald ihre Beine nachgaben, würde sie ersticken, aber sie hatte eine Wahl. Sie musste nicht sterben.

Er nahm sein Smartphone aus der Jackentasche und schoss zwei Fotos, auf denen ihr Gesicht und ihr gefesselter Körper gut zu erkennen waren. Das Blitzlicht irritierte sie. Protest löste die Erregung ab.

Etwas Spaß würde er sich noch gönnen. Sanft streichelte er sie, bis sie alles um sich herum wieder vergaß. Die Berührungen und der zunehmende Sauerstoffmangel sorgten dafür, dass es für sie nur noch Lust gab. Die Landung würde verdammt hart sein.

Er näherte sich mit seinem Mund ihrem Ohr. »Du hast die Wahl. Entweder du stirbst, oder du schreist, und es wird jemand kommen, um dir zu helfen, Frau Senatorin. Ich lasse die Tür offen. Aber dann werden die Fotos innerhalb kürzester Zeit viral gehen. Ich schicke Kopien an die *Bild* und an die *Morgenpost*.«

Sie erstarrte, dann folgte die Erkenntnis und der vergebliche Kampf gegen die Fesseln. Typisch Politikerin, sie hatte wirklich nicht besonders viel Verstand. Statt ihre Kraft zu schonen, zog sie durch ihre hektischen Bewegungen die Schlinge um den Hals noch enger. Der Knoten war natürlich so gebunden, dass er nicht wieder nachgab.

Er trat auf den Flur hinaus und entfernte sich ohne auffällige Eile. Ehe er den Barbereich erreicht hatte, hörte er ihren gequälten Schrei. Jedem würde klar sein, dass es sich dabei nicht um einen Lustschrei handelte. Einer der Männer, die den Bereich im Auge behielten, lief bereits eilig in das Zimmer.

Sie hatte ihre Wahl getroffen, also schickte er die Fotos los. Sein Ziel war erreicht.

»Das hier kann nicht einmal deine Familie vertuschen«, sagte er zu sich selbst.

Als er in seinem Wagen saß, betrachtete er die Fotos. Perfekt. Dank seiner technischen Kenntnisse war er absolut sicher, dass niemand den Absender der Nachrichten identifizieren konnte. Er setzte einen weiteren Haken in seiner App, um das Teilprojekt abzuschließen. Die Liste war lang. Er bedauerte, dass er bei den nächsten Fällen nur Zuschauer sein würde, doch sehr bald würde es wieder Gelegenheiten geben, bei denen er nach ausreichender Vorbereitung selbst tätig werden konnte.

KAPITEL 3

Es gab einen lauten Knall, die Scheibe ging zu Bruch, und im nächsten Moment befand sich Sabrina von Wesenberg mitten in der Hölle. Gerade noch hatte sie mit ihrer Freundin gelacht. Dann hatte Conny nach ihrem Weinglas gegriffen, war aber niemals dazu gekommen, einen Schluck des spanischen Rotweins zu trinken. Ihre Hand war plötzlich blutüberströmt. Das Glas schien sich in Luft aufgelöst zu haben, und Conny hatte klaffende Wunden an Wange und Schläfe. Blut floss ihr übers Gesicht. Es hatte fast die gleiche Farbe wie der Tempranillo, den ihre Freundin so liebte. Für ein paar kostbare Sekunden weigerte sich Sabrinas Verstand, zu begreifen, was geschehen war, dann brach die Realität über sie herein.

Sie nahm alles auf einmal wahr. Die Schreie, den Geruch nach Blut und verschüttetem Wein, das Geräusch von zersplittertem Glas und immer wieder dieses leise, harmlos klingende »Plopp«, gefolgt von einem Klirren oder Krachen. Männer mit schwarzen Skimasken und Waffen, die Sabrina nur aus Filmen kannte, schossen wild um sich, während sie sich durch die Tischreihen bewegten.

Ihre Freundin Conny war kreidebleich, sie starrte auf ihre blutende Hand und schien nichts anderes mehr zu sehen. Sabrina sprang so schnell auf, dass sie ihren Stuhl umstieß. Sie schob den Tisch zur Seite, packte die unverletzte Hand ihrer Freundin und zog sie von der Sitzbank herunter.

Wie eine willenlose Puppe ließ Conny es geschehen. Als sie auf dem Boden lag, verzerrte sich ihre Miene. Sie öffnete den Mund und stieß einen gellenden Schrei aus, der einfach nicht endete. Es klirrte in Sabrinas Ohren. Sie wollte sehen, was geschah, was die Männer vorhatten, doch alles, was sie wahrnahm, war dieser unheimliche Schrei, der ihr einen Schauer über den Rücken jagte.

Einer der Angreifer kam auf sie zu. Er richtete die Waffe auf Connys Kopf, aber der Typ neben ihm hielt ihn zurück. Ohne nachzudenken, schob sich Sabrina zwischen das Gewehr und ihre Freundin, die weiter schrie.

Die Mündung zielte nun auf sie. Für einige Sekunden starrte der Mann Sabrina aus blassen blauen Augen durchdringend an. Dann blickte er auf Conny, und sein Mund verzog sich. Zu was? Zu einer Grimasse? Zu einem Grinsen? Die Maske verbarg zu viel. »Sorg dafür, dass sie ruhig ist«, brüllte er sie an.

Sabrina brachte eine Bewegung zustande, die wohl als Nicken durchging. Der Kerl lief weiter. Groß, schlank, bewegte sich sportlich, eine blonde Strähne sah unter der Maske hervor, registrierte sie automatisch.

»Conny, hör auf. Sei still.«

Es war vergeblich. Sie drang nicht zu ihrer Freundin durch. Soweit Sabrina erkennen konnte, war Connys Hand verletzt, und dazu kamen noch die Schnittwunden im Gesicht. Sie musste etwas tun. Der Kerl sah wieder zu ihr rüber und hob bedeutungsvoll sein Gewehr höher. Oder war es eine Maschinenpistole? Egal. Das gab es doch eigentlich alles gar nicht. Sie lebten in Hamburg und nicht im Wilden Westen. Vor Kurzem hatte sie zwar gelesen, dass ein anderes Restaurant überfallen und Gäste verletzt worden waren, aber das nicht weiterverfolgt. Und jetzt war sie mittendrin in einem solchen Überfall.

Sabrina schüttelte den Kopf, um klar denken zu können. Dann riss sie sich ihr Halstuch herunter und stopfte es Conny in den Mund. Ihre Freundin verbiss sich in dem Stoff, wie es früher Sabrinas Hund mit seinen Bällen getan hatte. Endlich verstummte der Schrei. Andere Geräusche drangen in Sabrinas Bewusstsein. Das leise Weinen eines Kindes. Das Krachen, als ein Tisch umgestoßen wurde. Conny krallte sich mit der unverletzten Hand in Sabrinas Arm. Ihre Augen bewegten sich unkontrolliert hin und her. Sie sog heftig Luft durch die Nase ein.

Sabrina umarmte sie fest. »Es wird alles gut. Es ist nicht so schlimm, wie es aussieht. Du wirst ganz bestimmt wieder gesund.«

Conny verdrehte die Augen und sackte zusammen. Vielleicht war die Bewusstlosigkeit das Beste, was ihrer Freundin in diesem Moment passieren konnte. Rasch entfernte Sabrina das Tuch. Irgendwann würden sie vielleicht zusammen über die Sache mit dem Halstuch lachen können. Schließlich handelte es sich um ein Geschenk von Conny, und ihre Freundin hatte Sabrinas Hund auch geliebt. O Gott, was gingen ihr nur für absurde Gedanken durch den Kopf? Völlig verrückt. Erst einmal mussten sie hier lebend rauskommen.

Vergeblich versuchte sie, sich zu erinnern, was sie vor Ewigkeiten im Erste-Hilfe-Kurs gelernt hatte. War die stabile Seitenlage wichtig? Conny atmete regelmäßig, aber das viele Blut … Ein weiteres Mal kam das Tuch zum Einsatz. Sabrina wickelte es fest um Connys Hand und kämpfte dabei gegen einen heftigen Würgereiz an. Sogar als absoluter Medizinlaie sah sie, dass die Verletzung schwer war. Das Weiße waren wohl Knochensplitter und … Sabrina presste die Lippen zusammen und wischte sich die blutige Hand an ihrer schwarzen Jeans ab. Wie viel Zeit mochte vergangen sein? Wo blieb die

Polizei? Was wollten diese Kerle eigentlich? Angst und Schrecken verbreiten? Das war ihnen gelungen.

Vorsichtig schob Sabrina sich einige Zentimeter vorwärts. Es kostete sie einiges an Überwindung, aber sie hob den Kopf so weit, dass sie Einzelheiten erkennen konnte.

Fünf Männer, zwei von ihnen schlugen Guido, den Besitzer des Restaurants, zusammen, die anderen beobachteten die Gäste. Wieder stieg Übelkeit in Sabrina auf, die sie kaum noch in den Griff bekam. Sie mochte den Gastwirt. Er war immer gut gelaunt und hatte Conny und ihr nach dem Essen meistens noch einen Cappuccino spendiert. Sein Kopf flog hin und her, während die Schläge auf ihn einprasselten. Sabrina begann zu zittern. Sie würden ihn umbringen, wenn keiner was tat. Sie musste ... Ein heftiger Ruck an ihrem Arm, und sie fand sich am Boden wieder. Fassungslos starrte sie den Mann an, der jetzt direkt neben ihr lag. Der hatte vorher am Nachbartisch gesessen, zusammen mit einer Frau und zwei Mädchen, die sich so ähnlich sahen, dass es wohl Zwillinge waren.

Sie hatte nicht einmal gemerkt, dass sie dabei gewesen war, aufzustehen. Sie wusste nicht, ob sie ihn wütend anbrüllen oder dankbar sein sollte.

»Das hat keinen Zweck. Die drei anderen behalten jede Bewegung im Auge, und sie haben Maschinenpistolen. Was wollen Sie dagegen ausrichten?«

Er hatte recht. Die drei Männer hatte sie völlig ausgeblendet. Der, der vorher Conny bedroht hatte, sah zu ihr rüber. Ihr Zittern wurde heftiger. Schon als Kind hatte sie Ungerechtigkeit gehasst und sich etliche Male deswegen mit Lehrern oder größeren Kindern angelegt. Aber das hier war sogar schlimmer als damals der Streit mit ... Ihre Erinnerungen machten eine Art Vollbremsung, als ihr bewusst wurde, wie abstrus diese Gedanken waren. Der brutale Überfall hatte nichts mit einem Streit auf dem Schulhof gemeinsam. Nur hilflos zusehen zu können, wie sie den Mann umbrachten, war schlimmer als alles, was sie bisher erlebt hatte. Ihr fiel ein, dass auf dem Tisch ihr Smartphone liegen musste. Die Polizei zu alarmieren, war zwar nicht viel, aber besser als nichts. Sie drehte sich um, bis sie den Tisch sehen konnte. Aufstehen und das Telefon nehmen schied aus. Aber vielleicht konnte sie an der Tischdecke ziehen, bis … Na sicher, das wäre ja sehr unauffällig, wenn sämtliche Teller und Gläser zusammen mit ihrem Telefon auf den Boden krachten.

Der Vater der Mädchen beobachtete sie. »Was haben Sie jetzt schon wieder vor?«

»Telefonieren.«

»Sie hätten eine Kugel im Kopf, ehe Sie die Nummer gewählt haben. Falls Sie an den Notruf denken, das hat meine Frau schon erledigt. Aber viel kann die Polizei nicht tun. Die wird warten, bis die Täter draußen sind. Alles andere wäre zu gefährlich.«

Sabrina sah zu den Zwillingen hinüber, die sich an die Mutter klammerten.

Ihre Fantasie spielte verrückt. Als ob das aktuelle Bild nicht erschreckend genug wäre, malte sie sich jetzt aus, wie das Steakhouse von Polizisten umstellt wurde, während sie Stunden oder sogar Tage als Geiseln dort ausharren mussten. Der Albtraum wurde immer schrecklicher.

»Das geht nicht. Ich meine, dass die Polizei den Laden umstellt. Meine Freundin braucht dringend einen Arzt. Sie blutet so stark. Und ihr Gesicht …«

»Guido ist auch verletzt! Die Polizei weiß schon, was sie zu tun hat.«

»Und woher wollen Sie das wissen?«, fuhr Sabrina ihn leise an.

»Weil ich … Sie hauen ab.«

Ehe Sabrina begriff, was er gesagt hatte, rannten die bewaffneten Männer an ihr vorbei ins Freie. Die Mutter der Kinder stand plötzlich neben ihr. »Bleib bei deiner Freundin und pass bitte kurz auf die Kinder auf. Wir sehen nach, ob wir Guido helfen können.«

Ehe die Bitte richtig bei Sabrina angekommen war, standen die zwei Mädchen vor ihr. Die Kinder schienen jetzt eher neugierig als verängstigt zu sein und waren gegenüber Sabrina damit klar im Vorteil. Also, der Reihe nach. Die Verbrecher waren verschwunden. Conny … Was war mit Conny? Sabrinas Kopf flog herum. Alles klar, sie lag immer noch reglos dort und atmete. Das konnte Sabrina erkennen, aber sie hatte keine Ahnung, was sie jetzt tun sollte.

Männer in roten Anzügen und in dunkelblauen Uniformen stürmten in das Lokal. Polizisten und Sanitäter. Einer von den Roten stand im nächsten Moment direkt vor ihr. Der war doch noch keine zwanzig. Verdammt, ihr Gehirn schien immer wieder merkwürdige Sondertouren zu unternehmen. Das Alter war doch nicht wichtig. Der Sanitäter schob sie und die Mädchen einfach zur Seite und hockte sich neben Conny hin. Sie erkannte nicht, was genau er tat, aber dann sprach er kurz in ein Gerät, das wie ein klobiges Handy aussah.

Natürlich, ihre Freundin musste sofort in ein Krankenhaus. Aber nicht alleine. Sie würde mitfahren. Aber was sollte sie mit den Mädchen tun? Nicht, dass sie bisher viel für sie getan hatte. Im nächsten Moment stand schon wieder die Mutter der Kinder vor ihr.

»Danke.«

»Ich habe doch gar nichts getan. Was ist mit Guido?«

»Das sah schlimmer aus, als es ist. Er wird es überleben.«

Obwohl das eine gute Nachricht war, wurden plötzlich ihre

Knie weich, und sie lehnte sich gegen den Tisch. Ihr Blick fiel auf das Rumpsteak, auf das sie sich vor einer gefühlten Ewigkeit so gefreut hatte. Sie sah auf die Uhr. Das ganze Drama hatte keine zehn Minuten gedauert.

Ein leises Gespräch lenkte sie ab, als sie die Stimme des Vaters der Mädchen erkannte, hörte sie genauer hin:

»Übernimmst du die Leitung?«, fragte ein Unbekannter.

»Nein, ich war gar nicht hier. Es sei denn, Tannhäuser beschließt etwas anderes.«

»Na, wenn ich dich so anschaue, wäre es wohl auch besser, wenn ein anderes Team die Ermittlungen übernimmt.«

»Was meinst du?«

»Du siehst aus, als ob du die Täter in der Luft zerreißen willst.«

»Damit liegst du verdammt richtig.«

Sabrina fuhr herum und hätte beinahe das Gleichgewicht verloren. Der Vater war also auch Polizist, das erklärte einiges, und er hatte einen Namen erwähnt, den sie sehr gut kannte. Tannhäuser, das war nicht nur der Hamburger Polizeipräsident, sondern auch ihr Patenonkel. Ihr Entschluss stand fest. Sie würde dafür sorgen, dass die Verbrecher zur Verantwortung gezogen wurden. Sabrina wusste noch nicht, wie sie das anstellen sollte, aber sie hatte bisher alles geschafft, was sie sich vorgenommen hatte. Na ja, fast. Ihr ursprüngliches Berufsziel war Astronautin gewesen, stattdessen war sie Reporterin geworden. Normalerweise gehörten nette Stadtteilgeschichten oder andere Themen, bei denen es um das Zwischenmenschliche ging, zu ihren Aufgaben, aber dieses Mal würde sie eine andere Geschichte schreiben. Die Täter würden dafür bezahlen, was sie Conny und Guido angetan hatten.

KAPITEL 4

Nicht schießen! Er wusste, dass es ein Traum war und dass er nicht abdrücken durfte. Doch er würde es tun. Und er kannte die Folgen nur zu gut: der blutüberströmte Kopf des Kindes, der gellende Schrei der Mutter.

Schweißgebadet fuhr Marcus Lauer hoch. Wieder einmal war es so weit. Die Grenzen zwischen Wachen und Träumen verschwammen, und er durchlebte die schrecklichsten Minuten seines Lebens erneut, immer und immer wieder. Jedes Mal hatte er die verzweifelte Hoffnung, dass er den verhängnisvollen Schuss nicht abgeben würde, durch den nicht der Verbrecher, sondern das unschuldige Kind sterben würde.

Er riss sich das verschwitzte T-Shirt herunter und griff nach dem Sweatshirt und den Shorts, die schon neben dem Bett lagen. Im Flur warteten seine Laufschuhe und eine gefüllte Trinkflasche auf ihn. Fast hätte er die Tür hinter sich ins Schloss geworfen, gerade noch rechtzeitig fiel ihm ein, dass er nicht mehr alleine in dem kleinen Reihenhaus lebte. Seine Tochter hatte vor über einem Monat mit einem gigantischen Rucksack vor der Tür gestanden, und er hatte keine Ahnung, was er mit ihr anfangen sollte. Sechzehnjährige Teenager waren ihm fremd. Wenigstens war ihm klar, dass sie es ihm nicht danken würde, wenn er sie weit vor vier Uhr morgens aus dem Schlaf reißen würde.

Läufern wurde empfohlen, das Tempo langsam zu steigern.

Das mochte im sportmedizinischen Sinne vernünftig sein, aber es half nicht, das Denken abzuschalten und die Bilder aus seinem Kopf zu vertreiben. Marcus sprintete die ersten Meter zu den hämmernden Klängen von *Helloween*. Der ziehende Schmerz in seinen Muskeln war wie ein alter Freund. Nur langsam nahm er das Tempo zurück, lag damit aber immer noch deutlich über seiner üblichen Geschwindigkeit. Die Temperatur war mit gerade mal sechs Grad für Anfang Mai verhältnismäßig kühl, eigentlich war es zu kalt, um in Shorts zu laufen. Doch das war Marcus egal. Mehr noch: Jede Unannehmlichkeit bedeutete Ablenkung. Eine Psychologin hatte versucht, ihm zu erklären, dass seine Joggingrunden eine Form der Selbstgeißelung waren. Na, sicher doch. Es ging darum, den Kopf wieder freizubekommen, und die Erinnerung, die wie eine angriffslustige Bestie im Hintergrund lauerte, zurück in den Käfig zu drängen.

Die ersten Kilometer lief er an der Außenalster entlang. Tagsüber waren die Wege hier überfüllt, um diese Zeit menschenleer. Nach knapp sechs Kilometern lag die Elbe vor ihm. Der Fluss schlief nie. Schiffe waren dunkle Schatten, die nur anhand ihrer roten und grünen Positionslichter zu erkennen waren und sich langsam Richtung Nordsee bewegten. Am anderen Ufer war der Containerhafen hell erleuchtet. Einige wenige Passanten gingen mit ihren Hunden spazieren. Ansonsten war Marcus alleine. Das genoss und brauchte er in diesen Momenten. Er bog Richtung Landungsbrücken ab. Sein Ziel war die HafenCity, erst dort würde er umkehren. Insgesamt betrug seine Laufstrecke etwas über sechzehn Kilometer, für die er mittlerweile deutlich unter zwei Stunden brauchte.

Das Wasser der Elbe roch immer leicht brackig und vermischte sich mit dem Gestank nach Schiffsdiesel. Marcus mochte die Mischung. *Mein Hamburg lieb ich sehr* … Die Hymne der Hamburger Fußballfans, die ihm in den Sinn kam, passte zwar nicht so ganz zu den Heavy-Metal-Klängen aus seinen Kopfhörern, traf es aber. Hier war er zu Hause. Früher hatte er von einer Wohnung mit Blick auf die Elbe geträumt, heute wollte er einfach nur seine Ruhe haben. Meistens gelang ihm das. Aber es gab Ausnahmen. Dann wünschte er sich verzweifelt, die Vergangenheit ändern zu können. Sich unerfüllbare Dinge zu wünschen, brachte ihn jedoch nicht weiter. Das hatte ihm sein Großvater immer wieder gepredigt.

Seine Füße bewegten sich in einem steten Rhythmus. Meter für Meter legte er zurück. Endlich lag die Brücke vor ihm, über die er die HafenCity erreichte. Er blieb stehen und trank durstig. Wie oft hatte er schon hier auf der Brücke gestanden und seine Trinkflasche geleert? Wieder musste er an seinen Großvater denken. Unzählige Male hatte an diesem Ort seine Hand auf dem Knauf seiner Dienstpistole gelegen. Viel zu oft hatte er sich die Mündung gegen die Schläfe gepresst. Es wäre so einfach. Dann läge alles hinter ihm. Die Bilder. Die Vorwürfe. Die schlaflosen Nächte. Aber er war nie ein Feigling gewesen, und er würde mit den Folgen seines Fehlers weiterleben. Es war überflüssig, dass sein Großvater ihm das Versprechen abgerungen hatte, »keinen Blödsinn zu machen«. Das hätte der Mann, bei dem er aufgewachsen war, eigentlich wissen müssen.

Seitdem seine Tochter bei ihm wohnte, ließ Marcus seine Dienstwaffe zu Hause. Allerdings war er seit ihrem Auftauchen fast jede Nacht gelaufen. Ihre Rückkehr hatte ihm gezeigt, was er verloren hatte. Jetzt war Valerie wieder bei ihm, und er wusste nicht, was er mit ihr anfangen sollte. Zehn Jahre hatten aus seiner sechsjährigen Tochter einen Menschen gemacht, der noch nicht erwachsen, aber auch kein Kind mehr war. Er kam nicht einmal mit seinem eigenen Leben zurecht. Wie sollte er da auf einen Teenager aufpassen?

Er lief weiter. Für den Rückweg wählte er die Straße, die nur durch einen Kanal von der Speicherstadt getrennt war. Die Fassaden der alten Häuser ließen längst vergangene Zeiten plötzlich zum Greifen nah erscheinen. Marcus quetschte einen Fluch zwischen seinen zusammengebissenen Zähnen hervor, als er sah, was sich im Windfang eines Nobelrestaurants abspielte. Drei Jugendliche hatten sich vor dem Obdachlosen aufgebaut, der von allen nur Astra gerufen wurde und sich eigentlich eher in der Gegend rund um Marcus' Haus aufhielt. Der Mann war mit seinem Einkaufswagen in Hoheluft und Eppendorf ein vertrauter Anblick. Den Namen verdankte er seiner Entschlossenheit, nur Astra-Bier zu trinken. Wie eine friedliche Zusammenkunft wirkte das Ganze hier allerdings nicht. Marcus biss die Zähne noch fester zusammen. Nicht heute, am besten niemals! Er wollte sich nicht einmischen. Aber er brachte es auch nicht fertig, einfach weiterzulaufen. Bei der nächsten Straße links abbiegen und die Polizei rufen. Das war eine akzeptable Lösung. Doch da war die leise Stimme in seinem Hinterkopf, die ihm sagte, dass seine Kollegen erst dann eintreffen würden, wenn Astra bereits krankenhausreif geprügelt worden war – oder Schlimmeres.

Er hatte auf die harte Tour gelernt, dass es nichts brachte, den Helden zu spielen, und dennoch beschleunigte er sein Tempo und sprintete auf die Jugendlichen zu. Verdammt, die sahen aus wie sechzehn und waren vermutlich höchstens vierzehn. Warum lagen die Jungs um die Zeit nicht im Bett und schliefen? Warum mussten sie ausgerechnet dann versuchen, Astra sein kümmerliches Pfandgeld zu stehlen, wenn er vorbeikam? Und warum war der alte Penner überhaupt hier? Das Leben war kein Ponyhof, aber musste es ständig der größtmögliche Hundehaufen für ihn sein? Anscheinend ja. Bei dem Alter der Teenager brachte er es nicht fertig, seine Waffe zu ziehen. Das Letzte, was Marcus gebrauchen konnte, war ein weiteres Gesicht, das ihn bis in seine Träume verfolgte. Eins reichte. Erst dann fiel ihm ein, dass seine Waffe zu Hause im Safe lag. Es wurde immer besser.

»Hey, was macht ihr da?«

Die drei Jungs erschraken kurz und hielten sich dann wieder für cool und unbezwingbar. Astra, blass, mit blutender Nase, sah ihn erleichtert an. Fuck! Wie weit war es mit der Gesellschaft gekommen, wenn Kids Penner ausraubten und kaputte Typen wie er für Gerechtigkeit sorgen mussten? Die drei hielten Klappmesser in den Händen. Ein Wunder, dass sie sich damit noch nicht selbst einen Finger abgeschnitten hatten. Anders als im Film traten sie nicht brav einer nach dem anderen gegen ihn an, sondern stürmten wie auf ein geheimes Zeichen gemeinsam auf ihn zu. Marcus handelte so, wie er es vor Ewigkeiten gelernt hatte. Den Kräftigsten von ihnen schickte er mit einem Tritt in den Solarplexus zu Boden, wo der Junge die nächsten Minuten damit beschäftigt war, nach Atem zu ringen. Marcus duckte sich weg, um dem ungelenken Messerangriff des Zweiten auszuweichen, und trat ihm seitlich gegen das Knie. Das Knacken der Kniescheibe klang widerlich. Blieb der Dritte. Er schien zwischen Flucht und Angriff zu schwanken. Marcus verkürzte den Entscheidungsprozess mit einem Ellbogenschlag gegen die Schläfe. Mit verdrehten Augen sackte der Junge bewusstlos zusammen. Seine Kumpels waren noch damit beschäftigt, zu heulen. Von ihrer Kampfbereitschaft war nichts mehr übrig. Fehlte nur noch, dass sie nach ihrer Mami riefen. Überrascht stellte er fest, dass seine alten Reflexe offenbar noch nicht komplett eingerostet waren. Er hatte die drei Jungs lehrbuchmäßig abgefertigt und dabei ein Minimum an Gewalt angewendet, auch wenn seine Opfer dies vermutlich anders sahen.

Astra hatte sich hochgerappelt und sah nun auf die Teenager herab. »Das sind doch noch Kinder. Was sind denn das für Eltern? Vermutlich die, die tagsüber mit gerümpfter Nase an mir vorbeistolzieren. Ich danke dir, Running Man.«

Running Man? Mit dem Spitznamen konnte Marcus leben. »Brauchst du einen Arzt?«

»Nein, die Nase blutet kaum noch. Aber ich glaube, die Kinder könnten einen gebrauchen.«

»Dann rufe ich die Polizei an, die kann die Kids einsammeln.«

Astra nickte. »Mach das. Ich habe für heute genug geschlafen und ziehe weiter.«

Eigentlich müsste Marcus ihn aufhalten und dafür sorgen, dass Astra den Überfall zu Protokoll gab. Und dann? Ein endlos langer Ermittlungsprozess, an dessen Ende zwei Wochenenden Jugendarbeit standen. Das war es nicht wert. Er nickte. »Einverstanden, dann warte ich, bis du unterwegs bist, und telefoniere dann.«

»Danke.« Astra warf ihm etwas zu. Instinktiv fing Marcus den Gegenstand auf. Zum ersten Mal seit Wochen musste er lachen. Es war eine Flasche Bier, natürlich Astra. »Vielen Dank, ich hoffe, du bist nicht beleidigt, wenn ich es später trinke?«

Astra schüttelte den Kopf. »Aber nein. Und wann immer du etwas brauchst, wird der alte Astra dir helfen. Ein Wort von dir genügt.«

»Ich werde daran denken.« Marcus half ihm, seine Sachen in den Einkaufswagen zu verfrachten. Erst, als Astra abmarschbereit war, rief er den Notruf an.

Astra hatte aufmerksam zugehört und hielt den Kopf etwas schief. »Bist du selbst ein Bulle? Ich kenne niemanden, der RTW sagt, wenn er Krankenwagen meint.«

Tja, war er noch einer? Offiziell schon, aber sicher war sich Marcus da nicht. Da er sich selbst die Frage nicht beantworten konnte, wechselte er einfach das Thema. »Wo willst du hin?«

»Richtung Bundesbank, da gibt es ein nettes Plätzchen am Fleet.«

»Ich bringe dich hin.«

Astra widersprach nicht. Gemeinsam liefen sie durch die nächtlichen Straßen, während in der Ferne schon die Martinshörner erklangen. Als Astra schließlich stehen blieb und seine Plastikplane auf dem Boden ausbreitete, pfiff Marcus leise durch die Zähne. Der Platz war mehr als nett: eine Grasfläche an der Rückseite eines Gebäudes, direkt an einem der Kanäle, die Hamburg wie ein Netz durchzogen. Er blickte erst auf seine Uhr, dann auf die Flasche, die er immer noch in der Hand hielt. Schon halb fünf. Warum eigentlich nicht? »Sag mal, hast du einen Öffner?«

Astra hob auf unnachahmliche Art und Weise eine Augenbraue. »Brauche ich so was?«

Er nahm ihm die Flasche aus der Hand, löste den Kronkorken mit einem gezielten Schlag gegen den Einkaufswagen, und hielt sie ihm wieder hin. »Hier, lass es dir schmecken. Verdient hast du es dir. Die hätten mich ins Krankenhaus oder direkt auf den Friedhof geprügelt. Sie wollten auch etwas anzünden, wobei ich mir nicht ganz sicher bin, ob sie mich oder den Wagen gemeint haben.«

Die Worte klangen in Marcus nach, als er die Flasche nahm. Wann war er zum letzten Mal für etwas gelobt worden, oder viel wichtiger, hatte selbst das Gefühl gehabt, etwas richtig gemacht zu haben? Er konnte sich nicht daran erinnern.

Er prostete Astra zu und trank einen Schluck. Morgens um

halb fünf. Was war nur aus seinem Leben geworden? Und war »Leben« überhaupt die korrekte Bezeichnung? Er existierte, das traf es eher. Ein Tag reihte sich an den anderen, und Marcus war froh, wenn wieder einer vorbei war.

Er setzte sich neben Astra und registrierte dankbar, dass von dem Obdachlosen nicht der typische Pennergeruch ausging. Schweigend blickten sie auf den Kanal, der wie ein dunkles Band vor ihnen lag, und tranken ihr Bier. Seltsamerweise empfand Marcus in diesem Moment seit Langem wieder so etwas wie Frieden.

KAPITEL 5

Gähnend schlug Marcus die Wagentür seines BMW zu. Der Dienstwagen und der Mitarbeiterparkplatz waren zwei Dinge, die er zu schätzen wusste, auch wenn er nicht so ganz verstand, wieso er überhaupt einen Anspruch darauf hatte. Die Parksituation rund um das Hamburger Polizeipräsidium war katastrophal. Selbst bei Kollegen und Staatsanwälten, die dienstlich in dem sternförmigen Gebäude zu tun hatten, klemmte häufig ein Strafzettel unter den Scheibenwischern. Öffentliche Verkehrsmittel waren für Marcus ein Albtraum. Die Enge, das Gefühl, auf einen festen Fahrplan angewiesen zu sein, die häufigen Verspätungen, dauernd hustete jemand, und dann auch noch die Gerüche – das war nicht sein Ding. Und sollte er doch einmal im Rahmen von Ermittlungen in Hamburg unterwegs sein müssen, wären S-Bahn oder Bus auch keine vernünftige Alternative. Nicht, dass er in den letzten Wochen, oder eher Monaten, seinen Schreibtisch aus dienstlichen Gründen verlassen hätte.

Marcus rieb sich über die Stirn und atmete tief durch, aber die Müdigkeit blieb. Wieder einmal würden Unmengen an Kaffee dafür sorgen müssen, dass er wach blieb. Obwohl es darauf bei seiner Arbeit eigentlich kaum ankam.

Langsam ging er auf den Eingang zu. Um diese Zeit war es noch ruhig auf dem Parkplatz, und im Gebäude waren auch nur wenige Büros bereits erleuchtet. Es gab keinen Grund, so früh anzufangen, aber Marcus hatte nach einer langen Dusche nicht gewusst, was er sonst tun sollte. Das Frühstücksfernsehen war jedenfalls kein Anlass für ihn, zu Hause zu bleiben.

Ein Motorradfahrer fiel ihm auf, der gegen jede Vorschrift seine schwarze Maschine direkt neben dem Eingang parkte. Statt abzusteigen, nahm der Fahrer lediglich den Helm ab und blieb sitzen, als ob er auf etwas warten würde. Marcus hatte nur einen kurzen Blick auf den Gesichtsausdruck des Mannes werfen können. An die beinahe schulterlangen schwarzen Haare und die markanten Gesichtszüge hätte er sich erinnert. Er kannte den Mann nicht, und dennoch wirkte etwas in seiner Miene merkwürdig vertraut. Neugierig beschleunigte Marcus seine Schritte und blieb dann abrupt stehen.

Dirk Richter, ein Kollege, den er flüchtig kannte, ging auf den Motorradfahrer zu und pfiff leise. Der Motorradfahrer zuckte zusammen, und seine Hand fuhr automatisch dorthin, wo er vermutlich seine Waffe trug. Im nächsten Moment sah er Dirk und entspannte sich.

Dirk deutete auf das Motorrad. »Wieder die ganze Nacht unterwegs gewesen?«

»Nur ein paar Stunden.«

»Warum schläfst du dich nicht erst einmal zu Hause aus?«

»Weil Tannhäuser Sehnsucht nach Toni und mir hat. Ich hoffe, danach kann ich etwas Schlaf nachholen.« Er fuhr sich mit dem Handschuh übers Gesicht. »Aber nur, wenn die verdammten Bilder endlich aus meinem Kopf verschwinden.«

Marcus hielt unwillkürlich den Atem an. Es war eigentlich unmöglich von ihm, die Kollegen zu beobachten und sogar zu belauschen. Er konnte froh sein, dass sie ihn bisher nicht bemerkt hatten, und dennoch konnte er sich einfach nicht dazu durchringen, weiterzugehen.

In jedem Wort und in jeder Geste des Motorradfahrers erkannte er sich selbst wieder. Dirk legte dem Motorradfahrer, mit dem er offensichtlich gut befreundet war, in einer tröstenden und zugleich herzlichen Geste eine Hand auf die Schulter. »Ganz wirst du sie nie los, aber sie werden weiter verblassen und dich immer längere Zeit in Ruhe lassen. Wenn du willst, ruf mich das nächste Mal an. Ich fahre mit, oder wir reden.«

Der Motorradfahrer stieg mit steifen Bewegungen ab. »Danke, Dirk. Ich hoffe, du hast recht, zumindest heute kann ich den ganzen Mist in meinem Kopf einfach nicht gebrauchen. Komm, ich spendiere dir einen Kaffee bei uns. Wir haben wenigstens einen vernünftigen Automaten.«

Die beiden gingen auf den Eingang zu. Dirks Antwort konnte Marcus nicht verstehen, aber sie brachte seinen Freund zum Lachen. Anscheinend war Marcus nicht der Einzige, der von Dämonen verfolgt wurde. Mit neuem Interesse betrachtete er das schwarze wuchtige Motorrad. Er konnte sich vorstellen, wie gut es sich anfühlte, damit nachts über die Straßen zu jagen. Doch solange er mit der ewigen Müdigkeit zu kämpfen hatte, ließ er besser die Finger davon.

Er widerstand der Versuchung, den Fahrstuhl zu nehmen. Sein Büro lag im vierten Stock. Die Treppen waren durch die langen Lauftouren keine Herausforderung für ihn, eine sinnvolle Tätigkeit zu finden, um die Bürostunden irgendwie zu überstehen, schon. Bis vor Kurzem hatte er es nicht abwarten können, nach Hause zu kommen, um den späten Nachmittag und Abend mit Büchern oder Serien verbringen zu können. Doch die Anwesenheit seiner Tochter verdarb ihm diese Freizeitbeschäftigung ganz gewaltig.

Das Vorzimmer zu seinem Büro war noch leer. Vor acht Uhr war seine Assistentin selten anzutreffen, was ihm nur recht war. Er liebte es, den Arbeitstag um sieben Uhr zu beginnen, um möglichst früh nach Hause fahren zu können. Gegen halb vier lag seine Terrasse im hellen Sonnenschein. Dort konnte er bei entsprechendem Wetter in Ruhe lesen und später dann im Wohnzimmer fernsehen. Er durchquerte den Raum und betrat sein eigenes Büro. Der Schreibtisch war perfekt aufgeräumt, persönliche Gegenstände gab es nicht. Warum auch. Ein gelber Haftzettel, der mitten auf dem Monitor prangte, wirkte wie ein Fremdkörper.

Marcus nahm den Zettel ab und fluchte leise. *Zehn Uhr, Tannhäuser. Wichtig.*

Die Notiz war nicht unterschrieben, und die Schrift kannte er nicht.

Er schloss den Wandschrank auf und betrachtete unschlüssig den dünnen Papierstapel, der dort zwischen zwei roten Pappdeckeln lag. Ein Ausdruck war mit einer Büroklammer auf dem Ordner befestigt. Marcus wusste, was dort stand. Juliane Meyer, seine Assistentin, hatte einen Ansatzpunkt gefunden, um den Fall an die Kollegen aus dem Drogendezernat mit der Bitte um weitere Ermittlungen zurückzugeben. Sah so vernünftige Polizeiarbeit aus? Sein Job war es, Akten nach übersehenen Hinweisen oder entgangenen Zusammenhängen zu durchforsten und zu prüfen, ob ein Fall neu aufgerollt werden musste. Hatte Tannhäuser, der Polizeipräsident, wirklich dies im Sinn gehabt, als er ihn vor gut drei Jahren eingestellt hatte? Er biss die Zähne so fest zusammen, dass es schmerzte. Was war heute nur los mit ihm? Das war seit seiner Versetzung aus Niedersachsen sein Job. Wieso hatte er ausgerechnet heute dieses Gefühl, dass etwas nicht stimmte?

Marcus stürmte aus seinem Büro. Früher hatte er sich über die Typen lustig gemacht, die Akten von links nach rechts bewegten und so das Geld der Steuerzahler verschwendeten, heute war er selbst einer. Die Erkenntnis war nicht neu, aber heute schmerzte sie. Er riss die Tür zu dem Waschraum auf. So früh hatte er den Bereich für sich. Mit der Hand schaufelte er sich kaltes Wasser ins Gesicht, aber das half weder gegen das Stechen in seiner Magengegend noch gegen die Gedanken, die durch seinen Kopf jagten.

Die Hände auf das Waschbecken gestemmt, blickte er in den Spiegel. Er war gerade sechsundvierzig Jahre alt geworden, sah aber mindestens zehn Jahre älter aus. Sein Gesicht war zu hager, sein dunkelbraunes Haar müsste mal wieder geschnitten werden und wurde langsam grau. Früher hatte er sich viel im Freien aufgehalten und war sogar im Winter sonnengebräunt gewesen. Heute war seine Gesichtsfarbe eine ungesunde Mischung aus Grau und Weiß. Seine Ex-Frau hatte von seinen strahlenden blauen Augen geschwärmt. Das würde sie heute nicht mehr tun, jeder Glanz war ihnen abhandengekommen. Marcus erschrak über sich selbst. Das war nicht er, sondern ein blasses Abbild seines früheren Ichs. Er musste etwas ändern. Aber was? Wie? Die Antworten kannte er nicht.

Als er in sein Büro zurückkehrte, lag die Akte immer noch auf seinem Schreibtisch. Er musste lediglich Julianes Begründung abzeichnen und die Akte in das Postausgangsfach auf dem Gang legen. Dann würde der Fall beim Drogendezernat landen. Und damit bei Kollegen, die Überstunden ohne Ende schoben und personell unterbesetzt waren, während bei ihm die Gefahr bestand, dass er sich zu Tode langweilte. Er brachte es nicht fertig, den Fall wie gewohnt abzuschieben. Stattdessen öffnete er die Akte und begann zu lesen.

***

Sabrina atmete tief durch und tigerte weiter durch das Vorzimmer des Polizeipräsidenten. Es gab keinen Grund, nervös zu sein. Theoretisch. Egal, wie oft sie sich das sagte, es beruhigte sie nicht. Herbert Tannhäuser war für sie nicht Hamburgs oberster Polizist, sondern ihr Onkel Herbie, den sie heiß und innig liebte. Das sollte sie allerdings ganz schnell vergessen. Heute ging es nicht darum, wie früher als Kind auf seinen Knien geschaukelt zu werden, und auch nicht um die sündhaft teuren Pralinen, die er ihr bei jeder Gelegenheit schenkte. Sie musste ihm gegenüber als kompetente Journalistin auftreten, um ihr Ziel zu erreichen. Heute zählten nur die Fakten. Sie verzog den Mund. Fakten? Wackelige Theorie traf es eher. Gedanklich reihte sie einen Fluch an den anderen.

Ein leises Lachen riss sie aus ihren Grübeleien. »Er wird dich schon nicht umbringen, Schätzchen.«

Luise Walter, die Sekretärin ihres Onkels, die von allen liebevoll Walterchen genannt wurde, kannte Sabrina schon, seit sie ein kleines Kind war. Obwohl Walterchen mittlerweile die fünfzig überschritten hatte und die Haare in ihrem Knoten grau geworden waren, wirkte sie wesentlich jünger, was vielleicht an ihrer Vorliebe für farbenfrohe Kleidung und der ansteckend guten Laune lag. Am liebsten hätte sich Sabrina trotz ihrer sechsunddreißig Jahre in eine tröstende Umarmung geflüchtet. Das hatte damals funktioniert, als sie sich als Kind an der Schreibtischkante gestoßen hatte. Sabrina zwang sich dazu, ihre unruhige Wanderung durch das Büro zu beenden.

»Das weiß ich, aber mir ist es wichtig, dass er mir auch zuhört und glaubt.«

»Und warum zweifelst du daran, dass er das tun wird?« Sabrina konnte die Frage nicht beantworten, sofort legte Walterchen nach. »Kann es sein, dass du an dir selbst zweifelst?«

Nun zögerte Sabrina keine Sekunde. »Nein, das ganz bestimmt nicht.«

»Dann nimm dir einen Keks und hör auf, dir Sorgen zu machen.« Walterchen schob den Teller mit dem Gebäck dichter an den Rand des Schreibtisches und sah auf das Display ihres Telefons. »Das Gespräch muss jeden Moment zu Ende sein, dann gehört er dir.«

Sabrina kaute gerade an ihrem dritten oder vierten Keks, als sich die Tür zum Büro ihres Onkels öffnete.

Er lächelte und umarmte sie herzlich. »Wie schön, dich zu sehen, Sabrina. Am Telefon klang es ja ziemlich dringend.«

»Danke, dass du mich so kurzfristig dazwischenschiebst. Ich wäre sonst aber auch heute Abend bei dir zu Hause vorbeigekommen.«

Ihr Onkel zwinkerte ihr zu. »Ach was, wenn du schon sagst, dass es dringend und ›dienstlich‹ ist, dann erledigen wir das auch hier und so schnell wie möglich. Du darfst aber trotzdem gerne heute noch zum Essen vorbeikommen. Wir würden uns freuen. Deine Tante hat angekündigt, Kohlrouladen zu machen.«

»Das klingt verlockend, aber lass uns erst einmal abwarten, ob du noch mit mir sprichst, wenn du hörst, worum es geht.«

Ihr Onkel wurde schlagartig ernst und deutete einladend auf sein Büro. Sie folgte ihm zu der Besucherecke und ließ sich seufzend in einen der bequemen Sessel fallen. »Ich weiß, dass dir das, was ich dir gleich erzähle, nicht gefallen wird, aber bitte höre mir trotzdem bis zum Ende zu.«

Sabrina glaubte, nun auch bei ihrem Onkel eine gewisse Anspannung festzustellen, aber vor allem wirkte er wachsam, wenn nicht sogar alarmiert. Er hatte eindeutig den Polizistenmodus eingeschaltet, wie seine Frau es immer nannte. »Hast du von dem Überfall auf das Steakhouse gehört? Das war im letzten Monat.«

»Ja, habe ich. Einer meiner Beamten war sogar zufällig dort, als es passiert ist. Aber so schrecklich das auch war, das ist kein Fall fürs LKA.«

Damit hatte ihr Onkel zielsicher das größte Problem beim Namen genannt. Es gab Zuständigkeiten, an denen Sabrina nicht vorbeikam. Allerdings wusste sie auch, dass ihr Onkel häufig eigenwillige Wege ging. Im Gegensatz zu dem Chef des LKA, der seinen Posten der Politik verdankte, war ihr Onkel selbst viele Jahre lang als Polizist aktiv gewesen. In den letzten Jahren hatte bei ihren Treffen oder sogar Familienfeiern ab und zu sein Telefon geklingelt, und Sabrina hatte mitbekommen, dass ihr Onkel einige Posten und auch ganze Teams personell so besetzt hatte, dass er sie für unkonventionelle Ermittlungen nutzen konnte.

»Ich war auch dort.« Als sie sah, wie blass ihr Onkel geworden war, sprach sie schnell weiter. »Mir ist nichts passiert, aber meine Freundin Conny ist ziemlich schwer verletzt worden. Sie liegt immer noch im Krankenhaus. Schnittwunden im Gesicht und eine komplizierte Verletzung an der Hand. Es werden Narben zurückbleiben, und an den psychischen Folgen wird sie auch noch eine ganze Weile zu knabbern haben. Die Verbrecher haben mit irgendwelchen schweren Waffen die Scheiben von außen zerstört, ehe sie das Restaurant gestürmt haben. Und dabei sind Splitter durch die Gegend geflogen, die Conny erwischt haben. Aber eben auch nur sie! Der Arzt meinte, dass ihre Hand wohl sogar von einer großkalibrigen Kugel verletzt wurde. Das alles ist schon schlimm, aber deshalb bin ich nicht hier. Wir haben schon sehr oft dort gegessen, sodass ich Guido, den Besitzer des Steakhouses, ein bisschen kenne. Ich habe ihn im Krankenhaus besucht und mit ihm geredet. Er würde das zwar offiziell nicht zugeben, aber es ging wohl um Schutzgeld. Er hat von einer Mail gesprochen, die er bekommen hatte. Das könnte doch zu dem Überfall auf dieses Sterne-Restaurant vor Kurzem passen.«

Ihr Onkel nickte. »Davon habe ich gelesen, aber die Täter sind völlig anders vorgegangen. Die waren doch mit Äxten bewaffnet. Deswegen gehen wir auch von einem normalen Überfall aus, der dann Sache der Kriminalpolizei und nicht des LKA ist.«

»Stimmt, aber die Unterschiede gelten nur für die Waffen, es gibt bei der Täterbeschreibung Ähnlichkeiten. Das klingt nach einer Serie, und dafür ist das LKA zuständig.« Hoffentlich biss er an, damit sie zu ihrer eigentlichen Theorie kommen konnte.

Ihr Onkel schwieg so lange, dass Sabrinas Unsicherheit wuchs, dann rieb er sich übers Kinn. »Und was sagt dein Chef dazu, dass du plötzlich zur Polizeireporterin wirst?«

»Ich musste erst mit Kündigung drohen, dann hat er nachgegeben.«

Zum ersten Mal lächelte ihr Onkel wieder. »Na gut, du warst schon als Kind sehr überzeugend. Aber was genau erwartest du jetzt von mir?«

»Ich bin jeden Tag bei Conny im Krankenhaus. Ihr ganzes Leben wurde zerstört! Sie wird, wenn überhaupt, erst in einigen Monaten wieder malen können. Und vielleicht weißt du noch, dass sie sich für die Vermarktung ihrer Bilder auch immer wieder selbst in Szene gesetzt hat. Als Influencerin auf Instagram. Jetzt ist ihr Selbstwertgefühl natürlich zerstört. Ich will helfen, den Kerl, der ihr das angetan hat, zu erwischen, und unseren Fall zu lösen.« Verflixt, nun hatte sie mehr gesagt, als sie vorgehabt hatte.

»*Unseren* Fall?«, wiederholte ihr Onkel mit mildem Spott.

Sabrina atmete tief durch und setzte sich aufrechter hin. »Ja, *unseren* Fall. Meine Stärke ist es, Leute zum Reden zu bringen. Keiner, mit dem ich gesprochen habe, würde so offen mit einem Polizisten reden. Ihr braucht mich dabei.«

»Und wobei genau? Was für einen Hintermann siehst du denn da am Werk?«

Natürlich war ihm ihr kleiner Ausrutscher nicht entgangen. Nun hätte sie einen Schluck Prosecco gebrauchen können. Natürlich nur, um ihre Nerven zu beruhigen. Die Wahrscheinlichkeit war riesig, dass ihr Onkel sie einfach auslachen würde, und dann war sie am Ende. Alleine würde sie nicht weiterkommen. »Bitte höre mir bis zum Ende zu. Versprich mir das!«

Sie konnte die Miene ihres Onkels nicht länger deuten, aber immerhin nickte er.

»Der Überfall auf Guido macht gar keinen Sinn. Sein Restaurant wirft zu wenig ab, und er hätte sogar bezahlt, hatte aber gar keine Gelegenheit dazu. Jemand hat die Männer auf ihn angesetzt. Das eigentliche Ziel war Conny, denn sie hat am meisten abbekommen. Ihr Leben ist zerstört. Fürs Erste zumindest. Es gibt noch weitere solcher Fälle, die perfekt ins Schema passen. Die Senatorin Elena von Woltersleben. Ihre Karriere kann sie nach den Sexfotos vergessen. Es gibt einen Fall in einem Altersheim, dort hat jemand eine Bewohnerin überredet, ihr ganzes Vermögen einer Stiftung zu überschreiben. Ihr Enkel ist nun pleite, und seine Familie verliert das Haus. Die eigentlichen Opfer sind alle im gleichen Alter.«

»Du glaubst also nicht an eine Serie von Überfällen, sondern an einen ganz anderen Serientäter?«

»Ja«, stieß sie hervor.

Er schwieg wieder. »Rede ich hier mit meiner Patentochter oder mit einer Journalistin?«

Erleichtert lehnte sich Sabrina zurück. Eine komplette Ablehnung hätte er anders eingeleitet. »Es geht mir nicht um

Schlagzeilen, ich will die Verantwortlichen hinter Gittern bringen. Natürlich hoffe ich, einen Artikel herausbringen zu können, wenn es so weit ist, aber ich könnte auch ohne leben, wenn die Gangster dafür im Gefängnis landen. Und wenn ich ihn schreibe, lasse ich vorher jedes Wort von dir absegnen.«

»Das ist gut. Da ein Mitarbeiter, den ich sehr schätze, bei dem Überfall vor Ort war, habe ich mir die Sache genauer angesehen und mich auch über die Auswahl des Restaurants gewundert. Gehen wir mal als sehr vage und sehr weit hergeholte Arbeitsthese davon aus, dass du eventuell recht haben könntest.«

Mehr Zweifel an ihrer Überlegung konnte er wohl kaum in einem Satz unterbringen. Sabrina biss sich sicherheitshalber auf die Lippe, um nicht zu protestieren.

Ihr Onkel tippte nachdenklich mit den Fingern auf dem Tisch herum. »Na gut. Es gibt da jemanden, mit dem ich nachher über ein anderes Thema reden wollte. Wenn es dir gelingt, ihn zu überzeugen, den Fall zu verfolgen, schulde ich dir sogar etwas.«

Nun verstand Sabrina gar nichts mehr. Ihr Onkel konnte dem Mann doch schließlich einfach eine entsprechende Anweisung geben. Anscheinend interpretierte er ihre ratlose Miene richtig. Sie hatte sich schon oft genug anhören müssen, dass sie ihre Gefühle schlecht verbergen konnte.

»Natürlich könnte ich ihm einfach befehlen, die Sache zu verfolgen, aber ich möchte, dass er sich selbst dazu entscheidet. Das wird nicht einfach, aber so hast du eine faire Chance. Was sagst du?«

»Einverstanden, natürlich, denn jetzt hast du mich wirklich neugierig gemacht. Verrätst du mir, wer er ist und warum du so vorgehst?«

»Er heißt Marcus Lauer. Den Rest musst du schon selbst

herausfinden. Ich möchte, dass du unvoreingenommen in das Gespräch gehst.«

»Und wann lerne ich ihn kennen?«

Ihr Onkel sah auf die Uhr. »In zwanzig Minuten. Ich hatte, wie gesagt, eigentlich vor, etwas anderes mit ihm zu besprechen, aber das hier passt ausgezeichnet. Ich stelle euch vor, und dann gehört er ganz dir.«

Einfach würde es bestimmt nicht werden, aber dennoch wuchs in ihr eine gewisse Aufregung. Die erste Hürde hatte sie genommen, und mit diesem merkwürdigen Polizisten würde sie auch fertigwerden.

KAPITEL 6

Es war schon nach halb zehn, und noch immer war das Vorzimmer verwaist. Unschlüssig hielt er den roten Pappordner in der Hand. Sollte er wirklich …? Marcus wusste es einfach nicht.

Auf das Gespräch mit Tannhäuser war er vorbereitet. Er hatte eine Excel-Tabelle ausgedruckt, aus der hervorging, wie viele Akten er in relativ kurzer Zeit bearbeitet hatte. Bearbeitet? Flüchtig gesichtet und weitergeleitet. Wieder hörte er die Stimme von Astra, der ihn fragte, ob er Polizist sei. Er kannte die Antwort immer noch nicht.

Marcus hätte niemals damit gerechnet, dass ihm sein Versetzungsantrag nach Hamburg ein Bewerbungsgespräch mit dem Polizeipräsidenten einbringen würde, aber genau das war geschehen. Tannhäuser war ihm durchaus freundlich begegnet und hatte ihm schon zum Ende des Gesprächs signalisiert, dass Marcus sich um den Umzug kümmern konnte. Das war allerdings überflüssig gewesen, zu dem Zeitpunkt hatte er schon längst alle Brücken in Hannover hinter sich abgebrochen und war in das Reihenhaus seines verstorbenen Großvaters gezogen.

Die Tür ging auf, und Juliane stürmte in das Büro. Dabei nestelte sie an ihrem Ohr herum. Marcus verkniff sich in letzter Sekunde den demonstrativen Blick auf die Uhr. Seine Assistentin war mit dem Nasenpiercing, den schwarz gefärbten

Haaren und der Kleidung in der gleichen Farbe eine auffallende Erscheinung. Sie litt allerdings unter Hörproblemen und konnte ihn nur mit entsprechender elektronischer Hilfe verstehen. Erst hatte er gedacht, sie nutzte lediglich ein normales Hörgerät, das sie gut erkennbar oberhalb des Ohres trug. Durch Zufall hatte er dann eines Tages das runde Teil, das direkt am Kopf befestigt war und normalerweise von ihren Haaren verborgen wurde, bemerkt. Er war neugierig geworden und hatte sich im Internet über die Cochlea-Implantate informiert. Vermutlich sprach sie deshalb extrem wenig, weil letztlich jeder Laut, den sie hörte, elektronisch erzeugt oder verstärkt wurde. So ganz wurde er aus ihr nicht schlau, denn sie verhielt sich extrem ambivalent: sehr bemüht und eifrig im Umgang mit den Akten, jedoch sehr distanziert ihm gegenüber.

Sie räusperte sich. »Sorry, Chef.«

»Kein Problem.«

Sie streckte die Hand aus. »Die bringe ich gleich weg.«

Marcus brauchte einen Moment, bis er begriff, dass sie die Akte in seiner Hand meinte. »Nein, nicht. Sieh dir die Akte bitte noch einmal genau an. Ich bin ziemlich sicher, den Familiennamen des Täters erst vor Kurzem in einem anderen Zusammenhang gelesen zu haben. Wenn ich mich nicht irre, ging es um einen Fall aus dem Bereich Organisierte Kriminalität. Sieh mal zu, ob du herausfindest, was da war. Und dann möchte ich, dass du nach Parallelen oder Zusammenhängen zwischen den Fällen suchst.«

Juliane ließ sich auf ihren Stuhl fallen und griff so eifrig nach der Akte, dass sie sogar vergaß, sich die Jacke auszuziehen. »Wieso ist mir das nicht aufgefallen?«, murmelte sie kaum verständlich.

Hier war er nun wohl überflüssig. Marcus rieb sich über

die Augen und sah auf seine Armbanduhr. Die Wege in dem sternförmigen Gebäude waren lang, wenn er nicht zu spät kommen wollte, sollte er langsam los.

Als er Tannhäusers Büro erreicht hatte, begrüßte ihn die Sekretärin des Präsidenten mit einem Lächeln. »Sie können schon reingehen, Herr Lauer.«

»Danke, Frau Walter.«

Trotz der Aufforderung klopfte Marcus und betrat erst dann das Büro des Polizeipräsidenten. Zu seiner Überraschung war sein Vorgesetzter nicht alleine. Eine Frau saß bereits in der Besucherecke. Sie stand jetzt auf und sah ihm neugierig entgegen.

»Herr Lauer, schön, dass Sie es einrichten konnten«, begrüßte ihn Tannhäuser. »Ich darf Ihnen Sabrina von Wesenberg vorstellen. Sie ist Reporterin bei einem Lokalblatt und auf etwas gestoßen, das vielleicht interessant für Sie sein könnte. Um ehrlich zu sein, wüsste ich nicht, welches Dezernat ich einschalten sollte. Hören Sie sich ihre Geschichte einfach mal an und entscheiden dann, ob Sie die Ermittlungen übernehmen oder nicht.«

Neugierig betrachtete Marcus die Reporterin genauer. Auf den ersten Blick steckte sie voller Widersprüche. Ihre zerzausten schulterlangen, braunen Haare konnten auf einen teuren Friseur hindeuten, aber auch am stürmischen Wetter liegen. Das Outfit aus Jeans, Lederjacke und buntem Halstuch war weit entfernt von dem hanseatischen Chic, den ihr Name suggerierte. Doch ihm fielen auch sofort der schwere Siegelring an ihrem Finger und die Diamantstecker in ihren Ohren ins Auge. Bei der Einschätzung ihres Alters musste er passen, sie konnte Mitte zwanzig sein, aber auch gut zehn Jahre älter. Eine Reporterin? Und er sollte sich frei entscheiden können? Tannhäuser wusste genau, dass er bisher nie selbstständig ermittelt hatte. Die Miene seines Chefs war unergründlich. Das Schweigen zog sich hin, und es lag wohl an ihm, es zu beenden.

Schließlich breitete er die Hände aus und hoffte, dass die Geste eher einladend als hilflos aussah. »Dann bin ich gespannt.«

Die Reporterin strich sich eine Haarsträhne zurück und setzte sich.

Ehe sie beginnen konnte, lächelte der Polizeipräsident. »Da ich die Geschichte schon kenne, verabschiede ich mich.«

Nun war sein Misstrauen endgültig erwacht. Was sollte das? Auch die Reporterin blickte Tannhäuser überrascht hinterher, als der die Tür hinter sich schloss. Ihre ratlose Miene erleichterte Marcus die Situation etwas. »Tja, allmählich bin ich wirklich neugierig.«

»Dann setzen Sie sich endlich, damit ich beginnen kann. Wenn Sie so auf mich herabgucken, werde ich noch wahnsinnig.«

Marcus zögerte exakt so lange, dass sie bemerken musste, dass er Befehle jeder Art ignorierte.

Die Worte sprudelten nur so aus ihr hervor. Sie beschränkte sich zwar auf die Fakten, aber die Gesten, mit denen sie ihre Worte unterstrich, und vor allem ihre Miene, die jedes Gefühl offen widerspiegelte, zeigten, wie sehr sie persönlich in die Angelegenheit involviert war.

Als sie ihm beschrieb, wie sie zunächst im Krankenhaus mit dem Besitzer des Steakhouses und später dann auch noch mit dem anderen überfallenen Gastwirt gesprochen hatte, schüttelte er den Kopf. Wenn die Falschen von ihren Nachforschungen erfuhren, hatte sie ein Problem. Normalerweise müsste er sich fragen, wieso die Männer so offen mit ihr geredet hatten, aber darauf verzichtete er. Er konnte sich gut vorstellen, dass sie mit ihrer direkten und unverfälschten Art auch den verstocktesten Gesprächspartner zum Reden brachte.

Da es keine verwertbaren Spuren gab, würde die Akte über den Überfall irgendwo in einer Ecke landen und dort nur mit viel Glück wieder hervorgekramt werden. Aber das war nicht sein Problem. Er hatte sich die Geschichte angehört, und seine Entscheidung stand fest. Es war eine Sache, zwischen zwei vorliegenden Akten eine Verbindung zu entdecken, eine völlig andere, sich wieder aktiv an Ermittlungen zu beteiligen. Und schon gar nicht in einem solchen Fall, der entweder keine Aussicht auf Erfolg haben würde oder aber heiß, sogar verdammt heiß werden konnte.

»Es tut mir aufrichtig leid, was Sie erlebt haben und was Ihrer Freundin zugestoßen ist. Bei den Kollegen vom Dezernat für Organisiertes Verbrechen sind Sie damit bestens aufgehoben.«

Die Reporterin hob ihr Kinn höher, und Ärger blitzte in ihren blaugrünen Augen auf. »Das zuständige Dezernat kann ich mir auch selbst aus dem Telefonbuch oder dem Internet heraussuchen. Sie wissen genauso gut wie ich, dass dort nichts passieren wird. Ich habe Ihnen doch gerade erklärt, dass der zweite Überfall atypisch ist! Mein Verdacht geht in eine ganze andere Richtung.«

Er hätte es nicht für möglich gehalten, aber noch intensiver als zuvor schilderte sie ihm nun die Theorie, dass der zweite Überfall Teil einer ganz anderen Serie war. Sie redete wie ein Wasserfall, und er hatte Mühe, ihr zu folgen. Aber immerhin verstand er, dass sie an eine Serie von Verbrechen glaubte, die in Verbindung zueinander standen.

Schließlich atmete sie tief durch. »Deshalb bin ich direkt zu Onkel Herbie gegangen, und ich möchte, dass eines seiner –

nennen wir es mal – persönlichen Teams den Fall übernimmt. Er war überzeugt, dass Sie der Richtige sind.«

Onkel Herbie? Das erklärte einiges. Es konnte sein, dass sie mit ihrem Verdacht richtiglag. Zumindest hatte sie ihre Überlegung so überzeugend dargelegt, dass er sie nicht sofort zerpflücken konnte. Doch das änderte nichts an seiner Meinung. Offen erwiderte er ihren Blick.

»Ihr Onkel wollte eine Entscheidung von mir, und die haben Sie gehört.« Um zu signalisieren, dass das Gespräch beendet war, stand er auf.

Seine Gesprächspartnerin fuhr ebenfalls hoch. Sie zerrte ihr Smartphone aus der Jacke und hielt es ihm hin. »So sieht meine Freundin jetzt aus.« Er bekam kaum Gelegenheit, das Foto zu betrachten, er erhaschte nur einen flüchtigen Blick auf eine Frau mit verbundenem Gesicht. Sie wischte über das Display. »Und wenn Sie nichts tun, werden vielleicht noch mehr Kinder im Krankenhaus landen, so wie dieser arme Junge hier. Von dem Fall habe ich Ihnen noch gar nichts erzählt. Da geht es um einen Kampfhund, der …«

Er hörte ihr nicht mehr zu. Der Anblick des Jungen brannte sich förmlich in Marcus' Gehirn und löste eine schnelle Folge von Bildern aus der Vergangenheit aus. Übelkeit stieg in ihm auf.

»Was ist mit Ihnen? O Gott, ich wollte nicht … Sie sind ja kreidebleich.«

»Morgen früh. Zehn Uhr in meinem Büro. Bringen Sie alles mit, was Sie haben.«

Marcus gab ihr keine Möglichkeit zu einer Antwort oder Nachfrage. Er stand auf und lief aus dem Zimmer. So schnell, dass es wie eine Flucht aussehen musste. Und nichts anderes war es.

KAPITEL 7

Zum zweiten Mal an diesem Tag hatte Marcus sich in den Waschraum zurückgezogen und starrte in den Spiegel. Was war in ihn gefahren? Die Reporterin reimte sich etwas zusammen, er lehnte ab und machte dann eine Kehrtwendung? Selbst, wenn sie mit ihrem Verdacht richtiglag, wäre das niemals in einer Akte abbildbar. Um stichhaltige Beweise zu finden, brauchte man schon fast eine Sonderkommission und am Ende einen Staatsanwalt, der über sehr viel Fantasie verfügte.

Er wusste natürlich, warum er sich auf den Wahnsinn eingelassen hatte. Das Bild von dem Jungen. Der Anblick hatte ihn daran erinnert, welche Schuld er auf sich geladen hatte. Das Gefühl, etwas wiedergutmachen zu können, hatte jedes logische Denken ausgeschaltet. Und jetzt kam er aus der Sache nicht mehr raus. Davon abgesehen, dass er es sich für alle Ewigkeit mit Tannhäuser verderben würde, hinderte ihn auch sein eigenes Gewissen daran, seine Meinung zu ändern. Er mochte viele Fehler haben, stand aber zu seinem Wort. Was sollte er nur tun? Er hatte keine Ahnung, doch es würde ihm kaum helfen, weiter in den Spiegel zu blicken. Als ein Kollege den Raum betrat und ihm grüßend zunickte, ging er zurück in sein Büro.

»Ich habe es! Eindeutig ein Fall fürs OK, die werden begeistert sein, dass sie ihn jetzt drankriegen«, empfing ihn Juliane.

Zunächst wusste er nicht, wovon sie sprach, dann erinnerte er sich an die Namensgleichheit in der Akte. Nur am Rande notierte er sich, dass sie noch nie so viele Worte auf einmal mit ihm gewechselt hatte. »Gut, sehr gut, dann …« Ihm kam ein Gedanke. »Hast du etwas von einem Überfall gehört, bei dem ein Kollege vor Ort war?«

Sie nickte.

»Wie heißt der?«

»Toni.« Juliane tippte auf die Akte. »Ich wollte die gerade rüberbringen.«

»Ich übernehme das selbst. Hat der Kollege auch einen Nachnamen? Aber vorher schreibe ich dir noch einige Delikte auf und möchte dich bitten, die entsprechenden Aktenzeichen herauszusuchen.«

»Warum?«

Weil ich es dir sage! Er schluckte den Kommentar hinunter. »Erkläre ich dir, wenn ich wieder zurück bin. Und wie heißt der Kollege nun?«

»Petersen.«

Immerhin blitzte in ihren Augen so etwas wie Interesse auf.

»Danke.«

Marcus setzte sich an den Schreibtisch und fertigte ein Stichwortprotokoll zu dem Gespräch mit Sabrina von Wesenberg an. Die wichtigsten Eckpunkte hatte er sich gemerkt. Damit müsste Juliane fündig werden.

Als er ihr den Zettel hinlegte, sah sie ihn mit ihrer typischen missmutigen Miene an.

»Was denn? Du ertrinkst doch nicht gerade in Arbeit!«

»Nein. Aber warum tippst du das nicht in den PC ein? Jetzt muss ich es tun. Sagt dir Copy-and-Paste was?«

Heute redete sie in erstaunlich langen Sätzen mit ihm! Da war er dann auch bereit, den Vorwurf zu überhören. Er schnappte sich die Mappe und wollte gehen. »Ach so. Es gibt eine Reporterin, die einen Zusammenhang zwischen den Fällen vermutet.«

Juliane warf einen kurzen Blick auf die Notizen. »Sehr unterschiedliche MO.«

Er brauchte einen Moment, bis er die Abkürzung für Tatausführung oder auch Modus Operandi erkannt hatte. Wieder kamen ihm Zweifel. War er – außer auf dem Papier – überhaupt noch ein Polizist? Doch vielleicht hatte er genau jetzt die Chance, daran etwas zu ändern. Sofern er es denn wollte.

»Stimmt. Aber einfach kann ja jeder. Sieh mal zu, ob du die Akten anfordern kannst, und wirf einen ersten Blick rein, ob dir was auffällt.«

Ihr interessierter Gesichtsausdruck kehrte zurück. »Mit Vergnügen.«

Kaum hatte Marcus den Gebäudeteil betreten, in dem das Dezernat für Organisierte Kriminalität untergebracht war, fühlte er sich unsicher und gehemmt. An den Büros standen keine Namen. Ein Vorzimmer, in dem er sich nach dem Kollegen erkundigen konnte, suchte er vergebens. Und jetzt? Jede Tür aufreißen und fragen, wo er diesen Petersen fand? Was war das überhaupt für ein Haufen? Der normale Aufbau mit einem Sekretariat für den Dezernatsleiter hatte Vorteile.

Am Ende des Flurs wurde eine Tür geöffnet. Ein Mann mit nackenlangen schwarzen Haaren bemerkte ihn und nickte ihm zu. Marcus stutzte. Das war doch der Motorradfahrer, den er heute Morgen mit Dirk Richter gesehen hatte und der ihn irgendwie an seine eigenen Erfahrungen erinnert hatte. War bei dem Gespräch, das er so aufmerksam verfolgt hatte, nicht auch der Name Toni gefallen? Das würde er wohl gleich erfahren.

»Suchen Sie jemanden?«

»Ja. Toni Petersen. Und das Sekretariat. Wo haben Sie denn das Büro Ihrer Dezernatsleiter versteckt?«

»Was wollen Sie von dem?«

»Nichts. Ich will seiner Sekretärin diese Akte geben. Mir ist da was aufgefallen, was dem zuständigen Kollegen helfen könnte. Da ich dessen Namen nicht kenne, suche ich das Vorzimmer.«

»Das ist hier gegenüber. Könnte man tatsächlich mal kennzeichnen. Gehen Sie rein und setzen Sie sich. Ich sage Toni Bescheid, dass er Besuch hat.« Einladend deutete er auf den Raum, den er gerade verlassen hatte.

Marcus betrat das Büro und verzog den Mund. Der Tag wurde immer besser. Wenn eines für jede Abteilung galt, dann die Korrelation zwischen Dienstgrad und Zimmergröße. Der Typ auf dem Flur war der Dezernatsleiter gewesen.

Er kehrte in Begleitung eines Mannes zurück und deutete auf die Stühle in der Besprechungsecke. »Alexander Frank. Und das ist mein Stellvertreter Toni Petersen. Dann schießen Sie mal los. Die Akte, die Sie mit sich herumtragen, interessiert mich. Es hat mich geärgert, dass wir keinen Hebel gefunden haben, um die Kerle festzusetzen.«

Marcus stellte sich vor, folgte der Aufforderung und fasste kurz und knapp seine Überlegungen zusammen. Der Mann, bei dem der Staatsanwalt es in Betracht zog, ihn trotz einer kleinen Drogengeschichte laufen zu lassen, gehörte zu einer albanischen Großfamilie, die in zahlreiche illegale Geschäfte verwickelt war. »Das dürfte Ihr Hebel sein, den Sie gesucht haben. Damit bringen Sie ihn zum Reden. Gegen den Kokainbesitz kann kein noch so teuer bezahlter Anwalt etwas ausrichten.«

Petersen lächelte. »Gute Arbeit. Danke. Das hilft uns. Ich verstehe allerdings nicht, was das mit mir zu tun hat.«

»Gar nichts. Ich habe von Tannhäuser eine Art Spezialauftrag bekommen und erfahren, dass Sie bei dem Überfall auf ein Steakhouse vor Ort waren.«

»*Sie* haben den Fall bekommen?«

Die Betonung gefiel Marcus nicht. »Ich habe mich nicht darum gerissen. Und ehe Sie sich auf den Schlips getreten fühlen, weil er nicht an Ihr Dezernat gegangen ist, sollten Sie lieber froh sein.« Er beschrieb die Überlegungen von Sabrina von Wesenberg, verschwieg jedoch sowohl ihre Beziehung zu Tannhäuser als auch seine Bewertung der Theorie.

Petersen lehnte sich zurück. »Alles klar. Das war nicht böse gemeint. Ich war nur sauer, weil die Kerle uns den Abend verdorben und vor allem meine Kinder verängstigt haben. Ich hätte sie mir zu gerne selbst vorgeknöpft.«

»Und was können Sie mir dazu sagen, was nicht in den Akten steht?«, hakte Marcus sofort nach.

Der anerkennende Blick des Dezernatsleiters tat ihm gut, und auch Petersen schmunzelte.

»Dass die Theorie gar nicht so verkehrt ist. Ich könnte Ihnen auf Anhieb zehn Punkte nennen, die nicht zu einem normalen Überfall passen. Da die Freundin von Sabrina das einzige wirkliche Opfer ist, würde ich tatsächlich mal in die Richtung gucken.«

Damit hatte er nicht gerechnet. Marcus hatte Mühe, seine Überraschung zu verbergen. »Sabrina? Sie kennen sich?«

»Nein, nicht wirklich. Wir haben uns bei dem Überfall kennengelernt. Ihr Handeln war vielleicht etwas unüberlegt, aber sie hat Nerven.«

Das war ein Anfang. Ob es ihm gefiel oder nicht, Marcus hatte einen Fall.

***

Er ermahnte sich, Geduld zu haben. Zugegeben, ein Sturz hatte in dem Alter meist fatale Folgen. Die Gelegenheit wäre ideal gewesen, aber es war noch zu früh. Er rückte seiner betagten Begleiterin den Stuhl zurecht und gratulierte ihr innerlich dazu, noch ein paar weitere Tage Lebenszeit gewonnen zu haben.

Trotz der Schuld, die sie auf sich geladen hatte, konnte er der alten Dame durchaus so etwas wie Sympathie entgegenbringen. Gerade regte sie sich fürchterlich über einen Politiker auf, der durch einen hoch dotierten Beratervertrag bei einem großen Konzern in die Schlagzeilen geraten war.

»Früher, als mein Willi noch in der Partei war, haben die für Werte gestanden! Das ist alles weg. Er würde sich vielleicht aufregen. Unglaublich, was aus der traditionsreichen Partei geworden ist. Was haben die für Staatsmänner hervorgebracht. Alles vorbei. Es geht nur noch ums Geld.«

»Da haben Sie völlig recht, liebe Frau Brunner. Aber denken Sie bitte auch an Ihren Blutdruck. Sie möchten doch bestimmt nicht, dass dieser korrupte Kerl daran schuld ist, wenn Sie mir hier umkippen.«

Sie zupfte an ihrer Perlenkette und lächelte verschmitzt. »Mit dem Argument haben Sie mich überzeugt. Dann freue ich mich lieber über den sonnigen Tag. Meinen Sie, es gibt heute Erdbeerkuchen?«

»Bestimmt. Ich bin vorhin zufällig an der Küche vorbeigekommen und meine, dort etwas gesehen zu haben.«

Das Lächeln fiel ihm nicht schwer. Anders als andere Bewohner des Altersheims achtete Adelheid Brunner auf ein gepflegtes Äußeres und war geistig noch auf der Höhe. Das machte sein Vorhaben herausfordernder, würde ihn am Ende aber auch befriedigter zurücklassen. Und seine Gelegenheit würde kommen, sehr bald.

KAPITEL 8

Marcus blickte auf die beleuchteten Ziffern seiner Armbanduhr und konnte es nicht glauben. Halb sieben. So lange hatte er seit Ewigkeiten nicht mehr geschlafen. Er hatte nicht einmal daran gedacht, den Wecker zu stellen, schließlich war er eigentlich immer spätestens gegen fünf Uhr wach. Kurz überschlug er die Zeit, die er fürs Frühstück und die Fahrt ins Präsidium brauchte. Das war ohne großen Stress machbar.

Polternde Schritte auf dem Flur. Seine Tochter stürmte gerade ins Badezimmer. Okay, es konnte doch knapp werden, wenn er daran dachte, wie viel Zeit sie immer darin verbrachte. Bisher waren sie sich morgens erfolgreich aus dem Weg gegangen, das war dann heute wohl eine Premiere.

Nach einem Abstecher ins Gästebad und einer Katzenwäsche betrachtete er unschlüssig den Inhalt des Kühlschranks. Seit Valeries Einzug hatte sich das Sortiment deutlich verändert, und er war sich nicht sicher, wie er diese Entwicklung bewerten sollte. Im oberen Stockwerk rauschte noch das Wasser. Es konnte also dauern, bis seine Tochter erschien.

Er griff nach einem Becher Skyr, roch skeptisch dran, und füllte dann einige Löffel in eine Glasschüssel. Im Tiefkühlfach fand er eine angebrochene Packung mit einer Beerenmischung. Er verteilte einige Früchte über diesem Quarkzeug und fluchte dann. An dem vereisten Obst würde sie sich die Zähne ausbeißen! Mit einem Löffel fischte er die Früchte wieder heraus und parkte sie auf einer Untertasse, die er für eine halbe Minute in die Mikrowelle stellte. Schon besser, nun waren sie essbar. Erneut landeten sie in der Glasschüssel. Er streute noch eine Handvoll Walnusskerne über das Ganze und war mit dem Anblick zufrieden. Dazu noch einen Milchkaffee, und er hatte seine Vaterpflichten erfüllt. Endlich konnte er sich seinem Toast und seinem Kaffee zuwenden.

Valerie kam schwungvoll die Treppe herunter, stürmte in die Küche und blieb wie angewurzelt stehen. »Oh. Du machst Frühstück?«

Wieso klang das, als ob ein Alien gelandet wäre? »Passte heute mal. Tut mir leid, dass sonst Selbstversorgung bei dir angesagt war. Ist das so in Ordnung?«

»Das ist perfekt!« Sein Herz machte einen Sprung, als sie sich im Vorbeigehen zu ihm herabbeugte und ihm einen flüchtigen Kuss auf die Wange gab.

Das war das erste Mal seit ihrer Ankunft. Und das alles nur wegen einer Schale mit dem Zeug? Darüber musste er nachdenken.

Valerie probierte den ersten Löffel noch im Stehen und setzte sich erst dann. »Hast du heute frei? Echt lecker das mit den Nüssen.«

»Nein, ich habe einfach länger geschlafen.«

»Das ist gut. Immer so früh raus, um zu laufen, macht deinen ganzen Tagesrhythmus kaputt. Musst du zu einer festen Zeit im Büro sein?«

»Eigentlich nicht. Ich schätze nur …« Die Nachmittage auf der Terrasse, hatte er sagen wollen. »Die Ruhe, ehe die Kollegen kommen«, beendete er den Satz stattdessen.

»Es ist bestimmt ein gutes Gefühl, einen Verbrecher zu überführen. Nicht nur für die Opfer, sondern auch für dich.«

Bisher hatte sie sich noch nie für seinen Beruf interessiert.

Gleichzeitig hatte sie mit ihren Worten ins Schwarze getroffen. Zum ersten Mal seit Langem freute er sich in gewisser Weise auf seinen Arbeitstag. Sollte an dieser verrückten Idee der Lokalreporterin etwas dran sein, dann … Er verbat sich den Gedanken. Eins nach dem anderen. Erst einmal würde er das Frühstück mit seiner Tochter genießen. Oder auch nicht. Valerie hatte ihre Schale in Rekordzeit leer geputzt, stürzte im Stehen den Kaffee in einem Zug hinunter und stürmte nach einem Abschiedsgruß zur Tür hinaus.

Marcus nahm sich eine weitere Tasse Kaffee und sah auf die Terrasse hinaus. Wenn diese Sabrina mit ihrem Verdacht richtiglag, würde er erstmals wieder ermitteln. Allerdings in einem Fall, der so gut wie aussichtslos war. Wollte er das wirklich? Würde er dadurch nicht in ein noch tieferes Loch fallen?

Ein Eichhörnchen kam von einem Baum heruntergeflitzt, blieb mitten auf der kleinen Rasenfläche stehen und witterte in alle Richtungen. Erst dann grub es blitzschnell ein Loch und verschwand wieder. Ob es eine Nuss aus dem angelegten Vorrat gesucht hatte? Dann war die Aktion kein Erfolg gewesen. War das Verhalten des Tieres vielleicht eine Art Prophezeiung für das, was vor ihm lag? Er sollte sich die These der Reporterin genau anhören, eventuell ein paar Nachforschungen anstellen, jedoch auf gar keinen Fall zu hohe Erwartungen an die nächsten Tage haben. Das würde nur schiefgehen.

***

Firmenchef rast betrunken gegen einen Baum.
Größter Arbeitgeber der Region vor der Insolvenz.

Mit so einer Schlagzeile konnte der Tag beginnen. Zufrieden faltete er die Zeitung zusammen und verteilte etwas Schnittlauch über dem Rührei. Die Menschen waren einfach zu vorhersehbar. Er wischte über das Display seines Handys und setzte einen grünen Haken. Ein weiteres Teilprojekt war abgeschlossen. Von der Traditionsfirma vor den Toren Hamburgs würde nichts übrig bleiben, überhaupt nichts. In zwei, drei Jahren sprach niemand mehr über die Firma für Verpackungsmaterial, die dort jahrelang dreihundert Arbeitsplätze gesichert hatte.

Anfangs hatte er ein paar Skrupel überwinden müssen, denn der vier Jahre alte Bengel war schon ganz niedlich gewesen. Die Betonung lag auf *war*. Andererseits hatte er bislang niemals so ein reines Gewissen gehabt wie in diesem Fall. Der Junge lebte schließlich noch. Es war definitiv nicht seine Schuld, dass der Vater den Anblick des vernarbten Gesichts nicht ertragen konnte.

Während er das Rührei verspeiste, genoss er das Gefühl, sämtliche Fäden in der Hand zu halten. Ob ein Marionettenspieler ähnlich empfand? Darüber konnte er nur lachen, denn er spielte mit lebenden Puppen – und alle handelten so, wie er es geplant hatte.

***

Zwanzig vor acht. So spät war Marcus selten an seinem Arbeitsplatz erschienen. Er würde später ausrechnen, wann er nach Hause fahren konnte. Wenn er die Mittagspause etwas kürzte, müsste er es eigentlich schaffen, gerade noch rechtzeitig auf der Terrasse zu sitzen, um die letzten Strahlen der Nachmittagssonne zu genießen. Statt zu Hause in Ruhe zu frühstücken, hatte er sich zwei Sandwiches gemacht, die er vor dem Dienstrechner essen würde. Eigentlich hatte er gegenüber seiner Tochter die Wahrheit gesagt: Er liebte die ruhigen Stunden, in denen noch nicht Horden von Kollegen im Präsidium umherirrten.

Er hatte gerade seinen PC gestartet und in die beiden Scheiben Toast mit einer dicken Lage Kochschinken dazwischen gebissen, als er hörte, dass Juliane das Vorzimmer betrat. Wieso schon jetzt? Er seufzte ungeduldig. Damit blieb ihm nur die Hoffnung, dass seine Assistentin ihn in Ruhe ließ und sich um irgendetwas anderes kümmerte. Trotz ihrer Ermahnung vom Vortag legte er einen Collegeblock neben die Tastatur und überlegte, welche Akte er sich ansehen sollte. Den Fall, bei dem ein Kind von einem Kampfhund schwer verletzt worden war, schloss er aus. Das Foto war ihm zu nahegegangen. Bei dem angeblichen Betrugsfall im Altersheim glaubte er nicht an ein Verbrechen, alte Menschen neigten nun mal zum Starrsinn und zu Meinungsänderungen. Über den Angriff auf die Gäste des Restaurants hatte er bereits die Einschätzung eines Kollegen gehört. Damit war die Auswahl begrenzt. Marcus biss von seinem Sandwich ab und klickte mit der Maus auf den spektakulärsten Fall, den die Reporterin ausgegraben hatte: die Senatorin Elena von Woltersleben, deren Bilder es auf sämtliche Titelseiten geschafft hatten. Obwohl er die Boulevardpresse mied, hatte Marcus mitbekommen, dass es Fotos von ihr gab, die sie in einem anrüchigen Etablissement zeigten. Er erinnerte sich sogar an eines der Bilder, auf dem die Senatorin nackt und gefesselt zu sehen war. Bei dem Anblick hatte er sich gefragt, warum die Redaktionen so eine widerwärtige Zurschaustellung mitmachten, sich aber die Frage mit der Gier nach Klicks, Auflage und Geld selbst beantwortet.

Er überflog die Aussage der Geschädigten, während er sein Brot aß, und schüttelte immer wieder den Kopf.

Von wegen Serientäter. Was für ein Schwachsinn! Die Frau

war einem Kerl auf den Leim gegangen, den sie vorher etliche Male in dem Sex-Club gesehen hatte. Er war dort ein unauffälliger Stammgast gewesen, bis er die Nummer mit diesem Fesseltrick abgezogen hatte. Außerdem hatte er sein Opfer nicht getötet, sondern lediglich öffentlich bloßgestellt.

Marcus startete den Internetbrowser und gab das Wort »Shibari« bei Google ein und klickte dann auf »Bilder«. Prompt vergaß er sein Sandwich.

Die Tür zu seinem Büro flog auf. Statt Juliane, die ihn noch nicht einmal begrüßt hatte, stürmte Sabrina von Wesenberg ins Zimmer. Sie blieb neben dem Schreibtisch stehen und sah auf den Monitor.

Verdammt, wenn er die Wärme in seinen Wangen richtig interpretierte, lief er gerade rot an.

Sabrinas Augen blitzten. »Sie müssen jetzt nicht sagen, dass es nicht so ist, wie es aussieht. Ich habe auch erst nach dieser Fesselkunst suchen müssen. Ganz schön heiß, oder?«

Er räusperte sich. »Ähm, ja. In der Tat. Was machen Sie denn so früh hier? Wir waren doch erst um zehn verabredet.«

Sie warf die aktuelle Ausgabe des *Abendblatts* auf den Schreibtisch. »Es gibt eine neue Entwicklung in unserem Fall. Das passt einfach perfekt, ich weiß nur leider nicht, wieso.«

Unser Fall? Darüber sollten sie reden, aber er kam nicht zu Wort.

»Und wollen wir uns nicht duzen? Mit Juliane tue ich das auch, und das dämliche Gesieze macht doch alles nur komplizierter. Ich heiße Sabrina.«

Es hätte ihn zwar interessiert, wie sie reagieren würde, wenn er auf der formellen Anrede bestand, dennoch gab er der Versuchung nicht nach. »Meinetwegen. Dann besorg uns doch mal Kaffee zum Anstoßen. Ich bin noch beim Frühstücken.«

»Von mir aus. Aber nur ausnahmsweise, und weil es wirklich noch sehr früh ist. Ich bin nämlich als deine Partnerin hier und nicht als deine Assistentin.«

Partnerin? Auch zu dieser Vorstellung hätte er einiges zu sagen gehabt, aber das konnte warten, bis sie Kaffee geholt hatte.

Als Sabrina nach erstaunlich langer Zeit mit zwei Bechern zurückkehrte, die er noch nie zuvor gesehen hatte, war er gerade beim letzten Bissen seines Sandwiches angelangt. Sämtliche im Netzwerk vorhandenen Informationen über die veröffentlichten intimen Fotos der Senatorin hatten ihn kein Stück weitergebracht. Er tippte auf einen Gelegenheitstäter oder jemanden, der sich wegen einer persönlichen Sache an der Dame hatte rächen wollen.

Nicht nur Sabrina nahm vor seinem Schreibtisch Platz, auch Juliane betrat das Büro, nickte ihm zu und setzte sich neben die Reporterin. Das konnte ja lustig werden. So arbeitete er definitiv nicht!

Er trank einen Schluck Kaffee, der überraschend gut war, und setzte zu einem freundlichen, aber unmissverständlichen Rauswurf von Juliane an. Doch er bekam gar keine Gelegenheit dazu, seine wohldurchdachten Sätze auszusprechen.

»Ich dachte mir, dass es besser ist, wenn ich alles nur einmal erzählen muss. Schließlich sind wir ja ein Team. Ich bin gestern Abend schon mit Juliane alles durchgegangen und habe jetzt ein Update für euch. Danach hole ich dann auch dich ab, Marcus. Wirklich schade, dass du gestern bei unserem ersten Austausch nicht dabei warst, aber das lässt sich jetzt ja nicht mehr ändern.«

Erster Austausch am Vorabend? Team? Selbst, wenn er diesen Fall lösen sollte – sofern es denn überhaupt einen gab –, wäre er dann vermutlich reif fürs Irrenhaus.

»Fangen wir zunächst damit an, woher du den Kaffee hast?«

Sabrina blinzelte und zupfte dann an dem bunten Halstuch, das sie zu einem schlichten dunkelblauen Sweatshirt trug. »Ist das wichtig? Ordnungsgemäß geliehen, lautet die offizielle Antwort. Ich bin mit ein paar Kollegen ins Gespräch gekommen. Nun aber zu dem kleinen Luis Fiebinger.«

Wieso hatte er plötzlich ein Bild vor Augen, wie Sabrina sich mit riesigen Tentakeln im sternförmigen Gebäude festkrallte? Er hustete leicht. »Du meinst den Jungen, der von einem Kampfhund gebissen wurde? Das klingt für mich nach einem Unfall.«

Ihre blaugrünen Augen blitzten, als sie aufsprang. »Das war kein Unfall! Es hat sich nur niemand die Mühe gemacht, die Aussage des Jungen ernst zu nehmen. Diese Schlamperei und Gleichgültigkeit macht mich richtig sauer!«

»Das ist nicht zu überhören. Setz dich und erkläre mir, was du meinst!«

Einen Moment sah es aus, als ob sie ihn wütend anfahren würde, aber dann ließ sie sich auf den Stuhl fallen. »Der Hund war vorher nie auffällig, der Besitzer ist ein erfahrener Trainer. Der Junge sprach davon, dass seine Mütze merkwürdig gerochen hat. Der Gutachter und der Besitzer können nicht nachvollziehen, warum der Hund sich quasi wie ferngesteuert im Gesicht verbissen hat.«

Himmel! Musste die niemals Luft holen? Marcus sortierte die stakkatohaft vorgebrachten Sätze und trank einen Schluck Kaffee, um Zeit zu gewinnen.

»Wieso wurde dem Geruch nicht nachgegangen? Das könnte ja tatsächlich etwas gewesen sein, das den Hund zu der Attacke veranlasst hat.«

Sabrina beugte sich vor. »Sag ich doch. Die Erzieherin meinte, dass Luis ein sehr ernster, aber auch lieber und wohlerzogener Junge ist. Der hätte sich so etwas nicht mal eben so ausgedacht, und er hat an dem Tag ordentlich Theater gemacht, weil er sich die Mütze nicht aufsetzen wollte. Dummerweise hat sich seine Nanny dann durchgesetzt und …«

»Stopp. Nanny? Also hat ihn nicht seine Mutter abgeholt?«

»Nein, so etwas ist in den Kreisen nicht üblich.«

»Gut, belassen wir es dabei. Du meintest, dass es eine neue Entwicklung gibt?«

Ungeduldig warf sie die Hände in die Luft und tippte dann mit dem Zeigefinger so fest auf die Schlagzeile der Zeitung, dass er einen Knochenbruch befürchtete. »Marius Fiebinger. Ich bin sicher, das steckte von Anfang an dahinter! Denn wer hat schon was gegen ein Kind?«

Juliane war schneller als er. Sie nahm die Zeitung und überflog die Schlagzeilen. »Ich sehe, was du meinst. Aber wieso der Aufwand? Wieso nicht Marius Fiebinger direkt angreifen?«

Marcus riss ihr das *Abendblatt* aus der Hand. Wenige Momente später schüttelte er den Kopf. »Du meinst, man hat den Luis angegriffen, um seinen Vater Marius Fiebinger fertigzumachen? Ziemlich weit hergeholt.«

Beide Frauen überboten sich damit, ihm giftige Blicke zuzuwerfen.

Eigentlich hatte er vorgehabt, zunächst einmal sämtliche Informationen vernünftig zu sortieren. Vor-Ort-Recherchen wollte er vermeiden. Trotzdem reizte es ihn nun, sich den Zwischenfall mit dem Kampfhund genauer anzusehen. Sollte er das wirklich tun? Er zögerte kurz und entschied sich dann doch dafür. Vielleicht war das der ideale Ansatz, um zu überprüfen, ob die Ermittlungen sich überhaupt lohnten. »Also gut. Wir beide …« Er deutete auf Sabrina, dann auf sich. »… fahren in diese Kita. Ich möchte hören, was die Kindergärtnerinnen da gesehen oder bemerkt haben.«

»Das heißt Erzieherinnen«, korrigierte Juliane ihn prompt.

»Meinetwegen auch das.« Er kratzte sich am Kopf. »Du schwörst doch so auf Technik. Es kommt gleich ein Kollege vorbei, der dir ein Datenbankprogramm einrichtet. Das ist unter anderem beim FBI im Einsatz und soll Verbindungen aufdecken, die uns verborgen bleiben. Der Nachteil ist, dass man es zunächst mit vielen Details füttern muss. Aber das könnt ihr euch ja zur Not teilen. Ich möchte, dass wir die Informationen aus den Akten und die von Sabrina kombinieren und dort eingeben.«

Juliane strahlte geradezu. »Ich wusste, dass es das gibt, aber wäre nie auf die Idee gekommen, dass du uns eine Lizenz besorgen kannst.«

Dann erwähnte er wohl besser nicht, dass dieser Vorschlag von der Sekretärin von Tannhäuser kam und er ihn nur an die ITler weitergeleitet hatte. Marcus hatte eigentlich an eine Pinnwand und Karten gedacht. Er lächelte unverbindlich.

»Was denn?«, fragte er schließlich Sabrina, die ihn stumm anfunkelte.

»Ich helfe Juliane natürlich sehr gerne, aber wie wäre es, wenn du dich auch an den Eingaben beteiligst?«

Juliane legte ihr eine Hand auf den Arm. »Besser nicht. Er bringt noch alles durcheinander.«

»Verstehe. Dann bist du natürlich davon befreit.«

Das gefiel ihm nun auch nicht. Er war der Teamleiter, aber keineswegs so alt, dass ihm neue Techniken völlig fremd waren!

»Vielleicht solltest du weniger amerikanische Krimiserien sehen, in denen der Fall in fünfundvierzig Minuten gelöst wird. Der Großteil unserer Arbeit findet am Schreibtisch statt und besteht darin, Fakten zu checken, zu überprüfen und sie gegebenenfalls zu bewerten. Das Programm hilft uns dabei. Selbst das FBI benutzt es und ist sehr zufrieden!«

Zugegeben, sein Ton war zu scharf. Es war, als würde er seinem alten Ausbilder an der Polizeischule beim Dozieren zuhören, trotzdem war er im Recht. Sie konnte froh sein, dass er überhaupt bereit war, mit dieser Kindergärtnerin – oder Erzieherin – zu reden.

»Da hat er recht«, sagte Juliane und verärgerte ihn damit nur noch mehr. Seit wann brauchte er eine Bestätigung durch seine Assistentin?

»Wir fahren in dreißig Minuten los«, befahl er und machte eine Geste, die den Frauen signalisieren sollte, aus seinem Büro zu verschwinden.

Juliane stand auf. »Komm mit, ehe er es sich anders überlegt. Es ist das erste Mal, dass er das Büro verlässt.«

Plötzlich kommunizierte seine Assistentin also in ganzen Sätzen. Interessant. Allerdings gefiel ihm das, was sie so von sich gab, nicht wirklich. Da war anscheinend noch ein ernstes Gespräch angesagt.

KAPITEL 9

Hier?«, fragte Marcus ungläubig. Vom Präsidium waren sie keine Viertelstunde unterwegs gewesen. In der Gegend rund um das neue Luxushotel *Fontenay* an der Außenalster hatte er keine Kindertagesstätte erwartet.

Als Sabrina nickte, rangierte er seinen Dienstwagen in eine Lücke vor der weißen Villa.

Lediglich ein dezentes dunkelgraues Schild mit einer geschwungenen Schrift neben dem Eingang wies darauf hin, dass sich in dem Gebäude die Kindertagesstätte *Alsterschwäne* befand. Das Symbol sollte vermutlich einen der eleganten Vögel symbolisieren, auf Marcus wirkte es wie ein missglückter Schnörkel. Hinter der Mauer lag eine perfekt gepflegte Rasenfläche, die zum Fußballspielen ideal gewesen wäre, doch sie wirkte wie ausgestorben. Kein einziges Spielzeug hatte sich dorthin verirrt. Er bereute es schon jetzt, den Schreibtisch verlassen zu haben.

Neben dem Tor befand sich ein Klingelknopf aus Messing. Marcus drückte energisch darauf und hielt dann seinen Ausweis vor die Linse der Kamera. »Ja bitte?«, ertönte eine männliche Stimme.

»LKA Hamburg. Ich habe im Zusammenhang mit einer laufenden Ermittlung einige Fragen an die Leiterin der Kita. Geht das klar, oder soll ich mit einem Beschluss und einem Aufgebot von Streifenwagen zurückkommen?«

In der nächsten Sekunde erklang ein Summen, und Marcus stieß das Tor auf.

Er ging direkt auf die Haustür zu, die einem Portal glich, und ignorierte Sabrinas Hinweis, dass die Kita einen eigenen Eingang an der Seite besaß.

Als sie das imposante Gebäude betraten, hörte er endlich lautes Kindergeschrei. Er hatte schon befürchtet, die Kleinen säßen brav in dunkelblauen Uniformen in Reih und Glied in irgendwelchen Klassenräumen. Der Empfangsbereich mit einer wuchtigen Holztreppe, die ins obere Stockwerk führte, und den Bodenfliesen, die einen riesigen Stern ergaben, passte nicht im Geringsten zu einem Ort, an dem Kinder spielen sollten. Eine Frau in den Dreißigern kam auf sie zu. Mit Jeans und Sweatshirt bekleidet, passte sie so überhaupt nicht in das steife Ambiente.

»Guten Tag, Marion Hering, die Leiterin der Einrichtung. Unser Facility Manager erwähnte, dass Sie mich sprechen wollen?«

Das war dann wohl die neue Bezeichnung für Hausmeister. »Das ist richtig. Wir haben zwei, drei Fragen zu dem Zwischenfall mit dem Kampfhund. Ich bin Marcus Lauer, Kriminaloberkommissar beim LKA Hamburg, Frau von Wesenberg unterstützt uns in diesem Fall.«

Frau Hering stutzte. »Ich erinnere mich an Sie. Sie sind die Reporterin. Dann ist an Ihrem Verdacht also doch etwas dran? Bitte folgen Sie mir in mein Büro.«

Auf dem Weg änderte Marcus seine Meinung etwas. An den Wänden des Flurs befanden sich Bilder, die von Kindern gemalt worden waren. Er tippte auf Zootiere, es konnten aber auch Fabelwesen sein. Von dem Büro aus hatte man einen Blick auf die rückwärtige Rasenfläche, die mit mehreren kleinen Rutschen, einer großen Schaukel, einem riesigen Sandkasten und einem bunten Pavillon schon eher an einen Kindergarten erinnerte.

Als die Leiterin einladend auf Besucherstühle vor dem Schreibtisch deutete, schüttelte Marcus den Kopf. »Können Sie mir zeigen, wo die Schuhe und Jacken der Kinder aufbewahrt werden?«

»Natürlich. Hier entlang.«

Die Villa besaß einen Seiteneingang. Der breite Flur dahinter war zu einer Art Garderobe umfunktioniert. Es gab eine Reihe von Kleiderhaken und weiße Fächer in einer Regalwand, die mit Namensschildern gekennzeichnet waren.

Marcus sah Frau Hering fragend an. »Die Mütze des Jungen lag vermutlich in einem dieser Fächer?«

»Richtig.«

»Wer hat zu diesem Bereich Zutritt?«

»Die Eltern, die Angestellten und ab und zu mal ein Handwerker.«

»Waren an dem besagten Tag Handwerker hier?«

»Nein. Das habe ich schon gemeinsam mit Frau von Wesenberg überprüft.«

»Was ist mit dem Bereich des Gebäudes, der offenbar nicht von Ihnen genutzt wird? Mir ist keine konkrete Trennung aufgefallen.«

»Die gibt es auch nicht. Es ist ein stillschweigendes Abkommen, dass die Kinder und Eltern sich dort nicht aufhalten.«

Na, davon würde sich ein Verbrecher bestimmt nicht abhalten lassen. Die Mauer zur Straße hin war eher dekorativ, als dass sie einen echten Schutz darstellte. Im Zweifel konnte jeder halbwegs sportliche Mann dort hinüberklettern.

»Gibt es eine Kameraüberwachung zur Straße hin?«

»Nein, nur über dem Seiteneingang und im rückwärtigen Bereich.«

»Ist den Kindern an dem Tag etwas aufgefallen?«

Frau Hering hob die Hände. »Das weiß ich nicht. Wir haben sie nicht befragt. Wieso auch? Es sah ja alles nach einem Unfall aus.«

»Na gut, hat sich der Junge irgendwie anders verhalten als sonst?«

»In der Tat. Er hatte sich vehement geweigert, seine Mütze aufzusetzen, weil sie angeblich stinken würde.« Sie stutzte. »Warten Sie mal ... Das stimmt so eigentlich gar nicht. Was hatte er noch genau gesagt? Verflixt.«

Sie ging einige Schritte auf dem Flur entlang, kehrte dann um und schüttelte den Kopf. »Ich glaube, es ging darum, dass die Mütze kribbeln würde. Ich erinnere mich eigentlich nur noch, dass Luis' Verhalten sehr ungewöhnlich für ihn war. Wegen der niedrigen Temperaturen hat sich dann Christa durchgesetzt und ist mit ihm davongegangen. Das Nächste, was ich hörte, waren die Martinshörner, und dann kam die Information, dass es ein schreckliches Unglück gegeben hat.«

Sabrina hatte sich bisher zurückgehalten. »Würden Sie vielleicht dem LKA den Namen der Nanny verraten?«

»Ja, natürlich. Ich hoffe, Sie nehmen es nicht persönlich, aber einer Reporterin gegenüber ...«

»Schon gut. Hatte Luis vielleicht einen besten Freund? Es könnte ja sein, dass sich das Kind noch an den Tag erinnert.«

»Eine Freundin. Clara. Sie ist in der Ozelot-Gruppe. Ich hole sie. Warten Sie doch bitte in meinem Büro.«

Während sie davoneilte, kehrten sie in das Zimmer der Leiterin zurück. Marcus schüttelte den Kopf. »Ozelot? Bei Valerie hieß es früher Marienkäfer, Hase oder Igel.«

»Tja, du hast ja bestimmt auch keinen vierstelligen Betrag im Monat bezahlt, oder? Die Kinder sollen durch die Gruppennamen an die Vielfalt der Natur herangeführt werden. Außerdem sprechen sie mit ihnen englisch und spanisch und … Ach, vergiss es. Aber die Kinder machen trotzdem einen ganz zufriedenen Eindruck.«

Die erstaunlich schnelle Rückkehr von Frau Hering ersparte ihm eine Antwort. Obwohl er kein Experte war, erkannte er sofort, dass das Mädchen teure Markenkleidung trug. Immerhin grinste sie schelmisch, und einer ihrer blonden Zöpfe war nur noch ein wirres Durcheinander.

»Guten Tag, ich bin Clara. Und Sie sind echt von der Polizei? Wie cool! Wie kann ich Ihnen helfen?«

Die Mischung aus anerzogenen Manieren und kindlicher Neugier hätte Marcus fast wieder zum Kopfschütteln gebracht, doch er bekam gar keine Gelegenheit, etwas zu sagen. Sabrina übernahm das Kommando. Sie hockte sich vor das Mädchen hin.

»Hi, ich bin Sabrina. Wir sehen uns noch einmal ganz genau an, was es mit dem Unfall auf sich hat, bei dem Luis Fiebinger verletzt worden ist.«

»Das ist gut. Ich vermisse ihn total. Und obwohl es ihm wieder gut geht, ist sein Vater total doof zu ihm. Und wir dürfen uns nicht mehr treffen, und er soll nicht mehr in die Kita gehen. Das ist doch echt das Letzte!«

»Das finde ich auch unfair. Ist dir denn an dem Tag, an dem das passiert ist, etwas aufgefallen? War da vielleicht jemand hier, den du vorher noch nie gesehen hast?«

Clara spitzte den Mund und nickte dann. »Luis und ich haben bei den Fächern einen Mann getroffen. Der war total witzig und nett. Und er hatte Gummibärchen dabei. Das weiß ich noch, denn das war sowieso so ein schöner Tag. Der Geburtstag von Tatjana, Luis hat mir das blaue Bobbycar überlassen, ich durfte die ganzen roten Bärchen haben! Und dann der Streit mit Christa. Puh, war die sauer. Von da an war alles nur noch blöd.«

»Weißt du denn noch, wie der Mann aussah?«

»Nö. Nett. Alt, aber nicht so alt wie Sie.«

»Und die Haarfarbe?«

»Weiß nicht, er hatte so ein Cap auf.«

»Hast du denn eine Idee, was er hier wollte?«

»Na klar, sein Kind anmelden. Er hat gesagt, dass es ihm hier so richtig gut gefällt.«

Hinter dem Rücken des Kindes schüttelte Frau Hering den Kopf. Also hatte es wohl keinen Vater mit einem solchen Anliegen gegeben.

Sabrina lächelte. »Das hast du super gemacht, Clara. Ganz lieben Dank. Wenn dir noch was zu dem netten Mann einfällt, sagst du das dann bitte Frau Hering?«

»Mach ich. Kann ich jetzt wieder raus? Gleich gibt's Kekse, und zwar die mit Schokolade und nicht die, die so stauben.«

Die Leiterin hatte kaum genickt, da rannte das Mädchen auch schon los.

Als sie wieder vor seinem Wagen standen, atmete Marcus auf. Die Atmosphäre dort hatte sich einfach nicht gut angefühlt. Zwar war die Leiterin hilfsbereit gewesen, aber trotzdem … Die fehlende Absicherung gegenüber dem Hauptgebäude ärgerte ihn. Wie blind waren die Betreiber der Kita eigentlich? In einer dermaßen teuren und exquisiten Einrichtung hatte er mehr Sicherheitsbewusstsein erwartet.

Waren das nun tatsächlich Ansatzpunkte für ein Verbrechen? Überzeugt war er noch lange nicht, würde das höchstens als sehr vages Indiz bezeichnen. Erst mit Verspätung bemerkte er, dass Sabrina auf ihn einredete. Konnte die Frau nicht einmal ihre Klappe halten?

Seufzend zwang er sich dazu, seine gereizte Stimmung zu verbergen. »Entschuldige, was meintest du? Ich habe gerade nachgedacht.«

Das kam an. »Dann sollte ich mich vielleicht entschuldigen, aber wir sind doch einen Riesenschritt weiter, oder? Wir haben ja sogar eine Augenzeugin. Damit hätte ich nicht gerechnet.« Sie legte den Kopf schief und musterte ihn forschend. »Du bist nicht überzeugt?«

»Nein.«

Jetzt fehlte noch, dass sie mit dem Fuß aufstampfte, stattdessen zerrte sie nur an ihrem Halstuch. Wie alt war sie denn jetzt eigentlich? Ende zwanzig? Oder schon über dreißig?

»Dann lass uns mit der Nanny von Luis Fiebinger reden!«

»Nein.«

»Wieso nicht? Vielleicht kann sie uns weiterhelfen.«

»Vielleicht. Hast du denn ihre Adresse?«

»Nein, aber die bekommen wir doch raus.«

»Vielleicht. Um diese Zeit arbeiten jedoch die meisten Menschen. Bist du eigentlich immer so spontan, oder planst du dein Vorgehen auch mal?«

Sabrina stellte sich gerader hin und funkelte ihn an. »Menschen machen Pläne, Gott lacht! Das hat meine Tante immer gesagt. Und sie hat recht. Ans Ziel kommt man nämlich auf beiden Wegen.«

»Aha.« Seine knappen Antworten schienen sie zur Weißglut zu bringen. Sehr schön, entweder begriff sie, wer hier das Sagen hatte, oder sie gab diese bescheuerte Idee bezüglich ihrer Zusammenarbeit auf. Beides gefiel ihm – wobei er sich eigentlich schon mit dem Gedanken angefreundet hatte, zu ermitteln. Aber auf seine Art.

Sie warf die Hände in die Luft. »Und was hast du jetzt vor?«

Über das Dach des Wagens hinweg sah er sie ruhig an.

»Was hast du in den dreißig Minuten vor unserer Abfahrt gemacht?«

Ihre Wangen röteten sich. »Juliane hat mich über gewisse Aspekte der Polizeiarbeit aufgeklärt.«

Vermutlich hieß das, dass die beiden über ihn gelästert hatten. Damit konnte er leben. »Nun, ich habe unsere weiteren Schritte vorbereitet. Du kannst einsteigen oder zu Fuß zur nächsten Bushaltestelle gehen oder eine nette Wanderung um die Alster machen.«

Wenn Blicke töten könnten, wäre er nun eine Leiche.

Sie stieg ein und schlug die Tür so fest zu, dass er zusammenzuckte.

»Wohin fahren wir?«, fragte sie kühl, kaum dass er den Motor gestartet hatte.

»Aufs Land«, gab er zurück und verbarg, dass es ihm allmählich Spaß machte, sie abblitzen zu lassen.

Ihr schmollendes Schweigen hielt nicht einmal die paar Minuten, die er bis zur Innenstadt brauchte. »Nun gib doch zu, dass an meinem Verdacht etwas dran ist!«

»Sein könnte«, korrigierte er gelassen. »Als Reporterin kannst du dir Geschichten ausdenken, als Polizist brauche ich Fakten. Und da gibt es vage Indizien auf einen gewissen Anfangsverdacht. Oder anders: Das haut mir jeder Staatsanwalt um die Ohren und rechtfertigt bei genauer Betrachtung nicht einmal Ermittlungen.«

Sie sah einige Zeit zur Binnenalster hinüber, die sie in diesem Moment passierten. »Gut, die formelle Seite habe ich kapiert. Aber was ist mit dir? Also, ganz persönlich. Glaubst du mir?«

Ihre Stimme zitterte kaum merklich, sodass er es nicht fertigbrachte, sie weiter aufzuziehen.

»Ja.«

Sie strahlte förmlich.

Dieses Mal antwortete er wohl besser ausführlicher. »Zumindest, was das Kind angeht. Aber ich begreife noch nicht ganz, was Marius Fiebinger damit zu tun hat. Schließlich wurde Luis nicht getötet, und mir ist es ein Rätsel, wieso er deswegen seine Karre besoffen an einen Baum setzt. Aber mein Bauchgefühl sagt mir, dass es da irgendwie einen Zusammenhang gibt.« Als er an der roten Ampel vor dem Wallringtunnel hielt, sah er sie ernst an. »Es ist kaum zu übersehen, dass Geduld nicht gerade zu deinen Stärken zählt und du am liebsten sofort losstürmen würdest, aber ohne vernünftige Basis funktioniert das nicht. Darum will ich mir zunächst lieber einen Überblick über sämtliche Fakten verschaffen.«

»Okay, verstanden. Aber offensichtlich fahren wir nun ja nicht zurück ins Präsidium, um Daten in den PC einzutippen. Also, wohin wollen wir?«

Marcus bemühte sich um eine ernste Miene, aber es gelang ihm nicht, sein Schmunzeln zu unterdrücken. »Aufs Land«, wiederholte er.

KAPITEL 10

Sabrina starrte mit offenem Mund auf das blaue Schild mit der Aufschrift »Diensthundeschule«. Nachdem sie den Stadtteil Bergedorf hinter sich gelassen hatten, wurde es immer ländlicher. Grinsend hatte Marcus die fragenden Blicke von Sabrina ignoriert. Während der Weiterfahrt Richtung Naturschutzgebiet Besenhorster Sandberge und Elbsandwiesen hatte sie nur noch geschnaubt und etwas von der Strafe gemurmelt, die bei Entführung drohte. Nun schien sie die Zusammenhänge zu begreifen.

Eine Polizistin mit kurzen blonden Haaren öffnete ihnen die Tür. »Marcus Lauer?«, fragte sie zur Begrüßung.

»Genau. Haben wir telefoniert?«

»Ja, Luisa Merbold.« Eine Schäferhündin tauchte neben ihr auf und sah die Besucher aufmerksam an. »Und das ist Lexa.«

Lächelnd stellte Marcus seine Begleiterin vor und beugte sich nach einem fragenden Blick und einem Nicken der Hundeführerin zu Lexa hinab, um sie zu streicheln. Er lachte, als sie ihm nach einem Zeichen der Polizistin eine Pfote gab. »Danke, dass du dir Zeit für uns nimmst.«

»Dafür nicht. Kommt rein. Geradeaus und dann durch die Glastür. Da ist unser Besprechungsraum. Es sind sogar Kaffee und Kekse da.«

Nachdem Marcus der Beamtin schon morgens nach ihrem Telefonat die Unterlagen aus der Akte geschickt hatte, ergänzte er nun noch die Informationen, die sie in der Kita erhalten hatten. Sabrina war immer noch ungewöhnlich ruhig.

Luisa schüttelte den Kopf und legte mit angewiderter Miene einen Keks vor sich hin, von dem sie hatte abbeißen wollen. »Das Bild, das ihr hier gerade zeichnet, gefällt mir nicht. Aber um deine grundsätzliche Frage zu beantworten, ja, es sieht danach aus, dass es kein Unfall war. Offen ist jedoch, wie der Hund manipuliert wurde.« Sie tippte auf das zugeklappte Notebook vor sich. »Es ist typisch, dass die Akten kaum Daten über den Hund enthalten haben. Nicht jeder von euch Ermittlern ist so clever, uns zu fragen. Dann hört mal genau zu, ich erkläre euch, worauf ihr in dem Gespräch mit dem Hundehalter achten müsst. Am besten, wir telefonieren danach noch einmal. Wenn ich nicht noch einen Termin hätte, wäre ich mitgekommen, aber wir bekommen das auch so hin.«

Nach gut zwanzig Minuten waren sie fertig. Luisa ließ es sich nicht nehmen, noch ein paar Tricks von Lexa vorzuführen, und Sabrinas helles Lachen, als die Hündin sie zielsicher durch die Tür aus dem Raum bugsierte, gefiel ihm. Draußen zeigte die Hundeführerin ihnen noch die Grundzüge ihrer Überlegung, als sie einen Ball versteckte, der eine Duftprobe der Drogen enthielt, auf die Lexa konditioniert worden war. Die kluge, freundliche Hündin war nicht wiederzuerkennen, als sie zähnefletschend, mit zurückgelegten Ohren die Stelle unter einem Busch verbellte.

Sabrina war bleich geworden. »Wir sind auf der richtigen Spur!«

Marcus beschränkte sich auf ein Nicken. »Aber vergiss nicht, dass wir auch handfeste Beweise brauchen. Und bis dahin ist es noch ein langer, steiniger Weg!«

»Das schaffen wir!«

***

Das Eis passte hervorragend zu den frühlingshaften Temperaturen. Und auch sein Standort war perfekt gewählt. Von der Bushaltestelle aus hatte er direkten Blick auf sein Ziel und erregte keine unerwünschte Aufmerksamkeit. Auf den Straßen in der City Süd waren zu dieser Zeit etliche Spaziergänger unterwegs, die in ihrer Mittagspause das schöne Wetter genießen wollten. Die Bürogebäude von Versicherungen und Banken bildeten einen starken Kontrast zu den alteingesessenen Betrieben, die mehr und mehr zurückgedrängt wurden. Nun waren zwei neue Hotels errichtet worden, die das Bild des Stadtteils weiter verändern würden. Sahen die Verantwortlichen nicht, was sie damit anrichteten? Am Wochenende war die Gegend mittlerweile wie ausgestorben. Sogar die kleinen Klitschen, die am Rande der Legalität operierten – von Sportwagen-Tuning bis hin zu Boxstudios –, starben allmählich aus. Die Werkstatt, die er von seinem Standort aus unauffällig beobachtete, behauptete sich noch gegen diese Veränderungen. Doch der Besitzer, Harald Förster, der sich auf die Restaurierung von Oldtimern spezialisiert hatte, musste auch ums Überleben kämpfen. Vielleicht sogar sehr bald im wortwörtlichen Sinne! Nach seinem ausgiebigen Frühstück war ihm nach einem Blick auf die einzelnen Projektschritte aufgefallen, dass dieser Mann ein offenes Ende sein könnte. Und solche Fäden mussten gekappt werden, ehe sie zur Gefahr wurden.

Doch war die Polizei wirklich so clever, seinen genialen Plan zu durchschauen? Eigentlich schloss er das aus. Die Puzzleteile aus Mütze des Jungen, einem Opel Kapitän im Originalzustand und dem Ende des Jungunternehmers, der mittlerweile seinen Verletzungen erlegen war, passten nur zusammen, wenn man die Hintergründe kannte. Und das war unmöglich.

Das Eis schmeckte plötzlich nicht mehr, als ein Wagen aufs Firmengelände bog, dem förmlich auf die Heckscheibe tätowiert war, dass es sich um einen zivilen Polizeiwagen handelte. Er warf das Eis in den nächsten Busch und ignorierte den fragenden Blick einer Passantin. Im nächsten Moment erkannte er, wer aus dem Fahrzeug stieg. Das konnte doch nicht wahr sein! Sein Herzschlag beschleunigte sich, und er zwang sich zur Ruhe. Bloß keine Aufmerksamkeit erregen. Das wäre fatal.

Unschlüssig überlegte er, ob sie ihn wiedererkennen würde. Eigentlich war das unmöglich, denn im Restaurant hatte er völlig anders ausgesehen. Andererseits hätte er sie niemals hier erwartet und dann noch in Begleitung eines Polizisten! Er stand auf und überquerte die Straße.

Sabrina und ein Mann, der vielleicht Ende vierzig war, redeten mit dem Besitzer der Werkstatt. Wenn er sich zu sehr für die zum Verkauf angebotenen Autos interessierte, erregte er noch mehr Aufmerksamkeit. Schließlich holte er sein Smartphone hervor und hielt es sich ans Ohr.

Wieder einmal hatte er den perfekten Ausweg gefunden. Ein telefonierender Passant gehörte zum Straßenbild. Er tat, als ob er abwechselnd zuhören und leise antworten würde, während er angestrengt lauschte. Wenigstens wurde das Gespräch nicht in dem Büro geführt, sondern hier draußen. Er fing nur einzelne Worte auf, die jedoch reichten, um ihn zu alarmieren. *Drogen. Vergangenheit. Konditionierung*. Verdammt!

Heiße Wut stieg in ihm auf. Wie konnten sie es wagen, seiner sorgfältigen Planung so nahe zu kommen! Jetzt hörte er das, was er befürchtet hatte. *Opel Kapitän*. Ein anderer Gedanke kam ihm in den Sinn. War es nicht ein Zeichen des Schicksals, dass er ausgerechnet jetzt hier stand und erfuhr, dass Sabrina mit der Polizei zusammen den Werkstattbesitzer aufsuchte? War das nicht letztlich viel wertvoller als dieses kleine Ärgernis? Außerdem verfügte er über umfangreiche Kenntnisse des deutschen Rechtssystems. Bis man ihm etwas nachweisen konnte, war es noch ein sehr langer Weg. Da würden Sabrina und ihr neuer Freund vermutlich eher einen Sechser im Lotto landen, als wirklich die richtigen Schlussfolgerungen zu ziehen. Wobei ... Er rief auf seinem Handy das Programm auf, mit dem er seine Projekte plante. Es würde der Zeitpunkt kommen, an dem sie die Zusammenhänge begriff. Doch das wären dann ihre letzten bewussten Wahrnehmungen in dieser Daseinsform. Sie gehörte zu den wenigen Auserwählten, die er sich höchstpersönlich vornehmen würde.

Seine Uhr vibrierte und erinnerte ihn daran, dass seine Schicht bald beginnen würde. Nein, er würde sich den Hochgenuss des heutigen Tages nicht davon verderben lassen, dass Sabrina und ihr unbekannter Begleiter von der Polizei mit dem Werkstattbesitzer gesprochen hatten. Es war lediglich eine zusätzliche Herausforderung, der er sich gerne stellte. Außerdem war er nun vorgewarnt und seinen Verfolgern somit einen entscheidenden Schritt voraus. Vielleicht würde der Tag ja noch besser werden, und es ergab sich heute die perfekte Möglichkeit, um Adelheid Brunner ihrer gerechten Strafe zuzuführen.

***

Erneut war Sabrina ungewohnt schweigsam, wirkte sogar regelrecht niedergeschlagen. Marcus verstand ihre Reaktion nicht, eigentlich sollte sie sich doch freuen, dass ihre Theorie sich bestätigt hatte.

»Was ist?«, fragte er schließlich, weil ihm die Stille langsam auf die Nerven ging.

»Er tut mir so leid. Hast du nicht gemerkt, wie sehr Herr

Förster an dem Hund hing? Es ist unfair, dass das Tier eingeschläfert wurde, obwohl es nichts dafürkonnte. Stell dir das doch mal vor! Da arbeitest du jahrelang im Polizeidienst, erfüllst immer deinen Job, wirst ausgemustert, bekommst ein neues Zuhause und wirst dann für etwas ermordet, für das du gar nichts kannst! Und dann diese dämlichen Schlagzeilen! Das war doch gar kein Kampfhund. Da siehst du mal wieder, dass man niemandem trauen kann!«

Marcus musste zunächst gedanklich sortieren, dass Sabrina erst von dem Werkstattbesitzer, dann von dem Hund und schließlich von der Boulevardpresse gesprochen hatte. Außer einem zustimmenden Brummen fiel ihm keine Antwort ein.

Anscheinend hatte Sabrina die auch nicht erwartet. »Wie hilft uns denn die Erkenntnis nun weiter? Wir wissen zwar, dass Herr Förster mit einem fingierten Angebot zur Kita gelockt wurde, aber wie beweisen wir die Verbindung zu dem Angriff auf Luis? Es passt alles zusammen, aber für einen Staatsanwalt könnte das Ganze durchaus nach einem Fantasiegebilde klingen.«

Überrascht sah Marcus sie an. Hatte sie in so kurzer Zeit tatsächlich gelernt, wie eine Polizistin zu denken? Exakt um den Punkt drehten sich auch seine Überlegungen.

»Tja, das ist das Grundproblem unserer Arbeit. Wissen und nachweisen können sind zwei Paar Schuhe. Aber sieh es positiv, wir sind einen Schritt weiter.«

»Wie schön, dass du zum ersten Mal von unserer Arbeit gesprochen hast.«

So hatte er es zwar nicht gemeint, verzichtete aber darauf, sie zu korrigieren. Er sah in den Rückspiegel und stutzte. Der blaue Golf war ihm schon bei der Werkstatt aufgefallen und befand sich nun kurz vor dem Hauptbahnhof direkt hinter ihnen. Leider so dicht, dass er das Kennzeichen nicht erkennen konnte. Der Fahrer trug ein Baseballcap und ... In diesem Moment wechselte der Golf in einem abenteuerlichen Manöver die Spur, bremste und bog, begleitet von einem Hupkonzert, ab. Marcus hatte nur erkennen können, dass es sich um ein Hamburger Nummernschild handelte. Die Aussage des Mädchens, dass der Mann in der Kita ein solches Cap getragen hatte, kam ihm in den Sinn. Seine Instinkte, von denen er nicht einmal wusste, dass er sie noch besaß, sagten ihm, dass die Begegnung kein Zufall gewesen war. Es wäre sogar logisch, dass der Fahrer sich nach Marcus' intensivem Blick in den Rückspiegel ertappt fühlte und sich verdrückt hatte. Doch was hieß das für Sabrinas Theorie? War der Fahrer tatsächlich der Kopf hinter diesem ausgeklügelten Plan? Wenn ja, warum? Was konnte das Motiv sein?

Ein eingehender Anruf auf seinem Handy, der direkt auf die Freisprecheinrichtung übertragen wurde, riss ihn aus seinen Gedanken. Juliane.

»Ja, was gibt es?«

»Marius Fiebinger ist an seinen Verletzungen gestorben. Habt ihr was?«

Ehe Marcus an eine Antwort auch nur denken konnte, redete Sabrina los und erinnerte ihn dabei wieder einmal an ein Maschinengewehr. Dennoch beschränkte sie sich im Prinzip auf die knappe Aussage, dass der Hund als Waffe missbraucht worden war. »Ich begreife nicht, was der Angriff auf den Jungen mit dem Unfall des Vaters zu tun haben soll«, fügte sie noch hinzu.

Juliane schwieg einige Zeit. »Die Nanny ist zu ihren Eltern nach Hannover zurückgegangen. Ich habe die Telefonnummer. Vielleicht liefert sie das fehlende Stück.«

Marcus wollte bereits vorschlagen, dass Juliane die Nanny doch anrufen könnte, als ihm gerade noch rechtzeitig einfiel, dass seine Assistentin aufgrund ihrer Schwerhörigkeit nicht gerne telefonierte. In den letzten Stunden hatte er ihre gesundheitliche Beeinträchtigung doch glatt vergessen.

»Wir rufen sie gemeinsam an, wenn wir zurück im Präsidium sind. Gute Arbeit, dass du sie so schnell gefunden hast.«

Als das Gespräch beendet war, sah Sabrina ihn fragend an. »Wann hast du denn Juliane gebeten, die Nanny ausfindig zu machen?«

»Heute Morgen, bevor wir losgefahren sind.«

»Dann kanntest du ihren Namen schon vor dem Besuch in der Kita?«

»Sicher, er wird im Protokoll genannt.«

»Das meintest du mit Planung, oder?«

»Richtig.«

»Hm, so arbeite ich eigentlich auch. Ich muss mich nur daran gewöhnen, dass du auf mehr Dinge Zugriff hast als ich.«

»Deshalb musstest du ja auch die Datenschutzvereinbarung unterschreiben …«

Sie lachte. »Nicht nur die! Die Menge an Formularen hatte es in sich. Ich habe einfach überall unterschrieben, wo Walterchen hingetippt hat.«

»Du weißt schon, dass eine Reporterin normalerweise nicht als Sonderermittlerin tätig ist?«

»Na klar. Eigentlich hasse ich es, Beziehungen auszunutzen, aber in diesem Fall ging es nicht anders. Stell dir vor, der Mörder käme mit seinen Verbrechen davon! Ihr wärt doch nie auf die Idee gekommen, wie das alles zusammenhängt. Aber nun haben wir ihn am Haken!«

Das sah er zwar anders, widersprach aber nicht. Ihm gefiel es, wie ihre Augen blitzten. Ein warmes Gefühl breitete sich in seiner Magengegend aus. Rasch ermahnte er sich, dass sie altersmäßig wahrscheinlich seine Tochter sein könnte. Doch auch wenn er ihre Hilfe im Prinzip nur widerwillig akzeptierte, musste er sich eingestehen, dass sie offensichtlich einen Treffer gelandet hatte.

KAPITEL 11

Als Sabrina das Vorzimmer von Marcus betrat, fiel ihr sofort auf, dass Juliane umgeräumt hatte. Ein zweiter Schreibtisch und sogar schon ein PC samt Monitor und sonstigem Zubehör warteten auf sie.

Vor Freude klatschte sie in die Hände. »Das ist großartig! Wie hast du das nur so schnell geschafft?«

»Bedanke dich bei Frau Walter. Ohne sie wäre es bestimmt nicht so fix gegangen. Du musst dich gleich anmelden und dein Passwort ändern, der Code für die erstmalige Nutzung liegt unter der Tastatur.«

»Großartig, aber ich verhungere. Hast du schon gegessen?«

»Nein, aber …«

»Gut, dann flitze ich schnell los und besorge uns etwas. Habt ihr irgendwelche Allergien oder Vorlieben? Vegan oder vegetarisch?«

Juliane und Marcus schüttelten den Kopf.

Da sie dem Kantinenessen nicht traute, entschied Sabrina sich für einen italienischen Imbiss, der nicht weit entfernt lag und bei etlichen Beamten offensichtlich sehr beliebt war. Die würden schon wissen, warum sie sich dort etwas zu essen holten.

Vollbepackt mit Tüten, Styroporschalen und zwei Pappschachteln mit Calzone, kehrte sie zurück in das sternförmige

Gebäude und arrangierte ihre Beute zu einem kleinen Büfett auf ihrem neuen Schreibtisch.

»Greift zu«, bat sie Juliane und sah auch Marcus auffordernd an, der erst jetzt aus seinem Büro zu ihnen kam. Seine Miene, als er ihre Auswahl betrachtete, konnte sie nicht interpretieren, aber immerhin nahm er sich ein Stück Calzone.

»Nette Idee«, meinte er dann noch und nickte ihr zu.

Mehr konnte sie von ihm wohl nicht erwarten. Noch nie war es ihr so schwergefallen, jemanden einzuschätzen, wie diesen Kriminaloberkommissar, den ihr Onkel ihr zugeteilt hatte. Zunächst hatte sie ihn für bieder und etwas verknöchert gehalten, sogar befürchtet, dass er sich kein bisschen engagieren würde, doch er hatte sie überrascht. Überaus professionell und überlegt hatte er ihre Theorie, die im Wesentlichen auf ihrem Gefühl basiert hatte, untermauert.

»Hast du Juliane schon erzählt, wie der Hund als Tatwaffe missbraucht wurde?«, fragte sie, während sie ein Stück Brot mit einer Antipasti-Creme bestrich, die genauso köstlich schmeckte, wie sie roch: fruchtig, mit einem Hauch Knoblauch und einer pikanten Schärfe.

»Nein, ich wollte warten, bis du zurück bist.«

Das überraschte sie und gefiel ihr gleichermaßen.

Nachdem nur noch leere Verpackungen den Schreibtisch übersäten, reckte Marcus sich. »Ich besorge Kaffee.«

Er raffte den Müll zusammen, verstaute ihn in der leeren Tüte und eilte davon.

Juliane sah ihm mit einer Mischung aus Neugier und Überraschung nach. »Was hast du mit meinem Chef angestellt, der seinen Schreibtisch nie verlässt?«

Sabrina lachte. »Das war fies. Er war heute richtig gut, aber ich habe so eine Ahnung, was du meinst.«

Nachdem vor Juliane und vor Sabrina ein gefüllter Kaffeebecher stand, lehnte sich Marcus neben einem Sideboard an die Wand. »Erzähl du von dem Hund. Es war dein Verdacht.«

»Okay.« Falls das ein Test sein sollte, ob und wie sie Dinge strukturiert zusammenfassen konnte, würde er sich wundern. Kurz und knapp erklärte sie, von der Vergangenheit des Schäferhundes bei der Bundespolizei, wo er bis zu einer Verletzung Drogen erschnüffelt hatte. Sie leitete zur Manipulation der Mütze durch eine Chemikalie, die Geruchsstoffe von Drogen enthalten hatte, über und endete mit dem Trick, mit dem der Werkstattbesitzer in die Nähe der Kita gelockt worden war: dem Opel Kapitän im besten Originalzustand für gerade mal einen Tausender.

Juliane nippte an ihrem Kaffee. »Klingt schlüssig, ist aber schwer zu beweisen. Wer wusste von dem Hund?«

Sabrina seufzte. »Unendlich viele. Im Büro der Werkstatt hängt eine Urkunde mit einer Belobigung des Hundes. Er hieß übrigens Castor, und sein Herrchen, Herr Förster, trauert immer noch um ihn. Ich glaube, der Gedanke, dass der Hund manipuliert wurde, hat ihn ein wenig getröstet.«

»Wie kam Castor zu Förster?«, hakte Juliane nach.

»Durch Försters Bruder. Er ist der Bundespolizist, mit dem Castor unterwegs war.«

»Verstehe. Wenn das alles so stimmt, steckt da eine unglaubliche Planung dahinter. Das ist Wahnsinn. Mir fehlt noch das Motiv.«

Marcus stieß sich von der Wand ab. »Mir auch. Darum telefonieren wir jetzt mit Christa Waldheim, das ist die Nanny von dem kleinen Jungen. Sabrina, wärst du so nett und übernimmst das Gespräch?«

»Ich?«

»Ja. Du.«

Ehe sie sich noch weiter lächerlich machte, denn schließlich war seine Ansage ja deutlich gewesen, zückte sie ihr Handy. »Wer hat die Nummer für mich?«

Marcus schob ihr einen gelben Haftzettel zu. »Bitte stell gleich auf Lautsprecher.«

»Mache ich.«

Zunächst war sie noch etwas aufgeregt, aber das legte sich, als Christa Waldheim sich meldete. Sabrina stellte sich als Mitarbeiterin des LKA Hamburg vor, was ja nicht einmal gelogen war und von Marcus auch nur mit einem minimalen Heben der Augenbraue kommentiert wurde. Sie schilderte knapp ihre Theorie über den Unfall und spürte, wie erleichtert das ehemalige Kindermädchen reagierte, als ihr klar wurde, dass man ihr keine Mitschuld an dem Zwischenfall anlastete. Geschickt leitete sie dann zu Marius Fiebinger über und erntete dafür ein anerkennendes Nicken von Marcus. Da hatte sie eindeutig die Büchse der Pandora geöffnet. Ein wahrer Wortschwall ergoss sich über sie, und sowohl Juliane als auch Sabrina machten sich rasend schnell Notizen. Eigentlich hätte sie sich das sparen können, das Fazit war, dass es sich bei dem Unternehmer, der tödlich verunglückt war, um ein narzisstisches Schwein handelte, dem Aussehen über alles ging. Ein von Narben verunstaltetes Kind passte nicht in sein Weltbild. Da er und seine Frau jedoch jahrelang auf ihr Wunschkind hatten warten müssen und Luis erst nach zahlreichen und kostspieligen Behandlungen in einer Kinderwunsch-Klinik auf die Welt gekommen war, bestand kaum Aussicht auf einen weiteren makellosen Nachfolger.

Unwillkürlich hatte Sabrina das Gesicht ihrer Freundin vor Augen. Ein Gedanke kam ihr, den sie nicht richtig formulieren konnte. Dennoch sah sie jetzt die Konturen des Gesamtbilds vor sich. Sie bedankte sich und beendete das Gespräch.

Ehe sie ihrer Stimme traute, schluckte sie einmal. »Marius

Fiebinger wurde dadurch in den Tod getrieben, dass man für ihn sein Kind sozusagen untragbar gemacht hat? Was sagte sie eben? Seit dem Tag seiner Geburt wurde Luis als Nachfolger aufgebaut? Das ist … ich mag es kaum sagen, aber vielleicht hat der Junge nun eine bessere Kindheit und ein einfacheres Leben. Ich finde es ja in Ordnung, wenn jemand Kunst liebt und sammelt, aber seinen eigenen Sohn von sich zu stoßen, weil er nicht mehr dem Schönheitsideal entspricht? Dabei sagte sie doch, dass die Narben in ein paar Jahren korrigiert werden könnten, wenn er ein bisschen größer wäre. Das ist doch … Ich brauche jetzt unbedingt was zu trinken.«

Juliane nickte. »Ich auch. Aber solche Menschen gibt es. Mehr, als du denkst.« Ihr Blick war in die Ferne gerichtet.

Natürlich hatte Sabrina das Hörgerät bemerkt und fragte sich nun, ob Marcus' Assistentin vielleicht ähnliche Erfahrungen gemacht hatte.

Marcus leerte seinen Kaffeebecher. »Wenn wir uns nun darüber einig sind, dass Marius Fiebinger das eigentliche Ziel war, haben wir eine ganze Reihe an möglichen Motiven: Rache, Konkurrenz, Neid. Die Liste ließe sich noch weiter fortsetzen.«

»Dann nehmen wir ihn uns vor!«

»Das dürfte schwierig werden, da er tot ist«, gab Marcus zurück. »Du solltest die Aussage nicht überbewerten, immerhin handelt es sich um eine entlassene Angestellte, die ihren Arbeitgeber offensichtlich nicht leiden konnte. Ich persönlich habe noch nie von einem Fall gehört, bei dem ein Vater durchdreht, weil sein Kind nicht mehr dem gängigen Schönheitsideal entspricht!«

Wenn man es so betrachtete, klang es tatsächlich etwas übertrieben. Dennoch schnaubte Sabrina demonstrativ. »Und was machen wir jetzt?«

»Zurück zu den Basics. Wir haben die Bestätigung, dass an deiner Theorie etwas dran sein könnte.« Er lächelte leicht, als Sabrina ihn anfunkelte. »Klingt es besser, wenn ich sage, dass deine Theorie höchstwahrscheinlich zutrifft?«

»Ja!«

»Gut, dann nehmen wir uns die anderen Fälle vor. Stück für Stück. Ich möchte, dass ihr die Datenbank füttert. Selbst, wenn das Programm nichts auswirft, sehen wir genau hin, ob es Parallelen, Gemeinsamkeiten oder sonstige Auffälligkeiten gibt.«

Sabrina wollte schon widersprechen, schwieg dann jedoch. »Bei den Narben durch den Hund musste ich an die Schnittwunden meiner Freundin denken. Sie ist zwar nicht so von Schönheit besessen, aber sie verdient mit ihrem Aussehen Geld. Und mit ihren Händen, die sie gerade auch nicht mehr benutzen kann.«

»Genau nach solchen Dingen suchen wir. Und dann sehen wir weiter.«

»Schließt weitersehen auch Vor-Ort-Ermittlungen mit ein?«, fragte Sabrina und biss sich sofort auf die Lippe. Eigentlich hatte sie eine Menge erreicht, das gefährdete sie gerade.

Marcus würdigte sie keiner Antwort. Er tippte auf den Monitor. »Sagt Bescheid, wenn ihr abschätzen könnt, wie lange ihr braucht.«

Als die Tür hinter ihm zufiel, atmete Sabrina auf. »Sag nichts«, bat sie Juliane. »Ich weiß, dass ich ziemlich ungeduldig bin.«

»Darauf wollte ich gar nicht hinaus. Mach ihm ruhig Feuer unterm Hintern, ich glaube, das tut ihm gut. Ich habe uns die Akten zu den Fällen besorgt. Erklärst du mir noch einmal, wie du auf den Zusammenhang gekommen bist?«

Das ehrliche Interesse versöhnte sie sofort mit der langweiligen Arbeit, die vor ihr lag. Im Prinzip hatte sie mehr erreicht, als sie erhofft hatte. Sie hatte sogar einen eigenen Arbeitsplatz, und Marcus hatte sie behandelt wie ein Teammitglied, ihr sogar ein wichtiges Telefonat überlassen. Leider war es schon immer so gewesen, dass sie sofort nach Erreichen des ersten Etappenziels die Messlatte höher legte und erneut Anlauf nahm.

***

Marcus sah auf die Uhr und schüttelte genervt den Kopf. Eine halbe Stunde später als sonst. Und nun wurde auch noch die Ampel vor ihm rot, weil dieser dämliche Opel-Fahrer nicht in die Puschen gekommen war! So würde es noch eine Ewigkeit dauern, bis er zu Hause war. Sonniges Wetter war im Norden eine Seltenheit und sollte ausgenutzt werden. Ausnahmsweise zog es ihn nicht zum Lesen auf die Terrasse, stattdessen wollte er mit etwas Abstand noch einmal über seine Ermittlungen nachdenken. *Seine* Ermittlungen. Wie lange hatte er den Ausdruck nicht mehr gehört, geschweige denn gedacht. Im Präsidium war es ihm schwergefallen, objektiv auf die Fakten zu blicken. Es war nicht einfach, Sabrinas Begeisterung und Überzeugung auszublenden, wenn sie nur wenige Meter entfernt saß. Sogar Juliane hatte ab und zu gekichert. Er konnte sich nicht erinnern, sie jemals so fröhlich gesehen zu haben.

Statt Daten in den PC einzugeben, hatte er den Fall des verunglückten Unternehmers auf seinem Whiteboard abgebildet und dafür diverse Kästchen gemalt, die er teilweise mit Linien verbunden hatte. In die hinterste Ecke des Boards hatte er den Golf notiert, der ihm aufgefallen war. Sein Bauchgefühl sagte ihm, dass mit dem Fahrer etwas nicht stimmte, doch Belege hatte er dafür nicht.

Seit seinem Jobantritt in Hamburg hatte er seiner Fantasie enge Zügel angelegt, nun spielte er mit dem Gedanken, dass im Hintergrund tatsächlich eine Art Mastermind die Fäden zog. Aber warum sollte das jemand tun? Jeder Täter brauchte ein Motiv, und das fand er hier nicht.

Je weiter er sich vom Präsidium entfernte, desto mehr zweifelte er an seiner Überzeugung, dass Marius Fiebinger tatsächlich durch die paar Narben dermaßen aus der Bahn geworfen worden war. Bei Sabrina hatte das zunächst logisch geklungen, doch nun war er nicht mehr sicher, ob sie mit dieser Theorie richtiglagen. Die Liebe zu seinem eigenen Kind sollte doch über allem stehen.

Endlich hatte er sein Ziel erreicht. Wieder einmal war er froh, dass er dort, wo seine Nachbarn einen kleinen Vorgarten angelegt hatten, einen Carport errichtet hatte. Die Straße war wie immer zugeparkt, und er musste rangieren, um seine Abstellfläche zu erreichen.

Marcus wollte bereits auf die Haustür zugehen, als er auf der anderen Straßenseite seinen Nachbarn, Professor Doktor Kohlmorgen, entdeckte, der mit der großen, unhandlichen Wertstofftonne herumhantierte. Verdammt, die hatte er ganz vergessen. Rasch stellte er seine eigene Tonne an die Straße und beneidete die Mitarbeiter der Müllabfuhr nicht gerade, die sich mit den wuchtigen Dingern durch die dicht an dicht parkenden Fahrzeuge kämpfen mussten. Er wollte seinem Nachbarn gerade einen Gruß zurufen, als diesem beim Rangieren die Tonne umkippte und sich eine ganze Ladung Plastikverpackungen auf dem Fußweg ergoss.

Schnell verdrängte Marcus den Gedanken, dass ihm nun noch weniger Zeit auf der Terrasse bleiben würde, und überquerte die Straße.

»Sie müssen doch nicht …«, begrüßte der Professor ihn.

»Ach was, gemeinsam sind wir doch schnell fertig.«

Und tatsächlich dauerte es nicht lange, bis auch der letzte leere Joghurtbecher wieder in der Tonne gelandet war.

»Vielen Dank, Herr Lauer.«

»Na, dafür doch nicht.«

»Wenn Sie mal Hilfe brauchen, revanchiere ich mich gerne. Es muss allerdings nicht unbedingt Bio-Müll sein!«

Marcus lachte und dachte dann an seinen Fall. Er sollte nicht … Doch es war zu spät. Forschend sah der Professor ihn an. »Ihnen ist etwas eingefallen! Tun Sie sich keinen Zwang an.«

»Eigentlich … Nein, Sie haben tatsächlich recht. Sie haben doch in ihrer früheren Funktion als Leiter der Rechtsmedizin auch viel mit menschlichen Abgründen zu tun gehabt. Ich habe da eine Theorie, die passen könnte, aber so abstrus ist, dass ich zweifele, ob ich nicht völlig falschliege. Darf ich Sie vielleicht auf eine Flasche Bier oder ein Glas Wein einladen und für eine Viertelstunde Ihr Fachwissen anzapfen?«

Marcus rechnete schon mit einer Abfuhr, doch er hatte sich geirrt. Die blauen Augen des Professors funkelten vor Interesse. »Sehr gerne, lieber Herr Lauer. Ich müsste nur eben meinen Freddy holen. Ich habe mir eben einen Grauburgunder geöffnet, bei diesem Wetter gibt es nichts Besseres. In zwei Minuten stehe ich Ihnen zur Verfügung!«

Ehe Marcus etwas erwidern konnte, war der Professor im Inneren seiner prächtigen Villa verschwunden.

Auf dem Rückweg zu seinem Reihenhaus fragte er sich, wie sein kleines Stadthaus wohl auf den Professor wirken musste. Der Mann war früher eine international bekannte Koryphäe gewesen, und wenn Marcus die Reaktion richtig interpretierte, dann langweilte er sich heute und freute sich auf die Abwechslung.

Während er schnell ein paar Sachen zur Seite räumte und aus seinen Weingläsern etwas Staub pustete, musste er grinsen. Ihn hatte eindeutig das Jagdfieber gepackt, denn sonst wäre er niemals auf die Idee gekommen, seinen Nachbarn um Rat zu fragen. Und irgendwie fühlte sich das sogar gut an.

KAPITEL 12

Er zog die Socke aus der Hosentasche, die er mit reichlich Kleingeld ausgestopft hatte, und verbarg sie in seiner Hand. Zwei Schläge auf den Hinterkopf sollten bei der alten Schachtel genügen. Das gelbe Schild mit der Warnung vor dem rutschigen Boden schien ihm wie ein Smiley zuzuzwinkern. Die Gelegenheit war perfekt! Die polnische Zicke würde durch ihre Schlamperei als Schuldige feststehen, und nicht der Hauch eines Verdachts konnte auf ihn fallen.

Wenn Adelheid Brunner erst einmal tot auf dem Flur lag, konnte er auch dieses Kapitel mit einem grünen Haken abschließen. Damit wären dann auch seine letzten Tage als Altenpfleger angebrochen. Endlich! Obwohl die Seniorenresidenz verhältnismäßig nett und stilvoll eingerichtet war, konnte er diesen undefinierbaren Geruch nach Alter nicht mehr ertragen. Natürlich würde er noch zwei, drei Tage, vielleicht sogar eine ganze Woche, abwarten, damit ja niemand eine Verbindung zwischen dem Ableben der alten Brunner und seiner Kündigung ziehen würde. Und dann hieß es, seine freie Zeit zu nutzen, um sich den nächsten Punkten auf seiner Liste zu widmen.

Die alte Brunner blieb stehen und drehte sich um. Ihre angespannte Miene wurde von Erleichterung abgelöst, als sie ihn erkannte.

Sie öffnete den Mund, um etwas zu sagen. Nein danke!

Kein weiterer Gesprächsbedarf. Er umklammerte seine selbst gebastelte, aber äußerst effektive Waffe fester und ... Verdammt, die Tür eines Zimmers wurde geöffnet. Anja, eine Kollegin, betrat den Flur und lächelte die Brunner und ihn an.

»Ist es Zeit für Ihren Spaziergang, Frau Brunner?«

»Ja, ich möchte das schöne Wetter nutzen, ehe es vorbei ist und uns wieder das norddeutsche Einheitsgrau droht.«

So ein verfluchtes Pech, aber dann würde sich eben draußen eine Gelegenheit ergeben. Da könnte die alte Schrulle über eine Wurzel gestolpert sein! Das ergab auch ein stimmiges Szenario.

Anja nickte lächelnd. »Was für eine gute Idee. Benötigen Sie Gesellschaft?«

»Aber nein, Irmi kommt mit. Sie wartet bestimmt schon vorne.«

Dann musste er auf die nächste Gelegenheit warten, es sei denn, Anja verschwand endlich! Er gab die Hoffnung auf, als sie ihn direkt ansah. »Ich habe ein Problem mit der Inventur der Tabletten. Hilfst du mir kurz?«

Nein! »Natürlich. Viel Spaß an der frischen Luft, Frau Brunner!« *Und wehe, dich trifft der Schlag, ehe ich die Gelegenheit hatte, dir das Licht auszuknipsen!*

***

Professor Kohlmorgen sah sich neugierig in Marcus' kleinem Garten um, der einem Innenhof glich. »Sehr schön haben Sie es hier.«

Marcus winkte ab. »Na, kommen Sie, mein Reich ist vermutlich nicht einmal so groß wie Ihre Terrasse, und mit direktem Blick auf die Alster kann ich auch nicht dienen.«

»Darauf kommt es doch gar nicht an. Für einen Mann

alleine ist Ihr Garten sehr viel passender. Wobei es mir nicht entgangen ist, dass in letzter Zeit Ihre Tochter bei Ihnen wohnt. Vermutlich wirbelt die junge Dame alles ganz ordentlich durcheinander.«

Schwang da Bitterkeit in den Worten mit?

»Das können Sie wohl sagen. Ich wusste gar nicht, dass Sie sich schon kennengelernt haben.«

»Bei Valerie und Freddy war es Liebe auf den ersten Blick.« Liebevoll lächelnd sah der Professor zu seinem Mops hinüber, der schnarchend unter der kleinen Weide lag, die am hinteren Grundstücksende stand.

Marcus erinnerte das Tier an ein faltiges Kissen auf vier viel zu kurzen Beinen, aber das erwähnte er wohl besser nicht. Denn dass der Professor den Hund abgöttisch liebte, war unverkennbar.

Marcus hob das gefüllte Weinglas. »Vielen Dank, dass Sie sich die Zeit nehmen, um mich in die Abgründe der menschlichen Psyche einzuführen.«

»Sehr gerne, aber lassen Sie doch bitte die Formalitäten. Winfried reicht völlig.«

»Danke schön. Marcus.«

Sie stießen die Gläser leicht gegeneinander.

Nach dem ersten Schluck nickte Marcus anerkennend. »Dafür könnte ich doch glatt dem guten alten Bier abtrünnig werden. Ein exzellenter Tropfen, vielen Dank auch dafür.«

»Na, nun reicht's aber auch mit dem Bedanken.« Winfried milderte die Forderung mit einem Lächeln ab. »Ich weiß deine Gesellschaft durchaus zu schätzen. Dann erzähl doch mal, wobei ich dir helfen kann.«

Marcus trank zunächst noch einen Schluck Wein. Dann schilderte er dem ehemaligen Rechtsmediziner die Überlegung, dass der Hund auf Luis gehetzt worden war, um seinen Vater, Marius Fiebinger, in den Tod zu treiben.

Kaum war er fertig, schenkte sich Winfried bereits nach.

»Hast du über Fiebinger noch weitere Informationen?«

»Kunstsammler, soll eine Vorliebe für ästhetische Dinge haben, teure Architektenvilla, die in mehreren Zeitschriften erwähnt und vorgestellt wurde, Ex-Modell als Frau. Laut einer Angestellten, allerdings einer fristlos entlassenen, ist er ein narzisstisches Schwein. Der Sohn kam erst nach mehreren Behandlungen in entsprechenden Kinderwunsch-Kliniken zur Welt.«

»Damit hast du dir die Frage doch eigentlich schon beantwortet. Ja, ich halte es für möglich, dass die Vorstellung, ein nicht perfektes Kind zu haben, dessen Anblick vielleicht sogar abstoßend ist, den Mann in den Suff getrieben hat, sodass er schließlich am Betonpfeiler oder am Baum landet. Ganz platt formuliert, ist für ihn ein Stück seines sorgfältig inszenierten Lebens zerbrochen.«

»Es ist erschreckend, wie manche Menschen ticken. Da denkt man, man hat schon alles gesehen, und dann stößt man auf solche Abgründe.«

Winfried schüttelte den Kopf, seine Miene war grimmig. »Mich überrascht das nicht sonderlich.«

»Wieso?«

»Männer wie Marius Fiebinger gibt es oft. Gerade in den sogenannten gehobenen Kreisen wird viel Wert aufs Äußere gelegt.«

»Das mag sein, bisher hatte ich mit diesen Menschen nicht besonders viel zu tun. Aber irgendwas hast du doch noch, oder?«

»Ja. Wenn deine Theorie stimmt, dass jemand den Hund als indirekte Waffe gegen Marius Fiebinger eingesetzt hat, dann frage ich mich, was das für ein Täter sein mag. Kannst du mir mehr darüber erzählen?«

Nach kurzem Zögern schilderte Marcus ihm, was sie bislang über die Ausführung vermuteten.

Winfried rieb sich heftig übers Kinn. »Entschuldige mich bitte kurz, ich hole uns Nachschub. Für mich hat sich da gerade ein Abgrund aufgetan, gegen den der Grand Canyon nichts ist.«

Unter anderen Umständen hätte der Vergleich Marcus amüsiert, doch er sah, worauf Winfried hinauswollte, und ihm lief ein Schauer über den Rücken. Welcher kranke Geist war zu einer solchen Planung fähig? Wenn Sabrinas Vermutung zutraf, gab es sogar eine ganze Serie von ähnlichen Verbrechen. Doch was steckte dahinter? Gab es überhaupt ein Motiv, oder handelte der Täter nur aus der perversen Befriedigung heraus, weil er es konnte? Dennoch war es offensichtlich, dass er seine Opfer besonders gut zu kennen schien, und vielleicht war das ein Anhaltspunkt, um ihm auf die Spur zu kommen.

»Du trinkst Wein? Und wieso ist Freddy hier?«

Erschrocken zuckte Marcus zusammen, als seine Tochter plötzlich auf der Terrasse stand.

Eine Erklärung blieb ihm erspart, weil auch Winfried zurückkehrte.

Minuten später waren auch seine Tochter und der Professor per Du, und Valerie überredete sie zu einem gemeinsamen Abendessen, das aus einer bestellten Pizza bestehen sollte. Erst, als sie kurz in die Küche ging, kamen sie auf das eigentliche Thema zurück.

Marcus sah Winfried ernst an. »Ich habe begriffen, was dich so erschüttert. Der Täter … Natürlich ist er eine gestörte Persönlichkeit, aber gleichzeitig muss er ein unglaublicher Stratege sein. Hätte die Planung nicht so ein zerstörerisches Ziel, könnte man ihn beinahe bewundern.«

»Ganz genau. Bitte halte mich auf dem Laufenden. Es wäre mir eine Ehre und ein Vergnügen, diesem unerfreulichen Gesellen das Handwerk zu legen.«

Valerie kehrte mit ihrem Tablet in der Hand zurück. »Von wem redet ihr?«

»Von einem ganz fiesen Mops, und damit meine ich nicht Freddy«, erklärte Marcus und hoffte, dass seine Tochter nicht weiter nachfragte.

Sie runzelte die Stirn und legte dann ihr iPad auf den Tisch. »Ich habe die Speisekarte schon aufgerufen, sucht euch was aus, ich bestelle es dann.«

»Damit?«, fragte Winfried. »Ich rufe immer an.«

»Online geht's schneller. Soll ich es dir zeigen?«

Marcus versuchte, sich nicht anmerken zu lassen, dass er den Bestellvorgang aufmerksam verfolgte, anscheinend konnte er in dieser Hinsicht auch noch einiges von seiner Tochter lernen. Gleichzeitig fragte er sich, wie viel sie von dem Gespräch mit Winfried mitbekommen hatte. Er musste unbedingt vermeiden, dass sie mit diesem Teil seines Jobs in Berührung kam.

Irritiert sah Marcus auf den fiependen Wecker, dann fiel ihm ein, dass er noch vor der Arbeit eine Laufrunde absolvieren wollte. Gähnend schwang er sich aus dem Bett. Seit langer Zeit trieb ihn nicht die Schlaflosigkeit nach draußen, sondern der Wunsch nach Bewegung.

Heute würde er nicht den Erinnerungen davonrennen, sondern seine Gedanken sortieren. Zu vieles war in den letzten Tagen auf ihn eingestürmt – und das zu einem Zeitpunkt, an dem er sich noch nicht einmal daran gewöhnt hatte, dass seine Tochter hier wohnte. Er wollte schon seine Haustürschlüssel einstecken, als ihm der Golf einfiel, der ihm verdächtig vorgekommen war. Obwohl es ihm übertrieben schien, verstaute er sicherheitshalber seine Dienstwaffe im Holster und legte es an.

Den ersten Kilometer spürte er deutlich, dass er am Vorabend mehr Alkohol getrunken hatte, als er das sonst tat, dann wurde es leichter. Winfried hatte ihn überrascht. Dass der ehemalige Rechtsmediziner ein Experte auf seinem Gebiet war, wusste Marcus schon lange, doch er hatte nicht damit gerechnet, dass der sonst so distinguiert wirkende Mann offenbar ziemlich einsam war. Und er trank eindeutig zu viel.

Valerie hatte das gemeinsame Abendessen auch gutgetan. Sie hatte sich lebhaft an der Unterhaltung über alle möglichen Themen beteiligt. Was für ein Unterschied zu den gezwungenen Gesprächen, die sie sonst führten! Als er den Hafen vor sich sah, erlaubte er sich, an Sabrina zu denken. Die Frau stellte alles auf den Kopf, was Polizeiarbeit ausmachte, doch merkwürdigerweise gefiel ihm das. Und er musste zugeben, dass sie da durchaus auf etwas gestoßen sein konnte. Zu ihrer Theorie von einem Serientäter passte Winfrieds Einschätzung. Das würde er jedoch vorerst für sich behalten, denn vermutlich wäre Sabrina nicht mehr zu bändigen, wenn sie das erfuhr. Besser war es, zunächst das Fundament für eine vernünftige Ermittlung zu legen. Ein Teil von ihm würde zu gerne wie Sabrina losstürmen, aber im Gegensatz zu ihr wusste er, dass sie am Ende den Staatsanwalt überzeugen mussten. Ihre ganze Arbeit wäre nichts wert, wenn ihnen das nicht gelang. Wieder dachte er an den Golf-Fahrer. Nachdem Valerie in ihr Zimmer gegangen war, hatte er den Zwischenfall gegenüber Winfried erwähnt. Statt seine Überlegung als Fantasiegebilde abzutun, war sein Nachbar sehr nachdenklich geworden.

Als Marcus die Stelle passierte, an der Astra von den Jugendlichen überfallen worden war, sah er sich aufmerksam um, konnte den Obdachlosen aber nirgends entdecken. Erst kurz vor seinem eigenen Haus fiel ihm der vollgepackte Einkaufswagen auf, und dann auch Astra, der in einem Mülleimer herumkramte.

»Moin«, grüßte Marcus und blieb stehen.

Astra fuhr herum, presste sich eine Hand aufs Herz und lächelte. »Mensch, Running Man, jag mir doch nicht so einen Schrecken ein. Du bist heute aber spät dran.«

»Stimmt. Alles gut bei dir?«

»Alles bestens. Hast du noch Zeit für ein Bier?«

Marcus winkte lächelnd ab. »Klingt verlockend, aber das wird zu knapp. Ich muss mich noch ums Frühstück kümmern.«

»Hab schon gehört, dass dein Töchterchen bei dir eingezogen ist. Sehr nettes Mädel.«

Dass Astra so gut informiert war, überraschte Marcus nicht. »Frag mich nachher noch mal, wenn ich Feierabend habe«, sagte er und wunderte sich ein wenig über sich selbst.

Zweifelnd sah Astra ihn an und kommentierte Marcus' Bemerkung nicht.

Irgendetwas in dem Blick seines Gegenübers berührte ihn. »Ich meinte das ernst. Gegen fünf bin ich zurück. Das Wetter soll sich halten, und auf der Terrasse ist es dann noch sehr nett. Aber dieses Mal geht das Bier auf mich.«

Forschend sah Astra ihn an. »Als Nächstes bietest du mir noch dein Gästebett an …«

»Geht nicht, da schläft jetzt Valerie.«

»War auch nur Spaß. Vier Wände sind nichts für mich,

außer mal für ’nen kurzen Zwischenstopp im Badezimmer.«

Was hatte er da nur angerichtet? Nun wurde ihm doch etwas mulmig, aber er blickte Astra fest an. »Es spricht nichts dagegen, bei uns unter die Dusche zu springen. Aber damit habe ich ausdrücklich nicht gesagt, dass du es nötig hast! Mach, wie du meinst.«

Marcus tippte sich grüßend an die Stirn und lief weiter. Er hörte noch, dass Astra etwas von »Na, der ist ja eine Marke« murmelte.

KAPITEL 13

Verflixt noch mal, es war doch immer das Gleiche, erst wälzte sie sich stundenlang im Bett und dann, wenn sie endlich eingeschlafen war, weckte sie nach wenigen Minuten ihr Handy. Jedenfalls fühlte es sich an, als ob sie gerade eben erst zur Ruhe gekommen war. Nach einem rekordverdächtig kurzen Aufenthalt im Bad band Sabrina sich ihre Haare zu einem lockeren Pferdeschwanz zusammen, entschied sich für eine Jeans mit T-Shirt und Blazer und rannte aus dem Haus. Frühstücken konnte sie auch unterwegs oder im Büro, und Make-up wurde generell überbewertet. Ein guter Kaffee war wichtiger. Zum Glück lag ihr Lieblingsbäcker auf dem Weg zur U-Bahn-Station Hallerstraße. Normalerweise ging sie eine knappe Viertelstunde, heute würde sie die Zeit überbieten müssen. Es war schon fast neun Uhr, eindeutig zu spät.

Gregori, der Angestellte in der Bäckerfiliale, blickte ihr neugierig entgegen und lachte dann. »Ich sehe schon, es ist Zeit für einen Latte mit viel Karamell.«

Ehe sie das bestätigen konnte, hatte er seine riesige Kaffeemaschine schon angeworfen. Sie musste schmunzeln. Er kannte sie einfach zu gut und gab ihr je nach Stimmung entweder einen normalen Kaffee mit einem Schuss Milch oder eben diese süße Köstlichkeit.

»Und was möchtest du dazu? Deftig oder süß?«

»Beides. Ein Rührei-Brötchen für mich und dann bitte drei Franzbrötchen für meine Kollegen.«

Er verharrte mitten in der Bewegung. »Kollegen? Ich dachte, du arbeitest alleine am PC auf der Jagd nach der neuesten Story.«

»Tja, dieses Mal ist es was Größeres, und da brauche ich ein wenig Unterstützung.« Rasch sah sie sich um. Der erste Ansturm der Studenten war vorbei, dennoch saßen in der Nähe an einigen Tischen junge Leute, die an ihren Notebooks arbeiten. »Erzähle ich dir ein anderes Mal«, versprach sie.

»Jetzt hast du mich neugierig gemacht.« Er packte ihr einen zusätzlichen Schokoladenmuffin ein. »Da war ein Stück abgebrochen, wäre doch schade, wenn ich den wegwerfen müsste«, erklärte er mit einem Augenzwinkern.

»Du bist der Beste!«

Sabrina verstaute die beiden Tüten in ihrem Rucksack, bezahlte mit der EC-Karte und lief mit dem Kaffeebecher in der Hand ins Freie, dabei wäre sie fast mit einem jungen Mann kollidiert, der wohl nicht damit gerechnet hatte, dass sie so schnell war. Sie murmelte im Vorbeilaufen eine Entschuldigung und eilte Richtung U-Bahn.

Sie liebte die Atmosphäre in dieser Wohngegend, direkt um die Uni herum. Die Hochschule selbst war an Hässlichkeit nicht zu überbieten, aber die alten Häuser und die Alsternähe waren ein Traum. Außerdem war sie schnell in der Innenstadt und bei Bedarf auch auf der Autobahn. Was wollte sie mehr? Gut, die Parkplatzsituation war bescheiden, aber ansonsten fühlte sie sich hier wohl und war auch an Eppendorf, dem Stadtteil, über den sie meistens berichtete, dicht genug dran, um rasch dort zu sein, aber auch weit genug entfernt, um nicht jederzeit von Nachbarn angesprochen zu werden, die angeblich irgendwo auf eine tolle Story gestoßen waren.

In dem Mehrfamilienhaus, in dem sie eine eigentlich viel zu große Vier-Zimmer-Wohnung besaß, lebte eine bunte Mischung aus Paaren mit kleinen Kindern, Studenten und im Erdgeschoss eine wahnsinnig nette syrische Familie. Besser ging es nicht.

Obwohl sie keine Zeit hatte, stoppte sie vor dem Schaufenster eines Geschäfts, das asiatische Kunstgegenstände anbot. Die kleine schwarz-goldene Buddhafigur war einfach zu schön. Zum Glück öffnete der Laden erst um halb zehn, sonst würde sie sich noch mehr verspäten. Aber nach Feierabend würde sie ... Das Glas wirkte wie ein Spiegel. Einige Meter hinter ihr stand ein junger Mann. Die Kapuze seines Hoodies verbarg einen Großteil seines Gesichts. Er blickte auf sein Smartphone, schien sie nicht zu beachten, und dennoch fühlte sie sich plötzlich unwohl. War das der Typ, mit dem sie beim Bäcker zusammengestoßen war? Sicher war sie sich nicht, und Jeans und Hoodie gehörten nun mal zur Standardbekleidung von Studenten. Wobei ... War er dafür nicht ein wenig alt? Sie sah genauer hin, doch im gleichen Moment wandte er sich ab und schlenderte langsam davon.

Sabrina trank einen Schluck von ihrem Latte und atmete tief durch. Anscheinend führten ihre Ermittlungen dazu, dass sie etwas paranoid wurde. Außerdem war es helllichter Tag, und auf der Straße waren zahlreiche Menschen unterwegs. Sie ging weiter zur U-Bahn, doch das schlechte Gefühl blieb, und sie sah sich noch einige Male um.

Erwartungsgemäß war sie die Letzte, die aus ihrem kleinen Dreier-Team eintraf. Dass Juliane sie nur sehr knapp begrüßte, überraschte Sabrina nicht. Sie hatte schon bemerkt, dass die Kriminalassistentin nicht gerne sprach, was vermutlich mit ihrer Schwerhörigkeit zusammenhing.

Sabrina hatte einen Teller aus der Pantry mitgenommen und legte die Franzbrötchen darauf. »Greif bitte zu. Eine kleine Entschuldigung wegen meiner Verspätung. Ich habe einfach zu schlecht geschlafen.«

Immerhin lächelte Juliane ihr zu. »Später. Danke.«

»Hat Marcus noch irgendwas gesagt? Gibt's was Neues?«

»Nein.«

»Hm, ich würde zu gerne wissen, was er hinter der verschlossenen Tür macht.«

Juliane deutete erst auf die süßen Brötchen, dann auf die Tür.

Sabrina warf die Hände in die Luft. »Daran merkst du, dass ich immer noch nicht richtig wach bin! Darauf hätte ich auch alleine kommen können.«

Sie schnappte sich den Teller, klopfte kurz an die Tür, wartete aber gar nicht erst, sondern betrat sofort das Büro.

Okay, die Annahme, dass Marcus entspannt Zeitung las, war schon mal falsch gewesen, er blickte konzentriert auf den Monitor.

»Moin, Chef. Ich habe was mitgebracht, weil ich zu spät dran bin. Magst du eins?«

Mit gerunzelter Stirn sah er erst die Franzbrötchen und dann Sabrina an. »Du musst dich nicht entschuldigen. Wenn du da bist, bist du eben da. Trotzdem danke.«

Sie sah ihm an, dass er sich eine Frage verkniffen hatte.

»Das klingt gut, aber normalerweise bin ich pünktlicher. Was interessiert dich denn noch?«

»Wie kommst du darauf, dass mich etwas interessiert?«

»Deine Miene.«

Nachdenklich blickte er sie an und wies dann auf den Stuhl. »Erklär mir mal, wie deine Arbeit für die Lokalredaktion aussieht. Ihr Reporter werdet doch eigentlich nach Zeilen bezahlt und kommt so gerade auf ein Einkommen, das knapp über Hartz IV liegt, wenn ihr keine Festanstellung habt. Wie hast du deinen Einsatz hier mit deinem Chef geregelt?«

Irritiert zögerte sie, weil sie nicht einschätzen konnte, in welche Richtung seine Frage zielte. Reine Neugier? Oder befürchtete er, sie könnte irgendwelche obskuren Schlagzeilen an die Boulevardpresse verkaufen? Wobei das schon durch die ganzen Vereinbarungen ausgeschlossen war, die sie unterschrieben hatte.

Sie setzte sich und sah ihn direkt an. »Deine Einschätzung ist richtig. Ich habe das Glück, dass meine Artikel häufig vom *Abendblatt* übernommen werden. Das bringt mir noch etwas extra ein. Mittlerweile sind sie auch so etwas wie ein Markenzeichen, deshalb lässt mein Chefredakteur mir ziemlich freie Hand und hat mir auch diese zwei Wochen Rechercheurlaub spendiert. Eigentlich geht es dich nichts an, aber glücklicherweise bin ich auf das Einkommen als Journalistin nicht angewiesen, weil ich ... also, weil meine Tante dafür gesorgt hat, dass ich tun kann, was mir Spaß macht oder was ich für sinnvoll halte, und das mache ich gerade. Beantwortet das deine Frage?«

»Ja. Ich war mir nicht sicher, inwieweit ich über deine Zeit verfügen kann. Jetzt habe ich kein Problem mehr damit, dich zum Befüllen der Datenbank zu verdonnern.«

»Na großartig.« Sabrina seufzte, nahm sich ein Franzbrötchen und biss hinein. »Ich hätte das anders formulieren sollen! Wann ermitteln wir denn wieder vor Ort?«, fragte sie mit vollem Mund.

Als sie sich für ihre fehlenden Manieren entschuldigen wollte, entdeckte sie das kaum sichtbare Lächeln in Marcus' Mundwinkeln.

»Ich glaube kaum, dass du mit mir tauschen möchtest – also beschwere dich nicht. Und wir gehen dann wieder raus, wenn es einen Grund dafür gibt.«

Jetzt war sein Lächeln deutlich zu erkennen, sodass sie ihm den belehrenden Tonfall verzieh. »Das mit dem Tausch entscheide ich, wenn ich weiß, was du da machst!«

»Ich übersetze unsere Überlegungen ins allerschönste Behördendeutsch, damit die Staatsanwaltschaft unsere Ermittlungen absegnet. Und die wiederum wird alles, was wir dokumentieren, danach beurteilen, wie erfolgreich eine Anklage vor Gericht sein wird. Auch wenn wir gestern einen großen Schritt weitergekommen sind, ist es noch ein langer Weg, bis wir echte Fakten und Beweise haben.«

Dieses Mal hatte sie ein zu großes Stück abgebissen, um vernünftig reden zu können, sodass sie nur nickte. Hastig kaute sie und schluckte.

»Dann bist du also nun hundertprozentig auf meiner Seite?«

»Ich hätte es anders formuliert, aber ja, ich denke, dass zumindest bei dem Fall mit dem Hund jemand die Fäden gezogen hat. Aber ist dir auch klar, was das bedeutet?«

»Dass sich da draußen ein ganz mieses Schwein herumtreibt!«, brach es aus ihr raus.

»Das hätte ich ebenfalls anders ausgedrückt, aber ja, darum geht es mir. Hast du dir mal Gedanken gemacht, was der unbekannte Täter für ein Typ sein muss, um so etwas durchzuziehen?«

Das Franzbrötchen schmeckte plötzlich wie Pappe. Sofort dachte sie an den Typen mit dem Hoodie. Sollte sie ihm davon erzählen? Doch das würde nichts bringen. Außer der Größe und der Statur hatte sie ja nicht einmal eine vernünftige Beschreibung.

»Aber er kann ja nicht wissen, dass wir ihm auf der Spur sind«, erwiderte sie schließlich und merkte selbst, dass ihre Worte wie eine Frage klangen.

»Da bin ich nicht sicher«, sagte Marcus. »Ich möchte, dass du gut auf dich aufpasst und es mir sofort sagst, wenn dir etwas ungewöhnlich vorkommt.«

Jetzt! Jetzt sollte sie den Typen mit dem Hoodie erwähnen, der ihr Angst eingejagt hatte. Doch sie brachte kein Wort über die Lippen.

Marcus sah sie nun durchdringend an. »Was ist heute Morgen passiert?«

»Verdammt, kannst du Gedanken lesen, oder was?«, fauchte sie los.

»So ähnlich. Also?«

»Da war ein Kerl, der mir unheimlich vorkam. Er ist mir vom Bäcker aus ein Stück Richtung U-Bahn gefolgt. Er hatte eine Kapuze auf, deswegen konnte ich ihn nicht richtig erkennen. Aber das war einfach nur ein Gefühl. Wahrscheinlich Einbildung. Nichts Dramatisches.«

Jeder Funken Humor war aus Marcus' Miene verschwunden. »Nur ein Gefühl? Etwa so ein Gefühl wie das, dass der Überfall aufs Restaurant deiner Freundin gegolten hat, was mittlerweile von erfahrenen Polizisten auch so gesehen wird? Wenn du noch mal ein ›Gefühl‹ hast, rufst du sofort den Notruf! Ich schreibe dir gleich einen Zahlencode auf, der dafür sorgt, dass der nächste Streifenwagen Kurs auf deinen Standort nimmt. Verstanden?«

Ihr Widerspruchsgeist erwachte mit Überschallgeschwindigkeit. Wofür hielt er sich eigentlich? Oder wofür hielt er sie? Für ein unmündiges Kind?

»Und was sage ich deinen Kollegen? Mir kommt da ein Spaziergänger verdächtig vor? Aber ja, ich werde aufpassen und sofort in ein Café oder so gehen, wenn ich etwas Seltsames bemerke.«

Einen Augenblick lang befürchtete sie, dass Marcus sie anbrüllen würde, doch er atmete nur tief durch. »Und von dem Café aus rufst du den Notruf und veranlasst, dass eine Personenkontrolle bei dem Verdächtigen durchgeführt wird. Deal?«

Das letzte Wort kam so unerwartet, dass sie losprustete. »Ja. Deal. Wo hast du denn den Ausdruck her?«

»Ich habe einen Teenager zu Hause.«

Dass er ein Vater sein könnte, war ihr bisher gar nicht in den Sinn gekommen. Es gab da so einiges an ihm, das sie überraschte. Vielleicht würden sie ja doch noch ein richtig gutes Team werden.

KAPITEL 14

Marcus rieb sich über die brennenden Augen. So intensiv hatte er schon lange nicht mehr auf den Monitor gestarrt, leider war er noch keinen Schritt weiter.

Er hatte einfach keine Idee, wie er Sabrinas Theorie, an die er mittlerweile auch glaubte, für die Staatsanwaltschaft verpacken sollte. Es gab schlichtweg keine Hinweise auf ein Verbrechen. Sämtliche Grundlagen der Polizeiarbeit waren hier nicht erfüllt: Es gab kein Motiv, keine Tatverdächtigen, nichts. Nur eine Reihe von Opfern, die aber auch einfach Pech gehabt haben konnten. Wären da nicht all die kleinen Dinge, von der Mütze des Kindes bis zum fingierten Fahrzeugangebot, hätte er an sich selbst gezweifelt. Doch er glaubte, allmählich das Muster zu erkennen, von dem Sabrina überzeugt war. Zumindest bei dem Überfall auf das Restaurant, bei dem Sabrinas Freundin das eigentliche Opfer gewesen war, erkannte er die gleiche Handschrift.

Bei der Senatorin und dem geänderten Testament der verstorbenen Edith Hausener musste er noch passen, doch das konnte sich jederzeit ändern. Und dann waren da noch der Golf-Fahrer und der Typ, der Sabrina aufgefallen war.

Marcus gab den Platz am Schreibtisch auf und trat ans Whiteboard. In der oberen Hälfte skizzierte er den Fall mit dem Hund, in der unteren den Überfall auf das Restaurant.

Wenn er davon ausging, dass Marius Fiebinger das eigentliche Ziel gewesen war, musste er bei ihm ansetzen. Wer konnte ein Interesse daran haben, den Mann in den Tod zu treiben? Es musste jemand sein, der die Persönlichkeit des Unternehmers perfekt einschätzen konnte, das gelang sicherlich nicht jedem, schon gar nicht einem flüchtigen Bekannten. Er umkreiste den Namen des Toten. Ein Gespräch mit Frau Fiebinger und dem Jungen war unvermeidlich.

Im unteren Bereich umkreiste er den Begriff »Bande«. Sein Gefühl sagte ihm, dass der Täter keiner der Männer gewesen war, die vor Ort die Drecksarbeit erledigt hatten. Aber der, den er suchte, musste diese Typen beauftragt haben. Vielleicht war das ein Ansatzpunkt. Doch dafür brauchte er mehr Informationen, und er wusste auch schon, wo er die finden würde.

Nach kurzem Überlegen fügte er zwischen den beiden Fällen noch die Tote aus dem Altersheim hinzu, von der Sabrina gesprochen hatte. Ihre Überlegung, dass das eigentliche Ziel ihr Enkel, Florian Hausener, gewesen war, der das Erbe verloren hatte, passte ins Bild. Er umkreiste den Namen von Edith Hausener. In dem Heim musste es Unterlagen über die Todesumstände geben, auch das war ein Ansatzpunkt. Und mit Florian Hausener sollte er auch noch sprechen.

Marcus trat einen Schritt zurück und betrachtete sein Werk. Gar nicht mal so schlecht. Damit ließ sich arbeiten, und er hatte die Hoffnung, dass das viel gelobte Programm noch Gemeinsamkeiten ausspuckte, die ihm nicht aufgefallen waren.

Es klopfte, und Sabrina riss die Tür auf. »Wir haben fast alles drin und wollen für heute Schluss machen. Aber bevor wir gehen, wollen wir einmal auf den grünen Knopf drücken. Willst du zusehen?«

»Natürlich.«

Er hätte seinen Raum ja verlassen, doch Sabrina versperrte ihm den Weg. Sie blickte auf das Whiteboard, überflog die Zeilen und strahlte dann. »Es so bildlich vor mir zu sehen, löst die unterschiedlichsten Gefühle aus. Da, wo du was umkreist hast, setzen wir an, richtig?« Sie gab ihm nicht einmal die Gelegenheit zu einer Antwort. »Warum fehlt da die Senatorin?«

»Weil ich nicht finde, dass sie ins Schema passt.«

Sabrina nagte an ihrer Unterlippe. »Warum nicht? Auch ihr hat man alles genommen.« Sie drängelte sich an Markus vorbei und tippte nacheinander auf Marius Fiebinger, Florian Hausener und ihre Freundin. »Geld, Ruf, Schönheit. Das ist nun stark vereinfacht, aber es passt. Irgendwie.«

»Vielleicht hast du recht. Dann schreib sie dazwischen und kreise ihren Namen ein.«

»Warum?«

»Weil sie eine Zeugin ist. Das Protokoll zu diesem Fall gibt so gut wie nichts her. Sie zu befragen, wird allerdings bestimmt nicht einfach werden.«

»Da hast du wohl recht. Sie soll ein schwieriger Charakter sein, aber wenn ich ehrlich bin, würde ich über so eine Situation auch nicht gerne reden wollen.«

Marcus hob eine Augenbraue. »Das glaube ich dir nicht. Du würdest alles tun, um den Täter zu erwischen.«

»Schon, aber ich würde auch niemals in eine solche Situation geraten«, stellte Sabrina energisch klar.

»Habe ich das behauptet?«

Sabrina hob die Hände und schnaubte. »Nein. Ja. Irgendwie. Ach, egal. Wir wechseln jetzt den Arbeitsplatz. Da wartet der Knopf!«

Lächelnd folgte er ihr ins Vorzimmer.

Juliane sah den beiden bereits ungeduldig entgegen und deutete auf ihre Maus. »Na los.«

Marcus schüttelte den Kopf. »Nein, das übernimmst du. Du hattest die meiste Arbeit damit.«

Sabrina nickte heftig. »Ich hätte erst morgen mit genügend Informationen gerechnet, um einen Testlauf zu starten.«

»Danke.«

Juliane verzog den Mund zu einem unsicheren Lächeln und bewegte dann den Mauszeiger zu dem Feld »Analyse« und drückte auf eine Taste.

Rasend schnell füllte sich ein Ladebalken auf dem Monitor. Anschließend drehte sich ein Kreis für wenige Sekunden, und dann erschien ein Fenster mit der Mitteilung »Analyse abgeschlossen« und einem Link zur Auswertung. Juliane öffnete die erstellte Datei und atmete tief durch.

Marcus beugte sich weiter vor, und sein Kopf wäre beinahe mit dem von Sabrina zusammengeprallt, doch das interessierte ihn nicht. Er wollte die Liste von Punkten überfliegen und sich selbst ein Urteil bilden.

Sabrina hatte andere Vorstellungen, sie stieß eine Art Jubelschrei aus und las dann laut vor: »Gleiches Vorgehen in Form von indirekter Schädigung des Opfers, Ähnlichkeiten im sozialen Status, gleiche Altersklassen der indirekt Geschädigten unter Berücksichtigung eines Intervalls von fünf Jahren. Wie genial ist das denn? Da hat sich die Arbeit gelohnt!«

»Nun ja, lesen kann ich, nebenbei bemerkt, auch.« Marcus tippte auf den Monitor. »Das Resultat ist nett und hilft uns bei der Staatsanwaltschaft, aber im Prinzip steht da nichts, was du nicht auch schon ausgegraben hast.«

»Schon, aber bei mir war es eine Idee oder Theorie, und das hier ist gute alte Polizeiarbeit. Und dann noch deine Wand drüben. Das gefällt mir. Ich mag zwar den Innendienst nicht besonders, aber wir sind einen großen Schritt weiter!«

Da nun auch Juliane nickte, beließ Marcus es dabei und wechselte das Thema.

»Macht dann gerne Schluss für heute, und du, Sabrina, denk daran, was ich dir gesagt habe!«

»Ja, Papi, mache ich«, erwiderte Sabrina patzig.

Er sah sie so lange wortlos an, bis sie einlenkte und eine Entschuldigung murmelte. Manchmal hatte er das Gefühl, er war im Kindergarten. Mit wenigen Worten klärte er Juliane über die mögliche Gefährdungslage auf.

Seine Assistentin ließ sich auf keine Diskussion ein, sondern schien die Warnung ernst zu nehmen.

»Dazu passt ein erstes Täterprofil, das ich von einem Experten habe erstellen lassen: Der geht nämlich von einem hochintelligenten, aber auch extrem skrupellosen, im Sinne von soziopathischem Täter aus. Derjenige, der hinter alldem steckt, hat kein Gefühlsleben und richtet sich nach einem Wertesystem, das nicht im Geringsten mit unserem vergleichbar ist.«

Juliane runzelte die Stirn, sagte aber nichts. Doch Sabrina hielt sich wie gewohnt nicht zurück.

»Wann hast du denn einen Experten eingeschaltet? Wen? Und warum erzählst du uns nicht davon?«

»Das tue ich doch jetzt, oder? Gestern Abend, und es handelt sich um Professor Doktor Winfried Kohlmorgen. Erfüllt der deine Ansprüche, oder soll ich seinen Lebenslauf und seine Qualifikationen nachreichen?«

Ausnahmsweise schwieg Sabrina.

Marcus ignorierte sie und wandte sich an seine Assistentin. »Noch etwas. Für den Fall der toten Seniorin im Seniorenstift, Edith Hausener, habe ich keine Fallakte gefunden und damit auch keinen Obduktionsbericht, hast du eine Idee, wie wir da trotzdem rankommen?«

»Ja, inoffiziell über die Rechtsmedizin. Wenn es eine Untersuchung gab, wird die dort gespeichert sein.«

»Gut. Besorg mir das Ergebnis, bitte, am besten schickst du es an meine Mailadresse, dann lese ich es mir später durch.« Oder ich lasse Winfried drübergucken, aber das sagte er nicht laut. »Mach dann aber wirklich Feierabend.«

»Okay, aber erst möchte ich mir auch noch deine Wand ansehen.«

Marcus deutete einladend auf sein Büro und folgte dann seiner Assistentin.

Juliane musterte seine Aufzeichnungen eine ganze Weile und nickte dann.

»Sehr gut, Boss.« Sie trat an das Whiteboard heran und nahm sich den roten Stift. Ziemlich genau in die Mitte seiner Notizen malte sie einen Kreis, in dem sie das Wort »Spinne« einfügte.

Sie trat zurück, betrachtete ihr Werk und zuckte mit der Schulter. »Ist nur eine Arbeitsbezeichnung für den Täter. Ich finde, das passt zu ihm.«

Sabrina war ihnen gefolgt. »Das trifft es sogar richtig gut. Er bleibt im Hintergrund, zieht die Fäden und spinnt ein Netz, in dem die Opfer sich verfangen.«

Marcus rieb sich übers Kinn. »Passt ›Puppenspieler‹ dann nicht besser?«

Die Blicke der beiden Frauen machten ihm deutlich, dass die Entscheidung bereits feststand. Seufzend gestand er sich die Niederlage ein.

Zum zweiten Mal innerhalb weniger Tage machte sich Marcus auf dem Weg ins Dezernat für Organisierte Kriminalität. Sein Ziel war klar, allerdings wusste er nicht, wie er es erreichen sollte. Der normale Weg wäre eine Mail oder ein Telefonat gewesen, doch sein Gefühl sagte ihm, dass man ihn dann abgewimmelt hätte.

Er zögerte auf dem Weg ins Büro des Dezernatsleiters, als er Stimmen aus der Pantry hörte. Die Worte »Restaurant« und »Überfall« fielen.

Marcus blieb stehen. Es widerstrebte ihm, Kollegen zu belauschen, andererseits könnte er so sein Ziel erreichen. Selbst, wenn Sabrina, Juliane und sogar das Programm von einem Serientäter überzeugt waren, verspürte er pure Unsicherheit bei dem Gedanken, Alexander Frank von dieser Theorie zu erzählen. Vielleicht bekam er die erforderlichen Informationen auch so, ohne dass er Gefahr lief, sich lächerlich zu machen.

Er spähte vorsichtig um die Ecke. Tatsächlich, Alexander Frank und Dirk Richter sprachen miteinander. Dirk hatte sich mit einem Kaffeebecher in der Hand gegen die Arbeitsplatte gelehnt.

»Mit ›Folge der Spur des Geldes‹ kommst du hier nicht weiter. Wir haben keinen Ansatzpunkt. Die Typen greifen Bargeld ab und lassen es irgendwo verschwinden oder geben es aus. Wenn wir Pech haben, stimmen nicht einmal die Summen, die die überfallenen Gastwirte angeben. Da ist ja noch die Sache mit der Versicherung«, sagte Dirk.

Alexander Frank fluchte in einer fremden Sprache. »Dann müssen wir über die Täter kommen. Mit genügend Druck wird schon einer der Informanten auspacken.«

»Denke ich auch. Ich habe einen Namen für dich, aber der Typ ist schwer zu finden. Er lebt auf der Straße. Karl-Heinz Schmidt.«

»Dein Ernst? Das ist doch kein Name, mit dem man jemanden findet! Hast du nicht mehr?« Alexander Frank war seine Ungeduld anzumerken.

Dirk lachte. »Soll ich deinen Job jetzt komplett übernehmen? Dann leite mir gefälligst dein Gehalt weiter. Den Rest machst du schön alleine. Nebenbei: Wieso hängst du dich da eigentlich so rein?«

Die Antwort interessierte Marcus auch.

»Wegen Toni. Ich dachte, es wäre das perfekte Geburtstagsgeschenk, wenn ich ihm den Zugriff auf die Täter präsentiere, die ihm den Familienabend verdorben haben.«

Wieder lachte Dirk, und auch Marcus musste unwillkürlich grinsen. Die Vorstellung hatte was.

»Vergisst du da nicht die Kleinigkeit mit der Zuständigkeit? Hatte Tannhäuser nicht jemand anderen auf den Fall angesetzt?«

»Jein«, erwiderte Alexander Frank. »Wenn ich es genau nehme, hat Lauer nur einen Überfall aufs Auge gedrückt bekommen. Ich nehme einfach die anderen.«

»Hm, solltest du dann nicht mit Marcus zusammenarbeiten?«

Marcus hielt die Luft an. Wenn er die Hitze in seinen Wangen richtig interpretierte, lief er gerade rot an. Gespannt wartete er auf die Antwort.

»Würde ich ja. Er scheint ziemlich clever zu sein und hat uns geholfen, aber es fällt mir schwer, ihn richtig einzuschätzen. Meine Ermittlungen sind nun mal mehr als am Rande dessen, was Tannhäuser angeordnet hat.«

»Verstehe. Aber weißt du …« Dirk zögerte. »Ach was, informiere ihn einfach, wenn du was hast, das ihm weiterhilft, und gut ist. Wieso ist denn der eine Fall aus der Serie der Überfälle überhaupt rausgelöst worden? Ich meine, es stimmt schon. Bei dem Wirt war nichts zu holen, und er hatte nicht einmal die Chance, zu zahlen. Aber das erklärt nicht, wieso Tannhäuser diesen einen Fall jemand anderem gibt.«

»Walterchen meinte, dass da so eine Theorie von einem

durchgeknallten Serientäter im Raum steht, und dazu könnte wohl dieser Überfall gehören. Eben, weil er nicht ins Schema passt.«

Dirk schwieg einen Moment. »Hm, verstehe. Und da ist Marcus dran? Na, ich weiß nicht. Das klingt, als käme es aus einem dieser Bücher, die meine Frau so gerne liest.«

Es war höchste Zeit, zu verschwinden. Dirks ungläubiger Tonfall verstärkte die Unsicherheit, die schon in ihm getobt hatte, und im Prinzip hatte er schon mehr erfahren, als er wollte.

Eine Kollegin kam aus einem der Zimmer. Marcus ging lächelnd an ihr vorbei und wünschte ihr einen schönen Feierabend. Als er in sein Büro zurückkehrte, war das Vorzimmer leer, und sein rasender Puls beruhigte sich etwas. Er sah auf das Whiteboard mit den Notizen. Eigentlich hatten Alexander Frank und Dirk Richter wohlwollend über ihn gesprochen, doch nun packte ihn sein Ehrgeiz. Er würde es den beiden schon zeigen, denn im Gegensatz zu ihnen hatte er eine Idee, wie er diesen Karl-Heinz Schmidt finden konnte.

KAPITEL 15

Fast eine Stunde später als sonst machte Marcus es sich auf der Terrasse bequem. Er war gespannt, ob und wann Astra sich melden würde. Zur Not würde er den Obdachlosen am nächsten Morgen suchen, um ihn nach diesem Karl-Heinz Schmidt zu fragen.

Die Sonne stand schon ziemlich tief, aber noch lag sein Platz nicht im Schatten.

Bevor er das Büro verlassen hatte, hatte er noch das Whiteboard abfotografiert. Nun lehnte sein Handy gegen den Blumentopf, den Valerie hier platziert hatte. Bisher hatte er sich in seinem Job nie zu Überstunden veranlasst gesehen, nun sah das anders aus. Wenn ihre Theorie sich bestätigte, hatten sie es mit einem höchst gefährlichen Täter zu tun. Der Typ, den Juliane *Spinne* getauft hatte, war Sabrina kaum zum Spaß gefolgt.

Nach längerem Grübeln war Marcus sicher, dass der Kerl bei der Werkstatt von Harald Förster auf sie gewartet hatte – oder vielleicht auch zufällig dort auf sie gestoßen war. Eine andere Erklärung fiel ihm nicht ein. Doch was hatte die Spinne dort gewollt? Auch da erschien ihm nur eine Begründung plausibel: Der Täter hatte mit dem Hundebesitzer einen möglichen Zeugen ausschalten wollen. Vielleicht, weil er befürchtet hatte, dass nach dem tödlichen Unfall von Marius Fiebinger der Fall erneut untersucht werden würde.

Marcus trank einen Schluck Bier und griff nach dem Handy, als ein dezenter Ton den Eingang einer E-Mail verkündete. Ein Mitarbeiter der Rechtsmedizin hatte ihm den gewünschten Obduktionsbericht zugeschickt. Er überflog die Seiten, bis er zum Fazit kam: Natürlicher Tod durch die Vorerkrankungen und das fortgeschrittene Alter. Herzversagen aufgrund von … Die lateinische Bezeichnung sagte ihm nichts, doch die Schlussfolgerung war klar. Es gab keinen Hinweis auf ein Verbrechen. Gut, damit hatte er gerechnet. Erstens wären sonst Ermittlungen eingeleitet worden, und zweitens war der Täter für eine offensichtliche Spur zu clever. Er würde Winfried die Unterlagen zeigen und ihn um Rat fragen.

Marcus legte das Handy auf den Tisch, trank noch einen Schluck Bier und lehnte sich dann mit geschlossenen Augen zurück. So konnte man es aushalten!

Eine Kombination aus leisem Scheppern und Quietschen ließ ihn auffahren. Da war jemand auf dem kleinen Pfad, der jenseits der Grundstücksgrenze an den Gärten der Reihenhäuser entlangführte. Durch die Büsche und Bäume war der Weg nicht einsehbar, doch die Geräusche kamen eindeutig von dort.

Er stand auf und lauschte angespannt. Zum ersten Mal, seit er hier wohnte, überlegte er, ob er seine Dienstwaffe holen sollte. Stattdessen griff er zu der kleinen Pflanzschaufel, die Valerie neben der Tür hatte liegen lassen. Als Waffe war die zwar eher lächerlich, aber besser als nichts.

Das Geräusch wurde lauter, aber in der nächsten Sekunde von lautem Bellen und den Rufen eines Mädchens übertönt, das er sofort erkannte. Valerie …

Etwas quetschte sich durch die Zweige, dann rannte der Mops von Winfried auf ihn zu, kam mit einer Vollbremsung vor Marcus zum Stehen und beäugte ihn mit schief gelegtem Kopf.

Die Gartenpforte wurde geöffnet, und das Quietschen erinnerte Marcus daran, dass er sie schon längst hatte ölen wollen.

Valerie drehte sich um und sprach mit jemandem, den Marcus nicht sehen konnte: »Komm ruhig mit rein. Du störst nicht. Ich muss nur noch diesen kleinen Frechdachs hier einfangen, sonst bekommt der Prof noch einen Herzinfarkt.«

»Wartet. Nicht so schnell, du Ausgeburt einer französischen Hölle«, rief jemand, der völlig außer Atem war und dessen Stimme Marcus erst mit Verspätung identifizierte: Winfried. »Oh, guten Tag, Astra.«

»Prof.«

»Freddy ist bei Papa. Kommt doch einfach alle mit rein.«

Marcus legte die Schaufel schnell zurück und streichelte erst einmal den leise fiependen Mops. Vielleicht hatte er dem Hund am Vortag ein paar Salamistücke zu viel gegönnt. Aber irgendwie mochte er das zerknitterte Kissen auf vier Beinen.

Als sich Valerie, gefolgt von Astra und Winfried, durch die Hecken zwängte, fiel Marcus auch wieder ein, dass er die Äste seit Langem hatte zurückschneiden wollen. Aber er betrat den Garten von dort aus so selten, dass er es einfach vergessen hatte.

Valerie begrüßte ihn auf halbem Weg zwischen Terrasse und Grundstücksgrenze mit einem Kuss auf die Wange. »Hi, Papa. Ich habe die beiden, also eigentlich die drei, aufgegabelt. Freddy ist dem Prof abgehauen, aber ich habe gesehen, wo er hinwollte. Astra kennst du, oder?«

»Ja, und wir waren verabredet.« Er lächelte den Obdachlosen an, der ziemlich überfahren wirkte, und deutete auf Winfried. »Kennt ihr euch?« Beide Männer nickten. »Gut, dann kommt mit auf die Terrasse und macht es euch bequem.«

Astra hob eine Packung mit Bierdosen. »Getränke habe ich mitgebracht, als Wassergeld, falls dein Angebot noch gilt.«

»Natürlich.«

Valerie verstand sofort, worum es ging. »Oh, cool. Ich mag Astra-Bier total gern. Komm mit rein, ich zeige dir, wo die Handtücher sind und alles, was du sonst noch so brauchst. Ihr habt doch bestimmt alle Hunger, oder? Heute gibt's was Asiatisches, und es ist genug für alle da.«

Nun war es Marcus, der sich überfahren fühlte, aber irgendwie gefiel ihm die Aussicht, den restlichen Abend in Gesellschaft zu verbringen.

Allerdings beschränkte die sich zunächst nur auf den Mops. Winfried hatte sich das Notebook von Marcus geschnappt und las sich den Obduktionsbericht durch. Anscheinend lernte er jedes Wort auswendig, denn es dauerte Ewigkeiten, ehe er weiterblätterte. Valerie hantierte in der Küche herum, und Astra duschte.

Freddy sah ihn wieder mit schräg gelegtem Kopf an.

»Also gut, mein Kleiner. Warte kurz.«

In der Schublade neben dem Herd, in der er ein wahres Sammelsurium von Kleinkram aufbewahrte, fand er einen kleinen Knautschball, und aus dem Kühlschrank nahm er sich noch zwei Scheiben Kochschinken mit.

Freddy sprang ihm bereits entgegen, als er die Terrasse betrat. Gemeinsam tobten sie über den Rasen, der für den kleinen Hund genau die richtige Größe hatte, bis Astra in anderen Klamotten, die zwar sauber, doch auch schon recht fadenscheinig waren, wieder erschien und unsicher neben der kleinen Sitzgruppe stehen blieb.

Winfried klappte das Notebook zu, kam aber nicht dazu, etwas zu sagen.

Valerie stürmte auf die Terrasse und funkelte Astra wütend

an. »Mensch, du spinnst ja wohl! Das war völlig übertrieben.« Sie stemmte die Hände in die Taille und stapfte davon. An der Tür drehte sie sich noch einmal um. »Essen in dreißig, Waschmaschine fertig in neunzig.«

Ratlos warf Marcus den Ball ein letztes Mal.

»Was habe ich verpasst? Und nun setz dich endlich.«

Astra räusperte sich. »Ich habe mich nur für die Gastfreundschaft revanchiert.«

Valerie schien eine Abhörvorrichtung installiert zu haben, denn sie riss schon wieder die Terrassentür auf. »Er hat das gesamte Badezimmer geputzt! Jede Ecke glänzt. Und das in der kurzen Zeit. Das grenzt an Ausbeutung.«

Astra zog etwas den Kopf ein, aber seine Augen funkelten vor Vergnügen. Er wartete klugerweise, bis Valerie wieder in der Küche war. »Du hast eine tolle Tochter, Running Man.«

Marcus prostete ihm mit seinem Bier zu. »Finde ich auch. Du kannst mich aber auch Marcus nennen.«

»Ich überlege es mir. Und, lag ich richtig? Du bist Polizist?«

»Ja, bin ich. Aber das ändert nichts. Oder fast nichts. Ich wusste heute Morgen noch nicht, dass ich deine Hilfe gebrauchen könnte. Ich garantiere dir, es ist nichts Schlimmes.«

Winfried hatte bisher geschwiegen und nur geistesabwesend Freddy das kurze Fell gekrault. »Geht es um den Fall, an dem du dran bist?«

Überrascht sah Marcus ihn an. Er hatte eigentlich nicht vor, mit Astra über Details zu reden. »Ja.«

»Du kannst Astra gegenüber offen sein. Er sieht Dinge, die uns verborgen bleiben, und hat ein großartiges Gespür für – Menschen. Eine bessere Bezeichnung fällt mir nicht ein.«

Marcus drehte nachdenklich seine Bierdose in der Hand. So viel war in so kurzer Zeit geschehen. Beinahe wäre er weitergelaufen, als die Jugendlichen Astra angegriffen hatten. Bei ihrem ersten Bier hatte er nicht gewusst, ob er die Bezeichnung »Polizist« überhaupt noch verdient hatte. Jetzt saß er hier mit zwei Männern und dachte über einen echten Fall nach. Hätte ihm jemand vor vier Wochen gesagt, dass sein Leben sich so rasant ändern würde, hätte er denjenigen ausgelacht.

Astra trank einen Schluck Bier und sah dann erst zu dem Mops und dann zu Marcus. »Erzähl mal, worum es geht. Danach entscheide ich oder ziehe weiter. Ich schulde dir zwar was, habe aber auch meine Prinzipien.«

Erneut flog die Tür auf, und Valerie hatte einen weiteren Auftritt. »Ich habe eine Idee. Mich hätte deine Putzaktion mindestens eine Stunde gekostet, weil ich nicht so schnell bin. Ich biete dir dafür zum Ausgleich ein T-Shirt und ein Sweatshirt an. Deal?«

»Gibst du Ruhe, wenn ich zustimme?«

»Ja.«

»Dann haben wir einen Deal.«

Astra grinste Marcus an. »Ich hoffe, sie stimmt das mit dir ab. Denn sie wird die Sachen wohl kaum aus ihrem eigenen Kleiderschrank nehmen.«

»Das hoffe ich für sie«, sagte Marcus und dachte an seine Lieblingsklamotten, die er tief im Inneren des Kleiderschranks verborgen hatte, weil sie für die Öffentlichkeit eigentlich nicht mehr geeignet waren. Dann wechselte er das Thema. »Wir sollten die Zeit nutzen, in der Valerie beschäftigt ist, denn ich möchte nicht, dass sie mit dem Fall in Berührung kommt.« So knapp es ging, fasste er Sabrinas Theorie zusammen und fügte ihre ersten Erkenntnisse hinzu.

Winfried tippte auf das Notebook. »Ich muss mir das noch einmal genauer ansehen. Es könnte sein, dass die Medikamente nicht zusammenpassen, doch das kann ich so aus dem Kopf nicht abschließend beurteilen. Was ich aber schon mit Sicherheit sagen kann, ist, dass bei einer eventuellen Manipulation der verabreichten Arzneimittel jemand mit sehr großem Sachverstand vorgegangen ist.«

Astra leerte seine Bierdose. Er sah erschüttert aus. »Und ich dachte, mich überrascht nichts mehr. Wie kann ich euch helfen?«

Marcus erklärte ihm, was er von Karl-Heinz Schmidt wollte.

»Der redet nicht mit dir, mit mir aber schon. Ich melde mich, wenn ich was habe.«

Marcus stand auf. »Danke. Du musst das nicht tun, aber ich weiß die Hilfe sehr zu schätzen. Ich hole Nachschub.« Freddy sprang hoch und bellte.

»Okay, die Bestellung habe ich verstanden. Astra ist klar. Was ist mit dir, Winfried. Bleibst du bei Bier, oder möchtest du lieber ein Glas Wein?«

»Heute erscheint mir das kühle Helle angebracht. Im Übrigen möchte ich unseren geschätzten Helfer noch darauf hinweisen, dass dir mein Gartenhaus heute Nacht bei Bedarf zur Verfügung steht.« Als Marcus die Stirn runzelte, lächelte Winfried. »Ich denke, der Abend zieht sich noch etwas, worüber ich keineswegs traurig bin, doch dann sind für Astra sämtliche komfortablen Schlafplätze belegt.«

Astra nickte. »Das passt mir. Ich möchte über die einzelnen Fälle noch mehr erfahren. Das war mir zu sehr auf der Metaebene. Ich brauche Namen und Adressen, sämtliche Kleinigkeiten. Vielleicht ist mir auch etwas aufgefallen.«

Sowohl das Hilfsangebot als auch die Wortwahl überraschten Marcus. Was mochte Astra wohl alles erlebt haben? Woher kam er?

Marcus wollte gerade zustimmen und die versprochenen Getränke holen, als Freddy laut bellend Richtung Grundstücksgrenze hetzte.

Erst, als eine Katze aus ihrem Versteck unter einem Busch hervorbrach und vor dem Hund flüchtete, entspannte er sich wieder. Einen Moment hatte Marcus tatsächlich mit der Spinne gerechnet. Doch wie sollte der an seine Adresse gekommen sein? Wenigstens das konnte er ausschließen.

KAPITEL 16

Statt des Kapuzenpullis trug er heute ein dunkelgraues Sakko zu einer schwarzen Jeans. An seiner Arbeitsstätte würde er die ungewohnte Kleidung mit einem formellen Termin erklären. Dazu noch eine randlose Brille, die lediglich aus Fensterglas bestand, und er war sicher, dass die liebe Sabrina ihn nicht wiedererkennen würde. Seine Haare hatte er zurückgegelt. Der schwarze Lederrucksack und die Kopfhörer im Ohr vervollständigten seine Tarnung als junger, erfolgreicher Geschäftsmann.

Eigentlich hatte er gehofft, es bliebe ihm erspart, zusätzlichen Aufwand zu investieren, um potenzielle Risiken aus dem Weg zu räumen, aber Sicherheit ging vor! Ein Jammer, dass er seine gesamte Energie nicht der nervigen Adelheid widmen konnte. Die alte Schachtel hatte mehr Glück als Verstand, und er war kurz davor, erneut zu dem bewährten Medikamenten-Cocktail zu greifen. Doch da blieb das geringe Risiko, dass einem übereifrigen Rechtsmediziner etwas auffiel. Irgendein Computersystem könnte eine Parallele zum Tod der alten Hausener ziehen, und das durfte unter keinen Umständen geschehen.

Da! Sabrina eilte wieder auf die Bäckerei zu, doch kurz bevor sie ihr Ziel erreicht hatte, blieb sie stehen und hielt sich ihr Handy ans Ohr.

»Guten Morgen, Juliane.« Sabrina hörte kurz zu und lachte

dann. »Na klar, ich bringe was mit. Hast du eine Idee, was Marcus gerne mag?« Sie hörte wieder zu und lachte dann.

Na also. Nun kannte er schon die Namen von zwei Menschen beim LKA, mit denen sie offenbar zusammenarbeitete. Er ließ einen Studenten vor und betrat dann ebenfalls den kleinen Laden. Dass Sabrina hier eine geschätzte Stammkundin war, hatte er bereits am Vortag mitbekommen.

Er ließ sich kein Wort von ihrer Unterhaltung mit der Angestellten entgehen und hätte die Verkäuferin am liebsten angeknurrt, als sie ihn nach seinen Wünschen fragte. Nur nicht auffallen! »Einen Kaffee zum Mitnehmen, mit einem Schuss Sojamilch, bitte. Und dazu noch einen Schokomuffin.«

Er legte einen Fünf-Euro-Schein auf den Tresen, nahm seine Sachen entgegen, während Sabrina noch auf ihre Bestellung wartete, und verabschiedete sich dann.

Es bestand keine Notwendigkeit mehr, ihr zu folgen, und er machte sich auf den Weg zur Arbeit. Verächtlich musterte er die teuren Wagen, die hier parkten. Die Nobelmarken passten zu dem neureichen Gesocks, das sich in den Altbauwohnungen im Stadtteil Rotherbaum breitmachte. Es war typisch für die Gegensätze in der Hansestadt, dass sich unmittelbar an die Unigegend mit ihrer bunten Szene diese Prachtbauten anschlossen. Auch die Grindelhochhäuser, in denen er nun wirklich nicht wohnen wollte, waren fußläufig erreichbar. Es gab eben keine Gerechtigkeit mehr auf der Welt! Eigentlich sollten hier Studenten in Wohngemeinschaften leben, und nicht solche Leute wie Sabrina, die alleine vier oder fünf Zimmer für sich in Anspruch nahmen. Und das alles nur, weil die Häuser in der Nähe der Außenalster lagen. Widerlich! Er spazierte weiter durch die Straßen und ärgerte sich über den Gegensatz zwischen kleinem Ökoladen im Kellergeschoss und Nobelrestaurant in einer Altbauvilla an einer Straßenecke. Schließlich steuerte er die Alster an, denn er hatte noch etwas zu erledigen. Mit einem verächtlichen Blick streifte er das Hotel *Fortenay*. Eine architektonische Katastrophe! Und für jeden Menschen, der gezwungen war, auf sein Geld zu achten, unerschwinglich. Ein Sternekoch fürs Business-Lunch. Wer sich das leisten konnte, der hatte jede Bodenhaftung verloren. Eine grobe Idee nahm Gestalt an, und er lächelte, als er die restlichen Meter zur Außenalster zurücklegte.

Ein paar Mütter mit ihren Kleinkindern waren auf dem Fußweg unterwegs, der entlang der Außenalster Richtung Innenstadt führte. Er suchte sich eine Stelle direkt am Ufer. Der direkte Blick auf eine Gruppe Kormorane, die auf einigen Holzpfosten saßen und in der Morgensonne ihre Flügel ausbreiteten, gefiel ihm. Er zückte sein Smartphone und googelte die Telefonnummer des LKA Hamburg. Die zentrale Rufnummer half ihm nicht weiter, dann eben Plan B. Er ließ die Null am Ende der Telefonnummer weg und gab stattdessen eine zufällige vierstellige Zahlenkombination ein.

Eine gelangweilte Frau meldete sich mit »Ahrens, Kommissariat zweiundvierzig«.

»Oh, ich fürchte, ich habe mich verwählt. Ich sollte mich heute noch einmal wegen der Zeugenaussage im Zusammenhang mit dem Jungen melden. Leider habe ich die Visitenkarte des zuständigen Kommissars verloren. Aber mir ist da nun doch noch das Kennzeichen eingefallen, heute Morgen war es plötzlich da.«

»Wie hieß denn der Kollege?«

»Wenn ich das noch wüsste! Der Vorname war Marcus, aber der Nachname … Ich und mein Gedächtnis. Er war vom LKA und hat erwähnt, dass er im Stern arbeitet. Sagt Ihnen das etwas? Ach ja, seine Kollegin heißt Juliane.«

»Na, Sie sind ja … Sekunde …«

Er hörte das Tippen auf der Tastatur, ein Schluckgeräusch und schließlich ein Seufzen. »Ich habe ihn gefunden, das ist der Kollege Lauer vom LKA.« Sie diktierte ihm die Durchwahl und ließ ihn die vier Ziffern noch einmal wiederholen. Sein Auftritt als trotteliger Zeuge war wohl mehr als überzeugend gewesen. Als ob er so etwas vergessen würde …

Nachdenklich drehte er sein Handy in der Hand. Seine Rufnummer wurde nicht mitübertragen, und selbst wenn jemand den Anruf zurückverfolgte, stieß er lediglich auf ein spanisches Prepaidhandy. Ein bisschen Spaß musste schließlich sein.

Er wählte die Nummer von dem Mann, der glaubte, ihm auf die Spur kommen zu können.

»Lauer«, meldete sich jemand, der ziemlich geistesabwesend klang.

»Marcus Lauer?«, vergewisserte er sich.

»Ja. Wer möchte das wissen?«

»Ich. Genießen Sie die Muffins, die Sabrina Ihnen gekauft hat. Oder mögen Sie doch lieber das Salami-Brötchen?«

»Wer sind Sie?«

»Tja, wenn ich Ihnen das verraten würde, wäre es doch langweilig, oder?«

Er trennte die Verbindung. Sein Puls raste. Adrenalin jagte durch seine Adern. Die Aussicht, einen Gegner zu haben, machte das ganze Spiel doch gleich noch viel interessanter! Er beobachtete, wie die Kormorane sich in die Luft erhoben. Einer stieß plötzlich hinab und hielt einen glänzenden zappelnden Fisch im Schnabel. Genau so ging er auch vor! Die Szene war wie ein Sinnbild seiner eigenen Aktionen. Er kam ohne Vorwarnung, aus dem Nichts, und sein Opfer blieb chancenlos.

***

Marcus starrte auf das Display seines Festnetzanschlusses. Dort stand lediglich: *Anrufer unbekannt*. Betont langsam legte er den Hörer zurück, obwohl die Versuchung groß war, den Apparat zu zertrümmern.

Die Wahrscheinlichkeit, dass es sich um einen misslungenen Scherz handelte, bezifferte er auf nicht existent. Wer wusste, dass er mit Sabrina gemeinsam ermittelte? Tannhäuser, Walterchen, Juliane – und die Kollegen im Bereich Organisierte Kriminalität. Marcus suchte sich im internen Telefonverzeichnis die Nummer von Toni Petersen raus und wählte sie.

»Petersen.«

»Marcus Lauer. Ich ermittle in diesem Überfall auf das Restaurant, in dem Sie gegessen haben. Sie erinnern sich?«

»Ja, natürlich. Kann ich Ihnen irgendwie helfen?«

»Ja, indem Sie mir eine ungewöhnliche Frage beantworten: Haben Sie oder Ihr Vorgesetzter irgendjemandem gegenüber erwähnt, dass ich mit Sabrina gemeinsam gegen einen unbekannten Serientäter ermittle?«

Petersen schwieg erst eine Weile. »Mit Sabrina gemeinsam? Das ist sogar mir neu. Ich hatte dich so verstanden, dass von ihr lediglich der Anfangsverdacht kam.«

Vermutlich war es der Übergang zur freundschaftlichen Anrede, der unter gleichaltrigen und gleichrangigen Kollegen durchaus üblich war, der Marcus dazu bewog, offen zu antworten. Gleichzeitig registrierte er, dass Toni nicht wegen des Serientäters nachfragte, also war er wohl wie Dirk und sein Chef informiert. »Nein, sie mischt mit. Anweisung von ganz oben. Sie hatte gestern das Gefühl, dass jemand sie verfolgt, und es könnte sein, dass uns jemand am Heck klebte, als wir von einem Zeugen weggefahren sind. Eben bekam ich einen Anruf, der entweder ein übler Streich von jemandem war, der weiß, dass wir zu dritt an dem Fall dran sind, oder aber …«

Petersen atmete scharf ein. »Oder ihr seid schon ins Visier des Täters geraten. Das gefällt mir nicht! Also, ich kann dir hoch und heilig versprechen, dass von uns keiner über Sabrina geredet hat und auch nicht zu so schrägen Scherzen aufgelegt ist. Ja, wir waren neugierig und haben bei Walterchen ein wenig nachgebohrt, warum du den Fall übernommen hast. Aber, ganz ehrlich, bis zu deinem Anruf habe ich die Theorie für ziemlich gewagt gehalten.«

»Eigentlich schade. Es wäre mir lieber gewesen, ihr hättet euch einen schlechten Scherz erlaubt.«

Toni lachte. »Kann ich mir vorstellen. Aber eins noch: Wenn ihr Hilfe braucht, und zwar schnell und unbürokratisch, dann melde dich bei Alexander oder mir. Wenn ich mir das richtig zusammenreime, seid ihr nur zu dritt: Sabrina, eine Reporterin, deine Grufti-Assistentin und du. Das kann im Ernstfall zu wenig sein, und das ist keineswegs respektlos gemeint.«

»Meinst du deine Bezeichnung für Juliane oder dein Angebot, das ich als Zweifel an meinen Fähigkeiten auffassen könnte, was ich aber nicht tue?«

Wieder lachte Toni. »Beides. Wenn du Zeit hast, komm mal auf einen Kaffee rüber. Mich interessiert es, wie es bei dir weitergeht.« Im Hintergrund war eine Männerstimme zu hören. »Mein Boss sagt das Gleiche. Und passt auf euch auf!«

Toni legte auf und ließ Marcus mit gemischten Gefühlen zurück. Es tat gut, wieder Teil des Kollegenkreises zu sein. Aber die Vorstellung, dass der Täter ihn angerufen hatte und damit wusste, wer sie waren, beunruhigte ihn. Dabei dachte er gar nicht so sehr an seine eigene Sicherheit, sondern an Juliane und Sabrina – und auch an seine Tochter. Denn wenn der Typ bei seinem Vorgehen blieb, würde er Marcus indirekt treffen wollen.

Sein Kaffee war längst kalt geworden, dennoch schüttete er das Zeug in sich hinein. Als er den Becher wegstellte, zitterte seine Hand. Sollte einem Kollegen oder eher einer Kollegin durch seine Schuld etwas passieren, wäre das der endgültige Todesstoß für ihn. Für Valerie galt das Gleiche.

Tief durchatmend, stand er auf und ging ins Vorzimmer. Sein Timing war perfekt, Sabrina betrat gerade den Raum.

Statt einer Begrüßung deutete er auf ihren Rucksack. »Warst du beim Bäcker und hast Schokomuffins und Salami-Brötchen gekauft?«

Sabrina grinste frech und wollte schon zu einer schlagfertigen Erwiderung ansetzen, doch dann wurde sie blass und ließ sich auf ihren Schreibtischstuhl fallen. Ihre Stimme klang ungewohnt heiser. »Woher weißt du das?«

»Ich hatte einen Anruf …«

»Es reicht.« Juliane stand langsam auf. »Wir frühstücken, und dann schnappen wir uns diesen Mistkerl!«

So schnell würde es nicht gehen, doch es machte ihn stolz, wie rasch die beiden die richtige Schlussfolgerung gezogen hatten. Er dachte an Astra und Winfried – seine Joker, von denen die Spinne nichts ahnte.

Sabrina holte eine Papiertüte aus ihrem Rucksack, nahm daraus einen Muffin und biss hinein. »Dieser Dreckskerl ist zu weit gegangen. Ich habe es schon vorher persönlich genommen, aber jetzt reicht es!« Die Logik hinterfragte Marcus lieber nicht. »Ich besorge uns Kaffee. Stell dich auf Außer-Haus-Ermittlungen ein.«

Ihr Jubelschrei begleitete ihn bis auf den Flur, und er musste lachen.

KAPITEL 17

Marcus betrachtete das Schild, das die Einfahrt zum Altersheim kennzeichnete, und schüttelte den Kopf. »Seniorenresidenz verstehe ich ja noch, aber *Alsterruhe*? Das klingt nach Friedhof und passt schon wegen der Schienen nicht, die gleich nebenan langführen.«

Sabrina lächelte verschmitzt. »Willst du die Namensgebung diskutieren oder aufs Gelände fahren?«

Ein Kiesweg führte zu einer alten Villa, die mit den Nebengebäuden an einen Gutshof erinnerte. Das Grundstück war parkähnlich angelegt und reichte bis an die Alster. Ein alter Baumbestand wurde durch ein paar Beete aufgelockert, in denen bunte Blumen nette Farbakzente setzten. Bänke mit Blick aufs Wasser oder den Park luden zum Verweilen ein. Alles in allem machte der Ort einen netten, aber durchaus auch noblen Eindruck.

»Hast du eine Ahnung, was die Unterbringung hier kostet?«, fragte Marcus, ehe er ausstieg, und ärgerte sich ein wenig darüber, dass er nicht selbst ein paar Nachforschungen angestellt hatte.

»Mit allem Drum und Dran liegst du bei ungefähr fünftausend Euro im Monat, davon übernehmen Krankenkasse und Pflegeversicherung nur einen kleinen Teil. Du kannst also davon ausgehen, dass es sich hier um die gehobene Klientel handelt. Ich würde sagen, alles ab höheren Beamten oder so.«

»Warst du schon mal hier?«

»Ja, ein… – nein, stimmt gar nicht, zweimal. Vor ein paar Monaten hat eine Dame hier ihren hundertfünften Geburtstag gefeiert, und das andere Mal haben die Pflegekräfte einen Trickdieb entlarvt, der es auf die Brieftaschen der alten Herrschaften abgesehen hatte. Die Residenz liegt zwar am Rande meines Einzugsgebietes, gehört aber gerade noch so dazu.«

»Gut, dann kennst du dich ja etwas aus. Du kannst gerne übernehmen. Das Ziel ist ja klar.«

»Logisch. Nur …« Sie verstummte und wich seinem Blick aus.

»Was?«

»Verträgst du eine ehrliche Antwort?«

Nein! Marcus zwang sich zu einem Lächeln, das vermutlich ziemlich gequält ausfiel. Sein gesamtes Leben war auf den Kopf gestellt worden: erst durch Valeries Ankunft, dann durch Tannhäuser, der ihm Sabrina aufs Auge gedrückt hatte. »Dass ihr Frauen immer … Mach schon, ehe, du daran erstickst.«

»Ich dachte, du wärst ein totaler Langweiler, aber jetzt startest du ja richtig durch und arbeitest tatsächlich wie ein echter Polizist. Und zwar wie einer, dem der Fall wirklich wichtig zu sein scheint. Spätestens seit heute Morgen, als du so energisch auf diesen Anruf reagiert hast, habe ich verstanden, warum mein Onkel dich ausgewählt hat. Du passt perfekt.«

Sollte das nun ein Kompliment sein, oder war es eher eine Beleidigung? Marcus entschied sich, dass es sicherer war, nicht weiter auf dem Punkt herumzureiten. Allerdings würde er spätestens bei seiner nächsten Laufrunde sehr intensiv über ihre Worte nachdenken müssen.

»Wenn's das war, würde ich mich jetzt gerne um unseren

Fall kümmern und deinen Versuch einer Psychoanalyse auf später verschieben.«

»Kein Problem, aber sag mal, du wohnst doch hier ganz in der Nähe, oder?«

»Ja, wieso?«

»Weil wir dann direkt danach zu deinem Experten, Professor Kohlmorgen, fahren könnten. Vielleicht hat der schon etwas über den Obduktionsbericht herausgefunden.«

»Das wird nichts. Wir sind erst für heute Abend verabredet.«

Sie sah ihn so lange auffordernd an, bis er begriff, worauf sie hinauswollte. »Winfried hat bestimmt nichts dagegen, wenn du dabei bist, aber komm gar nicht erst auf die Idee, das als Überstunden zu verbuchen!«

Sie hob auf einzigartige Art und Weise die Augenbrauen. »Dafür müsste ich doch wohl erst einmal ein Gehalt von euch beziehen, oder?«

Mit sehr viel Mühe gelang es Marcus, ein Lachen zu unterdrücken. »Soweit ich informiert bin, wurdest du schon aus versicherungstechnischen Gründen als Sonderermittlerin eingestellt. Aber du wirst ja besser wissen, was du bei Walterchen alles unterschrieben hast.«

Es fühlte sich ausgesprochen gut an, dass sie ihn mit offenem Mund anstarrte. Allzu oft hatte er ihr gegenüber noch nicht das letzte Wort behalten, und es gefiel ihm.

Irene Wackersberg, die Leiterin des Seniorenstifts, begrüßte sie freundlich im Foyer des Gebäudes, das Marcus mehr an ein Hotel als an ein Altersheim erinnerte. Auch ihr Büro wirkte fast wie ein Wohnzimmer, lediglich der Schreibtisch mit dem Notebook störte diesen Eindruck ein wenig. Die gediegene Einrichtung passte nicht so ganz zu der Mittfünfzigerin, die mit Jeans und weißer Bluse eher jugendlich gekleidet war. Marcus genoss einen Moment die Aussicht auf die Alster, ehe er sich in einen der bequemen Sessel setzte. Sabrina folgte seinem Beispiel, während die Leiterin auf der Couch Platz nahm.

»Es geht also noch einmal um Edith Hausener«, kam Frau Wackersberg sofort auf den Punkt. »Darf ich Ihnen ein Wasser oder einen Kaffee anbieten?«, fügte sie noch hinzu.

Sabrina und Marcus lehnten ab. Er nickte Sabrina auffordernd zu.

Sabrina lächelte. »Ich beginne einfach mit Ihrer persönlichen Meinung, die mich wirklich interessiert. Sie brauchen sich jedoch keine Gedanken zu machen, wir würden Sie niemals darauf festnageln. Hat Frau Hauseners Tod Sie überrascht?«

Die Leiterin zögerte keine Sekunde. »Ja, das hat mich tatsächlich überrascht. Natürlich gehört der Tod bei uns in gewisser Weise zum Alltag, doch Frau Hausener war medikamentös sehr gut eingestellt. Sie hatte lange Zeit keine Beschwerden mehr gehabt und fühlte sich sehr wohl. Sie war voller Elan, hatte viele Pläne und ... Also ja, ihr Ableben hat mich überrascht und auch getroffen. Jetzt interessiert mich natürlich, wieso Sie hier sind. Wenn Sie an ein Verbrechen denken, muss ich ja zwangsläufig annehmen, das Sie den potenziellen Täter hier suchen.« Sabrina wollte antworten, doch Frau Wackersberg hob eine Hand. »Vielleicht erklären Sie mir noch kurz, wieso Sie heute als Mitarbeiterin des LKA hier vorstellig geworden sind. Ich hatte Sie als umtriebige Lokalreporterin in Erinnerung.«

Umtriebig? Marcus verkniff sich mit viel Mühe ein Grinsen. Da Sabrina ihn ansah, überließ sie die Antwort wohl ihm. Er räusperte sich sicherheitshalber, da er seiner Stimme nicht traute. »Frau von Wesenberg ist auf etwas gestoßen, das sich als begründeter Anfangsverdacht erwies. Wir sind daher überaus froh, dass sie sich bereit erklärt hat, uns temporär als Sonderermittlerin zu unterstützen. Das hat dann allerdings auch zur Folge, dass jeder ihrer Artikel zuvor von uns freigegeben werden muss.«

»Das klingt ja spannend. Und was genau hat nun Ihren Verdacht auf Ediths Tod gelenkt?«

Nun wollte Sabrina antworten, aber er kam ihr zuvor. »Es gibt andere Fälle, die gewisse Parallelen aufweisen. Mehr können wir aus ermittlungstaktischen Gründen leider nicht preisgeben.«

»Verstehe.« Die Leiterin lächelte flüchtig. »Sind Sie über die Änderung ihres Testaments informiert?«

Sabrina und Marcus nickten.

Frau Wackersberg hob die Hände und ließ sie wieder fallen.

»Mir war ihre Entscheidung ein Rätsel. Sie hatte sich immer bestens mit ihrer Familie verstanden, und ich verrate Ihnen kein Geheimnis, wenn ich Ihnen sage, dass Ediths Enkel seiner Großmutter wirklich zugetan war. Wir erleben hier Dinge … Aber das ist natürlich für Sie nicht von Interesse. Was ich damit sagen möchte, ist, dass es keinerlei Streit gab, der diese Änderung gerechtfertigt hätte. Ich habe mir die Stiftung genauer angesehen, sie ist über jeden Zweifel erhaben, aber dennoch verstehe ich nicht, wieso Edith ausgerechnet sie ausgewählt hat. Mir war keinerlei Interesse von ihr zum Thema ›Leseförderung‹ bekannt. Es wirkte fast, als ob jemand einen Schalter umgelegt hätte.«

»Haben Sie mit dem Notar von Frau Hausener gesprochen?«

Eine leichte Röte breitete sich auf den Wangen der Leiterin aus. »Ja, wir kennen uns schon sehr lange und sehr gut. Könnte das nur bitte unter uns bleiben? Offiziell kann ich das natürlich nicht aussagen, sonst kommt Hermann ja in Teufels Küche.«

Marcus nickte rasch.

Die Leiterin atmete tief durch. »Hermann erwähnte, dass Edith einen sehr klaren, aber auch sehr verärgerten Eindruck gemacht hat. Sie wollte jedoch mit keinem von uns über die Gründe für ihren Meinungsumschwung reden. Davon abgesehen, ging es ihr gut. Es wirkte durchaus so, als ob sie mit ihrer Entscheidung im Reinen wäre.«

Sabrina rieb sich übers Kinn. »Wenn wir wüssten, wieso sie ihre Meinung geändert hat, wären wir einen Schritt weiter.«

»Ich dachte mir, dass Sie das wissen wollen. Nur kann ich Ihnen da leider nicht weiterhelfen, und ich bezweifele auch, dass Edith sich einem der Pflegekräfte anvertraut hat. Ich möchte natürlich nicht schlecht über sie reden, aber ein wenig Standesdünkel war ihr nicht fremd. Am ehesten wird unsere Adelheid etwas wissen. Adelheid Brunner. Die beiden kannten sich von früher und haben sich hier wiedergetroffen.«

Sabrina beugte sich etwas vor und wirkte, als ob sie eine Fährte aufgenommen hätte. »Können wir mit Frau Brunner reden?«

»Wenn Sie das möchte, dann selbstverständlich.«

Marcus erhob sich. »Sehr schön. Wir würden dann noch einen Blick auf den Bereich werfen, in dem die Medikamente aufbewahrt und für die Bewohner vorbereitet werden.«

»Das zeige ich Ihnen gerne. Allerdings bekommen wir die Medikamente bereits fertig vorbereitet und portioniert aus einer nahe gelegenen Apotheke. Das nennt sich blistern. Wir achten dann nur noch auf die regelmäßige Einnahme.«

Die kurze Lehrstunde in Sachen Medikamentenverteilung brachte Marcus nicht weiter. Alles war sauber, aufgeräumt und bestens organisiert – und jeder der Pflegekräfte hatte einen Schlüssel und damit Zugang zu den Plastikbehältern mit den Fächern für die einzelnen Tage. Einem Bewohner würde es vielleicht noch gelingen, sich ungesehen Zutritt zu dem Raum zu verschaffen, aber dann würde er vor einem verschlossenen Schrank stehen.

Frau Wackersberg sah ihm seine Überlegungen offensichtlich an. Sie lächelte verschmitzt. »Ich lese viel, hauptsächlich Krimis, und ahne, was Sie denken. Sollte jemand der guten Edith ein falsches Medikament verabreicht haben, so wäre das theoretisch möglich, sofern jemand Zugang zu diesem Schrank hier hat. Allerdings sind die Tablettenbehälter normalerweise verblistert. Da wäre dann schon jede Menge kriminelle Energie nötig. Und warum sollte das jemand tun? Was wäre das Motiv? Von der Stiftung, die den Großteil des Erbes erhalten hat, war nie jemand hier im Gebäude, und ich bezweifele, dass jemand von dort überhaupt wusste, welch warmer Geldsegen sie erwartete.«

Marcus warf Sabrina, die gerade antworten wollte, einen warnenden Blick zu. Die Leiterin durfte keinesfalls erfahren, dass vermutlich Ediths Enkel das Ziel gewesen war. Es war durchaus möglich, dass der Serienkiller jemanden vom Personal angestiftet oder bestochen hatte.

»Ehe wir Frau Brunner aufsuchen, habe ich nur noch zwei kurze Fragen: Wäre es möglich, dass es ein Unbefugter bis in diesen Raum schafft?«

»Das halte ich für ausgeschlossen. Im Foyer achtet unser Empfangspersonal penibel darauf, wer das Gebäude betritt. Seitdem es diese Diebstähle in den Zimmern gab, nehmen wir die Zugangskontrolle sehr ernst. Wenn ich Ihren Gedanken weiterspinne, könnte es nur einem regulären Besucher gelingen, hier hineinzugelangen und etwas zu manipulieren.

Aber warum sollte der Edith etwas antun wollen? Sie war eine sehr liebe, freundliche Dame, die mit niemandem Streit hatte.«

Um ihrem Enkel zu schaden. Doch das sprach Marcus nicht laut aus. Sein Bauchgefühl sagte ihm, dass er auf der richtigen Spur war und er dem Täter näher kam.

Sabrina hüstelte leise. »Ich spinne den Faden mal weiter. Wenn es jemanden geben würde, der aus einem uns nicht ersichtlichen Grund Edith schaden will und dafür die Hilfe eines Pflegers braucht, gäbe es unter Ihren Angestellten jemanden, der dafür infrage kommen würde? Ich weiß, wie schwer es sein muss, diese Frage zu beantworten, aber es ist wirklich wichtig.«

Frau Wackersberg starrte an die Wand. »Gegenfrage: Sind Sie denn sicher, dass Edith keines natürlichen Todes gestorben ist?«

Ohne sich abzusprechen, nickten Marcus und Sabrina, obwohl das finale Urteil von Winfried noch ausstand.

»Sie denken an jemanden mit Schulden oder eine Person, der ich Bestechlichkeit zutrauen würde.«

Dieses Mal nickte nur Sabrina. »Hat vielleicht jemand gerade gekündigt oder ist entlassen worden?«

Frau Wackersberg zog einen Mundwinkel zu einem schiefen Grinsen hoch. »Am liebsten wäre es Ihnen vermutlich, wenn derjenige nun auch noch durch einen luxuriösen Lebensstil auffällt, den er vorher nicht hatte. Leider nein. Unser Personal ist seit Langem bei uns, wir haben – anders als andere Häuser – keine nennenswerte Fluktuation. Die letzten Abgänge liegen Wochen vor Ediths Tod.«

Plötzlich wurde die Tür aufgerissen. Ein Mann, dessen Alter auf den ersten Blick schwer einzuschätzen war, stürmte hinein und blieb überrascht stehen, als er die drei Anwesenden bemerkte. Eine Strähne seines braunen Haares fiel ihm in die Stirn. Mit den blauen Augen und den gleichmäßigen Gesichtszügen, musste Marcus zugeben, hinterließ er bei manchen Frauen sicherlich einen gewissen Eindruck. »Oh. Störe ich? Ist das unser neues Besprechungszimmer?«

Frau Wackersberg lachte. »Nicht, dass ich wüsste, aber ich verstehe, dass es so auf dich wirkt. Christian Felder, einer meiner besten Mitarbeiter, und die beiden Herrschaften sind von der Polizei. Marcus Lauer und Sabrina von Wesenberg.«

Das Lachen verschwand aus dem Gesicht des Pflegers und wich einer Mischung aus Überraschung und Vorsicht. »Sind wir mit den Zetteln für die BTM-Abgabe durcheinandergekommen? Oder ist etwas passiert?«

»Reine Routine«, wehrte Marcus ab. »Machen Sie sich keine Gedanken um die Abgabe und Verwahrung der Betäubungsmittel, das ist alles bestens organisiert. Wir sind hier nun auch fertig. Wo finden wir denn Frau Brunner?«

Die Antwort übernahm der Pfleger. »Im Park. Sie sitzt dort auf einer Bank und liest. Aber was …« Entschuldigend hob er eine Hand. »Ich weiß, es geht mich nichts an. Ich bin nur einfach neugierig. Wahrscheinlich sagen Sie mir jetzt, es handelt sich um reine Routinefragen. Richtig?«

Sabrina lächelte. »Genauso ist es.«

»Mist. Na gut, ich komme dann später wieder.«

Er nickte ihnen zum Abschied zu und verließ den Raum.

»Da haben Sie dann auch gleich einen unserer besten Pfleger kennengelernt. Die älteren Damen sind ganz verrückt nach ihm.«

»Das kann ich verstehen«, sagte Sabrina.

Die Leiterin des Altersheimes lächelte verschmitzt. »Ich weiß, was Sie meinen. Christian ist schon seit über einem Jahr bei uns, und ich hoffe, er bleibt uns noch sehr, sehr lange erhalten.«

Wie der Pfleger es ihnen beschrieben hatte, saß Frau Brunner auf einer Bank im Park und las. Marcus konnte den Titel des Buches nicht erkennen, aber schon der Einband wies darauf hin, dass es sich um eines der Werke handelte, um die er einen großen Bogen machte. Durch die Klassiker der deutschen Literatur hatte er sich während der Schulzeit gequält und nichts mit den altertümlichen Schriften anfangen können.

»Guten Tag, sind Sie Frau Brunner?«, eröffnete Sabrina das Gespräch.

Verdutzt schaute die Frau hoch. »Bin ich. Und wer sind Sie? Warten Sie, ich kenne Sie doch. Sie arbeiten fürs *Wochenblatt*.«

»Richtig, Sabrina von Wesenberg. Wir haben uns damals unterhalten, als Ida Ahrendfelde ihren hundertfünften Geburtstag gefeiert hat.«

»Ich erinnere mich daran.« Sie hob das Buch etwas höher. »Eine verwandte Seele, die auch die Schönheit in den Worten Schillers zu schätzen weiß, vergesse ich nicht. Was führt Sie denn heute her? Noch dazu mit einem Kollegen.« Auffordernd sah sie Marcus an.

»Das ist Marcus Lauer vom Hamburger LKA. Wir arbeiten zusammen und könnten Ihre Hilfe gebrauchen.«

»Meine Hilfe?«, wiederholte sie verblüfft.

Marcus entschied sich, das Gespräch zu übernehmen. »Es geht um den Tod von Edith Hausener. Wir würden zu gerne erfahren, wieso sie so kurzfristig ihr Testament geändert hat.«

»Das, mein Herr, geht Sie überhaupt nichts an! Das war alleine Ediths Entscheidung, für die ich vollstes Verständnis habe.«

Frau Brunner stand auf und ging einfach davon.

Ratlos sah Marcus ihr nach. »Was sollte denn das gerade?«

»Ich fürchte, du hast da direkt ins Wespennest gestochen.

Wenn sie so reagiert, weiß sie mehr – und es muss um etwas Großes gehen.«

»Dann werde ich …« Er wollte der störrischen Seniorin folgen, doch Sabrina hielt ihn zurück. »Lass es. So wird das nichts. Wir brauchen einen Plan B.«

KAPITEL 18

Auf der kurzen Fahrt zurück ins Präsidium ließ sich Marcus die Fakten wieder und wieder durch den Kopf gehen. Im Prinzip hatte er nun das, was er gleichzeitig befürchtet und gehofft hatte: eine Bestätigung, dass jemand Menschen indirekt schädigte und dabei auch nicht vor Mord oder dem perfiden Angriff auf ein Kind zurückschreckte. Florian Hausener und Marius Fiebinger gehörten, ebenso wie Elena von Woltersleben, der gleichen Altersklasse an. Es wurde Zeit, nach Verbindungen zwischen den Opfern zu suchen und gleichzeitig das Täterprofil zu schärfen.

Nach der Reaktion von Adelheid Brunner war er sicher, dass Edith Hausener manipuliert worden war, damit sie das Testament zuungunsten ihrer Familie änderte. Die Auswertung des Obduktionsberichts durch Winfried war für ihn nur noch Formsache, für die Staatsanwaltschaft jedoch zwingend notwendig. Er wollte bereits auf das Gelände der Behörde einbiegen, als er es sich anders überlegte.

»Hey, was hast du vor?«

Sabrinas Anwesenheit hatte er beinahe vergessen, so sehr war er mit der Planung der weiteren Schritte beschäftigt.

»Wir sollten eine Spur erst sauber abarbeiten, ehe wir weitermachen. Ich möchte mit Frau Fiebinger, also der Witwe des verunglückten Unternehmers, reden. Das sollte nicht lange dauern, entweder hat sie einen konkreten Hinweis oder nicht.

Danach sortieren wir uns neu.« Marcus gab Sabrina keine Gelegenheit zu einer Antwort, sondern wählte die Nummer von Juliane.

Er fasste den Besuch im Altersheim mit wenigen Sätzen zusammen. »Fang bitte an, nach Gemeinsamkeiten zwischen Florian Hausener, Marius Fiebinger und Elena von Woltersleben zu suchen. Ich glaube nicht, dass der Täter seine Opfer willkürlich auswählt. Es muss eine Verbindung geben.«

Neben ihm schnaubte Sabrina laut. »Was für eine Verbindung soll das sein? Ich denke, das ist einfach ein Irrer.«

»Dafür ist der Aufwand, den er betreibt, viel zu hoch. Aber das erinnert mich daran, dass auch deine Freundin zu dieser Gruppe gehört. Es muss etwas geben, das alle diese Menschen gemeinsam haben.«

»Bin dabei«, sagte Juliane und legte auf.

»Die sind viel zu unterschiedlich und bewegen sich in komplett anderen Kreisen«, widersprach Sabrina erneut. »Aber dennoch hat dein Gedanke was. Er würde dem Ganzen eine gewisse Logik geben. Allerdings …«

Er seufzte. »Allerdings – was?«

»Wenn du von der Seniorenresidenz dorthin gefahren wärst, hätte die Fahrtzeit keine fünf Minuten betragen.«

Auf die Belehrung hätte er verzichten können. Knapp eine Viertelstunde später hielt er vor einer weiteren Villa. Anders als das Altersheim war hier der Altbau mit modernen Elementen ergänzt worden. Vermutlich musste man einer bestimmten Gesellschaftsschicht angehören, um die Bauerlaubnis für einen derart klobigen Glaskasten zu bekommen, der wohl eine Art Wintergarten darstellen sollte. Da der Architekt dunkles Rauchglas gewählt hatte, war der Kontrast zu der strahlend weißen Fassade des ursprünglichen Gebäudes beachtlich.

»Potthässlich«, kommentierte er, als er den Wagen direkt vor der breiten Treppe stoppte, die zum Eingangsbereich führte.

Marcus wies sich bei einem älteren Herrn mit grauen Haaren als Polizeibeamter aus und bat darum, kurz mit Frau Fiebinger sprechen zu können.

»Natürlich. Bitte folgen Sie mir und warten Sie kurz im kleinen Salon.«

Der kleine Salon entpuppte sich als der Glaskasten, der Marcus so gestört hatte. Er war mit Korbmöbeln und vielen Grünpflanzen jedoch überraschend gemütlich eingerichtet.

Sabrina sah dem Mann nach. »Falls das der Butler ist, trägt er die falschen Klamotten.«

Marcus lächelte flüchtig. Exakt der Gedanke war ihm auch gekommen. Doch ein Butler, der Jeans, Sweatshirt und Sneakers trug?

»Mensch, das ist doch mein Opa!« Hinter einer Bambuspflanze tauchte der Kopf eines Jungen auf, der jedoch sofort wieder verschwand.

Sabrina ging vor dem Blumentopf in die Hocke. »Ich sehe dich … Du bist Luis, oder? Ich soll dich von Clara grüßen.«

Marcus zollte ihr innerlich Anerkennung. Ihm wäre der Name der Kindergartenfreundin nicht so schnell eingefallen.

»Ich kann nicht rauskommen. Ich sehe hässlich aus.«

Wut kochte in Marcus hoch, und er hätte zu gerne losgebrüllt, allerdings war das Kind der falsche Adressat für seinen Ärger.

Sabrinas Stimme blieb ganz ruhig. »Das entscheide immer noch ich. Ich mag zum Beispiel Spinnen. Die meisten Menschen kreischen los, wenn sie eine sehen, und behaupten, sie wären hässlich. Sagst du mir jetzt Hallo?«

Luis schob einige Stängel der Pflanze zur Seite. »Hallo.« Er verbarg sich jedoch sofort wieder hinter dem Bambus.

Sabrina lachte und holte ihr Handy hervor. Sie rief ein Foto auf und hielt es hoch. »Sieh mal, das ist meine Freundin. Sie hat auch ein paar ziemlich schlimme Verletzungen abbekommen, aber trotzdem ist und bleibt sie meine Freundin. Es ist mir egal, wie sie aussieht. Letztlich kommt es auf die Persönlichkeit an. Also, wie der Mensch so ist, der …«

»Ich weiß, was eine Persönlichkeit ist. Opa sagt das auch immer. Aber …«

»Kein Aber«, mischte sich Marcus erstmals ein. »Wer Menschen nach dem Aussehen beurteilt, ist nicht ganz dicht.«

»Ich hätte es zwar anders ausgedrückt, aber inhaltlich stimme ich Ihnen zu«, sagte der Mann, der sie eingelassen hatte. Er hielt Marcus die Hand hin. »Paul Alberg. Der Großvater des besten Enkels der ganzen Welt. Jetzt komm raus, Luis.«

Zögernd trat der Junge aus seinem Versteck hervor. Er trug ein Baseballcap und presste sich eine Hand auf die rechte Wange.

Marcus hockte sich vor den Vierjährigen hin und reichte ihm die Hand. »Hallo, Luis, ich freue mich, dich kennenzulernen.«

Zögernd, fast in Zeitlupe, streckte das Kind Marcus die Hand hin. Die Narben waren längst nicht so schlimm, wie Marcus befürchtet hatte. Es gab lediglich eine ungleichmäßige Linie unterhalb des Auges, die bis zur Nase führte, und zwei längere, aber dünnere Striche, die die Wange zerteilten und vom Kinn bis zum Ohr führten. Obwohl er kein Experte war, vermutete Marcus, dass die Narben im Laufe der Zeit noch weiter verblassen würden.

Er sah den Jungen ruhig an. »Du solltest deine Verletzung mit Stolz tragen, denn sie zeigt, dass du etwas sehr Schlimmes überstanden hast. Wer sich daran stört, hat es nicht verdient, dein Freund zu sein. Für mich spielt sie jedenfalls keine Rolle.«

Ein strahlendes Lächeln, das nur ein wenig verzerrt war, zeigte sich auf Luis' Gesicht. »Meinst du, dass Clara vor mir wegläuft?«

Marcus schüttelte den Kopf. »Nein. Mädchen haben Angst vor Spinnen und Schlangen, da laufen sie kreischend weg.«

»Hey«, protestierte Sabrina übertrieben empört. »Nicht alle!«

Luis kicherte.

Sabrina stand langsam auf. »Ich bin auch sicher, dass Clara sich freuen würde, dich zu sehen. Sie hat uns gesagt, dass sie dich ganz doll vermisst. Und echte Freunde sehen über so ein paar Kratzer sowieso hinweg!«

Der Großvater nickte anerkennend. »Siehst du, das sage ich dir doch auch immer. Und nun flitz mal bitte in die Küche und klau Irmi ein paar Plätzchen. Deine Mama und ich müssen mit den beiden Herrschaften kurz in Ruhe reden.«

Erst jetzt bemerkte Marcus die Frau, die sie vom Eingang her beobachtete. Luis stoppte im Vorbeilaufen kurz, umarmte sie und lief dann weiter.

Seine Mutter kam auf Marcus zu. »Das war sehr nett von Ihnen. Er braucht diese Bestätigung. Ich bin Paula Fiebinger. Meinen Vater haben Sie ja schon kennengelernt. Er unterstützt mich gerade ein bisschen. Was kann ich für Sie tun?« Sie fasste sich an die Stirn und deutete auf die Sitzgruppe aus Korbmöbeln. »Entschuldigen Sie. Setzen Sie sich doch bitte. Kann ich Ihnen etwas anbieten?«

Ohne ihre Antwort abzuwarten, entfernte sich Paul Alberg. »Ich hole Wasser und Kaffee. Dauert nur eine Minute.«

Luis' Mutter sah ihm nach. »Er hat jahrelang ein Restaurant geführt und kann nicht aus seiner Haut.«

Sabrina beugte sich lächelnd vor. »Das ist kein Problem. Ihr Sohn ist großartig.«

»Ja, aber leider noch völlig verschüchtert. Doch wir arbeiten dran, dass er wieder der Junge wird, der er vor dem … Zwischenfall war.«

Paul Alberg kehrte mit einem voll beladenen Tablett zurück. Wenig später standen nicht nur Tassen und Gläser, sondern auch ein Teller mit Keksen, eine Kaffeekanne und eine Karaffe mit Wasser, in dem einige Zitronenscheiben schwammen, auf dem Tisch.

Nachdem er das Einschenken übernommen hatte, sah er Marcus auffordernd an. »Und nun verraten Sie mir bitte, warum Sie hier sind. Wollen Sie wissen, ob wir Marius umgebracht haben? Leider nicht, das hat er selbst erledigt, ehe ich es tun konnte.«

»Papa!«, rief seine Tochter laut.

»Ach, ist doch wahr. Die beiden Kommissare haben doch selbst gesehen, was der Mistkerl von einem Vater aus seinem einzigen Kind gemacht hat.«

Marcus trank einen Schluck Kaffee und hob anerkennend eine Augenbraue. Damit konnte sein geliebter Vollautomat nicht mithalten. Nachdem er so offensiv angegangen worden war, entschied er sich für schonungslose Ehrlichkeit. »Wir vermuten, dass jemand den Hund auf Ihren Sohn gehetzt hat, um Ihren verstorbenen Ehemann zu schädigen. Halten Sie das für denkbar?«

Die Tasse von Paul Alberg landete klirrend auf der Untertasse. »Ja! Und zwar Ja mit einem riesigen Ausrufezeichen.«

Seine Tochter schwieg, schluckte und nickte schließlich. »Marius war kein schlechter Mensch, aber er hatte gewisse Ansprüche. Solange man die erfüllte, konnte man sich keinen besseren Mann oder Vater wünschen.«

Das unausgesprochene »Aber wehe, man tat dies nicht« schwebte zwischen ihnen.

Marcus nickte. »Sie wirken von meiner Frage nicht besonders überrascht.«

»Die Leiterin der Kita hat mich angerufen. Ich habe erst nicht verstanden, warum man einem Kind so etwas antun sollte.« Sie deutete mit dem Kopf auf ihren Vater. »Er hat dann den richtigen Rückschluss gezogen und sogar mit dem Besitzer des Hundes telefoniert.«

Marcus hob eine Augenbraue. »Klingt, als ob Sie bei uns anfangen könnten. Nehmen Sie mir es nicht übel, aber das sind ziemlich ungewöhnliche Aktivitäten für ein Trauerhaus.«

»Trauerhaus …«, wiederholte die Witwe mit zittriger Stimme.

»Sag es Ihnen«, forderte ihr Vater.

Paula Fiebinger nickte. »Die Scheidung war nur noch eine Formsache. Wir bewohnten hier bereits unterschiedliche Flügel. Ich habe getrauert, sehr lange und sehr tief, aber schon vor Monaten.«

Mit so viel Offenheit hatte Marcus nicht gerechnet. Paul Alberg verzog den Mund. »Wir haben ein gemeinsames Interesse: Wir wollen wissen, wer dem Jungen das angetan hat. Der Kerl gehört für immer weggesperrt, wobei es mir noch lieber wäre, Sie lassen mich kurz mit ihm alleine. Andererseits hat dieser skrupellose Gangster meiner Tochter einen Gefallen getan, indem er ihr die Augen geöffnet hat. Mir hat sie ja nicht geglaubt, dass ihr geliebter Ehemann nur an Schönheit und Makellosigkeit interessiert war. Das bedeutet, ich werde mich bei ihm erst bedanken und ihn dann umbringen! Denn mein Enkel hätte niemals so leiden dürfen, und dabei denke ich weniger an das, was der Hund ihm angetan hat, sondern vielmehr an die Art und Weise, wie sein eigener Vater mit ihm umgegangen ist.«

»Papa!«, wiederholte Paula Fiebinger.

Marcus vertiefte das Thema lieber nicht, denn ein Teil von ihm stimmte dem verärgerten Großvater durchaus zu.

»Uns würde interessieren, ob Ihnen jemand einfällt, der Ihren verstorbenen Mann so sehr gehasst hat, dass er ein solches Szenario entwickeln könnte.«

Sabrina und Marcus notierten einige Namen, bei denen es sich um Konkurrenten oder unterlegene Bieter auf Kunstauktionen sowie einen Reporter handelte. Doch keiner der beschriebenen Konflikte bot nach Marcus' Einschätzung genügend Potenzial für einen derart ausgeklügelten Racheplan.

»Ehe ich Ihnen die letzte Frage stelle, muss ich Sie um strikte Diskretion bitten. Sie dürfen niemandem gegenüber erwähnen, in welche Richtung unsere Überlegungen gehen.«

Marcus wartete, bis beide ihre Zustimmung durch Nicken signalisiert hatten.

»Kannte Ihr Mann die Justizsenatorin Elena von Woltersleben oder Florian Hausener?«

Während Frau Fiebinger ihn ratlos ansah, war ihrem Vater anzusehen, dass er angestrengt nachdachte, jedoch vermutlich nicht über die Namen.

Paul Alberg atmete tief durch. »Sie denken … es gab noch mehr solcher ausgeklügelter Aktionen? Und diese Sache mit dem ekelhaften Foto der Senatorin gehört dazu?«

Marcus hob abwehrend die Hände. »Es handelt sich um Ähnlichkeiten beim Tathergang. Darum interessiert uns, ob möglicherweise eine Verbindung zwischen den Opfern existiert.«

»Was hat es mit diesem Florian Hausener auf sich? Was ist ihm geschehen?«

»Das kann ich Ihnen nicht sagen. Tut mir leid«, wehrte Marcus ab.

Paula Fiebinger drehte einen Keks in der Hand, ohne abzubeißen. Schließlich schüttelte sie den Kopf. »Der Name Hausener sagt mir nichts. Über Elena von Woltersleben hat sich Marius einige Male abwertend geäußert. Da ging es um fehlende Qualifikation, Jobvergabe nach Parteibuch und solche Dinge. Ich meine, er hat mal im Nebensatz fallen lassen, dass er sie flüchtig kannte und auch schon früher nichts von ihr gehalten hat. Also nichts, das ein gemeinsames Motiv erklären würde. Darauf wollen Sie doch hinaus, oder?«

Die Frage würde Marcus nicht beantworten. »Wissen Sie, woher sich Ihr Mann und Elena von Woltersleben kannten?«

Sie schüttelte den Kopf. »Nein. Das hat er nie erwähnt. Aber da sie sich in den gleichen Kreisen bewegt haben, sind sie sich bestimmt auf irgendeinem Empfang über den Weg gelaufen.«

Das half Marcus auch nicht wirklich weiter.

Paula Fiebinger legte den Keks zurück und wurde blass. »Mir fällt gerade was ganz anderes ein.« Ihre Hand zitterte. »Seit gestern, als Marion, das ist die Leiterin der Kita, das Thema mit dem Hund angesprochen hat, hatte ich so eine Ahnung, aber jetzt wird es mir erst richtig klar: Wer kannte denn Marius so gut, dass er wusste, dass er so reagieren würde? Ja, er war in Hinsicht Ästhetik berechenbar, aber das ganze Ausmaß, davon wussten doch nur wir, die hier am Tisch sitzen. Also nicht Sie beide, sondern mein Vater und ich, dazu vielleicht noch die Nanny von Luis, unsere Köchin, und das war's auch schon. Eventuell auch der Geschäftsführer aus der Firma, der ist schon über sechzig und war immer ein Mentor für meinen Mann. Und all diesen Leuten habe ich bisher vertraut. Aber einer von ihnen muss dem Täter das ja gesteckt haben …«

Paul Alberg stand auf. »Du hast recht. Pack für dich und den Jungen einen Koffer. Wir fahren nach Sylt. Dort sind nur wir drei, und ihr seid absolut sicher. Bis die Sache geklärt ist, solltet ihr Hamburg verlassen.«

Hilfe suchend sah Paula Fiebinger Sabrina an, die jedoch langsam nickte. »Ich finde, das klingt nach einer guten Idee. Es schadet Ihnen bestimmt auch nicht, eine Zeit lang aus dem Haus herauszukommen.«

Paul Alberg nickte energisch. »Und in der Zwischenzeit werden hier die Änderungen vorgenommen, die du dir gewünscht hast. Das können wir auch aus der Ferne arrangieren.« Er rieb sich nachdenklich übers Kinn. »Ich nehme die persönlichen Papiere von Marius mit und sehe sie nach und nach durch. Vielleicht stoße ich dabei auf den Namen der Senatorin oder von Hausener. Das wird allerdings etwas dauern.«

Mehr würden sie hier nicht erreichen. Marcus und Sabrina verabschiedeten sich. Dass Luis mit schokoladenverschmiertem Mund aus der Küche geflitzt kam, um ebenfalls Tschüss zu sagen, gefiel Marcus.

KAPITEL 19

»Kannst du noch einen Zwischenstopp einlegen, bevor wir zurück ins Präsidium fahren?«, fragte Sabrina, kaum dass sie die Wagentür geschlossen hatte.

»Wohin soll es gehen?«

»Drei Kilometer entfernt von hier ist eine Klinik, die sich auf ästhetische Operationen spezialisiert hat. Conny ist dort in Behandlung. Sie hat sich von allen zurückgezogen, ihren Eltern, ihren Auftraggebern, mir … Aber vielleicht gelingt es uns, mit ihr zu reden, und vielleicht kennt sie Elena von Woltersleben, Florian Hausener oder sogar Marius Fiebinger.«

Marcus' Hand verharrte auf dem Weg zum Startknopf. »Verdammt, deine Freundin habe ich total vergessen. Jetzt weiß ich wieder, warum in solchen Fällen normalerweise ein ganzes Team eingesetzt wird.«

»Ich hätte da vorhin auch dran denken können, als du Juliane angerufen hast, damit sie nach Gemeinsamkeiten oder Verbindungen sucht. Und ein Team hast du mit Juliane und mir ja und im Hintergrund sogar noch deinen Professor.«

»Und einen Undercover-Agenten in der Obdachlosenszene«, murmelte Marcus leise.

Verständnislos sah Sabrina ihn an. »Was?«

»Nichts.«

Er startete den Motor. »Wo geht's lang?«

Statt einer weiteren Villa war ihr Ziel dieses Mal ein eher

schlichter dreistöckiger Sechzigerjahre-Bau. Erst einige Meter entfernt entdeckte er eine freie Parklücke. Als sie die Klinik erreicht hatten, bemerkte er, dass die Alster nur wenige Schritte entfernt war. Von den oberen Stockwerken hatte man vermutlich eine fantastische Aussicht.

Marcus sah die Straße hinunter und erblickte zwischen den Bäumen die Wasserfläche. »Ich frage mich, ob es ein Zufall ist, dass wir uns immer wieder in diesem Gebiet bewegen. Die Kita ist hier um die Ecke, die Seniorenresidenz nicht weit entfernt und nun noch diese Klinik.«

»Guter Punkt, das ist mir gar nicht aufgefallen. Lass uns reingehen.«

Sabrina war ungewohnt kurz angebunden und wich seinem Blick aus. Er sagte dazu nichts, denn er konnte sich gut vorstellen, dass das bevorstehende Wiedersehen mit ihrer Freundin ihr zusetzte.

Am Empfang wurden sie freundlich begrüßt, und nach einem Blick in den Computer erklärte ihnen die Dame den Weg. »Sie finden Frau Herzfeld bestimmt auf ihrem Zimmer.«

Vor der Tür zögerte Sabrina. Sie hatte die Hand gehoben, als ob sie klopfen wollte, legte sie dann jedoch auf die Klinke und hielt inne. »Ach, verdammt.«

Marcus war überrascht, so kannte er Sabrina bisher nicht. Im nächsten Moment stieß sie die Tür fest auf und stürmte ins Zimmer. Das passte schon eher zu ihr.

Der Raum erinnerte an ein besseres Hotelzimmer und war wesentlich größer, als Marcus es erwartet hatte. Für seinen Geschmack war die Mischung aus Chrom, Leder und abstrakten Bildern zu ungemütlich, doch die Aussicht auf die Alster gefiel ihm.

Eine Frau in Sabrinas Alter hatte auf der Couch gesessen und fuhr nun erschrocken zu ihnen herum. Ihre Hände waren bandagiert, und eine Gesichtshälfte wurde von einem Verband bedeckt.

»Sabrina! Nett, dass du mich besuchst, aber es geht mir nicht besonders gut. Bitte, lass mich in Ruhe. Danke.«

Das klang wie auswendig gelernt. Dazu noch der leere Blick und die strähnigen, ungepflegten braunen Haare. Sämtliche Alarmglocken in Marcus' Innerem begannen zu läuten. Hier war mehr verletzt worden, als auf den ersten Blick sichtbar war.

»Vergiss es, Conny! Mich wirst du nicht so einfach los, und wie du siehst, bin ich nicht alleine gekommen. Das ist Marcus. Wir arbeiten zusammen, und zwar fürs LKA. Und du wirst dich jetzt gefälligst zusammenreißen und uns helfen, den Mistkerl zu finden, der dir das angetan hat. Und wenn du mal kurz aus deinem Schwimmbecken voller Selbstmitleid auftauchen würdest, erklären wir dir, dass du nicht die Einzige bist, auf die der Dreckskerl es abgesehen hat. Nebenbei habe ich dir schon gesagt, dass du keinen chirurgischen Eingriff brauchst, sondern eine psychologische Behandlung. Aber auf mich hörst du ja nicht!« Sabrina warf die Hände in die Luft. »Ich könnte ja recht haben!«

Immerhin wirkten Connys Augen etwas wacher. »Verschwindest du wieder, wenn du mir erklärt hast, was du meinst? Und was hast du mit der Polizei zu tun?«

Anscheinend war Marcus' Rolle hier auf die des Zuschauers beschränkt, der lediglich an den passenden Stellen nicken durfte. Sabrina schaltete wieder in den Maschinengewehrmodus und erklärte Conny, für seinen Geschmack zu viel, von ihrer Theorie und den bisherigen Ermittlungen.

Als Sabrina den Tod von Marius Fiebinger erwähnte, wurde Conny noch blasser und sah aus dem Fenster. Prompt schwieg Sabrina kurz. »Was? Du kennst den?«

»Ja. Wir hatten mal was, aber nur zwei Tage lang. Der war nicht ganz dicht. Außerdem war seine Frau schwanger, das wusste ich aber vorher nicht.«

»Und was ist mit Elena von Woltersleben?«

»Die war mal mit einem Begleiter auf einer Vernissage von mir. Wir haben kurz miteinander geredet. Mehr nicht.«

»Und Hausener?«

»Bei dem Namen klingelt was, aber ich komme nicht drauf. Irgendein Kinderreim. Aber nein, ich habe kein Gesicht vor Augen.«

»Und wie lange willst du dich hier noch vergraben? Das ist doch hier wie in einer Gefängniszelle!«

Zu dem Vergleich hätte Marcus einiges zu sagen gehabt, schwieg aber sicherheitshalber.

Conny starrte an Marcus vorbei an die Wand, dann schüttelte sie leicht den Kopf. »Ein Serienkiller nimmt jedem das, was er liebt? Ist das dein Ernst? Bist du unter die Roman-Schreiber gegangen, oder was?«

Jetzt wurde es definitiv Zeit, sich einzumischen, da Sabrina aussah, als ob sie ihrer Freundin im nächsten Moment an die Kehle gehen würde.

»Das war auch mein erster Gedanke«, gab Marcus zu. »Aber mittlerweile sind wir weit über das Stadium des Anfangsverdachts hinaus. Der Überfall, bei dem Sie verletzt worden sind, passte nicht ins Schema der Bande. Es sieht ganz nach einer Auftragsarbeit aus.«

»Und der Auftraggeber ist dann der, der auch den Hund auf den Jungen gehetzt hat?«

»Unter anderem. Ja.«

»Aber wem habe ich denn so etwas Schlimmes angetan, dass …« Sie strich leicht mit der bandagierten Hand über ihre Wange. »… er mir mein Leben kaputt macht?«

»Diese Fragen werden sich die anderen Opfer auch gestellt haben. Wenn wir die Antwort darauf kennen, sind wir ein Stück weiter.«

Connys Blick huschte zu Sabrina. »Wir kennen uns seit der Grundschule. Wenn ich so etwas getan hätte, würdest du es wissen. Fällt dir was ein?«

Sabrina schüttelte den Kopf. »Nein, aber ich weiß ja auch nicht alles von dir. Das mit Marius Fiebinger war mir neu.«

Die Anspielung kam offenbar nicht gut an, allerdings färbten sich Connys Wangen leicht rot, und das war deutlich besser als die stumpfen Blicke, mit denen sie die beiden zuvor bedacht hatte.

»Mit der Senatorin habe ich jedenfalls nichts gehabt«, fauchte Conny.

»Sicher?«, schnappte Sabrina.

Die Freundinnen lieferten sich ein Blickduell und begannen beide gleichzeitig zu lachen. Sabrina setzte sich auf die Couch und zog Conny in die Arme.

»Du musst hier raus!«, forderte Sabrina dann energisch.

»Und wo soll ich hin?«

»Zu Hedwig und Marlene! Sie warten und freuen sich auf dich. Also pack deine Sachen und fahre zu ihnen. Dort erholst du dich und überlegst dir, wie du nun weitermachst.« Sabrina tippte ihrer Freundin hart auf die unverletzte Seite des Kopfes. »Da drinnen ist ja nichts kaputtgegangen. Dein Gespür für Farben, dein Auge für Motive, das ist alles noch da. Und vielleicht kannst du schon bald wieder einen Pinsel halten, und wenn nicht, dann kleckst du eben so rum, wie der Kerl, der diese Bilder hier gemalt hat.«

Sabrina machte eine ausholende Bewegung mit der Hand Richtung Wand.

»Das sind Kandinsky-Nachdrucke. Der hat damit Millionen verdient.«

»Siehst du. Das machst du dann eben auch. Aber erst mal erholst du dich.«

»Und du meinst, Hedwig und Marlene stört es nicht, wenn ich komme?«

Sabrina zerrte ihr Handy aus dem Blazer und hielt es mit einem fiesen Grinsen ihrer Freundin hin. »Frag sie selbst.«

»Ich bin doch nicht lebensmüde!«

»Wenn ich auch mal etwas zu Ihren Plänen sagen dürfte ...«, mischte sich Marcus ein. »Es wäre sinnvoll, wenn Sie nicht an die große Glocke hängen, wo Sie hinfahren wollen. Ich glaube zwar nicht, dass Sie direkt in Gefahr schweben, aber wenn Sie tun, was Sabrina Ihnen vorschlägt, hat der Täter sein Ziel nicht erreicht.«

Es war nicht schön, mitanzusehen, wie die Lebendigkeit aus Connys Miene wich. Gerade, als er zu einer Entschuldigung ansetzen wollte, änderte sich ihre Stimmung schlagartig. »So ist das also. Der miese Dreckskerl wollte nur, dass ich hier sitze und mich frage, ob es sich überhaupt noch lohnt, weiterzuleben. Wenn ich jetzt wieder durchstarte, dann hat er verloren. Ist doch so!«

Marcus und Sabrina nickten.

»Gut. Dann werde ich ihm seinen Triumph mal gehörig vermasseln.« Ein giftiger Blick traf Marcus. »Das hätten Sie mir aber auch schon früher sagen können. Laut Arzt kann ich morgen entlassen werden. Ich sehe nach, wann die nächste Fähre geht, und nehme den Zug bis nach Niebüll.«

Sabrina räusperte sich. »Meinst du nicht, dein Vater würde dich fahren?«

»Stimmt.«

»Auch wenn ich hier der Spielverderber bin. Noch einmal

die Bitte: Reden Sie nicht über Ihre Pläne, und es schadet auch nichts, wenn Sie Ihre plötzliche Wandlung erst einmal für sich behalten.«

Sabrina öffnete den Mund, sah aus, als ob sie ihm heftig widersprechen wollte, nickte dann aber. »Das ist tatsächlich besser, im Sinne von sicherer. Bekommst du das hin? Und zwar ohne Rückfall in deine Tristesse?«

Connys Mundwinkel hoben sich minimal. »Tristesse? Das klingt ja fast niedlich. Es ist ja nicht so, als ob plötzlich alles gut ist. Aber ich sehe einen Hoffnungsschimmer. Wie sagt Hedwig immer? Dahinten wird es schon wieder hell. Ich weiß, dass noch ein langer, schwieriger Weg vor mir liegt und etliche Rückschläge auf mich warten. Aber durch diese Informationen sieht plötzlich alles anders aus. Ich habe mit dem Schicksal gehadert, jetzt habe ich eine reale Person, die ich verfluchen kann. Das ist irgendwie anders.«

»Auch ein langer Weg beginnt mit einem ersten Schritt«, belehrte Sabrina ihre Freundin und umarmte sie noch einmal.

Nach einem Abschied, bei dem sogar ein paar Tränen flossen, war Marcus heilfroh, die Klinik verlassen zu können. Im Foyer sah er sich aufmerksam um, entdeckte aber nur eine ältere Patientin und die Empfangsdame, die ihnen geholfen hatte.

»Wenn wir gleich zum Wagen gehen, solltest du nicht so strahlen. Mach eine Miene, als ob Conny im Sterben liegt.«

Sabrina schluckte. »Du meinst, er könnte uns beobachten?«

»Ich weiß es nicht, eigentlich ist das unwahrscheinlich, ich kann es nach dem Anruf heute Morgen aber auch nicht ausschließen.«

»Verstanden, Boss. Also dann …«

Was hatte er da nur angerichtet? Auf dem Weg zu seinem Wagen zeterte Sabrina ununterbrochen. Sie redete davon, dass

Conny ein Tritt in den Hintern guttun würde, dass sie ihr Leben einfach aufgab, verfluchte die Zeitverschwendung, die Erfolglosigkeit ihrer Ermittlungen und alles und jeden.

Bis auf einen Jogger auf der anderen Straßenseite, der die Kapuze seines Sweatshirts tief ins Gesicht gezogen hatte und daneben noch eine Sonnenbrille mit auffälligen gelben Gläsern trug, bemerkte er niemanden, der als Täter infrage kommen würde. Die ältere Dame mit dem Pudel schloss er ebenso aus wie die junge Asiatin, die einen Buggy mit einem Kleinkind schob.

Als sie in seinem Wagen saßen, verstummte Sabrina und sah ihn erwartungsvoll an. »Und?«

»Perfekt.«

»Ha, das wollte ich hören. Schade, dass Marlene meinen Auftritt nicht gesehen hat.«

Er gab seiner Neugier nach. »Wer sind denn Hedwig und Marlene?«

»So etwas wie meine Eltern, weil die nie da waren. Mein Vater war Dirigent, meine Mutter seine erste Geige. Ich bin praktisch bei ihnen aufgewachsen, deshalb kennen sie Conny auch schon seit Ewigkeiten. Vielleicht sagen dir ihre Namen was: Hedwig Mahler und Marlene Schultheißen.«

Marcus beschäftigte sich zwar kaum mit dem Klatsch aus der Promiszene, aber an den Skandal erinnerte er sich gut. Marlene war eine deutsche Schauspielerin, die auch in Hollywood Karriere gemacht hatte. Hedwig stammte aus einer reichen Familie, hatte irgendetwas mit Musik zu tun gehabt, und beide Frauen waren irgendwann zusammengezogen und hatten öffentlich ihre Liebe bekundet. Doch das musste eine Ewigkeit her sein. »Wie alt sind die beiden denn mittlerweile?«

»In den Siebzigern, aber noch sehr fit. Sie leben auf Föhr. In einem traumhaften Haus mit Reetdach und direktem Meerblick.« Sabrina hielt ihm ihr Handy hin. Auf einem Foto war eine kleine Schafherde zu sehen. »Die haben sie gerade vom Festland adoptiert, weil sie geschlachtet werden sollten. Ich liebe die beiden. Und ich glaube, du würdest ihnen gefallen«, sagte sie noch und zwinkerte ihm zu.

***

Es hatte sich gelohnt, die Mittagspause vorzuziehen, um nach Conny zu sehen. Er grinste breit, als er sich gegen das Geländer des Bootsanlegers lehnte und auf die Alster hinaussah. Da hatte die Schlampe ja mal Glück gehabt. Oder Pech, das kam ganz auf die Perspektive an. Sein Plan hätte vorgesehen, dass er sie als potenzielles Sicherheitsrisiko ausschaltete. Eine einfache Injektion mit Luft hätte das Problem dauerhaft aus der Welt geschafft, ihm aber die Befriedigung genommen, dass sie litt.

Er nahm das Handy aus der Tasche seiner Jogginghose, rief seine App auf und setzte einen weiteren grünen Haken. Ein Teilprojekt war damit dauerhaft abgeschlossen. Nun konnte er sich auf den offenen Punkt konzentrieren, der ihn allmählich ungeduldig werden ließ. Adelheid Brunner.

Als in seiner Nähe ein gequältes Husten erklang, sah er sich neugierig um. Ein Kleinkind mit einer schreiend rosafarbenen Jacke im Buggy hatte sich an einem Krümel seines Brötchens verschluckt. Die Mutter reichte ihrer Tochter die Trinkflasche und redete beruhigend auf sie ein. Eine Idee nahm Gestalt an, und er schüttelte den Kopf. Manchmal neigte er dazu, zu kompliziert zu denken, wenn doch der einfache Weg direkt vor ihm lag.

KAPITEL 20

Marcus starrte grimmig auf den Bildschirm. Die Technik war doch schon so weit, wieso konnte nicht irgendeine Form von künstlicher Intelligenz es übernehmen, diese ellenlangen Berichte zu verfassen?

Egal, welche kunstvollen Formulierungen er wählte, am Ende änderte sich das Ergebnis nicht: Er hatte eine Theorie, einige Fakten, die diese Überlegungen untermauerten, und nicht Handfestes, das geeignet war, einen Staatsanwalt zu überzeugen. Verdammt. Er hasste diesen Teil seiner Arbeit.

Sein Blick fiel auf die leere Salatschüssel neben seinem Monitor. Ordnung war wirklich nicht Sabrinas Ding. Da aß sie an seinem Platz ihr Mittagessen und ließ einfach das Geschirr stehen. Hier waren wohl ein paar klare Worte fällig. Er machte gedanklich eine Vollbremsung. Sabrina! Natürlich. Wieso wünschte er sich eine künstliche Intelligenz, wenn er jemanden hier hatte, dessen Job es war, mit Worten umzugehen.

Er nahm die Schüssel in die Hand und riss die Tür zum Nachbarzimmer auf. Die Mienen der beiden Frauen sprachen für sich. Die Gewitterwolken konnten nur bedeuten, dass sie auf keine Verbindung zwischen den Opfern gestoßen waren.

»Habt ihr geglaubt, euch wird die Lösung noch heute auf dem Silbertablett serviert?«

Nun hatte der Ärger der beiden ein Ziel: ihn.

Er hielt Sabrina die Schüssel vors Gesicht. »Ich fand unser gemeinsames Mittagessen wirklich nett, aber in Zukunft nimmst du deinen Kram danach bitte wieder mit.«

Sabrina blitzte ihn an. »Und wenn nicht, dann brummst du mir eine Strafarbeit auf?«

»Ganz genau. Komm mal mit. Ich habe einen Job für dich, während ich dein Geschirr wegbringe.«

Er stellte die Schüssel auf ihrem Schreibtisch ab und kehrte in sein Büro zurück. Sichtlich neugierig folgte Sabrina ihm. Einladend deutete er auf seinen Schreibtischstuhl.

Sie setzte sich. »Ich soll deinen Job übernehmen? Cool. Dann übernimm du meinen und such nach Gemeinsamkeiten bei den Opfern, die einfach nicht da sind.« Sie schnaubte. »Außer natürlich dem, was der Computer schon ausgespuckt hat: alle ungefähr das gleiche Alter und nicht gerade arm. Was hast du eigentlich in der Zwischenzeit gemacht?«

»Ich habe versucht, all das, was wir bisher herausgefunden haben, für den Staatsanwalt aufzubereiten.«

Sie verdrehte die Augen. »Damit erfüllst du dann mal wieder das Klischee, dass der moderne Polizist zehn Prozent seiner Zeit draußen auf der Straße verbringt und neunzig Prozent damit, seine Erlebnisse in den Kasten einzuklimpern. Wieso tust du das?«

Leider traf ihr Vorwurf die Realität ziemlich genau, aber deshalb musste ihm das ja nicht gefallen. »Jedenfalls nicht, weil es so eine Freude macht!«, schnappte er. Tief durchatmend, lehnte er sich gegen die Schreibtischkante. »Freiwillig mache ich das wirklich nicht. Aber es läuft leider so. Unser Anfangsverdacht ist stark genug, dass ich die Ermittlungen rechtfertigen kann. Das habe ich auch deinem Patenonkel schon gemailt, und er scheint von unserer Arbeit ganz angetan zu sein. Doch nun folgt das Aber. Wenn es hart auf hart kommt, brauchen wir die Unterstützung der Staatsanwaltschaft. Sei es für den Haftrichter, für einen Durchsuchungsbeschluss oder einen Antrag für eine Telefonüberwachung.«

Sabrina öffnete den Mund, schloss ihn wieder und nickte. »Ich verstehe. Dafür schreibst du diesen ganzen Kram. Richtig?«

»Genau. Mein Problem ist in diesem Fall, dass es wie eine Romanvorlage klingt, bestenfalls wie eine Aneinanderreihung von Vermutungen. Würdest du vielleicht mal einen Blick drauf werfen? Es ist doch dein Job, mit Wörtern zu jonglieren.«

Sabrina wandte sich mit einem Ruck dem Monitor zu, überflog den Text, den Marcus geschrieben hatte, und murmelte etwas vor sich hin. Dann sah sie ihn flüchtig an. »Ich sehe, was dein Problem ist. Das bekommen wir hin«, sagte sie, und ihre Finger flogen bereits über die Tastatur.

Einen Moment sah er ihr zu. Sabrina zog die Stirn kraus, nur um dann mit noch höherer Geschwindigkeit auf die Tasten einzuhämmern. Die Energie und das Engagement, mit der sie sogar dermaßen langweilige Tätigkeiten anging, faszinierten ihn. In gewisser Weise symbolisierte sie das, was er schon längst verloren hatte und vielleicht nun durch sie ein wenig wiederfand.

»Ich versuche, mich an dein Juristen-Deutsch zu halten, aber vielleicht wird es ein wenig anders.«

»Macht nichts, das kann die Lesbarkeit nur erhöhen.«

»Okay. Dann kümmere dich mal um …« Sie stutzte und lachte dann. »… mein Geschirr, und lass mich das machen. Ist danach Feierabend angesagt?«

»Ja, wir haben ja noch eine Spätschicht beim Prof.«

»Genau. Deswegen frage ich. Ich will vorher noch kurz nach Hause.«

Marcus überlegte, ob er ihr anbieten sollte, sie zu fahren. Aber das war dann wohl doch übertrieben.

Als er zurück ins Vorzimmer ging, sah Juliane ihm entgegen. »Gute Idee, dass Sabrina die Berichte schreibt.«

»Danke. Was sagt dein Bauchgefühl zu der ganzen Theorie und den neuen Erkenntnissen?«

»Es passt alles. Der Täter bereitet mir Gänsehaut. Ich verstehe sein Motiv nicht. Aber es muss eins geben.«

Die etwas abgehackte Zusammenfassung brachte es auf den Punkt. Marcus erzählte ihr von dem geplanten Treffen mit dem Professor und bot ihr an, ebenfalls vorbeizukommen.

Sie lächelte und wirkte plötzlich viel weicher und zugänglicher. »Es ist nett, dass du an mich denkst. Aber das ist nicht nötig. Macht Schluss, wenn die Berichte fertig sind. Ich will noch etwas weitersuchen.«

»Aber übertreib es nicht, und pass bitte auf dich auf.«

»Aber klar, Chef.«

Marcus nahm ein frisches T-Shirt aus dem Schrank, zog es über und schob geistesabwesend seine Laufschuhe unters Bett. Er stutzte, als er bemerkte, was er gerade getan hatte.

Wieso standen sie eigentlich im Schlafzimmer und nicht im Flur, wo ihr Stammplatz war? Und wann war er das letzte Mal gelaufen? Ach ja, gestern. Er ließ sich aufs Bett fallen und dachte über die letzten Tage nach. Seine übliche Routine war völlig durcheinandergeraten. Er kam später nach Hause, verbrachte seine freie Zeit nicht mehr mit einem Buch oder einer Serie. Er saß nicht mehr stundenlang am Schreibtisch und wartete auf den Feierabend, sondern verzweifelte an Berichten, in denen er seine Ermittlungsarbeit darstellen musste. Seine Assistentin redete plötzlich mit ihm. Statt die Ruhe zu genießen, freute er sich jetzt darauf, mit Sabrina, dem Professor und auch Astra zusammenzusitzen.

Im Erdgeschoss schepperte etwas laut. Und dann war da natürlich noch Valerie. Obwohl seine Tochter bereits sehr selbstständig war, musste er plötzlich an Dinge wie einen gefüllten Kühlschrank denken und haufenweise Formulare für die Schule ausdrucken und unterschreiben.

Mit seinen Laufschuhen in der Hand ging er ins Erdgeschoss und stellte sie wieder dorthin, wo sie hingehörten. Wollte es vielmehr, denn dort befanden sich bereits ein Paar Sneakers mit hohem Schaft und einem bunten Graffiti-Muster.

Valerie sah aus dem Wohnzimmer heraus kurz auf den Flur. »Ach? Die brauchst du noch? Ich dachte, es reicht, wenn sie im Schlafzimmer stehen.«

»Falsch gedacht … Was hast du heute Abend vor? Willst du mit rüberkommen?«

»Nee. So ein Altherrenabend ist mal ganz nett, muss ich aber nicht jeden Tag haben.«

»Na, vielen Dank auch.« Marcus ging ins Wohnzimmer und blieb irritiert stehen. Er war sicher, dass er sein Notebook zugeklappt hatte. Nun stand es offen mitten auf dem Tisch. Außerdem blinkte der USB-Stick. Er ging an Valerie vorbei darauf zu.

»Ähm, Moment …«

Die Stimme seiner Tochter klang ungewohnt unsicher. Schlagartig wurde Marcus misstrauisch und berührte eine Taste. Auf dem Bildschirm erschien einer der Berichte, die Sabrina fertiggestellt hatte. Er hatte sich die Dateien auf einem USB-Stick gesichert und vorgehabt, sie abends noch einmal durchzugehen, in der Hoffnung, mit etwas Abstand doch noch eine Idee zu bekommen, wie sämtliche Taten zusammenhängen könnten.

Langsam drehte er sich zu Valerie um. Ihre verlegene, unsichere Miene berührte ihn und verhinderte, dass er sie anbrüllte. »Wieso rufst du meine Dateien auf?«

»Weil ich neugierig war, womit mein Vater sich beschäftigt. Und ehe du jetzt losschimpfst: Ich finde das ganz schön wichtig, was du machst. Ich weiß, dass es nicht in Ordnung war, aber ich kenne dich praktisch nicht. Mama meinte … Also das, was ich so gehört habe, passt überhaupt nicht zu dem, was du wirklich machst. Eigentlich habe ich mir gestern Abend schon meine Gedanken gemacht. Ich habe natürlich ein bisschen was mitbekommen, aber das hier ….« Sie tippte auf den Monitor des Notebooks. »… also, das hier ist noch einmal so viel mehr. Und um ganz ehrlich zu sein, ich würde eigentlich gerne mit zu Winfried und Freddy gehen, schon um zu hören, wie es weitergeht, aber ich habe mich mit einigen aus meiner Klasse zu einem *League of Legends*-Turnier angemeldet. Ich kann die jetzt nicht hängen lassen. Erzählst du mir morgen, was ihr rausgefunden habt?«

Spontan wollte Marcus ablehnen. Seine Tochter sollte nicht mit dem Fall in Berührung kommen. Außerdem gab es Dienstvorschriften. Er sah ihr an, dass sie mit seiner Ablehnung rechnete. Doch ihre Worte berührten ihn. So ungern er es zugab, fühlte er sich sogar etwas geschmeichelt. Dabei hatte sie nur die Wahrheit ausgesprochen, er tat etwas Sinnvolles, wenn er den Täter aus dem Verkehr zog.

Zögernd nickte er. »Ich glaube nicht, dass dich sämtliche Details interessieren, aber ein bisschen was kann ich dir vielleicht erzählen.«

Valerie pustete sich eine Haarsträhne aus dem Gesicht. »Na, immerhin. Hast du schon mal daran gedacht, dass ich dir helfen könnte?«

Marcus klappte demonstrativ das Notebook zu. »Eine Sekunde mal, junge Dame.«

»Nenn mich nicht so!«

»Also gut, eine Sekunde mal, nicht mehr ganz so junge Dame. Es ist mir völlig neu, dass du für die Polizei arbeitest.«

Valerie hob den Kopf höher und funkelte ihn an. »Ach? Eine Lokalreporterin geht in Ordnung? Und ein Nachbar? Und Astra? Hast du mal darüber nachgedacht, was an deiner Logik nicht stimmt? Aber vielleicht erinnerst du dich ja an deine Tochter und ihre Fähigkeiten, wenn du am PC mal wieder nicht weiterkommst, alter Mann!«

Sie wandte sich ab und stürmte davon. Wenige Sekunden später wurde im ersten Stock eine Tür zugeschlagen.

Unschlüssig stand Marcus im Wohnzimmer und wusste nicht, wie er auf den Ausbruch reagieren sollte, dann kam ihm eine Idee, und er ging in die Küche.

Mit einem Teller voller Sandwiches und einer Schüssel mit Valeries Lieblingschips in der Hand, klopfte er wenig später gegen die Tür, öffnete jedoch, ohne auf eine Aufforderung zu warten.

Valerie lag mit Kopfhörern auf dem Bett und funkelte ihn an. »Ich habe nicht gesagt, dass du reinkommen darfst!«

Ungerührt stellte Marcus den Teller und die Schüssel auf ihrem Schreibtisch ab. »Stimmt. Aber wie soll ich wissen, ob du das Klopfen überhaupt hörst? Hier, damit du bei eurem Spiel nicht verhungerst.«

Sie stand auf und betrachtete den Teller, dann lächelte sie unsicher. »Danke. Das ist wirklich nett von dir.«

»Tja, so sind wir alten Männer eben – dem Charme von jungen Damen hilflos ausgeliefert ...«

Sie flog ihm um den Hals und umarmte ihn fest. »So alt bist du gar nicht!«

»Und du schon fast erwachsen. Aber eben nur fast. Und

wenn sich eine Frage in Verbindung mit Computern ergibt, bist du meine erste Anlaufstelle.«

»Ehrenwort?«

»Ja.«

»Gut. Und morgen früh erzählst du mir, was Winfried über das Obduktionsergebnis gesagt hat.«

Ganz bestimmt nicht! »Vielleicht«, erwiderte Marcus, um eine neue Diskussion zu vermeiden. So ganz hatte er sich noch nicht an die Vorstellung gewöhnt, mit einem Teenager über seine Arbeit zu reden. Und bei Obduktionen hörte der Spaß auf. Auch wenn Valerie das vermutlich ganz anders sah.

KAPITEL 21

Der Weg zu Winfried bestand darin, die Straße zu überqueren. So groß war das Verkehrsaufkommen in der Wohnstraße nicht, dass dafür längere Wartezeiten eingeplant werden mussten. Womit Marcus jedoch nicht gerechnet hatte, war die lautstarke Auseinandersetzung zweier Obdachloser, die nun wirklich nicht ins Straßenbild passten. Erst auf den zweiten Blick erkannte Marcus, dass einer der beiden Astra war und es sich bei der anderen Person um eine Frau handelte. Ihr Alter konnte er schwer einschätzen. Die Haare hingen strähnig herab, und ihre Gesichtsfarbe wirkte grau, was bestimmt nicht an der Dämmerung lag. Marcus überlegte kurz, sich einzumischen, und entschloss sich dann dagegen.

Er ließ einen SUV mit dem Aufkleber »Kevin an Bord« im Heckfenster passieren und überquerte die Straße.

Seine Neugier siegte, und er sah noch einmal zu den Streithähnen hinüber. In diesem Moment sackte die Frau zusammen und landete hart auf dem Boden, weil Astra zu langsam war, um sie aufzufangen. Nun hatte Marcus keine Chance mehr, das Ganze einfach zu ignorieren. Er stellte die Flasche Weißwein, die er als Mitbringsel vorgesehen hatte, vor der Pforte zu Winfrieds Grundstück ab, und sprintete los.

Astra zerrte an dem reglosen Körper und versuchte wohl, die Frau in die stabile Seitenlage zu bringen.

Marcus beugte sich über sie, rümpfte bei dem Gestank die

Nase und tastete nach dem Puls. Etwas schwach, aber regelmäßig. Er zog sein Handy aus der Tasche und wollte den Notruf wählen. Aber Astra packte ihn am Arm.

»Nicht, Running Man. Dann schreit sie uns alles zusammen, wenn sie wieder aufwacht. Ich habe versucht, sie zu überreden, ins Krankenhaus zu gehen. Aber sie ist überzeugt, dass man sie dort umbringen will. Bitte, frag Winfried, ob er eine Ausnahme machen kann.« Astra zuckte etwas zurück und sah an ihm vorbei.

Marcus drehte den Kopf und entdeckte Winfried, der etwas Abstand zu ihm hielt.

»Die Regel besteht aus gutem Grund, und ich denke, du hast schon genug gesagt.« Winfried deutete mit dem Kopf auf einige Passanten, die einen großen Bogen um die Frau machten, aber mit neugierigen Blicken nicht sparten.

»Marcus ist in Ordnung, er wird dich nicht verpfeifen. Bitte hilf ihr. Du kennst ihre Geschichte.«

Winfrieds Mund war nur noch ein schmaler Strich.

»Worum geht's?«, fragte Marcus scharf und konnte seinen Ärger nicht verbergen. »Entweder ihr sagt mir jetzt, worum es geht, oder ich rufe den RTW.« Er musterte Astra scharf. »Und wage es erst gar nicht, mich davon abzuhalten.«

Die Frau kam blinzelnd zu sich. »Kein Krankenhaus«, kreischte sie los.

Marcus widerstand mühsam, sich die Ohren zuzuhalten. Die Stimme war so schrill, dass es beinahe schmerzte.

»Schaff sie nach hinten«, knurrte Winfried kaum verständlich in Astras Richtung. Etwas freundlicher sah er Marcus an. »Ich hoffe sehr auf dein Verständnis.«

Ungefähr eine halbe Stunde später saß Marcus auf der Terrasse des Professors. Wie erwartet, hätte der Gegensatz zwischen seinem Reihenhaus mit dem kleinen, verwilderten Grundstück, das eher einem Innenhof glich, und diesem Anwesen kaum größer sein können. Alles wirkte perfekt gepflegt, äußerst stilvoll und natürlich teuer: die weiße Fassade, der Rasen, die Beete, in denen bereits einige Stauden blühten, deren Namen Marcus nicht einmal kannte. Und natürlich wagte es keiner der alten Bäume, auch nur einen verdorrten Ast aufzuweisen. Marcus blickte auf die Alster und überlegte, was er von der Situation halten sollte. Direkt am Ufer, neben einer Weide mit ihren ausladenden Ästen, befand sich ein Gartenhaus, wobei diese Bezeichnung dafür fast untertrieben war. Es gab dort nicht nur fließend Wasser und Strom, sondern auch ein komplettes kleines Badezimmer, ein winziges Schlafzimmer – und einen Behandlungsraum, der mit seiner Ausstattung einer gewöhnlichen Arztpraxis durchaus Konkurrenz machen konnte. Dort versorgte Winfried gerade die Frau, deren Namen Marcus immer noch nicht kannte.

Astra verließ nun das Haus und kam auf Marcus zu. Unschlüssig blieb der Obdachlose neben einem Stuhl stehen.

»Setz dich und erklär mir, was hier los ist.«

Astra schüttelte den Kopf. »Muss erst meinen Wagen sichern. Hoffentlich ist er noch da.«

Er war verschwunden, ehe Marcus antworten konnte. In erstaunlich kurzer Zeit kehrte er zurück und stellte die Flasche Wein, die Marcus vergessen hatte, auf den Tisch.

»Alles noch da gewesen. Glück gehabt.«

»Verrätst du mir jetzt, was hier los ist?«

Astra kramte in seinem Mantel und holte zwei Bierdosen hervor, die so kalt waren, dass an der Außenseite Kondenswasser perlte. Dann zog er das viel zu warme Kleidungsstück aus und hängte es über den Stuhl.

Marcus verfolgte die Aktion und verstand plötzlich, warum Astra trotz der warmen Temperaturen so häufig mit dem Mantel zu sehen war. »Das Ding ist praktisch deine Handtasche.«

»Genau. Wenn ich es am Körper habe, kann es mir keiner wegnehmen.«

Eilige Schritte näherten sich ihnen vom Haus her. Marcus drehte sich um und entdeckte Sabrina. Die hatte er völlig vergessen. »Was ist denn hier los? Ich habe geklingelt, aber keiner hat geöffnet. Nur ein Hund hat gebellt. Dann habe ich gesehen, dass Astra ums Haus ging, und bin ihm gefolgt.«

Marcus konnte die Nachfrage, wieso Sabrina und Astra sich kannten, gerade noch zurückhalten. Astra war im Stadtteil ja nun wirklich ein bekannter Anblick und Sabrina eine engagierte Lokalreporterin. Er beschränkte sich auf ihre Frage. »Ich weiß selbst nicht genau, was los ist.«

Auffordernd sah er Astra an. Der wich seinem Blick aus. »Moment ...«

Er verschwand erneut und kehrte mit einem Plastikbecher zurück, aus den Tiefen seines Mantels holte er ein Taschenmesser hervor, klappte den Korkenzieher aus und entkorkte die Flasche.

Sabrina strahlte ihn an. »Danke dir. Das ist genau das Richtige bei dem Wetter.« Sie goss sich einen ordentlichen Schluck ein und prostete den Männern zu.

Marcus und Astra öffneten die Dosen und erwiderten den Gruß.

Sabrina deutete auf das Gartenhaus. »Das ist also die geheimnisvolle Klinik? Ich dachte, die ist nur und ausschließlich dienstags geöffnet.«

»Klinik?«, wiederholte Marcus. So hätte er das Behandlungszimmer nicht unbedingt bezeichnet.

Sabrina nickte. »Gut, Klinik ist vielleicht etwas übertrieben, aber das, was der Prof hier macht, ist mindestens so wertvoll wie … keine Ahnung, eine Klinik eben. Er bietet eine kostenlose Sprechstunde an und hilft, so gut er kann.«

Langsam fügten sich die Puzzleteile zusammen. »Aber immer nur dienstags …«

Astra nickte. »Genau. Bisher hat er nie eine Ausnahme gemacht, aber da gab es auch noch keinen Fall wie Agathe.«

»Agathe?«, hakte Sabrina nach und nickte dann. »Oh, ich weiß, wer das ist. Die mit den Experimenten. Richtig?«

»Genau. Es ging ihr am Dienstag schon zu schlecht, um herzukommen. Heute hat sie es versucht und wollte dann wieder umkehren. Wir hatten deswegen gerade eine kleine Meinungsverschiedenheit, und in diesem Moment ist Marcus aufgetaucht. Dann auch noch der Prof, und er hat sich dankenswerterweise bereit erklärt, sie mitzunehmen. Ich glaube, sie hat eine beginnende Sepsis. Ohne Antibiotikum hätte sie die Nacht wohl nicht überlebt.«

Zum wiederholten Male fiel Marcus auf, wie gewählt sich Astra ausdrückte. Von dem leichten Biergeruch in seinem Atem abgesehen, wies nur seine Kleidung auf das Leben als Obdachloser hin.

Neugierig sah Astra die Reporterin an. »Ich dachte, das Geheimnis des Profs wäre sicher. Woher hast du davon erfahren?«

Sabrina lächelte verschmitzt. »Eine gute Journalistin gibt niemals ihre Quellen preis. Aber keine Angst, es bleibt natürlich mein Geheimnis.«

Marcus hob eine Augenbraue. »Sie bringt sogar einen Stein dazu, dass er ihr seine Lebensgeschichte erzählt. Vermute ich richtig, dass diese Art der Behandlung gegen sämtliche Vorschriften verstößt?«

Sabrina nickte.

»Dachte ich mir. Wie gut, dass ich nur als Nachbar hier bin.« Er prostete Astra zu. »Danke noch mal. Das Nächste geht dann wieder auf meine Rechnung.«

Es dauerte noch einige Zeit, bis Winfried das Gartenhaus verließ. Zunächst lief er einfach an ihnen vorbei, drehte dann aber um und blieb vor Sabrina stehen. Mit einer altmodischen Verbeugung, die zu ihm jedoch passte, stellte er sich vor und bot ihr die vertrauliche Anrede an, die Sabrina lächelnd annahm.

Astra stellte die Dose auf den Tisch. »Ich gehe dann mal lieber.«

»Du bleibst«, herrschte der Professor ihn an und öffnete ohne weitere Erklärung die Terrassentür.

Freddy stürmte ins Freie und sprang aufgeregt um ihre Beine herum.

»Der ist sauer«, stellte Marcus fest.

»Und zwar so richtig«, ergänzte Sabrina, die natürlich wieder einmal alles besser wusste.

Winfried kehrte mit einem gefüllten und einem leeren Weinglas zurück und blieb neben dem Tisch stehen. »Der Anblick tut mir in der Seele weh«, teilte er Sabrina mit und stellte das leere Glas neben den Plastikbecher. Erst dann sah er Marcus an. »Ich stehe natürlich zu den Konsequenzen meines Tuns.«

Marcus brauchte einen Moment, bis er begriff, dass Winfrid dachte, dass er ihn bei den Behörden melden würde. Da sie sich kaum kannten, lag der Gedanke nahe, dennoch verletzte es Marcus. »Gut.«

Sabrina atmete scharf ein. »Marcus! Du kannst doch nicht …«, begann sie.

Doch er ignorierte sie einfach. »Dann freue dich darüber, dass du über deinen Schatten gesprungen bist und der Frau geholfen hast. Das wären für mich die passenden Konsequenzen. Und nun setz dich endlich.«

Winfried rührte sich nicht vom Fleck. »Dir ist klar, dass ich über keine Zulassung als Arzt verfüge?«

Marcus nippte an seinem Bier. »Das dachte ich mir, weil sonst die Heimlichtuerei überflüssig wäre. Kann ich davon ausgehen, dass du weißt, was du tust? Ich meine, so viele Leichen, wie du auseinandergeschnippelt hast, sollte doch genug Übung sein, oder?«

Ein vorsichtiges Lächeln zeigte sich für einen flüchtigen Moment in der Miene des ehemaligen Rechtsmediziners, doch er blieb abwartend stehen. »Darüber kannst du dir sicher sein. Es gibt auch Kollegen, die ganz offiziell ehrenamtlich helfen, doch die sind chronisch überlastet. Ich hätte mich ihnen aufgrund der Formalitäten lediglich als Pflegekraft anschließen können. Das habe ich dankend abgelehnt.«

Die Vorstellung war so abstrus, dass Marcus den Kopf schüttelte. Typischer Bürokratenirrsinn! »Wie geht's denn deiner Patientin? Nebenbei: Es haben einige auf der Straße mitbekommen, dass wir sie hierhergebracht haben. Ist das keine Gefahr für dich? Ich kann mir vorstellen, dass deine Nachbarn nicht unbedingt dichthalten.«

»Er hat recht«, brummte Astra. Er stand auf. »Ich sollte gehen.«

»Du bleibst!«, forderte Winfried zum zweiten Mal. »Ich brauche heute Nacht jemanden, der Agathe im Auge behält. Im Moment ist sie stabil, aber es kann noch einmal kritisch werden. Theoretisch sollte sie mit Ruhe und ausreichend Antibiotikum in zwei Tagen wieder fit sein. Aber garantieren kann ich das bei ihrer Vorgeschichte nicht.«

Sabrina lächelte Marcus zu. »Sie leidet unter Wahnvorstellungen und redet immer wieder von einer Klinik, in der man sie töten will. Ab und zu kommen auch mal Außerirdische hinzu. Deshalb traut sie keinem Arzt.«

Marcus betrachtete abwägend das Gartenhaus. »Wie regelst du es denn an deinen Behandlungstagen? Die Patienten werden wohl kaum auf offener Straße eine Warteschlange bilden.«

Winfried lächelte. »Nein, unser Freund hier hat das perfekt organisiert. Sieh dir die Nachbargrundstücke an, dort führt zwischen Grundstück und Alster ein alter Wanderweg entlang, während ich das Glück habe, bis ans Wasser alles mein Eigen nennen zu dürfen. Von dort aus kommen die Hilfsbedürftigen. Alle mit ausreichend Abstand. Da jeder das gleiche Interesse hat, funktioniert es hervorragend. Manchmal kommen nur zwei bis drei, manchmal zehn bis zwölf. Und das Credo der Unauffälligkeit ist einer der Gründe, warum ich meine Tätigkeit auf nur einen Tag der Woche beschränke.« Er leerte sein Weinglas in einem Zug. »Genug geredet. Würdest du mir kurz zur Hand gehen, meine Liebe?«

Mit ratloser Miene folgte Sabrina ihm ins Innere. Marcus' Aufgabe war es dann wohl, weiter Freddy zu streicheln. Denn jedes Mal, wenn er es wagte, aufzuhören, fiepte der Mops kläglich.

Wenig später kehrten Sabrina und Winfried mit voll beladenen Tabletts zurück. Darauf befanden sich Schälchen mit einer bunten Mischung aus Antipasti und Fingerfood.

Wieder stand Astra auf. Als der Professor ihn böse anfunkelte, zuckte er regelrecht zurück. »Darf ich mir im Gartenhaus vielleicht die Hände waschen?«

»Nein«, wehrte Winfried schroff ab. »Das Gäste-WC findest du gegenüber der Küche.«

Trotz des Tonfalls begriff Marcus im gleichen Moment wie Astra, dass die Einladung etwas Besonderes war.

Der Obdachlose murmelte einen Dank und verschwand im Inneren.

Sichtlich zufrieden betrachtete Winfried das Arrangement auf dem Tisch. Sabrina hatte die Schalen nicht einfach nur hingestellt, sondern mit Servietten und zwei kleinen Flaschen, in denen einzelne Blumen steckten, ein nettes Ambiente geschaffen. Marcus hätte darauf verzichten können, doch Winfried schien begeistert zu sein.

Lächelnd setzte sich der Professor. »Was die Hand einer Frau doch ausmacht. Es sieht wunderbar aus, meine Liebe. Ach, ehe ich es vergesse. Man muss schon sehr genau hinsehen, doch offenbar wurde Edith Hausener über den Zeitraum von ungefähr einem Monat ein tödlicher Medikamenten-Cocktail verabreicht. Es bestand eine Wechselwirkung zweier verordneter Medikamente, die so niemals hätten verschrieben werden dürfen. Und ehe ihr fragt, ich kenne den behandelnden Arzt flüchtig. Ein solcher Fehler wäre ihm nie passiert. Und auch meine Kollegen in der Rechtsmedizin muss ich in Schutz nehmen. Es erfordert sehr viel Erfahrung, aus den geringen Spuren die richtigen Rückschlüsse zu ziehen. Letztlich handelte es sich um eine Routineuntersuchung bei einer älteren Dame, und es gab keinen konkreten Anhaltspunkt, sondern nur ein paar offene Fragen. Auf dem Antrag stand, dass die Heimleitung und der nächste Angehörige sichergehen wollten, dass es sich um ein natürliches Ableben handelte.« Er nahm sich eine Olive und biss genüsslich hinein. »Köstlich. Ich vermute, die Details interessieren euch nicht. Auf der Metaebene lässt sich die eingetretene Entwicklung so zusammenfassen, dass gezielt ein Schlaganfall ausgelöst wurde, indem die natürliche Blutgerinnung gehemmt wurde.«

Erst, als Sabrina ihn mit offenem Mund ansah, ließ Winfried die Olive in seiner Hand sinken. »Ich muss mich wohl entschuldigen. In meinem früheren Beruf war es völlig normal, über solche Themen zu reden.«

Sabrina schluckte, lächelte etwas gezwungen und nahm sich ein Stück Bruschetta-Brot. »Das verstehe ich.«

Astra stieß wieder zu ihnen. »Ich habe alles mitbekommen. Doch was verrät uns das über den Täter? Kann jeder auf eine solche Idee kommen?«

Genau das wäre die Frage gewesen, die Marcus gestellt hätte. Dass Astra schneller war, sorgte für ein merkwürdiges Gefühl.

Winfried legte eine mit Frischkäse gefüllte Peperoni sorgfältig zurück auf den Teller, ehe er antwortete. »Um auf dieses Vorgehen zu kommen, ist eine umfangreiche medizinische Ausbildung erforderlich. Einer Pflegekraft würde ich dieses Wissen eher nicht zutrauen.«

Ein Arzt, der als heimtückischer Serienkiller unterwegs war? Wenn Marcus daran dachte, dass sie von seiner Existenz nur durch Sabrinas Hartnäckigkeit erfahren hatten, wurde ihm leicht übel. Mit einer solchen Ausbildung standen dem Mistkerl noch ganz andere Möglichkeiten offen. Und bei dem geschickten Vorgehen konnte es etliche Fälle geben, die bisher niemandem aufgefallen waren.

Er bemerkte, dass Winfried ihn durchdringend ansah. »Du denkst über den Täter nach, richtig? Und vermutlich bist du zu dem gleichen Ergebnis gekommen wie ich, was bedeutet, wir beide könnten nun durchaus einen Grappa vertragen.« Er runzelte die Stirn. »Das Angebot richtet sich natürlich an sämtliche hier Anwesende.«

Sabrina und Astra schüttelten den Kopf.

Erst nach zwei Gläsern des köstlichen hochprozentigen

Getränks war Marcus so weit, dass er bei den angebotenen Köstlichkeiten zugreifen konnte, und er begann, den Abend und die Gesellschaft zu genießen.

KAPITEL 22

Marcus betrat das Vorzimmer und wollte gerade zum morgendlichen Gruß ansetzen, als er in der Bewegung innehielt. Beide Frauen saßen nicht nur bereits an ihrem Arbeitsplatz, sondern diskutierten auch schon energisch miteinander. Für ihn klang es fast wie ein Streit. Er hatte nicht einmal geahnt, dass Juliane dermaßen temperamentvoll sein konnte.

Auf Sabrinas Schreibtisch lag eine prall gefüllte Tüte ihres Lieblingsbäckers, aus der es verführerisch duftete. Doch die Köstlichkeiten wurden ebenso ignoriert wie seine Ankunft.

Marcus streckte zwei Finger in den Mund und stieß einen schrillen Pfiff aus. Das wirkte. Beide sahen ihn empört an. »Guten Morgen! Was ist hier los?«

Sabrina verschränkte lediglich die Arme vor der Brust.

Juliane wandte ihre Aufmerksamkeit dem Monitor zu.

So nicht! War er hier im Kindergarten gelandet?

»Ich habe euch etwas gefragt! Auf den Gutenmorgengruß kann ich verzichten, auf eine Antwort nicht.«

Sabrina zeigte stumm auf Juliane.

Marcus' Assistentin ignorierte die Geste zunächst und blickte weiter auf den Monitor, schließlich gab sie doch nach. »Ich war gestern noch sehr lange hier. Ich habe zu allen Opfern einen Lebenslauf erstellt und die Stationen seit der weiterführenden Schule verglichen. Es gibt keine Gemeinsamkeiten. Sie sind auf unterschiedliche Gymnasien gegangen, haben unterschiedliche Dinge studiert oder auch gar nicht. Keine gleichen Hobbys oder Mitgliedschaften bei Einrichtungen. Es gibt nichts. Ich frage mich daher, ob wir mit der Vermutung falschlagen. Ja, es schien zu passen. Tut es aber nicht. Und das gefällt ihr nicht.« Juliane nickte in Sabrinas Richtung.

»Ihr habt beide recht.«

Das war offensichtlich das Letzte, was sie hören wollten, denn die Frauen überboten sich mit giftigen Blicken, die allein ihm galten. Da war wohl eine ausführlichere Erklärung fällig. Er lehnte sich neben dem Aktenschrank so gegen die Wand, dass er beide Frauen ansehen konnte.

»Julianes Recherchen sind sehr wertvoll, und ich danke dir für deinen Einsatz. Mit einem solchen Ergebnis hätte ich nicht so früh gerechnet. Es ist nun mal das Wesen der Polizeiarbeit, dass wir mit verschiedenen Thesen arbeiten und die mit Fakten untermauern müssen. Deshalb solltest du nicht sauer sein, nur weil Juliane gegen deine Theorie getreten und sie ins Wanken gebracht hat.« Er wartete so lange, bis Sabrina nickte. »Aber auch andersrum gilt, dass wir weitere Nachforschungen betreiben müssen. Die Fakten, die wir bisher haben, untermauern Sabrinas Theorie. Wenn der Zusammenhang so einfach wäre, dann hätte der Täter nicht so lange unbemerkt sein Treiben fortsetzen können. Deshalb machen wir nun wie folgt weiter: Juliane, du hast dir alles Offensichtliche angesehen, mache nun bitte mit dem weiter, das nicht so leicht ausfindig zu machen ist. Sabrina, du gehst noch mal ins Altersheim und versuchst, Frau Brunner zum Reden zu bringen. Außerdem solltest du mit der Leiterin – wie hieß sie noch gleich?« Er winkte ab. »Ist auch egal, du weißt, wen ich meine. Ihr solltet den Ablauf der Medikamentenvergabe durchgehen.

Überlegt, wo und wie man eine zusätzliche Pille reinschmuggeln könnte. Ich folge zwar Winfrieds Einschätzung, will mir aber vorher vom Hausarzt der Verstorbenen noch einmal bestätigen lassen, dass ihr dieses eine Medikament nicht verschrieben worden ist.«

Sabrina schien versöhnt zu sein. »Du kommst nicht mit?«

»Nein, ich nehme mir Elena von Woltersleben vor.«

»Alleine? Da wäre ich gerne dabei«, widersprach sie sofort.

Marcus ermahnte sich zur Geduld. »Einer Reporterin gegenüber wird sie vermutlich sofort dichtmachen. Aber vielleicht redet sie mit mir, wenn ich ihr klarmache, dass wir eine Chance sehen, den Kerl zu kriegen. Ich vereinbare über Walterchen einen Termin. Du kennst die Sekretärin deines Patenonkels, ihr schlägt niemand etwas ab. Andererseits kam ich mit Frau Brunner nicht besonders gut klar, da kannst du dann deinen Charme spielen lassen. Und auch die Leiterin wird dir gegenüber offener sein. Sie liest doch gerne Krimis, da könnt ihr euch in aller Ruhe darüber austauschen, wie die Pillen verabreicht worden sind. Noch weitere Fragen? Oder können wir dann langsam starten?«

Sabrina grinste wieder auf eine Art, die bei Marcus ein Kribbeln in der Magengegend auslöste. »Eine Frage noch: Möchtest du deinen Muffin in deinem Büro essen oder hier mit uns?«

»Lasst uns gemeinsam einen Kaffee trinken und dabei überlegen, was für Verbindungen es zwischen den Opfern geben könnte, die uns noch nicht aufgefallen sind.«

Damit schienen beide zufrieden zu sein, und Marcus atmete auf. Die erste gute Tat des Tages war vollbracht.

Die Frühstücksrunde war zwar nett gewesen, hatte sie jedoch nicht weitergebracht. Dagegen war sein Vertrauen in die Fähigkeiten von Walterchen gerechtfertigt gewesen. Marcus hatte um halb zwölf einen Termin bei Elena von Woltersleben. Nachdem er sich bei Google Maps die Adresse angesehen hatte, ging er zurück ins Vorzimmer.

Er legte den Zettel mit der Adresse neben Julianes Tastatur. »Sieh mal. Wir haben doch schon eine Verbindung. Sämtliche Opfer wohnen in derselben Gegend, hier rund um die Alster. Das muss etwas zu bedeuten haben.«

Juliane rief ebenfalls Google Maps auf und markierte anschließend einige Punkte. Marcus staunte, dass sie sämtliche Adressen im Kopf hatte, kommentierte dies jedoch nicht. Ihm gefiel es, dass seine Assistentin langsam auftaute, doch nach all den Monaten, in denen zwischen ihnen Schweigsamkeit und Distanz vorherrschten, traute er dem Frieden noch nicht und hatte das Gefühl, sich auf dünnem Eis zu bewegen. »Alles in einem Radius«, sagte sie schließlich.

Sabrina stand nun hinter Marcus – so dicht, dass er den Geruch ihres Shampoos wahrnahm. Oder war das ein Parfüm? Es gefiel ihm jedenfalls. Dieses fruchtige und etwas herbe Zeug passte zu ihr.

»Gleiches Alter, gleiche Region«, überlegte Sabrina laut.

Juliane schob ihren Stuhl zurück und verfehlte dabei Marcus' Fuß nur knapp. »Es wäre hilfreich, mehr über den Täter zu wissen. So eine Art Profil.«

Marcus fiel eine Bemerkung von Winfried ein. »Ich habe eine Idee. Lasst mich kurz telefonieren.«

Er hatte eigentlich an ein Gespräch gedacht, das er allein in seinem Büro führte, doch Sabrina und Juliane folgten ihm.

Kopfschüttelnd wählte er die Nummer von Winfried. Nach einer kurzen Begrüßung kam Marcus ohne weitere Umwege auf das Thema, das ihn interessierte. »Wenn meine Assistentin dir alle Fakten über den Täter gibt, die wir haben, könntest du uns dann ein Täterprofil erstellen? Wir kommen nicht weiter und könnten einen Hinweis gebrauchen, wo wir suchen sollen.«

»Sehr gerne. Schick sie doch bitte vorbei. Gegen halb zwölf wäre perfekt, dann kommen Freddy und ich von unserem Spaziergang zurück.«

»Danke, Winfried. Bis später.«

Juliane blinzelte. »Freddy? Er lebt mit einem Mann zusammen?«

Sabrina prustete los. »Freddy ist sein Mops. Und? Machst du es?«

Juliane fuhr sich durch die Haare und bewegte dann minimal das Kinn nach unten. Marcus beschloss, die Bewegung als Nicken zu interpretieren.

***

Noch nicht einmal zehn Uhr, und die dämliche Brunner gähnte bereits ununterbrochen. Zufrieden beobachtete er, dass die ältere Dame nun ihre Lesebrille abnahm und sich über die Augen rieb. Sowohl das ungewohnte koffeinfreie Getränk als auch seine kleine Beigabe in Form von Schlaftropfen zeigten Wirkung.

Normalerweise studierte die Nervensäge morgens im kleinen Salon ausgiebig zwei Zeitungen: das *Abendblatt* und die *Süddeutsche*.

Mit einem Lächeln, das hoffentlich zuvorkommend wirkte, ging er zu ihr.

»Nanu? Ein verspäteter Fall von Frühjahrsmüdigkeit? Darf ich Ihnen noch einen Kaffee bringen?« *Bitte sag Ja, du dämliche Schrulle!*

»Das wäre nett. Irgendwie komme ich heute nicht in die Puschen.«

»Es gibt so Tage … Soll ich ansonsten den Herrn Doktor um einen Besuch bitten?«

»Aber nein, es ist nur eine ungewohnte Müdigkeit. Noch ein Kaffee sollte helfen.«

Helfen? Genau, allerdings ihm, denn eine weitere Portion seiner Spezialmischung würde ihr den Rest geben. Zwischenziel erreicht, und ein weiterer grüner Haken konnte gesetzt werden. »Ich bin sofort wieder da.«

Durchs Fenster beobachtete er kurz darauf, dass der servierte Kaffee getrunken wurde. Ein paar Minuten später erhob sie sich und ging bereits unsicher zur Tür.

Es wurde Zeit. Er kehrte ins Innere des Heims zurück, um ihr seine Hilfe anzubieten. Auf dem Flur, der den Salon und den Wohntrakt verband, blieb er stehen. Teil zwei seines Plans musste warten. Anja half Frau Brunner auf dem Weg zurück in ihr Zimmer. Erst fluchte er kurz über den Aufschub, dann erkannte er, dass seine Kollegin ihm in die Hände spielte. Sollte tatsächlich jemand Verdacht schöpfen, würde Anja ins Visier geraten. Niemand käme auf ihn. Perfekt! Nun brauchte er nur noch etwas Geduld, und dass er die im Überfluss besaß, hatte er oft genug bewiesen.

***

Mit der U1 hätte Sabrina keine Viertelstunde zu ihrem Ziel gebraucht, doch durch das gute Wetter und das üppige Frühstück, kombiniert mit der Tatsache, dass sie in der letzten Zeit viel zu oft am Schreibtisch gesessen hatte, entschied sie sich, zu Fuß zu gehen. Sie brauchte dann zwar doppelt so lange, hatte jedoch etwas für ihr Gewissen getan. Die ersten Minuten, die sie direkt am viel befahrenen Ring 2 entlanglaufen musste, bereute sie ihre Entscheidung noch, doch dann führte sie ihr Handy, das sie als Navigationshilfe nutzte, durch eine Grünanlage an die Alster, und sofort besserte sich ihre Laune.

Der Anblick eines Obdachlosen, der in einem Mülleimer nach Pfandflaschen wühlte, erinnerte sie an Astra und die ungewöhnliche Runde, mit der sie den gestrigen Abend verbracht hatte. Der Professor gefiel ihr, sein Charme, die etwas antiquierten Manieren und vor allem seine Villa. Die war ein Traum, doch auch viel zu groß für einen alleinstehenden Mann. Sie hatte eine gewisse Einsamkeit bei ihm wahrgenommen, die sie berührt hatte. Ob er sich deshalb so für ihren Fall engagierte? Womit mochte er sonst seine Tage verbringen? Ihr war ebenfalls nicht entgangen, dass er eine ganze Menge Wein getrunken hatte.

Dann war da Astra. Aus ihm wurde sie nicht so ganz schlau. Nach einer anfänglichen Zurückhaltung hatte er sich engagiert an ihren Gesprächen beteiligt. Sowohl seine gewählte Ausdrucksweise als auch sein Wissen in den verschiedenen Gebieten hatten sie überrascht. Sie hätte mindestens einen Fünfziger darauf gewettet, dass er eine sehr gute Ausbildung genossen, vielleicht sogar studiert hatte. Wie mochte er in diese Szene gerutscht sein? Ihr waren in der Vergangenheit viele Schicksale begegnet, die alle mit Verlust von Familie oder Job und dem übermäßigen Genuss von Alkohol zu tun hatten. Das schien alles nicht zu Astra zu passen. Letztlich hatte er sogar weniger Alkohol getrunken als der Professor.

Und dann war da noch Marcus. Ihn hatte sie völlig falsch eingeschätzt, so falsch, dass sie an ihrer Menschenkenntnis zweifelte. Von wegen Langweiler, der den Hintern nicht hochbekam! Manchmal nervte er sie mit seiner besserwisserischen Art, aber meistens genoss sie es, mit ihm zusammenzuarbeiten. Im Prinzip war er genauso verbissen hinter dem Täter her wie sie, zeigte dabei jedoch eine Besonnenheit, um die sie ihn ein wenig beneidete. So ungern sie es zugab, es wäre ihr lieber gewesen, wenn er sie ins Altersheim begleitet hätte. Bei ihren Reportagen kam es nicht darauf an, ob ihr ein Detail entging. Das war bei ihrem jetzigen Job völlig anders. Normalerweise litt sie nicht gerade unter fehlendem Selbstbewusstsein, doch in diesem Fall spürte sie ungewohnte Zweifel.

Ihr Telefon vibrierte und zeigte ihr einen Anruf ihrer Tante an.

Lächelnd nahm Sabrina ihn an. Wenn jemand ihr helfen konnte, den Durchblick zu bewahren, dann Hedwig.

Vor ihr war eine Bank, die bereits in der Sonne lag und einen wunderschönen Ausblick auf die Alster bot. Das war der perfekte Ort für ein kurzes Gespräch.

»Von wegen Conny hatte einen Unfall! Herbert hat mir erzählt, woran du arbeitest! Ich will jetzt alles ganz genau wissen«, begrüßte ihre Tante sie.

Damit hatte Sabrina nicht gerechnet. Mit Ausflüchten war sie bei Hedwig noch nie durchgekommen, und da spätestens Conny alles ausplaudern würde, konnte sie auch gleich mit der Wahrheit rausrücken.

Ausnahmsweise schwieg ihre Tante für einige Sekunden, als Sabrina alle bekannten Fakten zusammengefasst hatte.

»Wie fühlst du dich dabei?«, fragte sie dann.

»Gut. Ich mache etwas richtig Sinnvolles und das auch noch mit sehr interessanten Leuten.« Sie beschrieb Marcus, Juliane, Winfried, Astra und beendete die Aufzählung mit Freddy.

»Na, hoffentlich reicht dir danach dein altes Leben wieder! Klingt, als ob du deine Bestimmung gefunden hast. Der Täter macht mir Angst. Ich weiß, dass du das schaffen kannst, aber pass auf dich auf. Sonst bekommst du Besuch von Marlene und mir. Wenn du Hilfe brauchst, sage es. Vergiss nicht, wir kennen alle und jeden.«

»Darauf komme ich gerne zurück!«

»Gut. Mach das. Ich beziehe nun das Gästebett. Conny kommt mit der Mittagsfähre.«

Als Sabrina den Weg zur Seniorenresidenz fortsetzte, horchte sie in sich hinein. Die Zweifel waren weg, geblieben war eine Mischung aus Aufregung und Entschlossenheit, den Täter zu fassen.

Sabrina erreichte ihr Ziel trotz des Telefonats noch einige Minuten vor der verabredeten Zeit. Doch Irene Wackersberg empfing sie bereits und begrüßte sie beinahe überschwänglich.

»Dann gibt es neue Erkenntnisse?«

»Ja. Mittlerweile sind wir uns sicher, dass jemand der armen Frau Hausener eine zusätzliche Pille verabreicht hat. Der Hausarzt hat ihr die Arznei ganz sicher nicht verschrieben, und nun suchen wir nach einer Möglichkeit, wie ihr die Tablette untergejubelt werden konnte.«

»In Ordnung. Am besten gehen wir gemeinsam alles Schritt für Schritt durch. Dabei finden wir bestimmt eine Gelegenheit, bei der jemand manipuliert haben könnte.«

»Vielen Dank für Ihre Unterstützung! Das ist ganz großartig.«

»Das mache ich gerne, allerdings nicht ganz uneigennützig. Ich möchte zwar auch unsere Institution von jedem Verdacht reinwaschen, aber vor allem auch den Mörder der lieben Edith finden. Sie war so eine liebe, bezaubernde Dame. Die Vorstellung, dass jemand ihr das angetan hat, bringt mich zu Gedankenspielen, die ich nie für möglich gehalten hätte.«

»Sie meinen, was Sie gerne mit dem Täter anstellen würden? Mir ging es ähnlich, als meine Freundin so schwer verletzt worden ist.«

»Hatten Sie auch Vorstellungen von einer Axt und einem männlichen Geschlechtsorgan?«

»Ähm …«

Die Leiterin lachte. »Das war nur Spaß! Wobei nur Letzteres, an die Axt habe ich durchaus gedacht … Lassen Sie uns noch mal in unser Medikamenten-Zimmer gehen und alles Punkt für Punkt durchsprechen.«

KAPITEL 23

Sabrina betrachtete die Plastikschiene mit den Tabletten, in der die Tagesrationen mit Trennwänden voneinander abgeteilt waren. Bisher hatte sich ihr Eindruck vom ersten Besuch bestätigt. Eine unauffällige Manipulation war nahezu ausgeschlossen.

Sie wollte gerade mit Frau Wackersberg darüber sprechen, als die Tür schwungvoll aufgestoßen wurde.

Der Pfleger, der sie schon beim letzten Mal überrascht hatte, betrat den Raum und blieb verblüfft stehen. »Nanu. Wir treffen uns schon wieder? Schicksal oder Bestimmung?«

Flirtete er etwa mit ihr? Sabrina musste zugeben, dass ihr die Vorstellung gefiel. Christian Felder war zwar vermutlich etwas jünger als sie, doch sein Charme und sein Aussehen machten das mehr als wett.

Die Leiterin lachte und machte damit deutlich, dass sie die Worte auf sich bezogen hatte. »Du kannst uns gerne dabei helfen, einen Mord aufzuklären«, lud sie ihn ein.

Felder stellte das kleine Tablett, das er in der Hand gehalten hatte, auf dem Schreibtisch ab. »Na klar. Um wen geht's?«

Frau Wackersberg lachte etwas zu schrill. »Leider um die arme Edith.«

Das Lachen wurde aus seiner Miene förmlich weggewischt. »Nicht dein Ernst. Edith Hausener? Natürlich kam ihr Tod überraschend, aber … Wer sollte denn so etwas tun? Sie war doch so eine herzliche alte Dame.« Er erstarrte. »Und was genau macht ihr nun hier? Du bist doch von der Kripo und …« Er lächelte entschuldigend. »Tut mir leid, wir sind hier nicht so förmlich.«

»Kein Problem. Sabrina reicht. Wir überlegen, wie man Frau Hausener eine zusätzliche Tablette untergejubelt haben könnte.«

Christian schüttelte den Kopf. »Ausgeschlossen. Das geht nicht.« Er tippte auf den Monitor. »Steht alles hier drin.«

Sabrina nickte. »So weit waren wir eben schon. Ich habe auch verstanden, dass alles in der Apotheke abgepackt wird.«

»Eben. Ist denn ganz sicher, dass der guten Frau Hausener ein falsches Medikament verabreicht wurde?«

»Ein zusätzliches, das eine tödliche Wechselwirkung hatte«, erklärte Sabrina.

Christian schüttelte den Kopf. »Das ist eigentlich ausgeschlossen.« Er tippte wieder auf den Monitor und lächelte die Leiterin an. »Selbst, wenn sich der Arzt beim Verschreiben vertut, schlägt der Rechner in der Apotheke beim Abpacken Alarm und unser hauseigenes System auch. Wir dürfen ja zum Beispiel rezeptfreie Medikamente selbst einsetzen. Und deshalb hat Irene darauf bestanden, dass wir alles vorher in den PC eingeben. Dort sind sämtliche Medikationen unserer Gäste hinterlegt, sodass auch dieser Rechner sofort anzeigen würde, wenn eine Kombination gefährlich werden könnte. Ein ganz einfaches Beispiel: Stell dir vor, wir würden jemandem Aspirin verabreichen, der gerade ein Magengeschwür überstanden hat.«

»Ich verstehe. Dieses Medikament kann also nirgends offiziell auftauchen, richtig?«

Christian nickte und sah seine Chefin fragend an. »Soll ich Sabrina mal zeigen, wie das funktioniert?«

»Klar, mach nur.«

»Um welche Wechselwirkung geht es denn?«

Sabrina nannte ihm die beiden Medikamente, deren Namen sie vom Smartphone ablesen musste.

Er strahlte förmlich. »Perfekt. Das können wir simulieren. Hier, sieh mal, Adelheid Brunner bekommt auch die erste Arznei, die du genannt hast. Ich füge nun die zweite hinzu.«

Ein schriller Piepton erklang, und ein rotes Fenster poppte auf.

»Überzeugt«, gab Sabrina zu. »Aber wann kann die zusätzliche Pille denn dann eingeschmuggelt worden sein? Da bleibt ja nur noch der Weg von hier bis zu Frau Hausener.«

Absolut synchron schüttelten die Leiterin und der Pfleger den Kopf. Die Erklärung übernahm wieder Christian. »Du vergisst, dass Frau Hausener geistig noch absolut fit war. Der könntest du nicht einfach so plötzlich eine Pille mehr verabreichen. Sie würde sich wundern und sich natürlich auch weigern, sie zu nehmen.«

Damit war Sabrina dann endgültig am Ende ihrer Weisheit. »Also gut, wie würdet ihr denn jemanden mit einem zusätzlichen Medikament umbringen? Kann man die Tablette in einen Wein oder einen Saft mischen?«

Christian lachte. »Um eine solche Wechselwirkung zu erzielen, muss die Gabe über einen längeren Zeitraum hinweg erfolgen. Wie soll das funktionieren? Dazu müsste ja …« Er brach mitten im Satz ab und wurde blass. »Ich korrigiere mich. Theoretisch könnte jemand von uns das zum Beispiel ins Frühstück schmuggeln. Allerdings haben wir wechselnde Schichten, und na ja, vielleicht abwechselnd in den Frühstückssaft und abends in – keine Ahnung –, in das Kompott, vielleicht. Aber die Vorstellung wäre wirklich gruselig. Warum sollte denn jemand die arme alte Frau töten? Sie war sehr nett und umgänglich, da würden mir andere Kandidaten einfallen, die einen regelrecht in den Wahnsinn treiben.« Er schielte zur Leiterin. »Rein hypothetisch, natürlich.«

Lächelnd winkte Sabrina ab und verbarg, wie zufrieden sie war. Das musste der Durchbruch sein! Einer der Pflegekräfte war von ihrem Killer angeheuert worden, so ähnlich wie die Bande, die das Restaurant überfallen hat. Am liebsten hätte sie die Leiterin um eine Liste der Angestellten gebeten, doch das überließ sie besser Marcus. So ganz sicher war sie nicht, ob da nicht vorher erst ein Richter oder Staatsanwalt gefragt werden musste, und sie wollte vor Christian keinesfalls eine Abfuhr riskieren. Das wäre zu peinlich geworden. »Ich glaube, ich habe nun einen sehr guten Eindruck, wie die Medikamentenversorgung funktioniert. Vielen Dank, dass Sie sich noch einmal die Zeit genommen haben, und natürlich auch an dich, Christian. Gestern waren wir einfach noch nicht so weit, die richtigen Fragen stellen zu können. Na ja, und da hatten wir ja auch das neue Obduktionsergebnis noch nicht.«

»Kein Problem«, erwiderte die Leiterin lächelnd. »Ich bin nur so wahnsinnig neugierig. Wieso wurden denn die Todesumstände von der guten Edith überhaupt noch einmal untersucht? Sie erwähnten ja gestern schon andere Fälle.«

Christian schnappte nach Luft. »Im Ernst? Hier bei uns?«

Sabrina schüttelte den Kopf. »Es tut mir sehr leid, aber Details darf ich Ihnen im Moment nicht verraten.«

»Klar. Aber halte uns doch bitte auf dem Laufenden. Wir wollen unbedingt wissen, wer dafür verantwortlich ist. Das ist ja alles unglaublich.«

»Na, sicher. Ich würde dann jetzt noch kurz Frau Brunner besuchen. Ist das in Ordnung?«

»Na, sicher, wir sind hier doch nicht im Gefängnis!« Christian lächelte bereits wieder. »Die findest du entweder auf ihrer Lieblingsbank draußen oder in ihrem Zimmer. Ich kann dich hinbringen.«

»Das wäre großartig. Aber ich will dir nicht zu viel Mühe machen.«

»Ach was.« Er deutete auf das Tablett. »Ich bin froh, mich davor noch drücken zu können. Ich wollte ein paar Bestände abstimmen. Wenn ich was Wichtigeres zu tun habe, macht das vielleicht ein Kollege oder eine Kollegin für mich.«

Die Leiterin lachte. »Na, davon träumst du aber auch nur. Damit hast du mich an den Papierkram erinnert, der auf mich wartet. Da wir fertig sind, verabschiede ich mich und wünsche Ihnen viel Erfolg bei den Ermittlungen.«

»Vielen Dank.«

Frau Wackersberg ging, und Christian hielt Sabrina zuvorkommend die Tür auf. »Rechts, den Flur runter.«

Vor einem Zimmer blieb er schließlich stehen. »Das ist ja ganz schön spannend, was du da so machst.« Er lächelte etwas unsicher. »Lässt dir dein Job auch mal Zeit für einen Kaffee oder einen Cocktail am Abend?«

Mit einem so direkten Vorstoß hatte sie nicht gerechnet. »Im Moment habe ich ziemlich viel zu tun, aber vielleicht nächste Woche.«

»Nächste Woche habe ich Frühschicht. Wie wäre es mit einem Kaffee im *AlsterCliff*?«

Das bekannte Café direkt an der Alster war für Sabrinas Geschmack ein wenig zu hip, dennoch nickte sie. »Klingt prima.«

»Verrätst du mir deine Handynummer?«

»Klar. Gib mir deine, und ich schicke dir eine WhatsApp.«

Nachdem sie die Kontaktdaten ausgetauscht hatten, klopfte

Christian gegen die Tür. Keine Reaktion. »Dann ist sie wohl draußen.«

Sabrina wollte sich schon abwenden, als sie ein Geräusch hörte und angespannt lauschte.

Auch Christian wirkte plötzlich alarmiert. Er klopfte noch einmal lauter an die Tür. »Frau Brunner? Alles in Ordnung?«

Nichts.

»Mist, ich denke, wir sollten besser nach ihr sehen«, sagte er leise und öffnete dann die Tür.

Sabrina erhaschte einen Blick auf Frau Brunner, dann versperrte Christian ihr die Sicht. Er eilte zum Bett, wo die ältere Frau mit blau angelaufenem Gesicht pfeifend nach Atem rang.

Sie konnte nicht genau erkennen, was der Pfleger tat, aber er warf etwas achtlos zur Seite und zerrte die Seniorin dann in eine sitzende Position. »Wähl 112«, befahl er. »Und ruf auf dem Flur nach Hilfe und Sauerstoff.«

Sabrina telefonierte rasch und lief dann auf den Flur. Das Losbrüllen blieb ihr erspart, weil eine Pflegerin auf das Zimmer zulief. »Was ist denn?«

»Christian braucht Sauerstoff. Also nicht er, sondern Frau Brunner.«

Sabrina sprach bereits in den Rücken der jungen Frau, die schon davonsprintete, und schenkte sich weitere Erklärungsversuche.

Als der Notarzt eintraf, wurde es noch einmal hektisch, doch dann kam Christian zu ihr, und seine Miene beruhigte sie sofort. Er berührte sie leicht am Arm. »Wie gut, dass du was von ihr wolltest. Ein paar Sekunden später, und sie wäre erstickt. Aber nun ist sicher, dass sie sich wieder erholen wird.«

»Was ist denn passiert?«

»Sie ist mit ihrem Gebiss im Mund eingeschlafen, das hat sich gelöst und ihr die Luftzufuhr verstopft.«

»Was? Wieso ist sie denn davon nicht aufgewacht?«

Nachdenklich sah er zu dem Zimmer, in dem der Arzt sich noch um Frau Brunner kümmerte. »Das frage ich mich auch.«

»Dann hast du ihr das Leben gerettet!«

Schmunzelnd schüttelte er den Kopf. »Eigentlich du. Ohne dich hätte ich das Zimmer zu diesem Zeitpunkt gar nicht betreten.«

»Na gut, das klären wir dann nächste Woche.«

»Machen wir. Ich muss noch ein paar Formalitäten erledigen und die anderen Bewohner beruhigen. Wir sehen uns. Ich freu mich schon. Bis dann.«

»Bis dann.«

Sabrina blickte ihm nach und verließ dann das Gebäude. Hier gab es nichts mehr für sie zu tun. Die klare Luft half ihr, den Schrecken zu überwinden, und sie entschied sich, zu Fuß zurück zum Präsidium zu gehen.

***

Wieso bekam die alte Schachtel durch die ganze Aufregung jetzt nicht wenigstens einen Herzinfarkt? Wie konnte er nur so ein Pech haben? Da sprang die Alte dem Sensenmann doch tatsächlich in letzter Sekunde von der Schippe. Weder damit noch mit dem Auftauchen von Sabrina, die ihm allmählich extrem lästig wurde, hatte er gerechnet. Es wäre wohl sicherer, wenn er sie sich wesentlich früher als geplant vornahm. Nicht nur, dass sie seine Pläne durchkreuzte, nein, das störte ihn gar nicht so sehr, sondern machte die ganze Angelegenheit sogar noch spannender. Doch so langsam müsste sie doch eigentlich ahnen, worum es hier ging. Wieso war sie einerseits so clever und erkannte einen Zusammenhang, wo niemand sonst ihn sah, und blieb andererseits so blind? Wut breitete sich in ihm aus. War er ihr damals zu unwichtig gewesen? Vermutlich! Das katapultierte sie dann vom Ende seiner Liste an die Spitze.

KAPITEL 24

Kaum hatte Sabrina die Alster erreicht, schlug ihre Stimmung rapide um. War sie eben noch froh gewesen, dass Frau Brunner den Zwischenfall überlebt hatte, so stürmten nun alle möglichen Was-wäre-wenn-Szenarien auf sie ein.

Sie ging zu einer Bank und ließ sich schwer darauf fallen. Der Blick über die Alster beruhigte sie. Wasservögel schwammen auf der spiegelglatten Wasseroberfläche. In einiger Entfernung kreuzten Segelboote. Dieser Frieden sollte sie eigentlich beruhigen, doch das tat er nicht. Ihr gedanklicher Vergleich von Christian und Marcus kam ihr nun kindisch und unreif vor. Sie wünschte sich, sie wäre zu Hause und könnte sich ihre Bettdecke über den Kopf ziehen. Jede Aufregung über ihre Tätigkeit fürs LKA verpuffte und wurde von Angst abgelöst. Was hatte sie nur getan? Sie war Reporterin. Ihre Artikel sollten unterhalten, manchmal auch mit einem wohldosierten erhobenen Zeigefinger informieren, doch das, was sie jetzt tat, war ein völlig anderes Kaliber.

Nun – mit einiger Verspätung – konnte sie den Anflug von Unsicherheit auf dem Weg zum Altersheim einordnen. Sie hatte nicht mit der Verantwortung, die mit ihrer Tätigkeit einherging, gerechnet. Erst jetzt begriff sie, dass ihre Ermittlungen lebensgefährlich sein konnten, und zwar nicht nur für sie, sondern auch für andere. Sie zerrte ihr Handy aus der Jackentasche und wollte Marcus' Nummer wählen. Gerade noch rechtzeitig fiel ihr ein, dass er vermutlich auf dem Weg zu Elena von Woltersleben war. Ihn jetzt zu stören, wäre keine gute Idee. Aber sie brauchte jemanden, mit dem sie sich austauschen konnte. Wilde Gedankenfetzen stürmten auf sie ein und verwandelten ihr Gehirn in ein Kaleidoskop. Es konnte kein Zufall gewesen sein, dass Frau Brunner ausgerechnet jetzt fast gestorben war. Oder doch? Wie konnte man so eine Situation manipulieren? Wenn jemand daran gedreht hatte, musste derjenige im Heim arbeiten – und war dann auch für den Tod von Edith Hausener verantwortlich. Dank der Nachhilfe durch Christian war sie sicher, dass jemand der alten Dame etwas in den Kaffee gemischt hatte. Oder in den Saft. Oder in irgendetwas, das die Dame regelmäßig zu sich genommen hatte. Aber genug mit der toten Bewohnerin. Vielmehr quälte sie die Tatsache, dass sie selbst möglicherweise dafür verantwortlich war, dass Frau Brunner in den Fokus des Mörders gerückt war. Sie und ihre Nachforschungen. In ihrem Magen rotierte es. Übelkeit stieg in ihr auf.

Ihr Blick fiel auf das Handy, das sie immer noch umklammert hielt. Juliane! Sie war bei dem Professor, und dessen Grundstück grenzte doch an einen Alsterfleet. Sie war so durcheinander, dass sie Google Maps aufrufen musste und dann über sich selbst den Kopf schüttelte. Eigentlich kannte sie sich doch hier aus. Der Professor wohnte keine zwanzig Minuten entfernt, und sie konnte die meiste Zeit direkt an der Alster entlanggehen.

Sabrina stand auf und eilte los. Als sie vor der Altbauvilla ankam, war sie durchgeschwitzt, fühlte sich aber etwas besser. Auf ihr Klingeln antwortete Freddy mit einem lauten Bellen.

»Moment, komme schon«, hörte sie nach einiger Zeit Winfrieds Stimme.

»Sabrina! Ich hatte den Paketboten erwartet. Mein Gott, wie siehst du denn aus? Was ist passiert? Komm rein, eigentlich mit durch. Wir sitzen draußen.«

Sie brachte kein Wort hervor, sondern folgte dem Professor auf die Terrasse.

Juliane sprang so schnell auf, dass ihr Stuhl mit einem lauten Geräusch über den Boden scharrte. »Was ist passiert?«

Sah man ihr so deutlich an, dass sie völlig durcheinander war? Sie bekam keine Gelegenheit zum Antworten.

Winfried führte sie zu einem Stuhl und drückte sie sanft darauf. Dann bückte er sich, hob Freddy auf und setzte ihr den Mops auf den Schoß. »Streichele ihn. Das hilft. Ich hole dir einen Grappa. Der hilft auch. Und dann erzählst du. Auch das wird dir helfen.«

Zehn Minuten später hatte sich Sabrina wieder gefasst. »Danke, dass ich euch so überfallen durfte.« Sie legte Freddy eine Hand auf den Rücken. »Und danke, dass du mir deinen Hund leihst, das hilft tatsächlich.« Zunächst stockend, dann immer flüssiger erzählte sie von den Ereignissen im Pflegeheim. Als ihr Handy den Eingang einer Nachricht meldete, sah sie aufs Display. Die WhatsApp von Christian war denkbar kurz: *Frau Brunner wieder auf den Beinen*. Ein Smiley beendete den Text.

Juliane war blass geworden. »Kein Wunder, dass du so aufgeregt warst. Wir müssen das analysieren, Winfried. Wie passiert so etwas?«

Der Professor hatte sich zurückgelehnt und seine Fingerspitzen gegeneinandergepresst. »Eigentlich gar nicht. Der normale Schluck- und Hustenreflex verhindert ernsthafte Komplikationen. Dennoch ist die Aspiration mit Todesfolge nicht so selten, wie man denkt.«

»Aspiration?«, hakte Juliane nach, ehe Sabrina dies tun konnte.

Der Professor lächelte flüchtig. »So ist der Fachausdruck dafür, dass etwas in die Atemwege eindringt, sei es nun die Luftröhre oder die Lunge. Die Dame hat Glück gehabt, denn häufig kommt es durch solche Situationen zum Bolustod, das ist praktisch ein lautloses Sterben, wenn ein Fremdkörper im Rachen die Kehlkopfnerven blockiert. Aber genug von dem Fachchinesisch. Normalerweise sind Kleinkinder gefährdet, oder es kommt zu Zwischenfällen, wenn jemand beispielsweise ein Stück Fleisch nicht richtig zerkaut, deswegen spricht man auch vom Steakhouse-Syndrom. Zahnprothesen sind durchaus eine bekannte Ursache, doch normalerweise geht sie noch mit anderen Umständen einher: zu viel Alkohol, fehlerhaftes Einsetzen des Gebisses oder aber Bewusstlosigkeit infolge eines Unfalls. Das, was du hier beschreibst, klingt vielmehr nach Manipulation.«

Sabrina hielt ihr Handy hoch. »Christian schreibt gerade, dass es Frau Brunner wieder gut geht. Und er hat das auch gesagt: Sie hätte eigentlich aufwachen müssen.«

Juliane beugte sich etwas vor und klemmte sich eine Haarsträhne hinters Ohr. »Das heißt dann, dass wir den Täter aufgeschreckt haben und dass Frau Brunner eine Gefahr für ihn darstellt.«

Sabrina fuhr sich über die Stirn. »Wie beschützen wir sie denn?«

»Wir schalten die Leiterin und diesen Pfleger ein, der dir geholfen hat«, schlug Winfried vor.

»Gut, das erledige ich nachher telefonisch. Sorry noch mal, dass ich hier so reingeplatzt bin, aber ich fühlte mich schrecklich. Nur, weil ich so nachgebohrt habe, hat der Täter zugeschlagen.«

»Du hast ihr das Leben gerettet. Natürlich gemeinsam mit dem Pfleger, aber trotzdem. Ohne dich wäre sie tot. Das solltest du dir bewusst machen.«

Sabrina leerte das Glas. »Ich werde es wie ein Mantra aufsagen. Und was habt ihr rausgefunden?«

Juliane deutete wortlos auf Winfried.

Der Professor schenkte zunächst Sabrina und sich von dem Grappa nach. Seinen fragenden Blick beantwortete Juliane mit einem Kopfschütteln.

Nachdem er an seinem Glas genippt hatte, lehnte er sich zurück. »Ich denke über die Motivation nach. Was treibt ihn dazu, diese akkuraten und aufwendigen Pläne zu schmieden? Ich will nicht verhehlen, dass die Skrupellosigkeit des Vorgehens ein sehr ungutes Gefühl in mir auslöst. Normalerweise schreckt auch ein sehr brutaler Täter davor zurück, Kindern oder älteren Frauen etwas anzutun. Doch sämtliche menschlichen Empfindungen sind hier offenbar ausgeschaltet. Wir reden über einen Soziopathen, für den keinerlei normale gesellschaftliche Regeln gelten.«

Juliane seufzte. »Das hilft uns nicht weiter.«

Mahnend hob der Professor eine Hand. »Noch nicht. Doch es hilft, wenn ihr einen Kreis von Verdächtigen habt. Es muss etwas in der Vergangenheit geben, das alle Opfer verbindet. Forscht weiter nach, ihr müsst herausfinden, was das ist. Mein Gefühl sagt mir: Der Täter hat sein Werk noch nicht vollendet.«

Das hatte Sabrina befürchtet. Es zu denken, war noch einmal etwas anderes, als es aus dem Mund eines Experten zu hören. Freddy leckte ihr über die Hand. Dankbar für die Ablenkung hob sie den Hund auf ihre Brust und schmiegte ihr Gesicht an sein Fell.

KAPITEL 25

Marcus legte den Kopf in den Nacken und sah zu dem obersten Stockwerk des Mehrfamilienhauses hoch. Bisher hatte er sich nie für einen neidischen Menschen gehalten, aber bei dem Anblick des Balkons, der die gesamte Hausbreite einnahm, kam ihm sein Stadthaus sehr klein und schäbig vor. Er schätzte seine kleine grüne Oase, doch nun fragte er sich, wie es wohl wäre, dort oben zu wohnen, wobei vermutlich residieren das treffendere Wort wäre. Der Blick auf die Außenalster musste traumhaft sein. Was wäre Valerie wohl für ein Mensch, wenn sie aus einer Familie stammen würde, die sich ein derartiges Domizil leisten konnte?

Das Haus war ein Neubau, fügte sich mit seinem Glas und den weißen Mauern jedoch perfekt in die alten Villen ein, die diese Gegend prägten.

Im Inneren empfing ihn eine Rezeption, wie er es nur aus Hotels kannte. Sein Ausweis reichte, und der freundliche Pförtner wies auf die beiden Fahrstühle. »Der rechte bringt sie direkt zum Penthouse. Ich melde Sie an.«

Jetzt auch noch ein privater Aufzug? »Vielen Dank.«

Die Kabine war mit einem Spiegel und der Holzverkleidung sehr ansprechend gestaltet, unaufdringliche klassische Musik drang aus Lautsprechern, die keinerlei Ähnlichkeit mit dem sonst so typischen Gedudel in Fahrstühlen hatte.

Als sich die Tür öffnete, erstreckte sich vor Marcus ein

Wohnzimmer, in dem eine Jugendmannschaft locker Fußball spielen könnte. Sessel und Sofas waren scheinbar willkürlich platziert. Die Holzbohlen gefielen ihm, sogar die bunten Teppiche hätte er auch gewählt, ahnte jedoch, dass einer von ihnen ungefähr ein Jahreseinkommen verschlingen würde.

Suchend blickte er sich um und entdeckte zunächst Türen, die in andere Zimmer führten. Dann erst bemerkte er die Frau, die mit angezogenen Beinen auf einer weißen Couch saß und mit einem Weinglas in der Hand Richtung Alster blickte.

»Frau Senatorin?«, fragte Marcus laut, obwohl er sie natürlich erkannt hatte.

»Den Titel können Sie vergessen. Kommen Sie rein und setzen Sie sich.«

Die Senatorin sprach betont langsam, die Worte waren zwar gut zu verstehen, gingen aber ineinander über. Das konnte ja lustig werden.

Marcus ging zu ihr und bemerkte aus der Nähe zwei Rotweinflecke auf dem weißen Leder des Sofas. Der Blick der ehemaligen Senatorin huschte unsicher hin und her. Die Haare waren nachlässig zu einem Knoten gebunden, aus dem sich einzelne Strähnen gelöst hatten. Wenn er sich nicht sehr irrte, trug sie einen Morgenmantel. Und das um die Mittagszeit. Dazu noch der Wein. Der Absturz der glamourösen Politikern war steil.

»Danke, dass Sie sich Zeit für mich nehmen.«

»Nicht meine Idee. Aber wenn Sie den Dreckskerl wirklich kriegen, wenn ich mit Ihnen rede, dann tue ich das.«

Das war ja eine Logik. »Ich hoffe tatsächlich, mit Ihrer Hilfe dem Mann auf die Spur zu kommen.«

»Dann stellen Sie Ihre Fragen!« Das unausgesprochene »Und dann verschwinden Sie wieder« stand zwischen ihnen.

Mit Rücksicht kam er hier nicht weiter. »Mir ist absolut

klar, was er Ihnen angetan hat, doch ich habe auch noch einen Jungen, der seinen Vater verloren hat und dessen Gesicht verstümmelt worden ist, und eine ältere Dame, die tot ist und deren Erbe in dubiosen Kanälen verschwunden ist.« Letzteres entsprach nicht ganz den Tatsachen, bewegte sich aber immer noch am Rande der Wahrheit.

Erstmals sah sie ihn direkt an. »Das war alles der Dreckskerl, der mich …«

»Ja. Und das ist nur die Spitze des Eisberges. Den Rest erspare ich Ihnen. Ich möchte zwei Dinge von Ihnen: zunächst eine Beschreibung.« Sie wollte etwas sagen, doch Marcus hob eine Hand. »Ich weiß, was Sie zu Protokoll gegeben haben, aber das nehme ich Ihnen nicht ab. Sie haben ihn gesehen, und ich will alles wissen, was Ihnen zu dem Mann einfällt.«

Ihre Miene verhärtete sich. Sie leerte das Glas in einem Zug und stellte es nachlässig auf dem Glastisch ab – direkt neben einem Untersetzer aus Leder.

»Und was noch?«

»Es muss einen Grund geben, warum er es auf Sie abgesehen hat. Also etwas, das alle bisherigen Opfer verbindet. Sie haben überlebt und sind damit meine Chance, ihm auf die Spur zu kommen, Senatorin von Woltersleben.«

Sie schwieg geraume Zeit. »Nennen Sie mich Elena. Bei Frau von Woltersleben denke ich an meine Mutter, Senatorin bin ich nicht mehr.« Ihr Blick ging an ihm vorbei. »Er sah gut aus. Auf eine unaufdringliche Art. Ein Mann mit Stil. Sehr geschmackvoll gekleidet. Ein dezenter Herrenduft. Dunkelblonde, fast braune Haare. Die Farbe war eigentlich zu unauffällig für ihn, ich hätte irgendwie erwartet, dass er blond ist. So wie der junge Robert Redford.«

»Die Haare könnten gefärbt worden sein.«

»Ja, das würde passen. Er war größer als ich, vielleicht eins fünfundachtzig, breite Schultern. Er war über viele Tage hinweg Gast in dem Club. Die Vorstellung, dass er nur da war, weil er mich …« Sie schluckte. »Tun Sie mir einen Gefallen? Auf dem Tisch dort drüben steht eine Flasche Primitivo, die ich vorhin geöffnet habe. Bitte holen Sie den Wein. Ich brauche das jetzt.«

Eigentlich widerstrebte es ihm, der offensichtlich angetrunkenen Frau noch ein Glas Wein einzuschenken, doch andererseits redete sie mit ihm. Das hatten seine Kollegen nicht geschafft. Egal, ob es am Alkohol oder den neuen Erkenntnissen lag. Die Chance würde er nutzen.

Der Glastisch mit sechs Stühlen, die überwiegend aus Chrom und einem Hauch schwarzem Leder als Sitzfläche bestanden, war nicht zu übersehen. Neben einem Strauß bunter Tulpen lagen ein Haufen zerknülltes Geschenkpapier, eine zusammengeklappte Karte und die erwähnte Flasche Rotwein. Schon das goldfarbene Etikett deutete auf die gehobene Preisklasse hin.

Er nahm den Wein und schenkte Elena von Woltersleben nach.

»Danke schön. Möchten Sie vielleicht auch? Die Flasche kostet locker vierzig Euro, ist es aber auch wert. Ein Abschiedsgeschenk meiner Fraktion. Oder eher Dankesgeschenk, weil ich freiwillig gegangen bin.«

Ganz so freiwillig war ihr Ausscheiden nach den Schlagzeilen ja nun nicht gewesen, doch er kommentierte die Worte lieber nicht, sondern lehnte das Angebot freundlich ab.

»Ich verstehe, dass diese neuen Informationen ein Schock für Sie sind. Ich würde Ihnen nun gerne die Namen der anderen Opfer nennen. Es wäre sehr hilfreich, wenn Ihnen eine Verbindung einfallen würde.«

Sie lachte abfällig. »Wenn auf eins Verlass ist, dann mein

Namensgedächtnis! Darauf wurde ich von klein auf trainiert. Ich würde den verdammten Wichser auch sofort wiedererkennen. Sofort. Soll er sich doch mit anderen Klamotten oder einer anderen Haarfarbe tarnen! Ich erkenne ihn.«

»Frau Senatorin ...« Sie funkelte ihn an. »Elena. Ich muss Ihnen dringend raten, sich an einen sicheren Ort zurückzuziehen. Durch Ihre Zeugenaussage ist der Täter in Gefahr. Gibt es einen Ort, an den Sie gehen können?«

»Klar. Sylt. Da sind so viele Gemälde im Haus meiner Familie, dass die Sicherheitseinrichtungen vom Feinsten sind. Es wohnt sogar ein ehemaliger Soldat als Hausmeister dort.« Sie griff nach dem Glas und nahm einen großen Schluck.

»Das klingt perfekt. Wie wäre es, wenn Sie heute noch dorthin reisen?«

»Ich denke darüber nach.«

»Gut. Beim Stichwort ›Sylt‹ sind wir auch schon bei einem der Opfer. Sagt Ihnen der Name Fiebinger etwas?«

»Natürlich! Ich kenne sie alle. Der Kleine ist niedlich, die Mutter viel zu dürr und etwas schüchtern. Sie habe ich früher häufig auf Sylt getroffen, ihr Vater hat dort ein Haus. Ein Jammer, dass sie sich mit Marius eingelassen hat. Der ist mehr Schein als Sein und legt viel zu viel Wert auf den Schein.«

»Woher kennen Sie denn Marius Fiebinger?«

»Solange ich denken kann. Bestimmt schon seit der Grundschule. Ich konnte ihn schon damals nicht leiden.«

Marcus ignorierte die Ausdrucksweise, die immer vulgärer und auch undeutlicher wurde. »Gab es eine Zeit, in der Sie sich besonders nahestanden?«

»Warum fragen Sie, wenn Sie das wissen?«

»Liegt am Beruf. Und dann ist da noch Edith Hausener. Kennen Sie vielleicht ...« Marcus brach mitten im Satz ab, als Elena von Woltersleben plötzlich krampfhaft nach Luft schnappte. Mit verdrehten Augen rutschte sie seitlich von der Couch und landete hart auf dem Boden.

Marcus hockte sich neben sie. Der Puls war erschreckend schwach. Die Gesichtsfarbe ging ins Bläuliche. Leichter Schaum zeigte sich in den Mundwinkeln. Er zerrte sein Handy aus der Hosentasche und wählte den Notruf. Nachdem er der Leitstelle die erforderlichen Informationen durchgegeben hatte, beschrieb er die Symptome.

»Eine Ferndiagnose ist schwer. Behalten Sie Puls und Atmung im Auge. Können Sie eine Vergiftung ausschließen?«

»Der Wein!« Marcus merkte erst, dass er seine Überlegung laut ausgesprochen hatte, als der Mann am anderen Ende der Leitung ihm empfahl, die Patientin zum Erbrechen zu bringen.

Auch das noch. Wie alle Polizisten verfügte Marcus über eine solide Ausbildung in Erster Hilfe. Er brachte die bewusstlose Frau in die stabile Seitenlage und …

Ein dezenter Gong kündigte die Ankunft des Fahrstuhls an, und zwei Rettungssanitäter rannten auf ihn zu. »Mögliche Vergiftung«, rief Marcus ihnen zu und machte ihnen Platz. Dass er froh war, dass er nun nicht die erforderlichen Maßnahmen durchführen musste, ließ er sich nicht anmerken. Er achtete darauf, niemanden zu behindern, als er sich die Flasche Wein nahm.

Der Pförtner stand neben dem Tisch und sah sichtlich schockiert zu, wie Elena von Woltersleben versorgt wurde.

»Können Sie mir sagen, wann dieser Wein hier abgegeben wurde?«

Irritiert wandte er sich Marcus zu. »Natürlich. Heute Morgen per Boten. Wieso ist das denn jetzt wichtig?« Sein Blick huschte zurück zur Hausbewohnerin. »O mein Gott. Gift? Im Wein?«

An seiner Kombinationsgabe war nichts auszusetzen. Marcus nickte. »Die Kollegen werden mit Ihnen reden wollen.« Er wählte die Telefonnummer des Kriminaldauerdienstes und beschrieb ihnen die Situation. Da er keine weiteren Mitarbeiter hatte, war er auf die Hilfe der Abteilung angewiesen. »Ich brauche Zeugenvernehmungen und die Spurensicherung.«

»Kommt beides«, versprach der Beamte.

Wenigstens etwas. Mittlerweile war auch der Notarzt vor Ort, doch die ernsten Mienen sprachen für sich.

Marcus öffnete die Tür, die zum Balkon führte, und trat hinaus. Noch vor einer halben Stunde hatte er die Senatorin um ihre Wohnung beneidet. Doch schon vor ihrem Zusammenbruch hatte er festgestellt, wie unglücklich sie war. Geld war eben doch nicht alles. Er atmete tief durch und genoss die klare Luft. Allmählich gelang es ihm, die Ereignisse auszublenden und seine Gedanken wieder auf den Fall zu fokussieren. Erstmals war er dem Täter ein Stück näher gekommen, doch wieder hatte der Killer eiskalt zugeschlagen, um eine potenzielle Zeugin auszuschalten. Er drehte sich um. Die Sanitäter und der Notarzt versorgten Elena von Woltersleben weiterhin.

Wieder wandte er sich der Alster zu und blickte auf die Wasseroberfläche. Die Aussicht war so spektakulär, wie er es erwartet hatte. Ruderer, Segelboote und Wasservögel – ein Traum! Doch er war nicht zum Spaß hier. Widerwillig überflog er die eingegangenen Nachrichten. Eine erregte seine Aufmerksamkeit. *Sind statt im Büro bei Winfried. Komm doch auch. S&J*

Auf die Erklärung war er gespannt.

»Herr Lauer?«, erkundigte sich eine junge Frau in Jeans und Sweatshirt. »Ich bin vom KDD. Marianne Wühler – und bitte nun keine Witze über meinen Namen. Ich kenne sie alle.«

»Okay, ich halte mich zurück. So ganz ungeschoren komme

ich mit meinem Nachnamen oft auch nicht davon. Wenn Sie wüssten, wie oft ich schon diesen dämlichen Song mit der Wanze auf der Mauer gehört habe.«

Noch vor Kurzem wäre ein so lockerer Umgang mit einer Kollegin undenkbar gewesen. Wieso eigentlich? Weil er durch seinen Daueraufenthalt im Büro normale Umgangsformen verlernt hatte? Darüber dachte er besser nicht nach.

Die Kollegin lachte. »Dann lass uns lieber bei Marianne und Marcus bleiben.«

»Gute Idee. Und vielen Dank, dass ihr mich unterstützt. Alleine wäre ich hier aufgeschmissen.«

Geschmeichelt lächelte sie, stellte sich neben ihn und blickte auf die Alster. »Was für eine Umgebung! Und dennoch ist das Elend hier genauso zu Hause wie am Bahnhof oder im Abbruchhaus an der Schanze.«

»Das dachte ich eben auch. Dann will ich dir mal verraten, womit wir es hier zu tun haben.«

Obwohl er sich bewusst kurzfasste, hatte es die Reaktion seiner Kollegin in sich. »Unfassbar! Ich habe ja mitbekommen, dass du einen ganz besonderen Fall aufs Auge gedrückt bekommen hast, aber das klingt ja wirklich krank. Klar, da kommst du mit klassischer Polizeiarbeit kaum weiter. Wobei – wir sollten auf jeden Fall die Lieferung zurückverfolgen, vielleicht stoßen wir doch auf einen Hinweis. Ich verstehe, worauf es dir ankommt. Verlass dich drauf, mein Kollege und ich kümmern uns um alles, morgen früh hast du den Bericht auf deinem Schreibtisch.«

»Sekunde. Morgen ist Samstag.«

»Macht nichts. Ich habe eh Dienst. Und in diesem Fall schiebe ich auch gerne Überstunden. Das Monster müsst ihr kriegen, und wenn ich euch dabei unterstützen kann, tu ich das. Du kannst ruhig gehen.«

»Mache ich. Danke dir. Ihr helft mir wirklich sehr.« Er berührte sie flüchtig am Arm und wunderte sich wieder über sich selbst.

Doch da sie ihm lächelnd zunickte, hatte er wohl richtig reagiert.

Marcus steuerte gar nicht erst sein eigenes Haus an, sondern ging gleich um die Villa von Winfried herum zur Terrasse.

Obwohl es noch sommerlich warm war, sah keiner der Anwesenden aus, als ob er den Aufenthalt im Freien genießen würde.

»Und ich dachte, ich hätte einen beschiss… bescheidenen Tag gehabt. Was ist passiert?«, sagte er statt einer Begrüßung.

Es klingelte an der Haustür. Sabrina sprang auf. »Das ist die Pizza. Wir haben dir auch eine bestellt. Setz dich, Winfried hat uns mit seinem Täterprofil ein wenig die Laune verdorben, und dann war ich noch Zeugin davon, wie Frau Brunner fast umgebracht worden wäre. Ich brauche noch sehr viel Grappa und Wein, ehe ich mich nach Hause traue.«

Fassungslos sah er ihr nach. Und er hatte gedacht, dass er derjenige gewesen wäre, der bestürzende Neuigkeiten mitbrachte.

»Sie sollte heute Nacht nicht alleine bleiben«, flüsterte ihm Winfried zu.

»Ich kann Lippen lesen!«, bemerkte Juliane spöttisch. »Aber ich gebe dir recht. Hast du ein Gästezimmer? Oder du, Marcus?«

»Ich kann ihr das Schlafsofa im Wohnzimmer anbieten.«

»Dann tu das«, forderte Juliane.

Winfried brummte missmutig. »Und was spricht gegen einen Aufenthalt in meinem Haus? Ich habe mehr Zimmer, als ich brauche.«

Juliane winkte geringschätzig ab. »Aber keine Knarre. Ich glaube, die beruhigt sie zusätzlich.«

Winfried öffnete den Mund und schloss ihn kopfschüttelnd wieder.

Marcus konnte es ihm nachfühlen. Diese weibliche Logik musste er nicht verstehen.

Sabrina kehrte mit einem Stapel Pappkartons zurück. Winfried erhob sich. »Ich hole Teller und Besteck«, kündigte er an.

»Ich helfe ihm.« Sabrina folgte dem Professor, ehe Marcus seine Hilfe anbieten konnte.

»Wer braucht denn so was, wenn's Pizza gibt?«, murmelte Juliane leise. Marcus nickte ihr zu, und sie lächelten sich verschwörerisch an.

Erst, als sämtliche Gläser mit einem köstlichen Rotwein gefüllt waren und Pizzastücke auf den Tellern lagen, bekam Marcus die Gelegenheit, von seinem Besuch bei der Senatorin zu berichten. Er setzte gerade dazu an, betrachtete dann das Glas, das ihn an die Ereignisse in dem Penthouse erinnerte, und verschob die Erklärungen auf später. Vermutlich würde er mit den Informationen jedem den Appetit verderben, und das musste nun ja wirklich nicht sein.

KAPITEL 26

Schweißgebadet fuhr Marcus hoch und brauchte einen Moment, bis er die Ziffern auf seinem Wecker richtig erkannt hatte. Kurz nach fünf Uhr morgens. Sein Herz raste, an Schlaf war so nicht mehr zu denken. Es war der Albtraum, der ihn immer wieder quälte. Wieso fühlten diese Träume sich nur so verdammt realistisch an? Er hatte noch den Korditgeruch der abgefeuerten Kugel in der Nase, fühlte noch den Abzug und den Widerstand kurz vor der Schussabgabe.

Mühsam stand Marcus auf. Es war Samstag, eigentlich ein freier Tag, doch den konnte er vergessen. Jeder Kripobeamte, der seinen Job ernst nahm, machte keinen Unterschied zwischen Wochenende und Werktagen, wenn ein Fall in die entscheidende Phase trat. Mit ziemlicher Verspätung fiel ihm ein, dass Sabrina in seinem Wohnzimmer schlief. Und nicht nur sie. Auch Freddy hatte es sich dort bequem gemacht. Leider stand sein Notebook, an dem er gerne an den Berichten weitergearbeitet hätte, ebenfalls dort. Das Festhalten sämtlicher Ergebnisse war zwar eine lästige Formalie, half ihm aber auch, seine Gedanken zu sortieren.

Er zog seine Laufkleidung an. Nach einer ausgedehnten Runde würde sich die Dusche doppelt lohnen, und es wäre so spät, dass er kein schlechtes Gewissen mehr hätte, falls er jemanden weckte.

Er wich von seiner üblichen Runde ab und schlug den Weg an der Außenlaster entlang bis zur Innenstadt ein. Von dort aus würde er weiter bis zum Hafen laufen. Es war schon vergleichsweise hell, allerdings deuteten die grauen Wolkenberge ein Ende des schönen Wetters an. Schade, er hätte sich daran gewöhnen können, mit seinem Team auf der Terrasse zu sitzen und bei einem kühlen Bier über den Fall zu sprechen. Er stutzte. Hatte er bei Team gerade auch an Winfried und Astra gedacht? Es war schon hart an der Grenze, dass er mit dem ehemaligen Rechtsmediziner über den Fall sprach, doch bisher hatte er nicht darüber nachgedacht, dass seine Offenheit gegenüber dem Obdachlosen durchaus dienstrechtliche Konsequenzen haben könnte. Vielleicht ließe sich das offiziell als »Nutzung eines Informanten aus einem gewissen Milieu« deklarieren. Darüber sollte er nachdenken, ehe ihm jemand einen Strick daraus drehte. Marcus geriet ins Stolpern, als ihm bewusst wurde, dass er keine Angst um seinen Job hatte, sondern auf keinen Fall die Ermittlungen aus der Hand geben wollte.

Einige Meter lang konzentrierte er sich auf seine Schritte und seinen Atem. Dicht am Ufer saßen auf Holzbohlen schwarze Kormorane, die ihn misstrauisch beäugten, aber nicht wegflogen. Kaum jemand war um diese Zeit unterwegs. Er traf lediglich vereinzelte Jogger, die sich im Vorbeilaufen auf ein knappes Nicken oder »Moin« beschränkten.

Plötzlich wurde ihm bewusst, wo er entlanglief. Sämtliche Opfer hatten hier gewohnt oder zumindest eine Bindung zu diesem Gebiet. Das bedeutete, dass auch das Motiv irgendwo hier in dieser Gegend verborgen sein musste. So klar war ihm das bisher noch gar nicht gewesen. Das musste er unbedingt mit Winfried besprechen. Und passend dazu kam Marcus eine Idee, wie er die Einbindung von Winfried und Astra offiziell absegnen lassen konnte. Das Laufen hatte sich schon jetzt gelohnt!

Nachdem er die Innenstadt durchquert hatte, lief er über den Rödingsmarkt weiter zum Hafen.

In Höhe der Landungsbrücken legte er eine Pause ein, trank durstig und sah den Schleppern zu, die Kurs auf einen Frachter nahmen. Drüben in der Werft wurde schon gearbeitet. Der Hafen schlief wirklich nie. Als er weiterlief, entdeckte er einen Streifenwagen, der langsam die Gegend abfuhr.

Der Anblick erinnerte ihn an die Kollegin vom Kriminaldauerdienst. Genau so würde er weitermachen: klassische Polizeiarbeit mit den unkonventionellen Ansätzen von Winfried, Astra und Sabrina kombinieren. Ein Sonnenstrahl, der von der Glasfassade reflektiert wurde, blendete ihn. Die Sonne war gerade erst aufgegangen, doch dieser eine Lichtreflex hatte es geschafft, sich einen Weg bis zu ihm zu bahnen. Normalerweise glaubte er nicht an Vorsehung oder ähnlichen Kram, doch dieser Moment erschien ihm wie ein Symbol.

Kurz vor seinem Haus traf er Astra, der ihm zuwinkte.

»Guten Morgen, Running Man. Ich habe schon auf dich gewartet.« Er musterte Marcus prüfend. »Du siehst besser aus. Hast du die Dämonen, die dich verfolgen, abgehängt?«

»Für den Moment. Was machst du so früh hier? Wobei … Du bist ja häufig um die Zeit schon unterwegs, richtig?«

»Ja, so gehe ich vielen Menschen aus dem Weg und kann die Ruhe genießen. Morgens hörst du noch Vögel zwitschern, deren Singen im Lärm des Tages untergeht.« Er kramte in seiner Manteltasche und holte einen Zettel hervor. »Das ist die Adresse eines ziemlich miesen Schuppens. Da treffen sich morgen früh ein paar Männer, die sich einen Spaß daraus machen, Restaurants zu überfallen. Ich rate dir, da mit voller

Mannschaftsstärke aufzutauchen! Die fackeln nicht lange und haben einige richtig schwere Waffen.«

»Verstanden. Was ist für dich frühmorgens?«

Astra grinste. »Ich schätze so gegen drei, halb vier. Du weißt doch bestimmt, wie das Leben auf der Straße abläuft. Ich meine damit deren Kreise.«

»Jo, so einigermaßen. Danke für den Tipp.« Das klang entschieden zu lahm. »Ich weiß das wirklich sehr zu schätzen. Wenn ich mich irgendwie revanchieren kann, sag es.«

»Mache ich. Aber so ganz uneigennützig war das nicht, denn mir ist es auch wichtig, dass dieser skrupellose Mörder endlich gefasst wird. Ich dachte, ich kenne alle menschlichen Abgründe, doch dieser Kerl macht mir Angst.«

»Kerl? Könnte es nicht auch eine Frau sein?«

Astra zog seinen Mantel enger um sich. »Eine Frau, die einen Hund auf ein Kind hetzt? Das glaube ich nicht. Oder vielleicht will ich es auch einfach nicht glauben.«

»Ich hoffe, du behältst recht. Aber wie auch immer, deine Hilfe ist bei der Suche nach dem Täter jederzeit willkommen. Hast du Lust auf ein gemeinsames Frühstück? Wir treffen uns, um Ideen zu sammeln.«

Astra wich etwas zurück. »Danke, aber nein. Sonst gewöhne ich mich nur zu sehr daran. Wir sehen uns, Running Man.«

Das Frühstück mit Sabrina, Juliane und Winfried würde Marcus irgendwo zwischen chaotisch und nett, im wahrsten Sinne des Wortes, einordnen. Allerdings brachte sie es bei ihren Nachforschungen kein Stück weiter. Interessant wurde es noch einmal, als sich gegen halb zwölf auch Valerie blicken ließ und sich über die Reste hermachte.

Für seinen Geschmack interessierte sich seine Tochter zu sehr für alles, was mit dem Fall zusammenhing. Auf der anderen Seite hatten sie damit ein gemeinsames Gesprächsthema. So ungern er es zugab, er wusste fast nichts über sein Kind und hatte auch Probleme, eine Verbindung zu ihr aufzubauen. Das musste er unbedingt ändern, auch wenn er noch keine Idee hatte, wie er das tun sollte. Für den Anfang verbot er ihr nicht, an ihrer kleinen Runde teilzunehmen.

»Seid ihr Facebook, Insta und den ganzen Kram durchgegangen? Manchmal weiß man gar nicht, dass man jemanden kennt. Vielleicht wurde der Täter ganz fies gemobbt. Oder es gab einen Shitstorm, an dem alle beteiligt waren. Wahrscheinlich am ehesten auf Facebook, denn da treibt sich die ältere Generation rum.«

»Ältere Generation?«, beschwerte sich Sabrina.

»Ist halt so«, gab Valerie lächelnd zurück. »Die Jungen findest du auf Insta oder eher noch auf TikTok.«

»Was ist das?« Winfried stellte mit Schwung seinen Kaffeebecher zurück. »Ich dachte, ich wäre noch kein so altes Eisen, aber offenbar habe ich mich geirrt.«

»Das sind Kurzvideos. Sieh mal.« Valerie reichte ihm ihr Handy, auf dem irgendwelche Tanzclips gezeigt wurden.

»Warum tut man so etwas?«, fragte Winfried ratlos.

»Du meinst, sich selbst online zu präsentieren? Ich weiß nicht, das gehört irgendwie dazu und ist so lange harmlos, bis man anfängt, sich über seine Likes zu definieren. Dann kann es ganz schön heftig werden. Mary Ann hatte mal so eine Phase, da war sie nicht ansprechbar, wenn ihre Reichweite runterging.«

»Und wie ist deine Freundin aus dem Teufelskreis wieder rausgekommen?«, erkundigte sich Winfried.

Marcus hielt den Atem an, sein Nachbar ahnte nicht, in welches Fettnäpfchen er gerade getreten war.

Valeries Miene verdüsterte sich deutlich. »Mary Ann ist

meine Mutter, und ihr neuer Liebhaber, der ungefähr zwanzig Jahre jünger ist als sie, tröstet sie darüber hinweg.«

Betretenes Schweigen breitete sich aus. Auf der Suche nach einem unverfänglichen Thema nahm Marcus die Idee seiner Tochter wieder auf. »Dein Gedanke gefällt mir. Könnte ein Mobbing oder ein Shitstorm nicht der Auslöser für die Taten gewesen sein?«

Juliane war bisher sehr schweigsam gewesen. Nun schüttelte sie energisch den Kopf. »Nein, daran hätte sich jemand erinnert.«

Winfried nickte. »Trotzdem ist der Gedanke von Valerie sehr naheliegend. Wir müssen das lediglich in einem größeren Kontext sehen.« Er schwieg und spielte mit einer Brötchenhälfte auf seinem Teller herum. Schließlich riss er ein Stückchen ab und warf es Freddy zu.

Valerie schnaubte. »Verrätst du uns auch, was genau du damit meinst?«

»Oh, entschuldige, meine Liebe. Ich war noch in Gedanken. Mir gefällt deine Theorie außerordentlich gut. In der Tat bewegen sich auch meine Überlegungen in diese Richtung. Ich habe letzte Nacht sehr viel über die Auswirkung von tatsächlichen oder eingebildeten Kränkungen gelesen. Es passt alles sehr gut. Doch die zeitliche Komponente spielt hier eine entscheidende Rolle. Ihr wisst doch selbst, dass es, grob gesagt, zwei Formen der Wut gibt. Zum einen die sofortige Reaktion auf etwas, das euch ärgert, und zum anderen den berühmten Tropfen, der das Fass zum Überlaufen bringt.«

Marcus verengte die Augen. »Du meinst, es gab ein bestimmtes Ereignis, das die Wut ausgelöst hat?«

»Das ist sehr laienhaft ausgedrückt, jeder Psychologe würde sich schütteln, doch ja, daran dachte ich. Aber so ganz passt es noch nicht. Ich fühle mich wie jemand, der ein Puzzle legt und allmählich das Gesamtbild erkennt.«

»Aber du weißt noch nicht, wie es im Detail aussieht«, platzte Valerie dazwischen.

»Ganz genau. Und daran arbeite ich weiter.«

Marcus lehnte sich etwas vor. »Wenn wir eure Theorie weiterspinnen, haben wir dennoch über einen Punkt Sicherheit.«

Er kam nicht dazu, diesen auszuführen, denn nun unterbrach ihn Sabrina. »Ganz genau. Es geht um ein Ereignis in der Vergangenheit, und zwar so weit entfernt, dass man sich nicht mehr daran zurückerinnert.«

Juliane blickte Sabrina fest an. »Was ist eigentlich mit dir? Immerhin kennst du Conny schon so lange, dass du doch etwas mitbekommen haben müsstest.«

Sabrina warf die Hände in die Luft. »Ich habe mir schon den Kopf zermartert! Da ist nichts.«

Valerie hielt ihr Handy hoch. »Genau dafür haben wir diese Geräte. Irgendwo im Internet oder in einer Datenbank werdet ihr die Antwort finden. Ihr müsst nur an der richtigen Stelle nachsehen.«

Juliane nickte ihr schmunzelnd zu. »Du solltest bei uns anfangen!«

»Bloß nicht! Zwei Frauen reichen mir …«, entfuhr es Marcus. Als er die tödlich beleidigten Blicke sah, nahm er Freddy hoch. »Ich glaube, er muss mal raus.«

Das Lachen folgte ihm, und er könnte schwören, dass Valerie ihm ein leises »Feigling« hinterherschickte.

KAPITEL 27

Es war deutlich kühler als an den Tagen zuvor, und das lag nicht nur an der frühen Uhrzeit. Das Wetter schlug um, Regen lag in der Luft, und Marcus hätte alles dafür gegeben, wieder zu Hause in seinem warmen Bett zu liegen. Doch nun war er bereits unterwegs. Er hätte wenigstens den Wagen nehmen sollen. Die Idee, Joggen und unauffällige Observation zu verbinden, war ihm am Vorabend noch brillant erschienen, nun würde er sie als hochgradig bescheuert bezeichnen. Welcher normale Sportler war denn schon um zwei Uhr morgens unterwegs? Selbst seine Albträume hatten ihn deutlich später aus dem Schlaf gerissen.

Vor ihm entdeckte er das U-Bahn-Schild, das auf den Bahnhof Schlump hinwies, damit hatte er sein Ziel fast erreicht. Marcus kannte sich in dieser Gegend nicht besonders gut aus, wusste aber, dass dieses Wohngebiet vor allem bei jüngeren Familien beliebt war und es dort zahlreiche Kneipen, Restaurants und verschiedene kleine Läden gab. Hier hätte er den Unterschlupf einer kriminellen Bande niemals vermutet. Doch vielleicht war genau das einer der Gründe, warum keiner seiner Kollegen den Verbrechern bislang auf die Spur gekommen war.

Die alten Häuser waren größtenteils saniert, und obwohl die dicht bebauten Straßenfronten nicht darauf hinwiesen, gab es grüne Innenhöfe, die für Kinder ideal waren. Daneben hatten sich jedoch in einigen dieser Areale auch kleine Gewerbe angesiedelt. In einer ehemaligen Autowerkstatt sollten sich die Gangster aufhalten. Marcus sah auf die Uhr. Er war eindeutig zu früh dran. Auch das noch! Langsamer als zuvor lief er den letzten Kilometer und erreichte eine schmale Einfahrt, die zwischen zwei Häusern wie ein dunkler Schlund auf ihn wirkte. Kein Wunder, dass die Werkstatt Konkurs angemeldet hatte. Hier durchzufahren, war kein Kinderspiel, wie die zahlreichen Lackspuren verrieten, die er im Schein einer Lampe erkennen konnte.

Unschlüssig blieb er stehen, ehe ihm einfiel, dass er im schwachen Licht deutlich zu sehen sein musste. Schnell durchquerte er die Einfahrt und fand sich auf einem erstaunlich großen Innenhof wieder.

Vor ihm war die Silhouette eines flachen Gebäudes zu erkennen. Zunächst dachte er, der Bungalow wäre verlassen, dann bemerkte er den Lichtschein, der durch die geschlossenen Jalousien nach außen drang. Dann hatte er wohl Glück gehabt, und seine Zielobjekte waren vor Ort. Weiter hatte er allerdings nicht gedacht. Was sollte er jetzt tun? Über die Leitstelle Verstärkung anfordern? Außer den Aussagen eines Obdachlosen hatte er nichts gegen die Verbrecher in der Hand. Sollte er jedoch im Inneren auf Hinweise für kriminelle Taten stoßen, konnte er Astras Hilfe als die eines Informanten darstellen. Der Gedanke gefiel ihm. Langsam schlich er näher und nutzte jede Deckung, die er finden konnte – auch den Müllcontainer, aus dem es erbärmlich stank.

Endlich hatte er die Hauswand erreicht. Aufmerksam sah er sich um. In den Häusern, die den Innenhof einrahmten, war es dunkel. Aus dem Bungalow drang leise Musik. Ansonsten bemerkte er nichts, dennoch hatte er das Gefühl, nicht alleine zu sein. Er lauschte angespannt und sagte sich dann, dass er lediglich nervös war, zusätzlich angeheizt durch das Wissen, dass sein Vorgehen gegen eine ganze Reihe von Vorschriften verstieß.

Marcus arbeitete sich zum ersten Fenster vor. Durch den schmalen Schlitz, den die Jalousien offen ließen, konnte er lediglich erkennen, dass sich drei oder vier Männer im Inneren befanden. Der Winkel war zu ungünstig, um herauszufinden, was auf dem langen Tisch lag. Wenn sich dort Waffen befanden, hätte er einen Grund, den Laden hochgehen zu lassen. Vielleicht hatte er am nächsten Fenster mehr Glück. Vorsichtig schlich er weiter. Dieses Mal war zwischen den Elementen der Jalousie ein Schlitz in Kopfhöhe. Wieder spähte er ins Innere. Eindeutig, vier Männer und ein langer Tisch, der mit Gewehren, Munitionsschachteln, Magazinen und sogar einigen Handgranaten übersät war. Marcus ballte die Hand zur Faust. Treffer! Es war Zeit, sich zurückzuziehen und die Arbeit den uniformierten Kollegen zu überlassen. Marcus trat einen Schritt zurück – und befand sich plötzlich inmitten eines Lichtkegels. Blinzelnd versuchte er, zu verstehen, was geschehen war. Dann verstand er: ausgelöster Bewegungsmelder und Halogenscheinwerfer. Zuvor hatte er lediglich Glück gehabt, dass er sich so dicht an der Hauswand bewegt hatte.

Er griff zur Waffe. Zu spät. Aus dem Bungalow kamen drei Männer gestürmt, von denen zwei ein Gewehr auf ihn gerichtet hielten.

Allmählich gewöhnten sich seine Augen an das helle Licht. Immerhin hatten sie ihn nicht sofort niedergeschossen. Sein Puls begann zu jagen, als einer der Männer, ein hellblonder Typ, einen Schalldämpfer an seiner Waffe befestigte.

»Wen haben wir denn da?«, fragte einer spöttisch.

»Einen toten Schnüffler«, beantwortete der Hellblonde die Frage.

Na, großartig.

Neben Angst und Selbstvorwürfen wuchs in Marcus die Entschlossenheit, diesen Mist zu überleben. Monatelang wäre es ihm egal gewesen, doch jetzt hatte sich etwas geändert. Alles hatte sich geändert.

Er grinste spöttisch, was zu deutlicher Unruhe führte. »Sicher, dass ihr das Richtige tut?« Marcus deutete auf die umliegenden Häuser. »Vermutlich pennen die Anwohner, oder ihr habt sie im Griff. Aber glaubt ihr wirklich, jemand wie ich taucht hier alleine auf? Ohne Back-up? Und interessiert euch gar nicht, was ich will?«

Immerhin sahen sie sich irritiert an.

»Quatscht nicht, schafft das Problem aus der Welt! Und macht endlich das verdammte Licht aus!«, forderte der Mann, der sich noch im Bungalow befand.

Nicht die Worte selbst, sondern der beiläufige Klang jagten Marcus einen Schauer über den Rücken. Immer noch hielt er den Griff seiner Dienstwaffe umklammert. Widerstandslos würde er sich nicht abknallen lassen!

Teile seiner viele Jahre zurückliegenden Ausbildung kamen ihm in den Sinn. Es war nicht einfach, ein schnell bewegendes Objekt mit einem Gewehr zu treffen. Der Schalldämpfer erschwerte das Anvisieren zusätzlich. Marcus warf sich zur Seite, rollte blitzschnell über den Boden und kollidierte prompt schmerzhaft mit einer Mülltonne.

Endlich zog er seine Waffe aus dem Holster. Ehe er auch nur ein Ziel anvisieren, geschweige denn abdrücken konnte, brach vor ihm die Hölle los.

Starke Taschenlampen flammten auf.

»Hier spricht die Polizei! Waffen weg!«, brüllte jemand.

Erste Schüsse krachten. Marcus wollte sich aufrappeln, doch jemand warf sich auf ihn und drückte ihn zu Boden.

»Bleib bloß unten. Du hast uns den Zugriff schon genug vermasselt! Ich bin es. Dirk Richter, Wirtschaftsdezernat.«

Marcus' Herzschlag setzte kurz aus, beschleunigte sich dann, ehe er erleichtert aufatmete.

Eine halbe Stunde später hielt er einen Plastikbecher mit Kaffee in der Hand. Das Getränk war erstaunlich gut, vielleicht lag es aber auch an der überstandenen Gefahr, und er hätte in diesem Moment sogar einen Schluck Spülwasser genossen. Bisher waren die Kollegen vom mobilen Einsatzkommando damit beschäftigt gewesen, die Kerle festzusetzen, nun war offenbar die Zeit des Redens gekommen.

Während Dirk ihm amüsiert zuzwinkerte, war die Miene von Alexander Frank grimmig. Der Dezernatsleiter baute sich vor ihm auf.

»Was genau hat dagegen gesprochen, uns darüber zu informieren, dass du diesen Unterschlupf kennst?«

Nun waren sie also bei der vertraulichen Anrede, allerdings klang der Ton kein bisschen freundschaftlich.

»Du nimmst mir die Worte aus dem Mund. Genau das wollte ich auch von dir wissen. Ich hatte lediglich einen Hinweis, den ich überprüfen wollte. Selbstverständlich hätte ich dich sofort informiert, wenn sich der bestätigt hätte. Du warst offenbar schon einen Schritt weiter, denn sonst wärst du kaum mit dem MEK angerückt. Deshalb darfst du mir erklären, warum du nicht mit mir geredet hast. Du wusstest doch, dass ich auch an der Bande dran bin.«

»Ich hätte dir die Festgenommenen fürs Verhör zur Verfügung gestellt«, wich Alexander einer klaren Antwort aus.

Dirk lachte leise. »Eins zu null für den Herrn mit den Sonderaufgaben. Komm schon, Alexander. Lass ihn und Toni die Sache zu Ende bringen.«

»Ich würde ihn lieber …«, begann Alexander und brach dann ab, als sich ein weiterer Beamter zu ihnen gesellte.

»Moin, ich bin Leo Dunkler, Leiter des MEK. Aktuell überlege ich noch, ob ich dir dankbar sein sollte, weil du meinen Jungs geholfen hast, unauffällig dichter ranzukommen, oder dich umbringen, weil du sie gefährdet hast.«

Marcus zwang sich zu einem Grinsen, das ihm erstaunlich leichtfiel. Der lockere Ton erinnerte ihn an seinen früheren Job. Genau so waren sie vor und nach einem Einsatz auch miteinander umgegangen. »Ich wäre dafür, du bleibst bei der ersten Einschätzung. Gefällt mir besser, als wenn du mir eine Predigt über die Bewegungsmelder hältst, die mir entgangen sind.«

Leo lachte und schlug ihm auf die Schulter. »Du bist in Ordnung?«

Da die Frage wie eine Feststellung formuliert war, prostete Marcus ihm mit dem Becher zu. »Nichts, was ein Kaffee oder ein Whisky nicht retten könnte.«

»Gut. Wir haben den mutmaßlichen Anführer der Bande identifiziert und in dem Bus dahinten separiert. Wenn Toni kommt, kannst du ihn dir mit ihm gemeinsam vornehmen.« Leo wandte sich Alexander zu und hob eine Augenbraue. »Über deinen merkwürdigen Humor reden wir noch. Als Nächstes hättest du noch gefordert, dass wir dem Kerl eine Schleife um den Hals binden. Manchmal seid ihr echt …« Er winkte ab und ging davon, aber Marcus glaubte, noch die Worte »Nervensägen« und »verrückte Idioten« gehört zu haben. Schlagartig erinnerte er sich an Alexanders Bemerkung in der Pantry, dass sie die Festnahme der Bande als Geburtstagsgeschenk für Toni inszenieren wollten. Bei der Vorstellung, dass das ernst gemeint gewesen war, verschluckte er sich prompt an seinem Kaffee.

»Schon gut«, wehrte er ab, als Alexander und Dirk ihn irritiert ansahen. »Mir steckt nur der Vorschlag mit der Schleife im Hals.«

Dirks Mundwinkel zuckten nach oben. »Nun, Toni hat heute Geburtstag, und die Bande hatte ihm einen Familienabend verdorben.«

Marcus lächelte spöttisch. »Und da nehmt ihr als Geschenk die Bande hoch. Völlig logisch.«

Alexander runzelte die Stirn. »Du kannst es auch anders formulieren: Wir waren deswegen extrem motiviert, den Mist zu klären. Die Vorstellung, dass noch andere Familien oder unschuldige Gäste verletzt werden, gefiel uns überhaupt nicht. Wir hatten einfach Glück, dass wir ihnen auf die Spur gekommen sind. Und damit wären wir beim Thema: Woher hat dein Informant die Adresse?«

»Von einem Obdachlosen, der einen lockeren Kontakt zu den Mistkerlen hatte.«

»Und was hast du dafür springen lassen? Ich habe mein Budget für die nächsten zwei Jahre aufgebraucht, um den Kerl zum Reden zu bringen.«

»Nichts, ich kenne jemanden, der jemanden kennt.«

Alexander schüttelte den Kopf und deutete mit dem Zeigefinger auf ihn. »Beim nächsten Mal stimmen wir uns besser ab!« Er legte den Kopf schief und lauschte. »Da kommt Toni.«

KAPITEL 28

Toni Petersen hatte auf den nächtlichen Einsatz zunächst genervt reagiert, dann aber Marcus erkannt und war bereits dabei, die richtigen Schlüsse zu ziehen.

»Sagt nicht, dass ihr gemeinsam die Mistkerle aus dem Restaurant hochgenommen habt?«

Alexander und Marcus grinsten sich an, sodass Dirk die Antwort übernahm. »Über die Definition von ›gemeinsam‹ könnte man streiten, aber lass uns mal sehen, ob du den Obermacker identifizieren kannst.«

»Wenn ja, dann habt ihr mir das beste Geburtstagsgeschenk gemacht, dass ich je bekommen habe. Na ja, zumindest von euch.«

Leo Dunkler war zurückgekommen, und was immer er auch hatte sagen wollen, er schüttelte nun den Kopf, brummte etwas von »er würde doch noch eine Schleife suchen« und ging wieder.

Verwundert sah Toni ihm nach. »Haben wir ihn verärgert?«

Lachend hob Dirk die Hände. »Längere Geschichte. Drüben im Bus findet ihr den Kerl.«

Auf dem Weg zu dem Polizeitransporter sah Toni Marcus fragend an. »War das jetzt eine gemeinsame Aktion von euch, oder nicht?«

»Nein, ein zufälliges Aufeinandertreffen.«

»Klingt interessant.«

»War es auch. Bist du sicher, dass du den Kerl wiedererkennst? Laut Sabrina haben die doch Masken getragen.«

»Hundert Prozent.« Toni tippte sich auf seine linke Augenbraue. »Blassblaue Augen, hellblonde Strähnen und genau hier eine kaum sichtbare Narbe. Ein Stück der Nase war auch zu sehen, am rechten oberen Ende hatte er einen winzigen Leberfleck, dazu kommt noch die Stimme. Sofern er keinen eineiigen Zwilling hat, identifiziere ich dir den eindeutig.«

»Kompliment, das nenne ich mal Beobachtungsgabe.«

»Du wirst lachen, aber wenn ich nicht so wütend gewesen wäre, dass meine Kinder bedroht werden, wäre ich dazu wohl kaum in der Lage gewesen. In Gedanken habe ich damals schon den Bericht geschrieben.«

»Na dann, dann lass uns die Augenbrauen und die Nase checken«, meinte Marcus und riss die seitliche Schiebetür auf.

Der Hellblonde, der sein Gewehr mit einem Schalldämpfer ausgerüstet hatte, saß nun in Handschellen vor ihm und sah ihnen erschrocken entgegen. Genau das hatte Marcus beabsichtigt.

Mit einem Satz war er bei dem Kerl, packte ihn an den Haaren und bog seinen Kopf unsanft zurück. »Reicht das Licht?«, fragte er Toni und ignorierte den Schmerzenslaut des Festgenommenen.

»Nicht ganz.« Toni ließ den Strahl einer Maglite über das Gesicht des Mannes wandern und ging dabei nicht auf die Protestlaute ein. »Beide Merkmale vorhanden. Das ist er.«

Marcus ließ ihn los. »Tja, Pech gehabt. Falls du es nicht kapiert hast, deine Beteiligung am Überfall auf das Restaurant von Guido Paulino wurde gerade absolut sicher nachgewiesen. Wie viele Jahre das bedeutet, kannst du dir denken. Aber du hast genau eine Chance, deine Karten neu zu mischen.«

Der Blick aus den blassblauen Augen bekam etwas Lauerndes. »Und an was habt ihr da gedacht?«

»Ich will wissen, wer hinter dem Überfall auf das Steakhouse steckt. Der passt nicht zu eurem üblichen Schema.«

»Und was ist für mich drin?«

»Das entscheidet der Staatsanwalt, aber du kannst deine Lage nur verbessern. Und mein Angebot gilt noch genau eine Minute. Dann ist es abgelaufen. Deine Wahl.«

Toni winkte geringschätzig ab. »Lass es. Dann sitzt er eben eine Weile länger im Knast. Die Antworten finden wir sicher auch im Schuppen.«

Er wandte sich ab. Marcus folgte seinem Beispiel.

»Wartet!«

Marcus drehte sich wieder um. Der Blonde schluckte deutlich. »Es war ein Auftrag, ein Zusatzverdienst. Es ging nicht ums Geld, da war ja nicht viel zu holen. Wir sollten diese Tussi am Fenster ... Es war wichtig, dass sie überlebt, denn wir sind ja keine Mörder, aber wir sollten ihr eine Lektion erteilen.«

Keine Mörder? Dazu hätte Marcus einiges zu sagen gehabt. »Eine Lektion erteilen? Lautete so der Auftrag?«

Der Blonde nickte.

»Wie lief der Kontakt?«

»Über ein Restaurant, das wir ... mit dem wir geschäftliche Beziehungen hatten.«

»Du meinst, von dem ihr Schutzgeld erpresst habt.«

Der Blonde presste die Lippen zusammen. »Da hat er jedenfalls eine Botschaft hinterlassen.«

»Welcher Laden war das?«

»Das Fischrestaurant am Rödingsmarkt. Der Rest lief übers Internet ab. Die Bezahlung erfolgte per Überweisung auf ein Konto im Ausland. Ich weiß nicht, wer der Kerl ist, und wir haben lange diskutiert, ob wir das machen wollen. Aber er hat uns weitere Aufträge in Aussicht gestellt. Mann, wir tun doch sonst niemandem was.«

Toni schnellte vor und packte den Kerl am Kragen. »Sag das mal Guido oder der Frau, der ihr die Hand zerschossen habt!«

Er ließ ihn wieder los, ehe Marcus einschreiten musste. Sie verständigten sich mit einem Blick und verließen den Bus. Die wütenden Fragen, was denn nun mit ihrem Deal sei, ignorierten sie.

Draußen atmete Marcus erst einmal tief durch. »Ach ja, herzlichen Glückwunsch zum Geburtstag, nette Freunde hast du, die dir so ein Geschenk machen.«

»Danke, finde ich auch.« Toni strich sich mit beiden Händen die Haare zurück und gähnte. »Was ist mit seinem Deal?«

»Was für einen Deal? Ich habe doch ganz klar gesagt, dass das Sache der Staatsanwaltschaft ist. Außerdem hilft es mir nicht weiter, dem Täter auf die Spur zu kommen.« Marcus atmete tief durch, um seine Frustration zu verbergen. »Mailadresse und ausländisches Bankkonto ... Das kannst du vergessen. Andererseits – es könnte sein, dass wir ihm trotzdem noch auf die Spur kommen. Irgendwas ist da mit dem, was er gesagt hat. Eine Lektion erteilen. Mal sehen, was mein Experte dazu meint.«

»Du hast einen Profiler mit an Bord? Neben der Reporterin?«

»Sagt dir der Name Professor Winfried Kohlmorgen was?«

»Klar, wem nicht. Der hilft euch?«

»Er ist mein Nachbar.«

»Dann hast du da ja ein nettes Team. Ich denke, nur so, also mit diesem unkonventionellen Vorgehen, hast du eine Chance. Und wenn ich mir ansehe, dass du es alleine bis hierher geschafft hast, dann Kompliment, Kollege. Wenn du Hilfe brauchst, melde dich. Unser Dezernat geht manchmal auch eigene Wege, wir unterstützen dich gerne.«

»Du meinst so was wie eine spektakuläre Festnahme als Geburtstagsgeschenk?«

Toni schlug ihm lachend auf die Schulter. »Genau das. Lass uns mal zu Alexanders Wagen gehen, so, wie ich ihn und Dirk kenne, haben die auch noch Kuchen dabei.«

Marcus verkniff sich gerade noch die ironische Nachfrage, ob er auch noch ein Geburtstagsständchen singen sollte.

Marcus hatte das Angebot abgelehnt, mit einem Streifenwagen nach Hause gebracht zu werden. So weit war die Strecke nicht, und er war froh über die Gelegenheit, seine Gedanken zu sortieren. Mittlerweile waren erste Frühaufsteher unterwegs. Er sah auf die Uhr an der U-Bahn-Station und staunte, dass es bereits fast sechs Uhr war. Es hatte länger gedauert als erwartet, bis die Formalitäten so weit geklärt waren, dass er gehen konnte. Außerdem hatte ihm die Zeit mit den Kollegen durchaus Spaß gemacht und ihn von sämtlichen Was-wäre-wenn-Überlegungen abgelenkt. Nun stürmten die Fragen auf ihn ein. Was wäre passiert, wenn das MEK nicht vor Ort gewesen wäre? Was, wenn er langsamer reagiert hätte? Was, wenn die Kerle ohne Vorwarnung geschossen hätten? Er wusste, dass es ihn nicht weiterbringen würde, sich mit solchen Gedanken zu quälen, konnte jedoch nichts dagegen tun. Es war verdammt knapp gewesen. Beinahe wäre Valerie Halbwaise geworden. Und wer hätte dann die Ermittlungen geführt?

Er war nicht so vermessen, sich für unersetzlich zu halten, aber dennoch hatte er noch Tonis Worte im Ohr. Der Täter war so clever, dass ihr größter Vorteil ihr ungewöhnliches Team war. Ob sie auch ohne ihn weitermachen konnten? Den Gedanken führte er lieber nicht weiter. Statt direkt nach Hause zu laufen, machte er einen Umweg über einen Bäcker, der gerade seinen Laden aufschloss, als Marcus ihn erreichte. Da er sich nicht entscheiden konnte, wählte er so viele Brötchen und Kuchenstücke, dass er dankbar die Plastiktüte annahm, die der Ladenbesitzer ihm anbot. Das Laufen war mit seinem Einkauf nun kein Vergnügen mehr, sodass er die letzten zwei Kilometer in gemächlichem Joggingtempo zurücklegte.

Zu Hause angekommen, legte er die Tüte einfach in der Küche ab und duschte erst einmal ausgiebig.

Als er sich abgetrocknet und angezogen hatte, hörte er Geräusche aus dem Erdgeschoss. Alarmiert eilte er nach unten und steckte in letzter Sekunde seine Waffe wieder weg. Valerie werkelte bereits in der Küche, und nun roch er auch, dass sie Speck briet. Rasch verstaute er seine Dienstwaffe nicht ganz vorschriftsgemäß in der Flurkommode und ging zu ihr. Nicht nur der dünne Speck brutzelte schon in der Pfanne, sondern auch das Rührei nahm langsam die richtige Farbe an.

»Ich dachte, ich verwöhne dich mal. Wenn du vom Laufen zurückkommst, hast du doch bestimmt Hunger. Und Rührei mit Speck schmeckt auch auf einem Brötchen total lecker.«

»Danke schön, aber so früh habe ich nicht mit dir gerechnet.«

»Ich bin wach geworden, als du zurückgekommen bist. Wieso kannst du eigentlich nicht schlafen?« Mit dem erhobenen Pfannenwender in der Hand sah sie ihn erwartungsvoll an.

»Das ist eine alte Geschichte, mach dir deshalb keine Gedanken.«

Valerie runzelte die Stirn und sah damit viel älter aus, als sie war. »Wenn ich richtig vermute, dann aus demselben Grund, der deine Ehe kaputt gemacht hat. Meinst du nicht, ich bin alt genug, zu erfahren, was damals geschehen ist?«

Valerie wandte sich ab, ohne auf eine Antwort zu warten. Er ging zu ihr und berührte sie leicht an den Schultern.

»Bist du. Aber heute Morgen war ich nicht deswegen unterwegs, sondern um die Typen festzunehmen, die das Restaurant überfallen haben.«

Sie strahlte sofort wieder, als ob jemand einen Schalter umgelegt hätte. »Das ist ja krass. Großartig, Papa. Na, da haben wir ja gleich genug Gesprächsthemen.«

Plötzlich roch der Speck nicht mehr so verführerisch, andererseits … Egal, wie er es drehte und wendete, Valerie war schon fast eine erwachsene Frau, auf ihn wirkte sie viel reifer als ein sechzehnjähriger Teenager. »Ja, haben wir. Kann ich dir helfen?«

»Klar, stell doch schon mal Teller, Marmelade, Nutella und vielleicht auch noch Salz und Pfeffer hin.«

Da er mit dem Bild noch nicht ganz zufrieden war, goss er für Valerie noch ein Glas des sauteuren Fruchtsafts ein, den sie ständig kaufte, und mixte ihr einen Kakao.

Zufrieden servierte Valerie das Rührei. »Perfekt. Danke für den Kakao. Nun fehlen nur noch Sekt und etwas Lachs, dann ist der Brunch perfekt.«

»Wie wäre es, wenn wir uns das fürs nächste Wochenende vornehmen?«

»Super. Aber dann laden wir auch Sabrina und Winfried ein. Und Juliane, natürlich.«

»Okay, ich kaufe ein, du organisierst den Rest.« Marcus probierte das Rührei. »Und zauberst wieder so ein Zeug. Das ist ja ein Traum!«

»Das sind die frischen Kräuter. Und nun erzähl!«

Marcus berichtete ihr zunächst von der Festnahme der Bande und spielte dabei sowohl die Gefahr als auch die fehlende Abstimmung zwischen ihm und den Kollegen runter.

»Eine Lektion erteilen?«, wiederholte Valerie nachdenklich. »Ich glaube, damit kann Winfried arbeiten. Das klingt gruselig, aber passt auch irgendwie. Also geht es um Rache für etwas, das so unbedeutend ist, dass niemand sich daran erinnert – außer dem Täter. Vielleicht eine Art unbewusstes Mobbing?«

Marcus schnitt sich ein Brötchen auf. »Kann gut sein. Ehrlich gesagt, fehlt mir mittlerweile die Fantasie, um die Motive des Täters nachvollziehen zu können. Ich bin heilfroh, dass Winfried mit an Bord ist.«

»Verstehe ich. Wenn ich dir den letzten Rest Nutella überlasse, erzählst du mir dann, was dir den Schlaf raubt?« Marcus verharrte mitten in der Bewegung. »Wenn es zu schmerzhaft ist, verzichte ich darauf!«

Er legte das beschmierte Brötchen zurück auf den Teller. »Sagt dir der finale Rettungsschuss etwas?«

»Ja, sicher.«

»Es gab eine Geiselnahme. Der Täter hatte einen kleinen Jungen in seiner Gewalt. Die Psychologen sagten, er würde ihn sicher umbringen und vorher noch bestialisch quälen. Mein Team hat ihn gestellt, ich hatte den Mann im Visier und dann … Ich weiß bis heute nicht, was passiert ist. Der Junge war tot, von meiner Kugel getroffen. Das war's.«

Er hatte mit Entsetzen oder Mitgefühl gerechnet, stattdessen sah Valerie ihn ruhig an. »Du bist viel zu streng zu dir. Dass so etwas schiefgehen kann, gehört dazu! Außerdem ist dem Jungen so ein Martyrium erspart geblieben, und das war die zweitbeste Lösung, nach einer erfolgreichen Befreiung.«

»Du wusstest davon!«

»Natürlich. Es gibt doch Google. Aber ich finde es schön, dass du es mir erzählt hast.«

Die Logik musste er nicht verstehen, doch er spürte, dass sie ein Stück enger zusammengerückt waren.

»So, nun bist du dran. Google hat mir nicht verraten, warum du von deiner Mutter weg bist.«

»Dann hast du nach den falschen Begriffen gesucht! Sie zieht da was mit einem Typen auf, der eher mein Alter ist und mehr an mir als an ihr interessiert war. In ihren Augen war das meine Schuld.«

»Schieb es aufs Alter. Deine Mutter macht gerade eine schwierige Zeit durch.«

»Unfassbar, dass du sie sogar noch in Schutz nimmst.«

KAPITEL 29

Obwohl es ihn ins Polizeipräsidium zog, gähnte Marcus auf dem Weg zu seinem Wagen. Der fehlende Schlaf machte sich jetzt, einen Tag später, erst so richtig bemerkbar. Etwas flitzte laut bellend über die Straße und sprang dann an seinem Bein hoch. Freddy!

»Mensch, spinnst du! Du kannst doch nicht so über die Straße rennen. Das ist lebensgefährlich«, schimpfte er mit dem bellenden Bündel, obwohl es natürlich kein Wort verstand.

Außer Atem erschien nun auch Winfried. »So ein Mist. Er ist mir einfach entwischt. Guten Morgen, Marcus. Du siehst müde aus, wenn du mir die Bemerkung erlaubst.«

»Tue ich. Ich habe die Nacht von Samstag auf Sonntag fast durchgemacht, aber es hat sich gelohnt.« Marcus gähnte wieder. »Wenn es dir nachher passt, melde ich mich. Es gibt ein paar neue Informationen, wir haben die Bande, die die Restaurants überfallen hat, einkassiert.«

»Nein!«

»Doch!«, erwiderte Marcus und musste unwillkürlich an Louis de Funès denken. Gleichzeitig fiel ihm ein, dass seine Tochter den legendären Wortwechsel vermutlich gar nicht kannte.

»Und weiter?«, hakte Winfried ungeduldig nach und bekam endlich Freddys Halsband zu fassen.

»Die Bande wurde von unserem Täter beauftragt und sehr

gut bezahlt. Ziel war Conny, der man eine Lektion erteilen wollte.«

»Eine Lektion ...«, wiederholte Winfried nachdenklich. »Damit kann ich arbeiten. Ich melde mich.« Er hob den Mops auf den Arm und ging ohne Abschiedsgruß davon.

Besorgt sah Marcus ihm nach, wie Winfried die Straße überquerte. Tatsächlich, so geistesabwesend wäre nach dem Hund nun auch noch beinahe das Herrchen im wahrsten Sinne des Wortes unter die Räder gekommen.

Als Marcus den Vorraum zu seinem Büro betrat, wäre er am liebsten wieder umgekehrt. Juliane und Sabrina empfingen ihn mit vorwurfsvollen Blicken und Mienen, die es in sich hatten.

Überraschenderweise war es Juliane, die sich dicht vor ihm aufbaute. »Was hast du gestern gemacht? Und wieso informierst du uns nicht?«

Sabrina beschränkte sich darauf, ihn mit Blicken zu durchbohren. Einen Gutenmorgengruß konnte er wohl vergessen.

»Du meinst die Festnahme der Restaurant-Bande?«

Nun war es auch mit Sabrinas Beherrschung vorbei. »Nee, wir meinen den Sack Reis, der in China umgefallen ist! Da werden wir zur Gemeinschaftsaktion beglückwünscht und wissen nicht einmal, wovon die Rede ist!«

»Äh ...«

»Das war ein unverantwortlicher Alleingang!«, warf Juliane ihm vor.

Sabrina blinzelte. »Wieso? Er war doch mit den Kollegen unterwegs, nur uns hat er vergessen.«

Juliane tippte so fest auf den Monitor, dass er wackelte. »Glaube ich nicht. Wenn ich richtig zwischen den Zeilen lese, war das gar keine geplante gemeinsame Aktion, sondern Marcus ist da reingestolpert. Die Wahrheit. Jetzt.«

Marcus schielte auf den Monitor. Hatte seine Assistentin neuerdings hellseherische Fähigkeiten? Wie kam sie nur darauf? »Das ist nur eine wilde Vermutung von dir!«, wehrte er ab, begriff aber in der nächsten Sekunde, dass er einen Fehler gemacht hatte.

Juliane atmete heftig ein. »Wäre das geplant gewesen, hättest du was in unserer Fallakte notiert. Du bist sehr gewissenhaft in dieser Hinsicht. Willst du mich jetzt anlügen?«

Es reichte! »Nein. Aber ich werde mich auch nicht vor dir rechtfertigen! Meldet euch, wenn man mit euch wieder normal reden kann.«

Er ging an den Furien vorbei und kam immerhin bis zu seiner Tür.

»Marcus!«, brüllte Juliane so laut los, dass er zusammenzuckte.

Er wirbelte herum und wollte sie bereits zurechtweisen, sah aber gerade noch, dass sie an ihrem Hörgerät herumfummelte. Da er viel zu froh war, dass sie ihre Hemmungen abgelegt hatte, mit ihm zu reden, sagte er zu der Lautstärke nichts.

»Wenn du dich nicht vor mir rechtfertigen willst – bitte! Aber Tannhäuser erwartet dich in zehn Minuten.«

»Nur ihn oder uns?«, fragte Sabrina sofort nach.

»Nur ihn.«

»Gut. Wir reden danach«, versprach Marcus und zog einen Zwanzigeuroschein aus der Brieftasche. »Ich hätte euch und auch Winfried gestern informieren sollen. Kümmert ihr euch um ein Frühstück? Das geht auf mich. Dabei erzähle ich euch dann alles.«

Sabrina schnappte sich den Schein und verstaute ihn in der Hosentasche. Danach bückte sie sich und stellte einen Korb auf den Schreibtisch. »Hier ist das Frühstück. Beeil dich, ehe ich meinen Onkel anrufe!«

Die Drohung nahm er definitiv ernst.

Das Treffen mit Tannhäuser entpuppte sich als eine Tasse Kaffee inklusive extrem leckerer Kekse und eines lockeren Gesprächs über ihre Ermittlungen und vor allem die Art und Weise der Einbindung der Staatsanwaltschaft.

Am Ende bedankte sich Tannhäuser für den schnellen Erfolg in Bezug auf die Klärung der Restaurant-Überfälle und fragte noch gezielt nach Sabrina.

»Da muss ich zunächst klarstellen, dass der Dank Alexander Frank und seinen Mitarbeitern gilt. Sie haben den Zugriff geleitet. Ich bin nur zufällig darauf gestoßen.«

»Hm, das klang bei Herrn Frank ganz anders, und ich glaube, ich habe genug Fantasie, um mir vorstellen zu können, was da geschehen ist.«

Das Thema vertiefte Marcus sicherheitshalber nicht. »Sabrina ist eine großartige Unterstützung. Sie hat gute Instinkte, und ihre Theorie hat sich bisher in allen Punkten bestätigt.«

»Sehr schön. Ich hatte gehofft, dass meine Patentochter den Platz in Ihrem Team ausfüllt, war aber nicht ganz sicher. Machen Sie weiter so und seien Sie nicht zu streng zu sich. Sie haben schon viel mehr in der Zeit geschafft, als ich erwartet habe. Ich fürchte, nun brauchen Sie Geduld, und da kann ich Sie nur warnen: Das ist etwas, das Sabrina leider überhaupt nicht besitzt.«

Marcus lachte. »Das habe ich schon bemerkt.«

In bester Stimmung kehrte er zu Juliane und Sabrina zurück, die er bei Brötchen und Donuts über die Ereignisse bei der Festnahme der Restaurant-Bande informierte.

Als Sabrina und Juliane nahezu synchron Anstalten machten, seinen Bericht zu kommentieren, hob er eine Hand. »Dafür haben wir keine Zeit. Wir müssen weitermachen und ...« Sein Handy vibrierte und zeigte ihm einen Anruf von Winfried an.

»Ich habe nachgedacht«, begann der ehemalige Rechtsmediziner. »Sitzt ihr gerade zusammen? Dann schalte mich mal auf laut.«

»Bist du. Sabrina und Juliane hören dich.«

»Gut. Mir geht diese Bemerkung nicht aus dem Kopf, dass man Conny eine Lektion erteilen wollte. Berücksichtige ich weiterhin sämtliche anderen Informationen, so bin ich sicher, dass unser Täter sich am Abend des Überfalls unter den Gästen aufgehalten hat. Er wollte es sich bestimmt nicht nehmen lassen, das Ganze aus nächster Nähe zu verfolgen. Geht doch dem Punkt mal nach. Ich forsche weiter nach einem passenden Motiv, doch ich denke, auch da bin ich weiter.«

Winfried legte auf, ehe Marcus etwas sagen konnte.

»Das klingt logisch«, meinte Sabrina.

Auch Juliane nickte und strahlte dabei. »Dann haben wir ihn! Sämtliche Zeugen wurden festgehalten. Da ist niemand unbemerkt entkommen.«

»Gut, dann stellst du die Liste der Zeugen zusammen.« Marcus kratzte sich am Kinn. »Und bitte überprüfe sämtliche Daten, die man ermittelt hat. Ich denke nicht, dass unser Täter so dämlich war, seine echten Daten zu nennen, aber vielleicht bringt es uns trotzdem weiter.«

Juliane brummte zustimmend. »Er muss Spuren hinterlassen haben. Die Kollegen vom Streifendienst werden sich an ihn erinnern.«

»Und Guido!«, rief Sabrina dazwischen.

»Vielleicht auch Guido«, stimmte Marcus zu. »Wir fahren jetzt zu einem Fischrestaurant am Rödingsmarkt. Dort hat der

Täter über die Wirtin Kontakt zu der Bande aufgenommen. Mal sehen, ob der Dame noch etwas Hilfreiches einfällt. Danach sehen wir bei Guido vorbei und ...« Er brach ab, weil Sabrina ihr Smartphone in der Hand hielt und bereits eine Nummer wählte.

»Hi, Guido, hier ist Sabrina. Hast du nachher etwas Zeit für uns?« Sie hörte kurz zu. »Das passt perfekt. Wir treffen dich dann da. Und halte dich fest, ich bringe gute Neuigkeiten mit!« Sie trennte die Verbindung und lächelte. »Er ist den ganzen Tag in seinem Laden. Das passt doch perfekt. Da können wir alle Plätze durchgehen.«

Marcus beschloss, das eigenmächtige Vorgehen als Eigeninitiative positiv zu bewerten. »Mal sehen, ob wir Toni überreden können, ebenfalls vorbeizuschauen.«

»Und seine Frau!«, ergänzte Sabrina sofort.

»Meinetwegen auch sie.«

Sie erreichten den Rödingsmarkt um kurz nach halb elf. Parkplätze gab es unterhalb der U-Bahn-Linie, die hier oberirdisch entlangführte, in ausreichendem Maße.

Gedankenverloren sah Sabrina einem vorbeiratterndem Zug nach. »Ich weiß gar nicht mehr, wann ich das letzte Mal mit dieser Linie gefahren bin. Der Blick auf den Hafen ist von da oben aus einfach genial. Dann an den Landungsbrücken ein Fischbrötchen essen und den großen Pötten nachsehen, und die Welt ist wieder in Ordnung.«

Obwohl er sich nicht erinnern konnte, wann er das letzte Mal zu normalen Zeiten dort gewesen war, gab Marcus ihr recht. »Am besten noch mit der Fähre rüber nach Finkenwerder. Ich sollte die Tour möglichst schnell mit Valerie zusammen machen. Wenn du nichts Besseres vorhast, komm doch mit.«

Verdutzt sah sie ihn an, und er hätte die Worte am liebsten zurückgenommen, doch dann lächelte sie. »Sehr gerne. Vielleicht nächstes Wochenende nach dem Brunch?«

Nun war es an ihm, sie erstaunt anzusehen. »Da war Valerie ja schnell. Klingt gut.«

Sie sahen sich an, und irgendetwas geschah zwischen ihnen, über das Marcus lieber nicht nachdenken wollte. Nicht jetzt, falscher Ort und falsche Zeit.

Er räusperte sich und deutete auf die andere Straßenseite. »Der Laden ist gleich da drüben.«

Sabrina schimpfte leise vor sich hin, als sie vor der verschlossenen Tür standen. Drinnen werkelten zwei Frauen herum, die ihrer Kleidung nach Angestellte waren. Doch keine reagierte auf ihr Klopfen.

»Vielleicht solltest du einfach mal durchs Fenster schießen«, schlug Sabrina vor und schlug sich dann die Hand vor den Mund. »Wie gut, dass Conny nicht hier ist. Wie dumm von mir!«

»Ach was. Ich habe selbst schon darüber nachgedacht.« Er hämmerte so energisch gegen die Glastür, dass er Angst hatte, sie zu zerbrechen. Mit der anderen Hand hielt er seinen Ausweis hoch. Endlich kam aus dem rückwärtigen Bereich eine Frau, die vielleicht Mitte vierzig war und ein dunkelblaues Kostüm trug. Im Vorbeigehen sagte sie etwas zu ihren Angestellten, das den Mienen nach nicht nett ausfiel.

Sie eilte auf die Tür zu und musterte durch das Glas kurz Marcus' Ausweis, ehe sie aufschloss und die Tür einen Spalt öffnete.

»Wie kann ich Ihnen helfen?«

»Sie sind Marietta Funkel, die Inhaberin?«

»Bin ich.«

»Wir würden das Gespräch gerne drinnen fortsetzen.«

Mit wenig Begeisterung öffnete sie die Tür ganz und bat sie hinein. Betont knapp deutete sie auf einen Tisch.

»Bitte, nehmen Sie Platz. Möchten Sie etwas trinken? Wasser oder Kaffee?«

Sabrina und Marcus lehnten ab, setzten sich jedoch.

Die Restaurantinhaberin blieb stehen und verschränkte die Arme vor der Brust. »Wenn Sie mich überreden wollen, gegen die angebliche Schutzgelderpressung vorzugehen, muss ich Sie enttäuschen. So etwas gibt es hier nicht.«

Marcus hob eine Augenbraue. »Indirekt sind wir tatsächlich deswegen hier. Aber Sie können ganz beruhigt sein, die komplette Bande wurde gestern in den frühen Morgenstunden festgenommen.«

Marietta Funkel sank auf einen der Stühle. »Ist das ein Trick, um mich zu einer Aussage zu bewegen?«

Lächelnd schüttelte Marcus den Kopf. »Nein, nur eine Information am Rande. Niemand von denen wird Sie wieder belästigen.«

»Und Sie kommen extra vorbei, um mir das zu sagen?«

Dieses Mal schüttelte Sabrina den Kopf. »Nein, nicht nur. Wir brauchen Ihre Hilfe, aber dabei geht es nur ganz am Rande um die Männer, die Ihnen das Geld aus der Tasche gezogen haben. Erinnern Sie sich daran, dass ein Gast Sie gebeten hat, den Kerlen eine Nachricht zukommen zu lassen?«

»Natürlich. Moment, bitte. Jackie, komm doch mal her.«

Eine der Damen, die sie zuvor ignoriert hatten, trat an den Tisch. Ihre Chefin bat sie mit einer Handbewegung, Platz zu nehmen. »Stell dir vor, die miesen Erpresser sind im Gefängnis! Die beiden Polizisten wollen nun aber alles über den Mann wissen, der dir den Umschlag für sie gegeben hat.«

Die blauen Augen der blonden Frau blitzten hinter der

modischen Brille. »Das sind ja großartige Nachrichten. Wie wäre es mit einem Prosecco, um das zu feiern?«

Ihre Chefin legte ihr eine Hand auf den Arm. »Wir werden darauf noch anstoßen, aber erst einmal erzähl den beiden bitte alles, was dir noch einfällt.«

»Na, sicher!« Trotz dieser Ankündigung holte Jackie ihr Smartphone aus der Tasche ihrer schwarzen Hose und suchte in den Fotos nach einem Bild. »Es war vor sechs Wochen, an einem Freitag. Der Laden brummte. Der Gast war schon einige Male hier gewesen und hatte immer ein ordentliches Trinkgeld dagelassen. An diesem Tag bat er erst ganz normal um die Rechnung und hielt mir dann, zusammen mit einem Fünfzigeuroschein, den Umschlag hin. Ich wollte erst nichts davon wissen, aber er lachte und zeigte mir auf seinem Handy Aufnahmen, auf denen zu sehen war, wie Marietta diesen Mistkerlen etwas überreicht. Ich versprach dann, den Boten zu spielen. Den Fünfziger habe ich aber ganz normal in die Trinkgeldkasse getan. Erst, als ich am Tresen war, habe ich kapiert, was da gerade gelaufen ist, und habe noch schnell von hinten ein Foto von ihm gemacht. Hier, das ist er.« Sie hielt ihnen das Display hin, doch viel zu erkennen war darauf nicht. »Und ehe Sie fragen, er hat immer in bar bezahlt, ich kenne seinen Namen nicht. Die Tischreservierungen liefen auf den Namen Carl Schroder. Seine Handynummer habe ich auch, aber vermutlich handelt es sich um ein Prepaidhandy. Haben Sie eine Mailadresse, dann schicke ich Ihnen beides.«

Marcus fehlten kurz die Worte, dann reichte er ihr eine seiner Visitenkarten. »Schon mal überlegt, bei uns anzufangen?«

»Nein, aber ich liebe Krimiserien. Mein Favorit ist gerade *Blue Bloods*. Irgendwie haben Sie sogar was von Danny, das ist der New Yorker Detective.«

Da er die Serie nicht kannte, wusste er nicht, ob es sich um ein Kompliment handelte.

Doch Sabrina sah ihn plötzlich abschätzend an. »Stimmt. Er beißt sich genauso in den Fällen fest.«

»Und attraktiv ist er auch, wenn man auf diesen Typ steht«, gab Jackie zurück und tippte die Mailadresse von Marcus ein.

»Sie entschuldigen mich kurz«, sagte die Inhaberin, stand auf und ging in die Küche.

Sie kehrte erst zurück, als Sabrina und Marcus sich bei Jackie bedankten und verabschiedeten.

»Ich danke Ihnen. Sie glauben gar nicht, was es für eine Erleichterung ist, dass dieses Drama ein Ende hat.« Sie hielt ihnen eine weiße Plastiktüte hin. »Ich habe Ihnen ein paar Fischbrötchen mit unserem hausgebeizten Lachs und unserem Krabbensalat eingepackt. Bitte, tun Sie mir den Gefallen und nehmen diesen kleinen Dank an. Die U-Bahn draußen bringt Sie in wenigen Minuten an den Hafen, dort finden Sie bestimmt einen netten Ort für einen kleinen Imbiss.«

Vermutlich verstieß es gegen irgendwelche Vorschriften, die Marcus so schnell nicht einmal einfielen, aber da Sabrina die Tüte bereits freudestrahlend entgegennahm, bedankte er sich lediglich.

»Es kann sein, dass wir Ihre Aussage noch einmal offiziell aufnehmen müssen. Wir kommen dann auf Sie zu.«

»Sehr gerne! Und noch lieber wäre mir eine Gegenüberstellung.«

Die Begeisterung der Kellnerin brachte Marcus zum Schmunzeln. »Ich sehe mal, was ich für Sie tun kann«, versprach er.

KAPITEL 30

Gähnend legte er sein iPad zur Seite. Wie gut, dass er bereits wach war und die Nachrichten gelesen hatte. Nun konnte er sich in Ruhe bei einem Kaffee überlegen, welche Auswirkungen es hatte, dass diese Idioten festgenommen worden waren.

Das war das Problem, wenn man die Dinge nicht selbst erledigte. Doch die Ausbildung mit einem Gewehr oder einer anderen Handfeuerwaffe hätte einfach zu lange gedauert. In einem Schützenverein hatte er ein Probeschießen absolviert, und diese Möglichkeit dann rasch wieder verworfen. Wenn er tötete – er korrigierte sich in Gedanken –, wenn er jemanden seiner gerechten Strafe zuführte, dann bevorzugte er direktere, persönlichere Methoden.

Ein Jammer, dass er im Moment nicht an die gute Adelheid herankam. Sämtliche Pflegekräfte beobachteten die alte Schrapnelle mit Argusaugen. Damit hatte sie sich eine weitere, wenn auch kurze und sehr überschaubare Lebenszeit gesichert. Doch seine Chance würde kommen. Immerhin hatte die Seniorin sich geweigert, weitere Besucher zu empfangen, damit bissen Sabrina und ihr Kollege auf Granit. Gefahr erkannt, Gefahr gebannt.

Während er darauf wartete, dass die Kaffeemaschine genug heißes Wasser in den Filter pumpte, rief er das Programm auf, mit dem er seine Aufgaben verwaltete. Mit wenigen Klicks wechselte er auf das Unterprojekt »Conny«. Zufrieden überflog er die einzelnen Schritte und stockte dann. Wie gut, dass er alles dokumentierte, so erkannte er den einzigen Punkt, der ihm gefährlich werden konnte, sofort. Mit ihr war er zwar fertig, aber nach dem späten Frühstück würde er sich auf den Weg ins Steakhouse machen müssen, um ein Restrisiko zu minimieren.

***

Das Wetter in Norddeutschland war wirklich unberechenbar. Noch am Morgen hatten graue Wolken den Himmel beherrscht, doch mittlerweile strahlte die Sonne. Sabrina hatte den Kopf in den Nacken gelegt und genoss die leichte Brise. Sie saßen neben dem Fähranleger an den Landungsbrücken auf einer Bank mit direktem Blick auf den Hafen.

»Es war eine gute Idee, hier eine kurze Pause einzulegen«, stellte sie zum zweiten oder dritten Mal fest.

»Hm, isst du dein Brötchen eigentlich noch?«

Sabrina sah ihn oder genauer seinen Bauch an. »Wie machst du das nur? Wenn ich das alles in mich hineinstopfen würde, wäre ich etliche Kilos schwerer.«

Er ließ sich wohl besser nicht anmerken, wie sehr ihm das Kompliment gefiel. »Komm doch mal mit zum Joggen morgens«, schlug er vor.

Wie erwartet schnaubte sie nur und sah einem Frachter nach, der Richtung Meer geschleppt wurde. »Wolltest du als Kind mal auf so einem Pott mitfahren?«

»Nö.« Er deutete mit dem kläglichen Rest des Brötchens Richtung Himmel. »Ich wollte lieber zu den Sternen fliegen.«

»Als Captain Kirk oder als Jedi-Ritter?«

»Natürlich als Jedi. Oder meinetwegen Han Solo.«

»Han Solo klingt gut.« Sie sah ihn mit blitzenden Augen an. »Dann bin ich dein Co-Pilot, das zottelige Viech.«

Prompt verschluckte er sich bei der Vorstellung. Ausgerechnet nun meldete sich sein Handy. Nach einem Blick aufs Display, das die Nummer der Privatklinik anzeigte, in der Conny operiert worden war, gab er es an Sabrina weiter.

Sie nahm das Smartphone, meldete sich und hörte eigentlich nur zu. Gespannt wartete er auf die Erklärung für den Anruf, obwohl er es sich fast denken konnte.

Kaum trennte Sabrina die Verbindung, konnte er endlich wieder einigermaßen verständlich reden. »Hat er nach Conny gefragt?«

»Ganz genau. Wie besprochen wurde ihm mitgeteilt, dass sie im Irrenhaus gelandet ist.«

»Nun, so hat die Krankenschwester es hoffentlich nicht ausgedrückt.«

Sabrina funkelte ihn wütend an. »Was ist diese Spinne nur für ein widerliches Subjekt! Da reicht es ihm nicht, ihr Leben zerstört zu haben, nein, er will sichergehen, dass sie so richtig leidet!« Sie hob die Schultern, als ob sie frieren würde. »Lass uns ins Restaurant fahren. Ich will, dass Guido uns eine Beschreibung liefert!« Energisch stand sie auf. »Was wäre eigentlich, wenn er erfahren hätte, dass es Conny besser geht und sie bei meinen … Er würde doch losfahren und sie umbringen, oder?«

So gerne er ihre Schlussfolgerung auch abgestritten hätte, anlügen konnte er sie nicht. »Vermutlich würde er es versuchen, aber das lassen wir nicht zu.«

»Gut. Es wird Zeit, dass wir ihn kriegen! Alleine dafür, dass er mir diese kurze Pause verdorben hat, verdient er ein paar Extrajahre im Knast!«

Das war ja mal eine Logik. Heroisch verkniff er sich ein

Schmunzeln, das sie vermutlich endgültig auf die Palme gebracht hätte.

Guido empfing sie mit überschwänglicher Begeisterung, erzählte ihnen von der Renovierung und davon, wie erleichtert er war, dass man die Täter gefasst hatte.

Es dauerte einige Zeit, bis Sabrina zu Wort kam und ihm ihr Anliegen erklären konnte. Dabei gab sie für Marcus' Geschmack wieder einmal zu viele Details preis.

Von Guidos guter Laune war nun kaum noch etwas übrig. »Das ist das Schrecklichste, was ich jemals gehört habe! Dagegen sind ja diese miesen Erpresser nicht mehr als Chorknaben! Um das zu verdauen, brauche ich einen Schnaps. Wer ist mit dabei? Oder einen Kaffee? Wie ihr mögt. Ich kann euch auch ein Steak auf den Grill hauen.«

»Wir haben schon gegessen. Schnaps klingt gut, Marcus möchte aber bestimmt lieber einen Kaffee.«

Marcus hob eine Augenbraue. Das stimmte zwar, dennoch hätte er die Antwort lieber selbst gegeben.

»Dann kommt mal mit zum Tresen. Endlich macht sich unser Kassensystem mal bezahlt.«

Das Abrechnungsprogramm entpuppte sich als Volltreffer. Guido konnte sich auf seinem Tablet anzeigen lassen, welcher Tisch zur Tatzeit mit wie vielen Personen besetzt und was dort bestellt worden war.

Es kam nur ein Platz infrage. Gemeinsam mit Guido gingen sie dorthin, und Marcus nickte sofort. »Von hier aus hatte er den perfekten Blick auf euch.«

Sabrina hatte die Stirn gerunzelt. »Warte mal … Ich werde …« Ehe sie erklären konnte, was sie vorhatte, klopfte es an die geschlossene Tür. Guido öffnete und ließ Toni und eine Frau hinein.

Sabrina verzichtete auf eine Begrüßung. »Ihr kommt im perfekten Moment! Wir wissen schon, wo der Kerl gesessen hat. Am besten geht ihr zu eurem Tisch. Ich mache das auch. Und dann sehen wir mal, ob wir uns daran erinnern, wie der Kerl aussah, der dort gesessen hat.«

Toni wirkte ziemlich überfahren, folgte aber Sabrinas Anweisungen. Als er den Tisch erreicht hatte, winkte er Marcus zu. »Schön, dich zu sehen. Das ist übrigens meine Frau Saskia. Saskia, das ist Marcus. Er war bei der Übergabe meines Geburtstagsgeschenkes dabei.«

Saskia lachte laut und hob grüßend eine Hand. »Oh, du bist das. Wie schön, dich kennenzulernen.«

Sabrina wirkte kurz ratlos, fragte aber nicht nach, sondern sah sich um. »Jetzt ist alles wieder so wie an dem Abend.« Sie setzte sich auf den Stuhl und starrte auf den Tisch, an dem der Mann gesessen hatte, der hinter allem steckte.

»Er hat in meine Richtung geblickt. Ich muss ihn bemerkt haben, aber ... Verdammt, ich kann mich nicht erinnern.«

Saskia hob bedauernd die Schultern. »Ich bin draußen, weil ich mit dem Rücken zu ihm saß.«

Toni hatte die Augen verengt. »Relativ jung, ungefähr Sabrinas Alter. Brille. Dunkle, ich meine, etwas längere Haare. Unauffällige Erscheinung.«

Saskia stand auf, drehte sich langsam um und ging ein paar Schritte, bis sie neben dem betreffenden Tisch stand. »Mensch, ich bin doch an ihm vorbei, als ich zu den Toiletten gegangen bin. Vor ihm lagen zwei Handys. Das weiß ich noch, weil ich mir gedacht habe, dass ihm ein echter Begleiter bestimmt besser tun würde als die Spielzeuge. Und er hatte ein Sweatshirt mit dem Schriftzug einer Uni an. Da bin ich mir aber nicht ganz sicher.«

Nachdenklich kaute Sabrina auf ihrer Unterlippe. »Das ist

mehr, als ich habe. Bei mir ist da nur ein schwarzer Fleck. Guido, fällt dir noch was ein?«

Der Restaurantbesitzer starrte aufs Display des Tablets. »Unauffällig, da stimme ich dir zu, vielleicht noch nett. Der hatte das Angebot des Tages bestellt und ein kleines Wasser. Ansonsten ist bei mir nichts hängen geblieben.« Er blickte Marcus an und wollte noch etwas sagen, doch schlagartig wurde er blass und sah an ihm vorbei. »Da ist er. Ganz sicher.«

Marcus verstand nicht, wer gemeint war.

Saskia wirbelte herum. »Stimmt«, rief sie und rannte trotz des Protestschreis ihres Mannes los. Doch sie kam nur bis zum Eingang.

Es dauerte einige Sekunden, bis Guido die abgesperrte Tür geöffnet hatte, dann sprinteten Toni, Marcus und Saskia los.

Sie ernteten einige verwunderte und empörte Blicke, als sie sich rücksichtslos durch die Passanten drängten. Toni war dabei deutlich geschickter und hatte bald einen ordentlichen Vorsprung zu ihm und Saskia.

Marcus musterte die Menschen, die unterwegs waren. Dank Saskia und Guido hatte er eine ungefähre Vorstellung, nach was für einem Typen er Ausschau halten musste.

»Hellbraune Lederjacke, Jeans, helles Baseballcap, aber das hat er bestimmt schon weggeworfen«, teilte Saskia ihm zusätzlich mit.

An der nächsten Kreuzung blieb Marcus an einem Abgang zur U-Bahn stehen. »Es hat keinen Sinn. Er kann in einen der kleinen Läden geflüchtet sein, in einen Hinterhof, oder er ist hier runter.«

Saskia schlug mit der Hand gegen einen Laternenpfahl. »Wir waren so dicht dran. Das darf doch nicht wahr sein. Ich glaube es nicht. Wäre die Tür nicht abgeschlossen gewesen, hätten wir ihn gehabt.«

Sabrina erreichte sie erst jetzt. »Ich habe durch die Schaufenster in die Läden geguckt«, erklärte sie außer Atem. »Was wollte der Kerl denn bei Guido?« Sie wurde blass. »Oh, ich verstehe. Einen potenziellen Zeugen ausschalten! Das ist doch … Ich glaube, mir kommt das Fischbrötchen wieder hoch.«

Saskia legte ihr eine Hand auf den Rücken. »Langsam und gleichmäßig atmen«, sagte sie, während sie sich suchend umsah.

Gleichzeitig mit Marcus entdeckte sie ihren Mann, der mit wütender Miene auf sie zukam. Toni hielt Zeigefinger und Daumen der rechten Hand wenige Zentimeter auseinander. »So dicht war ich an ihm dran. So dicht! Dann springt der in letzter Sekunde in die U-Bahn, die Tür schließt sich, und er ist weg. Ich war vielleicht zehn Meter hinter ihm. Und dann das.«

Marcus zerrte sein Handy aus der Tasche und wählte die Nummer von Juliane. »Unser Täter ist vor wenigen Sekunden am Eppendorfer Baum in die U3 Richtung …«

Sein fragender Blick zu Toni reichte. »Hauptbahnhof.«

»Hast du das gehört? Fordere die Kamerabilder vom HVV an. Er muss auf dem Bahnsteig erkennbar sein. Die Beschreibung maile ich dir gleich.«

»Ist notiert. Ich kümmere mich drum. Ein Jammer, dass wir den Zug nicht stoppen und alle Ausgänge besetzen können.«

Der Gedanke war Marcus auch schon gekommen. »Stimmt«, sagte er und trennte die Verbindung.

Toni schnaubte. »Hoffentlich gibt es überhaupt verwertbare Bilder. Er hatte den Kopf tief gesenkt. So ist er mir überhaupt erst aufgefallen.«

Saskia fluchte leise. »Das war wirklich Pech. Aber lasst es uns positiv sehen. Ich denke, keiner von uns möchte sich vorstellen, was Guido gedroht hätte, wenn wir nicht vor Ort gewesen wären.«

»Hast recht«, stimmte ihr Mann zu. »Dann lass uns mal zurückgehen. Wieso ist der Kerl hier auf einmal aufgetaucht?«

Das hatte Marcus sich auch schon gefragt.

»Na, wegen der Zeitungsartikel, natürlich«, erklärte Sabrina. Sie schüttelte den Kopf. »Das war doch heute der Aufmacher, dass ihr die Bande hochgenommen habt.«

Marcus lächelte flüchtig und nahm sich gleichzeitig vor, die Artikel später zu lesen. Er war gespannt, welches Dezernat sich die Lorbeeren verdient hatte, vermutlich Alexanders. »Wie gut, dass wir jemanden von der Presse an Bord haben. Mir war das noch gar nicht aufgefallen.«

Toni verzog den Mund. »Von uns hat die Presse nichts. Wenn, dann kommt die Erklärung von ganz oben.« Er hielt bereits sein Smartphone in der Hand. »Gemeinschaftsaktion verschiedener Experten … Die müssen uns meinen«, sagte er und zwinkerte Marcus zu.

»Nun ja, besser, als wenn da was von einem ungewöhnlichen Geburtstagsgeschenk stehen würde …«, erwiderte Marcus und wich Sabrinas fragendem Blick aus. »Lass uns sehen, ob Guido in Ordnung ist.«

Der Restaurantbesitzer empfing die Rückkehrer aufgeregt und mit weit aufgerissenen Augen. »Er ist entkommen, oder? Ich sehe es euch an! Was hat er hier gewollt? Doch nicht das, was ich glaube, oder? Er wollte mir an den Kragen? Das ist doch Wahnsinn!«

Der Einschätzung hatte Marcus nicht viel hinzuzufügen. Ehe er Guido beruhigen konnte, übernahm Saskia das.

Sanft fasste sie ihn am Arm. »Nun setz dich erst einmal hin. Ich denke, er wollte sich nur einen Überblick verschaffen. Wenn er wirklich sämtliche Zeugen ausschalten wollte, müsste er ja alle Gäste und alle deine Angestellten umbringen. Da er nun aber weiß, dass die Polizei schon vor Ort war, bist du in Sicherheit.«

»Glaubst du das wirklich?«

»Natürlich. Zur Abwechslung werde ich dir mal etwas aus deiner eigenen Bar servieren. Dann sieht die Welt gleich ganz anders aus.«

Fahrig fuhr sich Guido über die Stirn. »Am Eröffnungstag kommt ihr alle. Ja? Natürlich mit den Kindern. Ihr bekommt den großen Tisch, und ich serviere euch ein Chateaubriand, wie ihr es noch nie zuvor gegessen habt.«

Marcus folgte ihr zur Bar. Nachdem sie einen Cognacschwenker gefüllt hatte, sah sie Markus fragend an. »Ich hoffe, du stimmst meiner Einschätzung zu? Ich war übrigens selbst mal Polizistin. In einem anderen Leben.«

»Darauf wäre ich nun auch ohne Erklärung gekommen … Ja, ich glaube, dass du richtigliegst. Die Gefahr dürfte gebannt sein. Trotzdem werde ich regelmäßig einen Streifenwagen hier vorbeifahren lassen und ein paar Sicherheitsregeln mit ihm bereden.«

»Seht bloß zu, dass ihr diesen widerlichen Kerl bekommt. Was für ein kranker Plan! Toni hat mir alles erzählt«, erklärte sie noch, ehe er sich wundern konnte, dass sie so gut informiert war.

Wie mochte es wohl sein, eine Partnerin zu haben, mit der man offen über die Abgründe seines Jobs reden konnte? Seine Ex-Frau hatte nie etwas von seinem Beruf hören wollen.

Er verdrängte den Gedanken schnell. »Wir sind ihm dicht auf den Fersen.«

KAPITEL 31

Juliane empfing sie mit einer finsteren Miene.

»Ich habe den Dreckskerl. Und ich habe ihn auch nicht, denn diese widerliche Kanalratte hat die Daten einer real existierenden, aber vor zwei Jahren verstorbenen Person verwendet und sich damit eine komplett neue Existenz aufgebaut. Ich bin ihm durch Foren gefolgt. Und auf Insta. Ich kann kaum glauben, dass das alles nur Fantasie ist. Das musst du gesehen haben.«

Marcus konnte sich nicht erinnern, dass seine Assistentin jemals so viel an einem Stück geredet hatte.

Sabrina startete schon ihren PC und hielt sich nicht damit auf, ihre Jacke auszuziehen. »Hast du die Links schon an Winfried weitergeleitet? Ihm traue ich noch am ehesten zu, dahinter so etwas wie einen nachvollziehbaren Plan zu erkennen.«

»Ja, habe ich. Hoffe, das ging klar, Boss.«

Marcus nickte lediglich und blickte über Julianes Schulter auf ihren PC. »Ist das sein Instagram-Profil?«

»Ja, alles künstlich inszeniert. Er nennt sich hier Tim Christiansen. Achte mal auf die Fotos. Sie sind perfekt in Szene gesetzt, aber auf keinem ist sein Gesicht zu sehen. Einige Hintergründe habe ich schon gefunden, da hat er seinen Kopf – natürlich von hinten – nur reinmontiert.«

»Du sagtest, dass ein Mann mit diesem Namen existiert hat?«

»Ja. Aber der war nie in den sozialen Medien aktiv und sah

auch ganz anders aus. Viel unscheinbarer. Ich habe eine Nachbarin erreicht, und die meinte, der hätte total zurückgezogen gelebt und nur einen Freund gehabt.«

»Nur einen Freund?«

»Ich weiß, worauf du hinauswillst. Ich habe schon einen Beamten vom KDD hingeschickt, der soll eine Phantomzeichnung oder wenigstens eine Beschreibung aufnehmen. Ich vermute auch, dass die Spinne dieser Freund war. Vielleicht hat er den echten Tim Christiansen sogar umgebracht, denn der wurde tot im Hafenbecken gefunden, und niemand weiß, wie er dahin gekommen ist.«

»Tim Christiansen«, wiederholte Sabrina nachdenklich. »War er blond? Eher klein?«

Juliane fuhr zu ihr herum. »Du kennst ihn?«

»Ich habe ein Gesicht vor Augen. Er wurde ›Krischi‹ genannt, weil er den Namen Timmy gehasst hatte. Wir sind gemeinsam in die fünfte und sechste Klasse gegangen. Danach haben sich unsere Wege getrennt. Vorher hatte ich nie viel mit ihm zusammen gemacht, obwohl wir von der gleichen Grundschule kamen, aber er war der Einzige, den ich am Gymnasium kannte. Am Anfang haben wir die Pausen miteinander verbracht.«

Juliane tippte etwas in ihren PC ein. »Altersmäßig passt er zu allen anderen Opfern. Nur der Wohnort weicht ab, er hat in der Nähe vom Großneumarkt gewohnt.«

»Zwei Jahre? Unsere Spinne hat ihr erstes Opfer schon vor zwei Jahren umgebracht?« Sabrinas Stimme klang ungewohnt heiser.

»Hat deine Anfrage beim HVV was gebracht?«

»Ja, wir bekommen die Aufnahmen heute noch, allerdings haben sie nicht gesagt, wann. Und das ist auch noch nicht alles.«

»Was denn noch?«, fauchte Sabrina los.

Als Juliane sichtlich aufgebracht etwas erwidern wollte, legte Marcus ihr schnell eine Hand auf die Schulter. »Lass gut sein. Was hast du noch rausgefunden?«

»Mit dieser Fake-ID hat sich der Täter in Waffenforen rumgetrieben. Er hat sich für Schusswaffen interessiert, sehr gute Fragen gestellt und schließlich Fotos von seinen Errungenschaften gepostet. Das waren eine Neunmillimeter und ein Revolver.«

»Verdammt.« Da sich Sabrina etwas beruhigt zu haben schien, wagte Marcus es, die Frage zu stellen, die ihn beschäftigte. »Du hast eben die Schule erwähnt und damit zum ersten Mal eine Verbindung zwischen dir und einem Opfer hergestellt. Ist da vielleicht noch mehr, was dir einfällt?«

»Nein, sonst hätte ich das schon gesagt!«

Marcus versuchte, ihren wütenden Tonfall zu ignorieren. »Ich möchte der Sache trotzdem nachgehen. Schick mir doch bitte mal deine Auswertung über die weiterführenden Schulen.«

»Mache ich. Ausnahmsweise hoffe ich, dass du etwas entdeckst, das mir entgangen ist.«

»Das glaube ich nicht. Ich hoffe eher auf eine Art Eingebung, aber verdammt gute Arbeit von dir.«

Julianes Wangen röteten sich. »Bei Elena von Woltersleben gibt es leider nichts Neues. Sie ist noch nicht wieder aufgewacht, aber ihr Zustand ist stabil. Die Ärzte haben sie ins künstliche Koma versetzt und sagen uns Bescheid, wenn sie aufgeweckt wird. Und diese Seniorenresidenz lässt mitteilen, dass Frau Brunner keine Besucher wünscht.«

»Schade, aber wir werden schon einen Ansatzpunkt finden.«

Sabrina steckte ihr Handy weg, auf dem sie eine Nachricht

überflogen hatte. »Da kann ich vielleicht helfen. Ich treffe mich gleich mit Christian, dem Pfleger aus dem Altersheim. Vielleicht kann ich ihm Fragen für Frau Brunner mitgeben.«

»Das ist der, der sie gerettet hat, oder?«, hakte Juliane nach.

»Ja.«

»Warum triffst du ihn?«

»Weil er nett ist und mich gefragt hat. Ist es in Ordnung, wenn ich gleich Feierabend mache?«

Marcus hätte am liebsten Nein gesagt, doch ihm fiel kein Grund ein, der nicht völlig lächerlich geklungen hätte. »Natürlich. Viel Spaß.«

***

Wieder verdunkelten Wolken den Himmel, doch ab und zu kam die Sonne durch. Sabrina hoffte, dass sich Christian für einen Platz auf der Außenterrasse entschieden hatte, denn die klare, wenn auch etwas kühle Luft half ihr, die düsteren Gedanken zu vertreiben. Die Skrupellosigkeit des Täters und dass sie ihn so knapp verpasst hatten, nagten an ihr. Endgültig war ihre Stimmung gekippt, als sie an den blonden Jungen dachte, der ihr damals die Eingewöhnungszeit so sehr erleichtert hatte.

Sie eilte den Weg an der Außenalster entlang und hatte plötzlich das Gesicht von Conny vor Augen. Wie war das noch gewesen? An der Grundschule waren sie schon beste Freundinnen gewesen, doch wenn sie an die ersten beiden Jahre am Gymnasium dachte, hatte sie kaum Erinnerungen an sie. Wie war das möglich? Hatten sie sich zerstritten? Nein! Jetzt fiel es ihr wieder ein. Es hatte mit den Fremdsprachen zu tun. Connys Eltern hatten sie zu Latein gedrängt, und erst nach der siebten waren sie wieder in eine Klasse gegangen. Von da an waren sie unzertrennlich. Plötzlich hatte sie das Gefühl, die Antwort auf so viele Fragen direkt vor sich zu haben, doch ehe das vage Bild Konturen angenommen hatte, war es schon wieder weg.

»So ein Mist«, fluchte sie und stürmte auf die Terrasse des Cafés.

»Na, ich hoffe, du meinst nicht mich!« Christian stand vor ihr und sah sie amüsiert an.

»Wo kommst du denn so plötzlich her?« Sabrina atmete tief durch. »Entschuldige, du hast mich erschreckt. Ich hatte dich gar nicht bemerkt und war gerade in Gedanken.«

»Alles gut. Sieh mal, ich habe direkt am Geländer einen Tisch für uns ergattert. Ist das für dich in Ordnung? Wenn es dir zu kalt ist, kann ich dir eine Decke bringen lassen.«

Ihre Stimmung hob sich. »Nein, das ist perfekt. Ich hatte auf einen Platz draußen gehofft, aber nicht gleich mit dem besten überhaupt gerechnet.«

Auf dem Tisch standen schon ein Bierglas, das noch fast voll war, und ein Teller mit Tortilla-Chips und zwei Soßen.

Christian schob ihr einen der Stühle zurecht. »Ich hatte Hunger und war nicht sicher, ob du überhaupt etwas essen möchtest.«

Sabrina saß kaum, da griff sie schon zu. »Das ist genau das Richtige! Dazu noch einen Aperol Spritz, und die Welt sieht wieder besser aus.« Sie blickte auf die Alster und bemerkte zwei Schwäne, die vorbeischwammen. »Entschuldige, du bist ja nicht hier, um dir meinen Frust anzuhören.«

»Ach was. Du kannst es dir aussuchen: Ich lenke dich ab, oder du redest dir deinen Kummer von der Seele.«

Eine Kellnerin trat an ihren Tisch und nahm Sabrinas Bestellung auf.

»Dann bin ich erst einmal für Ablenken.«

»Wie du meinst. Frau Brunner geht es wieder ganz hervorragend. Sie hat sich heute dermaßen über die zu harten Kartoffeln zum Mittagessen beschwert, dass mir jetzt noch die Ohren klingeln.«

Lachend nahm sich Sabrina einen weiteren Chip und tunkte ihn in die Salsasoße. »Das gefällt mir. Natürlich nicht, dass du unter ihrer Beschwerde gelitten hast, sondern dass es ihr gut geht. Wie fühlt man sich eigentlich als Lebensretter?«

Christian verzog den Mund, nahm ebenfalls einen Chip, wählte jedoch die Käsesoße. »Wie gut, dass Geschmäcker verschieden sind. Wir werden uns hier nicht in die Quere kommen.«

»Du willst nicht darüber reden? Das war als Kompliment gemeint.«

»So habe ich es auch aufgefasst, aber du triffst da einen wunden Punkt bei mir. Natürlich möchte ich nicht, dass jemand ernsthaft in Gefahr gerät wie Frau Brunner, aber als ich mir den Job damals ausgesucht habe, hatte ich schon gehofft, etwas wirklich Sinnvolles zu tun. Den Menschen helfen zu können. Vielleicht sogar Leben zu retten. In der Seniorenresidenz fühle ich mich dagegen oft eher wie ein Hotelangestellter.«

Sofort erinnerte sich Sabrina an ihr Gespräch mit Winfried. Der ehemalige Rechtsmediziner hatte sich darüber beklagt, dass er an manchen seiner Behandlungstage so viele Patienten hatte, dass er es alleine nicht schaffen konnte. Außerdem gab es immer wieder Situationen, bei denen er einen Assistenten gebrauchen konnte.

»Ich habe eine Idee. Wärst du denn bereit, etwas Freizeit zu opfern, wenn du dafür die Gelegenheit bekommst, den Menschen zu helfen, die wirklich darauf angewiesen sind? Allerdings muss ich vorher noch etwas klären, und ich hoffe, du nimmst es mit dem Gesetz nicht zu genau.«

Christian stellte sein Bierglas, aus dem er gerade trinken wollte, zurück. »Sekunde mal. Das hört sich interessant, aber auch etwas dubios an.«

»Ist es aber gar nicht. Ich kenne jemanden, der ehrenamtlich denen hilft, die sonst keine ärztliche Betreuung erhalten. Er ist absolut kompetent, hat aber eben keine offizielle Praxis.«

»Ah, verstehe. Ich habe davon gehört, dass jemand in der Obdachlosenhilfe als Engel unterwegs sein soll. Das wäre genau mein Ding. Da sind mir Praxis und Approbation dann auch egal. Es wäre mega, wenn du da etwas einfädeln könntest.«

»Ich probiere es!«

»Klingt zu schön, um wahr zu sein. Und ich dachte bei deinem Spruch mit dem Gesetz schon an sonst was. Aber ich hätte wissen müssen, dass du nicht von mir verlangst, jemanden umzubringen.«

Sabrinas Stimme verschlechterte sich wieder, doch sie versuchte, es zu verbergen.

Mit gerunzelter Stirn schüttelte Christian den Kopf. »Ich bin ein Idiot. Damit habe ich dich an deinen Job erinnert, stimmt's? Tut mir wirklich leid.«

»Ach was. Ist ja nicht deine Schuld.« Trotzdem war sie froh, dass in diesem Moment ihr Drink serviert wurde. Sie nahm einen Schluck und war ganz zufrieden. Für ihren Geschmack war er ein wenig zu wässerig, aber dennoch sehr lecker – dazu die Sonne, die Aussicht und die nette Gesellschaft. Was wollte sie eigentlich noch mehr?

Sie ertappte sich bei dem Wunsch, dass Marcus ihr gegenübersitzen würde und sie über den Fall sprachen. Rasch verdrängte sie den Gedanken und schenkte Christian ein strahlendes Lächeln. »Nun sieht die Welt wieder anders aus.«

Kurz hatte sie den Eindruck, dass er nach ihrer Hand greifen wollte, doch er tat es nicht.

»Wenn du drüber reden möchtest, sag es einfach. Ich habe ja durch eure Nachfragen mitbekommen, wie skrupellos der Kerl sein muss, den ihr jagt. Wenn ich da an Frau Brunner denke – oder mir vorstelle, dass jemand wirklich die liebe Frau Hausener umgebracht haben könnte, bekomme ich eine Gänsehaut. Ich weiß nicht, wie du es schaffst, dich den ganzen Tag damit zu beschäftigen.«

»Das liegt an meinen Kollegen. Gemeinsam packt man das. Aber was meinst du mit Frau Brunner?«

Nachdem er einen Schluck Bier getrunken hatte, beugte er sich etwas vor. »Ich dachte, das wüsstest du. Die toxische Analyse der Blutprobe ist da. Ihr wurde ein Barbiturat verabreicht, und jeder rätselt nun, wie und von wem.«

Bei der Neuigkeit vergaß Sabrina, dass sie sich einen weiteren Chip hatte nehmen wollen – und dass sie Christian eigentlich nichts über ihren Job erzählen wollte.

»So ein Mist. Diese verdammte Spinne muss jemanden bei euch bestochen haben. Das ergibt Sinn, und zwar für beide Fälle. Irgendeiner von euch wird die alten Damen vergiftet haben. Wir müssen herausfinden, wer das ist. Ich weiß gar nicht, ob Marcus schon die Personallisten hat. Gibt es jemanden, der dir spontan einfällt?«

Erst, als er sie mit offenem Mund ansah, bemerkte sie, dass die Frage ziemlich übergriffig war.

Christian schüttelte leicht den Kopf. »Da du mich nur nach meinen Kollegen fragst, heißt das wohl, ich kann mich glücklich schätzen, dass du mich aus dem Kreis der Verdächtigen ausschließt? Und was meinst du mit ›Spinne‹?«

»Natürlich! Es wäre doch ein Leichtes gewesen, Frau Brunner nicht zu helfen. Also kannst du gar nicht diese Spinne sein. Das ist ein Name, den wir dem Mistkerl verpasst haben.«

Er leerte sein Glas in einem Zug und signalisierte der Kellnerin, dass er etwas bestellen wollte. »Ich fühle mich nicht besonders wohl dabei, so über meine Kollegen nachzudenken, aber ich werde es tun. Spontan muss ich passen, und jetzt habe ich Hunger.« Er lächelte etwas schief. »Das war schon immer so. Aufregung entfacht bei mir den Appetit. Und deine Spinnen-Geschichte klingt gruselig und aufregend zugleich.«

KAPITEL 32

Markus hatte den Schreibtischstuhl weit zurückgeschoben und starrte an die Decke. Was für ein verschwendeter Tag! Gestern war der verdammte Verbrecher ihnen denkbar knapp entwischt, und heute hatten sie nur im Nebel herumgestochert und waren keinen Zentimeter weitergekommen. Er speicherte die aktuellen Dateien und entschloss sich, seine Arbeit zu Hause auf seinem Notebook fortzusetzen. Vielleicht kam ihm mit etwas Abstand noch eine Idee. Immerhin war es schon fast vier Uhr nachmittags, und Überstunden hatte er bereits genug angehäuft.

Auch wenn er wusste, dass es diesen Stillstand zwangsläufig bei jeder Ermittlung gab, hasste er diese Phase. Hinzu kam noch, dass seine Teammitglieder ihn heute den letzten Nerv gekostet hatten. Sabrina hatte quasi nur noch ein Thema gekannt: Christian, diesen Pfleger aus der Seniorenresidenz. Es war zwar praktisch, dass sie so einen Draht dorthin hatten, aber musste sie deshalb so von dem Kerl schwärmen? Und warum musste er jetzt auch noch Winfried unter die Arme greifen?

Juliane hatte sich wieder in erster Linie aufs Schweigen beschränkt und den ganzen Tag stumm auf die Tastatur eingehämmert. Er hatte so sehr gehofft, dass sie endlich auf eine Verbindung zwischen den Opfern stieß, die sie zum Täter führen würde, doch leider war ihre Miene von Stunde zu Stunde finsterer geworden.

Gemeinsam hatten sie nach dem Mittagessen fast eine Stunde lang überlegt, wo der Täter eine derartige Demütigung erlebt haben könnte, dass er sich Jahre später auf einen Rachefeldzug begab. Ihnen war nur das Thema Sport eingefallen. Das hielt immerhin auch Winfried für plausibel. Leider schloss Sabrina das für Conny und sie kategorisch aus. Damit blieb nur noch das Gymnasium, das immerhin eine Gemeinsamkeit zwischen Tim Christiansen, Sabrina und Conny darstellte. Doch auch da führten Julianes Bemühungen ins Leere.

Er klappte sein Notebook zusammen und stopfte es in den Rucksack. Als er durchs Vorzimmer ging, gelang es ihm immerhin, etwas Aufmunterndes zu sagen. Auch wenn er an sein »Morgen sieht es schon wieder anders aus« selbst nicht so ganz glaubte.

Als er Valerie im Wohnzimmer entdeckte, wurde ihm klar, dass er zu Hause keine Ruhe finden würde. Auf die Terrasse umzuziehen, war keine Option, da es zwischen einzelnen Schauern nur kurze trockene Abschnitte gab.

Immerhin reichte seiner Tochter ein Blick auf seine Miene, und sie seufzte. »So schlimm? Dann mache ich heute Essen und habe gleich noch den ultimativen Tipp für dich.«

Es war wohl einfacher, er ließ Valerie ihren Willen, statt sich in eine Diskussion zu verstricken.

Zum ersten Mal seit ihrem Einzug vermisste er ein Arbeitszimmer. Sich mit dem Notebook ins Schlafzimmer aufs Bett zurückzuziehen, war keine Option.

Valerie wischte noch einige Male über ihr Tablet. »Loslassen und die Perspektive wechseln. Das hilft immer. Glaub mir. Ich stand Hunderte Male an dem Punkt, dass ich mit Mom nicht weiterwusste, und es hat immer geholfen.«

Das, was als Tipp gemeint war, verriet ihm einiges über die

letzten Monate seiner Tochter. »Ich habe mitbekommen, dass deine Mutter ein paar neue Interessen entwickelt hat. Wie bist du damit klargekommen?«

»Du meinst diesen ganzen schamanischen, esoterischen Kram? Mit manchen Dingen konnte ich was anfangen, die Philosophie dahinter hat mir gefallen. Und das, was ich für Blödsinn halte, habe ich einfach ignoriert.«

»Was war dann euer Problem?«

Nachdem das Schweigen andauerte, rechnete er nicht wirklich mehr mit einer Antwort.

Valerie lächelte zittrig. »Weißt du, was ich an dir schon am zweiten Tag hier zu schätzen gewusst habe?«

»Nein, aber jetzt bin ich gespannt.«

»Dass du so organisiert und verantwortungsbewusst bist. Ich habe dich ja schon ein bisschen überfallen und …«

»Ein bisschen?«, warf Marcus grinsend ein.

»Nun ja, gut, dann hab ich dich eben richtig überfallen«, gab sie hoheitsvoll zu. »Aber trotzdem hast du dich sofort um alles gekümmert. Es war immer Brot da, genug Wurst und Joghurt im Kühlschrank und all das. Du hast die Formalitäten für die Schule geregelt und mir alles unterschrieben hingelegt.«

Was hatte seine Ex denn da für ein Leben geführt, dass solche Kleinigkeiten für Valerie erwähnenswert waren? Wut kochte in ihm hoch. Um sich nichts anmerken zu lassen, stand er schnell auf und ging zum Kühlschrank, um sich ein Bier zu holen.

»Ich kommentiere das mal lieber nicht«, sagte er, als er seiner Stimme wieder traute. »Aber verrate mir doch mal, wo du Verständnis für ein Verhalten hergezaubert hast, das nicht einmal die minimalsten Anforderungen an eine Elternschaft erfüllte.«

Valerie lachte. »Jetzt hast du es mit der Frage doch kommentiert. Immer, wenn ich kurz vorm Platzen war, habe ich die Perspektive gewechselt.«

»Du meinst, du hast Verständnis für deine Mutter aufgebracht?«

»Nee, damit hätte ich ja nichts erreicht, also im Sinne von geändert. Ich habe mir einfach überlegt, was ich anders machen kann, damit die Probleme in Zukunft nicht mehr entstehen. Zum Beispiel selbst eingekauft und die Lebensmittel so gelagert, dass sie nicht gleich von einem ihrer Freunde verschlungen wurden. Damit meine ich, dass du es mit einem dermaßen ungewöhnlichen und perfiden Mörder zu tun hast, dass du mit normalen Ermittlungen nicht weiterkommst. Du warst schon auf dem richtigen Weg, dass du Sabrina und Winfried ins Boot geholt hast. Genau so musst du weitermachen.«

Die Wortwahl machte ihn misstrauisch. »Hast du heute ein Update über unsere Ermittlungen bekommen?«

Plötzlich sah Valerie an ihm vorbei an die Wand. »Ich war mit Freddy draußen, weil Winfried Christian eingearbeitet hat. Es kann sein, dass wir noch kurz über das Thema gesprochen haben.«

»Vor Christian?«, entfuhr es Marcus.

Valerie rollte mit den Augen. »Natürlich nicht. Den habe ich doch gar nicht persönlich getroffen. Der Prof hat ihn nur erwähnt. Für wie blöd hältst du mich eigentlich? Als ich mit dem Mops zurückgekehrt bin, war Christian im Gartenhaus, und der Prof und ich haben im Haus geredet. Hast du was gegen Christian?«

Ja! »Nein, natürlich nicht. Er macht einen netten Eindruck auf mich.«

»Ist nett nicht die kleine Schwester von scheiße?«, erkundigte sich Valerie anzüglich.

»Können wir zurück zum Perspektivwechsel kommen? Was schwebt dir da vor?«

»Ihr braucht einen neuen, unvoreingenommenen Blick auf alles. Lass mich mal über alles drübergucken. Ich wette, ich finde etwas, das euch nicht aufgefallen ist.«

Spontan wollte er energisch ablehnen, gerade noch rechtzeitig bemerkte er, wie sehr er seine Tochter damit verletzen würde. Im Prinzip hatte sie recht. Außer der Suche nach der Verbindung zwischen den Opfern hatten sie nichts mehr. Winfrieds Einschätzung war zwar wertvoll, half ihnen aber nicht bei der Identifizierung des Täters. Vielleicht fiel jemand anderem ein Ansatzpunkt auf, den er bislang übersehen hatte – doch dieser Jemand würde ganz bestimmt nicht seine minderjährige Tochter sein.

»Deine Idee ist gut, sogar sehr gut.«

Laut seufzend verzog Valerie den Mund. »Lass mich raten. Du machst das, nimmst dafür aber irgendeine Polizeitussi und nicht mich.«

Schmunzelnd nickte Marcus. »Hast du deiner Mutter eine ihrer Kristallkugeln geklaut? Genau das habe ich vor. Und ich habe noch eine Idee. Was hältst du davon, wenn keiner von uns heute kocht, sondern ich meine Tochter zur Abwechslung mal ausführe?«

»Ausführen? Das sagt doch kein Mensch mehr, aber die Idee ist mega, könnte glatt von mir sein. Gehen wir zu dem American Diner um die Ecke?«

»Natürlich. Als meine erste und beste Beraterin darfst du dir die Location aussuchen.«

»Dann ist das abgemacht.«

***

Valerie fuhr mit einem Ruck hoch, dann hatte sie das Geräusch identifiziert, das sie aus dem Schlaf gerissen hatte. Ihr Vater war wieder einmal zu einer seiner frühmorgendlichen Laufrunden aufgebrochen. Der Wind pfiff an ihrem Fenster vorbei. Vermutlich war ihm die Haustür aus der Hand geweht worden. Gähnend sah sie auf den Wecker. Halb fünf. Wie konnte man um die Zeit nur schon draußen joggen? Das war nichts für sie und schon gar nicht, wenn sie sich erst gegen ein Uhr aus *League of Legends* ausgeloggt hatte. Es lebe der Schulentwicklungstag, der ihr einen freien Tag bescherte, auch wenn ihr nicht klar war, wofür die Lehrer so etwas brauchten. Die Ferien waren schließlich lang genug. Trotzdem würde sie sich deswegen ganz bestimmt nicht beschweren.

Sie drehte sich um, um weiterzuschlafen, als ihr ein Gedanke kam. Schlagartig war sie hellwach. Natürlich! Das war die Gelegenheit, sich in Ruhe am Notebook ihres Vaters in den Fall einzulesen. Sie brauchte mehr Informationen als die paar Brocken, die er ihr hinwarf! Ihr war unbegreiflich, wie Erwachsene so engstirnig sein konnten. Sie war zwar auf dem Papier noch nicht volljährig, managte aber seit Jahren ihr Leben alleine. Leider reichte das ihrem Vater nicht.

Sie zog sich ein Sweatshirt über, schlüpfte in ihre Jogginghose und eilte nach unten ins Wohnzimmer. Das Notebook stand wie erwartet noch auf dem Tisch. Wie lange war ihr Vater immer unterwegs? Mindestens eine halbe Stunde, eher länger. Wie gut, dass sie unauffällig seine Passworteingabe beobachtet hatte. Kaum war das Notebook hochgefahren, loggte es sich übers WLAN-Netz auch schon auf dem Polizeiserver ein. Perfekt. Der Username war schon voreingestellt, und das Passwort hatte sie richtig mitbekommen.

Gespannt wartete sie, dass die Begrüßungsmaske verschwand, und rief sofort das letzte Dokument auf. Sie überflog die Notizen, die nicht mehr als eine Sammlung von Ideen und Gedanken waren. Sie schloss die Datei und rief ein anderes Dokument auf. Ihr Puls beschleunigte sich, als sie den eher nüchtern formulierten Bericht über die Festnahme der Restaurant-Bande überflog. Schusswaffengebrauch? Ihre Fantasie lieferte ihr die passenden Bilder dazu, und ihr Respekt vor ihrem Vater wuchs. Für so gefährlich und actionreich hatte sie seinen Job nicht gehalten. Doch so spannend das alles auch war, es half ihr nicht, und sie öffnete die nächste Datei.

Dass es einen weiteren Mordfall gab, war ihr neu. Das hatte der Täter ja richtig clever eingefädelt. Niemand wäre auf die Idee gekommen, dass es sich bei dem vermeintlichen Unfalltod im Hafenbecken um etwas anderes als einen tragischen Zwischenfall handelte. Was? Sabrina, ihre Freundin Conny und dieser Typ hatten sich vom Gymnasium gekannt? Juliane hatte danach die gesamte Schule nach den anderen Opfern abgesucht, war aber nicht fündig geworden. Danach hatten sie die Suche auf Sportvereine ausgeweitet.

Valerie knabberte an ihrem Daumennagel. Das lag zwar nahe, aber sie wäre anders vorgegangen. Wenn du mit dem Naheliegenden nicht weiterkommst, musst du eben nach dem Unmöglichen Ausschau halten. Irgendetwas in der Richtung hatte sie aus einem Sherlock-Holmes-Film behalten, und genau das hatte sie versucht, ihrem Vater zu erklären.

Nachdenklich ging sie in die Küche, goss sich ein Glas Saft ein und nahm den Block mit, auf dem sie die fehlenden Dinge für den nächsten Einkauf notierte.

Erst, als sich wieder gesetzt hatte, fiel ihr auf, dass sie den Bleistift vergessen hatte. Mist. Das war einfach nicht ihre Zeit. Gähnend ging sie erneut in die Küche und holte ihn.

Wenn Sabrina und dieser Tim sich in der fünften und eventuell auch sechsten Klasse gekannt hatten, dann musste das entscheidende Ereignis in diesem Zeitraum stattgefunden haben oder davor. Denn dort stand ja, dass beide von der gleichen Grundschule kamen. Wenn sie es richtig sah, dann hatte Juliane diesen Zeitraum noch gar nicht genauer unter die Lupe genommen. Ha, dann würde sie das jetzt eben tun. Mal sehen, ob ihr nicht noch eine Idee kam.

Sie scrollte weiter durch den Text und stieß auf einen Punkt, über den die Polizisten ziemlich sauer waren. Frau Brunner lehnte jeden Besuch ab. Wer war diese Frau, und was für eine Rolle spielte sie?

Valerie startete eine Suche nach dem Namen über verschiedene Dokumente und las sich die Treffer durch. Das war ja ein Ding. Wie gut, dass sie heute keine Schule hatte. Ihr Vater musste sich an Regeln halten, sie nicht.

Statt sich die Daten zu notieren, fotografierte sie mit dem Handy die Seiten ab, die interessant waren.

Mehr würde sie im Moment wohl nicht erreichen. Sie fuhr das Notebook wieder runter und klappte es zu.

Das, was sie vorhatte, war deutlich spannender, als irgendwelche dämlichen Mathefunktionen zu lernen. Außerdem wollte sie etwas für ihren Vater tun. Das war sie ihm schuldig. Für ihn mochte es normal sein, wie er sie aufgenommen hatte und sich seit ihrem überraschenden Auftauchen um sie kümmerte, für sie war es das nicht. Ganz im Gegenteil. Sie hatte eher damit gerechnet, in einer billigen Absteige zu landen, denn schließlich hatte ihre Mutter immer wieder betont, wie unzuverlässig ihr Vater war. Da er nie Kontakt zu ihr gesucht hatte, hatte sie ihrer Mutter geglaubt und das Kapitel abgehakt. So schlecht war das Leben auf Teneriffa ja schließlich nicht gewesen, jedenfalls bis zu dem Zeitpunkt, an dem ihre schon immer leicht durchgeknallte Mutter komplett die Bodenhaftung verloren hatte. Vermutlich war es eine Frage von

Tagen, bis ihr Loverboy sich aus dem Staub machte, denn da ihr Vater keinen Unterhalt mehr für sie überwies, musste ihrer Mutter finanziell das Wasser bis zum Hals stehen. Ob sie noch genug Lebensmittel im Haus hatte? Oder driftete sie nur noch auf einer Gras-Wolke vor sich hin?

Valeries Magen schmerzte bei dem Gedanken. Obwohl sie wusste, dass es kaum ihre Aufgabe war, sich um ihre Mutter zu kümmern, sagte ihr Herz etwas anderes. Ihr Blick fiel auf das Notebook. Da war ihr Vater komplett anders. Er war zwar manchmal ein bisschen spießig und steif, doch er tat etwas Sinnvolles. Die Sache mit der nächtlichen Schießerei verlieh ihm sogar etwas Heldenhaftes, da war es doch das Mindeste, dass sie ihm ein wenig unter die Arme griff!

KAPITEL 33

Die Sonne hatte die letzten Wolken vertrieben. Begeistert betrachtete Valerie den strahlend blauen Himmel über dem Gebäude und das parkähnliche Grundstück. Das Altersheim hatte sie sich ganz anders vorgestellt, irgendwie grau und hässlich. Doch hier gefiel es ihr.

Langsam schlenderte sie auf den Eingang zu und lächelte eine ältere Dame an, die ihr mit einem Rollator entgegenkam.

Auch der Eingangsbereich war ganz anders, als sie es erwartet hatte. Alles war hell, nett, und nur ein ganz leichter Geruch nach Reinigungsmitteln störte das Gesamtbild.

Mit dem Blumenstrauß in der Hand ging sie zu dem Empfangstresen, von dem aus ihr eine Frau in den Vierzigern schon neugierig entgegensah. Damit war dann schon mal ausgeschlossen, dass sie sich einfach so einen Weg zum richtigen Zimmer suchen konnte.

»Schönen guten Tag, mein Name ist Valerie. Ich wohne eigentlich auf Teneriffa und bin für ein paar Tage in Hamburg. Da wollte ich unbedingt Tante Adelheid besuchen. Ich weiß, dass sie nach der ganzen Aufregung noch Ruhe braucht, aber ich wollte ihr einfach nur ein bisschen was von der Insel erzählen. Meinen Sie, das geht in Ordnung?«

»Sie meinen Adelheid Brunner?«

»Ja, genau. Wir haben gestern noch telefoniert, aber sie hat wohl nicht daran gedacht, mich anzukündigen, oder?«

»Nein, das hat Sie leider nicht. Und eigentlich empfängt sie im Moment auch keinen Besuch.«

»Ich weiß. Sie hat mir ja alles erzählt. Erst der Tod ihrer Freundin und dann das ganze Drama mit der Polizei und ihrem Erstickungsanfall. Ich war ja so froh, dass sie sich gestern schon fast wieder normal angehört hat. Könnten Sie sich vielleicht kurz bestätigen lassen, dass sie mich sehen möchte?«

»Nicht nötig. Kennen Sie denn Ihre Raumnummer?«

Auf diese Frage war sie vorbereitet und hatte dank der Notizen ihres Vaters die richtige Antwort. »Natürlich! Sie wohnt in Zimmer 123, wobei sie die Bezeichnung ›residiert‹ vorzieht.«

Die Frau schmunzelte. »Ich sehe, Sie sind bestens informiert. Kennen Sie denn den Weg noch?«

»Nee, da muss ich passen. Irgendwo da runter?« Sie deutete nach rechts, weil von dort gerade ein älteres Paar auf sie zukam.

»Ganz genau.« Die Wegbeschreibung klang nicht besonders kompliziert, nur die Ankündigung, dass die Frau ihren Besuch telefonisch bei der alten Dame avisieren würde, gefiel Valerie nicht. Da musste sie eben schnell sein und Frau Brunner überzeugen, mit ihr zu reden.

Ihr Abschiedslächeln fiel vermutlich eher gezwungen aus. Aber sie hatte Glück. Ein Mann mit einer karierten Schirmmütze stürmte auf die Empfangsdame zu. Er würde sie bestimmt ein paar Minuten beschäftigen, bevor sie den Anruf tätigen konnte. Das verschaffte Valerie Zeit.

Valerie eilte den Flur entlang, klopfte an der Tür zu dem Zimmer von Adelheid Brunner und trat ein, ohne eine Antwort abzuwarten.

»Bitte, werfen Sie mich nicht raus. Ich brauche Ihre Hilfe, um Leben zu retten. Es ist wirklich wichtig«, platzte sie heraus und hielt die Blumen wie eine Fahne hoch.

Zunächst starrte die ältere Dame sie mit offenem Mund an. »Na, das nenne ich mal einen Auftritt. Bist du von der Zeitung oder von der Polizei?«

»Nein! Zeitung auf keinen Fall. Und Polizei auch nicht, wenn, dann nur indirekt.«

»Immerhin hast du mich neugierig gemacht. Komm rein, und schließ die Tür hinter dir.«

Valerie tat, wie ihr geheißen, und sah sich suchend um. Auch dieses Zimmer gefiel ihr. Die Möbel waren zwar etwas dunkel, aber dennoch wirkte der Raum nicht überladen. Alles war sehr geschmackvoll eingerichtet, es gab Bücher, Fotos und kleine Tierfiguren aus Porzellan. »Haben Sie eine Vase für die Blumen?«

Adelheid Brunner deutete auf ein Sideboard, auf dem eine schwere Karaffe aus Kristallglas stand. Sie verfolgte aufmerksam, wie Valerie die Stängel anschnitt, Wasser aus dem kleinen Badezimmer holte und schließlich die Blumen arrangierte.

»Sehr hübsch.«

Valerie nickte. »Ich fand diese bunte Zusammenstellung viel netter als diese Dinger mit einem exotischen Zweig und ansonsten nichts. Sie haben es aber auch wirklich schön hier. Ich habe mir das alles ganz anders vorgestellt. Bei Ihnen sieht es so aus, wie ich mir das Wohnzimmer meiner Oma vorgestellt hätte. Leider habe ich keine. Und das Grundstück ist der Wahnsinn. Ein paar Schritte im Park, und die Welt sieht gleich ganz anders aus. Wollen wir vielleicht rausgehen? Draußen ist traumhaftes Wetter.«

»Sobald du mir verraten hast, was du von mir willst, denke ich darüber nach. Was sollte dieses Gerede, ich könnte Leben retten?«

»Das stimmt wirklich.« Das Telefon begann zu klingeln.

»Das ist die Dame vom Empfang, die Ihnen sagen möchte, dass Ihre Nichte Valerie eingetroffen ist.«

»So, so.« Frau Brunner nahm den Hörer ab und hörte kurz zu. »Ja, alles in Ordnung. Danke.« Als sie sich wieder Valerie zuwandte, wirkte sie deutlich strenger. »Und nun mal raus mit der Sprache, junges Fräulein. Du kommst also von Teneriffa?«

»Ja, komme ich wirklich.« Valerie holte ihr Handy hervor und rief eines der letzten Bilder auf, das sie auf der Insel gemacht hatte. »Hier, bitte schön. Ich bin erst seit Kurzem in Deutschland.«

»Setz dich und erzähl. Aber lüg mich nicht an, das merke ich sofort!«

»Waren Sie Lehrerin?«

»Ganz genau. Mir konnte noch nie jemand etwas vormachen.«

»Das glaube ich sofort. Meine Eltern haben sich getrennt, als ich noch ein Kind war. Ich habe bei meiner Mutter auf Teneriffa gelebt, bis es Probleme mit ihrem neuen Freund gab. Dann bin ich Hals über Kopf zu meinem Vater, den ich eigentlich gar nicht kannte. Doch der hat sich als cooler entpuppt, als ich zuerst gedacht habe. Und genau dem will ich jetzt helfen. Er muss sich nämlich im Gegensatz zu mir an bestimmte Regeln halten. Klar, ich habe ein bisschen gelogen, aber nur ganz wenig, und mal im Ernst: Regeln sind echt besch… Entschuldigung. Aber wieso sollte man sich an Regeln halten, wenn man dadurch Menschenleben gefährdet? Sie wissen nämlich etwas, das meinem Vater helfen kann, einen Serienkiller zu überführen, ehe er noch weitertötet. Fliege ich jetzt raus?«

»Nein, jetzt gehen wir gemeinsam in den Park und genießen die Sonne. Du bist die Tochter von diesem Kommissar?«

»Ja. Valerie Lauer. Mein Vater ist Marcus Lauer.«

Die ehemalige Lehrerin lotste Valerie zu einer Bank, die etwas abseits der Wege stand und von der aus man einen wunderbaren Blick auf die Alster hatte. »Den meisten ist der Weg hierher zu weit, und mit einem Rollator über den Rasen ist auch nicht jedermanns Sache. Das hier war der Lieblingsplatz von Edith und mir, daher ist dies ein sehr passender Ort für deine Geschichte.«

Valerie zögerte nur kurz, dann erzählte sie der älteren Dame alles, was sie bisher aus den Dateien ihres Vaters erfahren hatte.

»Oh, du meine Güte. Nun verstehe ich, warum der Kommissar sich nach der lieben Edith erkundigt hatte. Und ich dachte … Das tut mir aber nun schon etwas leid, dass ich ihn so abgewimmelt habe.« Sie sah Valerie streng an und nickte dann. »Auch wenn diese Sache haarsträubend fantastisch klingt, glaube ich dir. Aber verrate mir bitte mal, warum dein Vater so ausführlich mit dir darüber redet.«

Wenn Valerie die Wärme auf ihren Wangen richtig deutete, wurde sie gerade rot. Da sie der älteren Dame gegenüber bisher absolut ehrlich gewesen war, wich sie auch jetzt nicht von ihrem Kurs ab. »Das hat er gar nicht. Ich habe mir heute Nacht alles auf seinem Notebook durchgelesen.«

»Und beim Lesen der Akten, die dich nichts angehen, bist du auf meinen Namen gestoßen!«

»Ja. Aber ich bin nicht nur hier, weil ich wissen möchte, wer Ihre Freundin … nun ja … vermutlich manipuliert und umgebracht hat, was mir ganz fürchterlich leidtut, sondern ich möchte auch, dass Sie in Sicherheit sind. Es kann doch nicht sein, dass ich so leicht an Sie rangekommen bin. Und die Vorstellung, dass es jemand von hier auf Sie abgesehen haben könnte, ist schrecklich. Aber wenn Sie Ihre Aussage gemacht haben, müssten Sie doch aus dem Schneider sein.« Valerie musterte besorgt ihre Gesprächspartnerin, die deutlich blasser geworden war.

Es dauerte eine Weile, bis sie leise hüstelte und sich aufrechter hinsetzte. »Neben den deutschen Klassikern, die ich dir sehr ans Herz legen möchte, lese ich auch sehr gerne englische Kriminalliteratur und kann deinen Schlussfolgerungen kaum widersprechen. Ich habe mich seit dem unerfreulichen Zwischenfall, den ich nur dank Christian überlebt habe, sehr zurückgezogen. An dem betreffenden Morgen war ich dermaßen schläfrig, dass ich annehmen muss, dass mir jemand etwas in mein Essen gemischt hat. Ich will jetzt ganz offen sein. Edith bekam auf anonymem Wege einige sehr unerfreuliche Fotos, auf denen ihr Enkel mit verschiedenen Frauen in eindeutiger Pose zu sehen war. Es waren mehrere Flittchen, mindestens zehn, und alle sahen keinen Tag älter aus als vierzehn Jahre. Eigentlich hatte meine liebe Freundin lediglich vor, der Leseförderung einen kleinen Betrag zukommen zu lassen.«

»Sie hat also ihr Testament nach den Fotos geändert und vermutlich auch den Kontakt zu ihrem Enkel abgebrochen. Richtig?«

»Ganz genau. Und du willst mir nun bestimmt erzählen, dass Florian unschuldig war?«

»Ich kann es mir gut vorstellen. Mit Programmen wie Photoshop kann ich es auch so aussehen lassen, als ob Sie ein heißes Date mit Chris Hemsworth hätten.«

»Heißes Date hört sich gut an, aber wer ist denn bitte schön dieser Chris?«

Lächelnd suchte Valerie auf ihrem Handy im Internet nach einem Foto des Schauspielers, das sie der älteren Dame zeigte.

Frau Brunner schmunzelte. »Ach ja. Vor einigen Jahren hätte ich den sicher nicht von der Bettkante gestoßen.«

Valerie prustete laut los. »Sie sind echt klasse!«

»Du bist aber auch ganz schön pfiffig. Trotz des bedauerlichen Hintergrundes muss ich leider zugeben, dass mir der Austausch mit dir sehr gefallen hat. Sehe ich es richtig, dass es bei deinem Vater vor allem an der Information hakt, was die Opfer verbunden hat?«

»Ja. Er hat nur das gleiche Alter und die Wohnorte, die alle in der Nähe liegen oder mal lagen. Weiter ist er noch nicht. Und der Prof meint, dass der Täter mal eine so richtig demütigende Situation erlebt haben muss, für die er den ganzen Männern und Frauen die Schuld gibt.«

»Nenne mir doch noch mal die Namen. Aber bitte langsam.«

Valerie las die Namen von der Notiz vor, die sie im Handy abgelegt hatte.

»Das hatte ich noch vergessen: Sabrina, ihre Freundin Conny und Tim Christiansen gingen in die gleiche fünfte und sechste Klasse eines Gymnasiums«, endete sie schließlich.

»Die weiterführende Schule habt ihr, ich meine, dein Vater, also überprüft. Doch was ist mit der Grundschule? Einige Namen kommen mir bekannt vor, aber ich erinnere mich leider nur noch an die Schüler, die direkt in meine Klasse gingen.«

»An die Grundschule oder den Kindergarten habe ich auch schon gedacht. Winfried meint zwar, dass das zu weit zurückliegt, aber ich finde, man sollte nichts ausschließen.«

»Obwohl ich mir so ein perfides Verhalten eigentlich überhaupt nicht erklären kann, halte ich eine Tat aus der vierten Klasse auch für möglich.«

»An welcher Schule haben Sie denn unterrichtet?«

»Tja, mein Kind, die gibt es heute gar nicht mehr, weil das Schulsystem ja schon einige Male reformiert wurde. Sie hieß *Grundschule zum Alsterschlösschen*.«

»Der Name gefällt mir. Die Behörde hat doch bestimmt noch die alten Klassenlisten!«

»Sicher.« Etwas mühsam erhob Frau Brunner sich. »Ich werde mir das alles noch einmal durch den Kopf gehen lassen, möglicherweise fällt mir noch etwas dazu ein. Und es wäre schön, wenn du mich bald wieder besuchen würdest.«

»Das mache ich sehr gerne, auch wenn der Fall schon gelöst ist. Darf ich Sie zurück in Ihr Zimmer begleiten?«

»Sehr gerne, meine Liebe.«

Valerie war hochzufrieden mit sich und der ganzen Welt. Frau Brunner war ein echter Schatz, und das Altersheim gar kein so schrecklicher Ort, wie sie gedacht hatte. Und außerdem hatten sie mit der Schule nun einen echten Anhaltspunkt. Besser hätte es gar nicht laufen können.

Sie verabschiedete sich herzlich von der alten Dame. Auf dem Weg zur Tür fiel Valeries Blick auf eine Flasche Wein, die in der Vitrine stand und ihr bisher nicht aufgefallen war. Primitivo Salento. Wie angewurzelt blieb sie stehen und holte ihr Handy hervor. Den exakten Namen hatte sie nicht mehr im Kopf, sich aber die entsprechende Passage fotokopiert. Tatsächlich. Das war exakt der Wein, der …

Sie wirbelte herum. »Woher haben Sie den Wein?«, krächzte sie.

»Von der Leitung, wegen des Schreckens. Was hast du denn?«

»Sie meinen, die Heimleitung? Das glaube ich nicht. Das ist exakt die Sorte, mit der Elena von Woltersleben, die Senatorin, vergiftet wurde. Juliane hat versucht, einen Laden ausfindig zu machen, der den Wein verkauft. Den gibt's aber hier in der Region gar nicht, also muss man den online bestellen, und er ist richtig teuer.«

Frau Brunner sank auf ihren Sessel. »Nimm ihn mit und lass ihn von deinem Vater untersuchen.«

Valerie nahm den Wein aus dem Schrank und musterte den Verschluss. »Ich glaube, da ist ein winziges Loch.« Sie verstaute die Flasche vorsichtig in ihrem Rucksack und wickelte ihr Sweatshirt als zusätzlichen Schutz drum herum. »Möchten Sie nicht mit zu uns kommen? Da sind Sie sicher. Oder bei Winfried, der würde Ihnen bestimmt gefallen, sein Haus ist riesig.«

»Lass mal gut sein, einen alten Baum verpflanzt man nicht so einfach. Ich passe auf, dass ich keinen Moment alleine bin und die Tür immer abgesperrt habe. Trotzdem wäre es eine Erleichterung, wenn dein Vater den Täter bald hinter Schloss und Riegel bringen würde.«

KAPITEL 34

Mit sicherem Abstand folgte er dem Mädchen und musste sich dabei bemühen, seine rasende Wut im Zaum zu halten. Zunächst hatte er an eine harmlose Besucherin gedacht, dann war er misstrauisch geworden, hätte aber niemals damit gerechnet, dass sie ihm dermaßen seine Pläne durchkreuzen würde.

Durch einen reinen Zufall hatte er mitangehört, wie sich dieser lästige Teenager nach dem Geschenk für die alte Brunner erkundigt hatte. Die Frage nach der Weinflasche hatte ihm alles verraten, was er wissen musste. Wer war das Gör? Und wie hatte sie auf die Sache mit der Flasche kommen können? Für eine Polizistin war sie zu jung. Das war sicher. Den Rest konnte er sich absolut nicht erklären, und eine derartige Situation war inakzeptabel. Er brauchte unbedingt umfangreiche Informationen, damit er auf jede Eventualität vorbereitet war. Pläne und deren konsequente Abarbeitung waren seine Welt, denn damit war sichergestellt, dass ihm niemand auf die Schliche kommen würde. Wobei Letzteres beinahe schade war. Der schönste Erfolg schmeckte bitter, wenn man ihn mit niemandem teilen konnte. Doch Sicherheit ging vor. Und vielleicht ahnten dieser Polizist und die liebe Sabrina allmählich, dass nur ein genialer Kopf hinter diesen Taten stecken konnte. Hätte sie auch nur ansatzweise etwas wie ein Gewissen, würde sie sich an ihn erinnern und wüsste, warum jeder Einzelne sein Schicksal verdient hatte – sie eingeschlossen.

Bezüglich dieses Marcus Lauer und Sabrina hatte er Vorsorge getroffen, doch wer war dieses Mädchen? Wenn er mit seiner Vermutung richtiglag, befand sich in ihrem Rucksack die Flasche, die nicht in die falschen Hände geraten sollte.

Seitdem sie das Gelände der Residenz verlassen hatte, hatte sie mit niemandem gesprochen und auch nicht telefoniert. Da lag es auf der Hand, dass er dafür sorgte, dass dies auch so blieb.

Sie war schnell, aber das war er auch. Wo wollte sie nur hin? Die nächste U-Bahn-Station lag in der anderen Richtung. Doch sie eilte weiter Richtung B5, vermutlich lag ihr Ziel auf der anderen Seite der Alster.

Plötzlich holte sie ihr Handy aus der Tasche und wurde langsamer. Er blieb stehen, ging dann doch weiter. Wenn sie jetzt telefonierte, dann musste er erfahren, mit wem und über was sie sprach.

Das Mädchen steckte das Mobiltelefon zurück in die Jacke und ging weiter. Glück gehabt, oder aber, was näherlag, das Schicksal war einfach auf seiner Seite.

Als das Mädchen an einer Bushaltestelle, an der einige Menschen warteten, vorbeiging, reifte in ihm ein Plan. Natürlich. Es war letztlich so einfach. Alles, was er tun musste, war, das exakte Timing sicherzustellen. Flüchtig sah er sich um. Keine uniformierte Polizeistreife unterwegs, lediglich Passanten und einer dieser Penner mit seinem Einkaufswagen. Neben ihm hielt nun der Bus und ließ die Wartenden einsteigen.

Er beschleunigte sein Tempo und befand sich lediglich wenige Meter hinter seinem Ziel. Doch das war noch nicht dicht genug! Er nahm sein Smartphone aus der Hosentasche und tat so, als würde er aufs Display schauen, während er noch dichter zu ihr aufschloss. Sollte sie ihn bemerken, würde sie ihn hoffentlich für einen Handyjunkie halten, der nicht auf seine Umgebung achtete. Hinter ihm hörte er, dass der Bus anfuhr. Wenn er die Hand ausstreckte, könnte er ihren Rücken berühren. Perfekt!

Ein schneller Blick über die Schulter. Der Bus hatte ihn fast erreicht und fuhr bereits fast seine normale Geschwindigkeit. Er schnellte nach vorne und versetzte dem Mädchen einen Stoß, der es direkt auf die Straße beförderte. Hinter ihm schrie eine Frau. Bremsen quietschten. Das alles interessierte ihn nicht. Er ging einfach weiter. Nur keine Aufmerksamkeit erregen, einfach verschwinden.

Erst an der nächsten Straßenecke blieb er stehen. Erster Check: Niemand war ihm gefolgt. Zweiter Check: sein Ziel, das zerquetscht von den Vorderreifen des Busses auf der Straße liegen sollte. Ehe er begriff, was er sah, deutete eine Frau mit blond gefärbten Haaren in seine Richtung und schrie: »Da! Der war es!«

Schnell ging er weiter. Er hatte keine Idee, was passiert war, und noch viel weniger wusste er, was er nun tun sollte. Das war ein Gefühl, das er nicht kannte und keineswegs schätzte.

***

Marcus hatte es in seinem Büro nicht mehr ausgehalten und sich stattdessen im Vorraum auf die Kante von Sabrinas Schreibtisch gehockt. Dummerweise stieg ihm dadurch der Geruch ihres Shampoos in die Nase, was ihm in keiner Weise unangenehm war, jedoch für eine unnötige Ablenkung sorgte. Was übersah er nur? Marcus hatte mehr und mehr das Gefühl, dass die Lösung direkt vor ihm lag und er schlicht und einfach zu dämlich war, sie zu erkennen. Verdammt. Er ging zu Sabrina und Juliane, die ebenfalls ins Leere starrten.

»Passt auf. Wir müssen uns neu sortieren, so kommen wir nicht weiter. Wir tun einmal so, als ob wir noch ganz am Anfang stehen, und suchen uns einen neuen Pfad durch die Informationen. Ich bin sicher, dass wir in vielen Dingen richtigliegen und nur an einer Stelle falsch abgebogen sind oder etwas übersehen.«

Er hatte die richtigen Worte gefunden, um die beiden aus ihrer Lethargie zu reißen. Beide sahen ihn mit neuer Hoffnung an. Ausgerechnet jetzt meldete sich sein Handy und zeigte ihm einen Anruf von Valerie an. Er drückte ihn weg. Sofort ertönte erneut der Klingelton, den er ihr verpasst hatte, nämlich der Refrain von *Forever Young*, natürlich die Version von Rod Stewart. Valerie würde ihn nicht zweimal anrufen, wenn es nicht wichtig wäre.

»Hi, Valerie, hat es vielleicht Zeit bis …«

Er wurde von einer männlichen Stimme unterbrochen, die er zunächst nicht einordnen konnte. Die Worte drangen nur langsam in sein Bewusstsein. Unfall. Er sollte schnell kommen.

»Wohin?«, brachte er irgendwie hervor.

»Jetzt beruhige dich!«, befahl der Anrufer. »Ihr geht es bis auf einen ordentlichen Schock gut. Aber wenn der Kerl noch mal zuschlägt, kann ich nicht für ihre Sicherheit garantieren. Also mach dein Blaulicht an und vergiss nicht, deine Knarre mitzunehmen, Running Man.«

Astra! Er redete mit Astra. »Ich bin praktisch schon unterwegs. Wo seid ihr?«

Er wiederholte die Adresse gleich zweimal und wollte schon zur Tür sprinten, als Sabrina ihm mit einem Satz den Weg versperrte.

»Was ist passiert?«

»Weiß ich noch nicht. Ein Angriff auf Valerie. Astra war da. Ich soll kommen.«

»Gut, fahr los. Wir treffen uns später bei Winfried und reden dort, wenn du weißt, was mit Valerie ist!«

Es reichte bei Marcus nur für ein Nicken, dann rannte er los und ignorierte sämtliche Kollegen, die ihm teilweise aus dem Weg springen mussten. Auch wenn Astra ihm versichert hatte, dass es Valerie gut ging, musste er sich selbst davon überzeugen. Wie war sie nur in die Schusslinie von dem Mistkerl geraten?

Eine Stunde später war Marcus nicht mehr besorgt, sondern wütend. Zu unruhig, um sich zu setzen, tigerte er über Winfrieds Terrasse und beobachtete mit grimmiger Genugtuung, dass seine Tochter in ihrem Stuhl mit jeder Minute zu schrumpfen schien. Sehr gut!

Zunächst war er einfach nur unendlich erleichtert gewesen, dass Valerie außer einer kaputten Jeans und einem aufgeschürften Knie nichts passiert war. Dann hatte er genug damit zu tun gehabt, die Fakten zu sortieren und die Kollegen aus dem Streifenwagen davon abzuhalten, Astra festzunehmen. Es hatte gedauert, bis er die Beamten dazu gebracht hatte, nach Zeugen und möglichen Überwachungskameras zu suchen.

Auf der Fahrt nach Hause hatte Valerie ihm von ihrem Besuch bei Frau Brunner erzählt. Zunehmend fassungslos hatte er ihr zugehört und nicht gewusst, ob er losbrüllen oder sie loben sollte.

Sie waren dann auf Valeries Bitte zu Winfried gegangen, wobei er erst nachgegeben hatte, als sie ihn darauf hingewiesen hatte, dass der Professor sich ihr Knie ansehen konnte.

»Ich sollte dich ins Krankenhaus schleifen und dort festbinden«, hatte er geknurrt und dennoch nachgegeben.

Nun war Juliane unterwegs, um den Wein in der KTU auf Gift untersuchen zu lassen. Sabrina und Winfried hatten sich ins Innere der Altbauvilla zurückgezogen und Vater und Tochter alleine gelassen. Lediglich Freddy saß neben Valerie und schien Marcus misstrauisch zu betrachten.

»Warum?«, fragte er dann wesentlich lauter, als er es geplant hatte.

Valerie schien noch kleiner zu werden. »Ich wollte dir helfen. Bei Mom war ich es gewohnt, mich um alles zu kümmern. Und ich dachte, mit mir würde Frau Brunner reden. Hat sie ja auch.« Der letzte Satz klang schon wieder trotzig.

Jede Erklärung hätte er kontern und Valerie ordentlich zusammenfalten können, doch gegen die ungesagten Worte über ihr früheres Leben war er machtlos. Was war er nur für ein Versager als Vater gewesen, dass er sich nie dafür interessiert hatte, was für ein Leben sie führte! Er ging zu ihr und sah auf sie herab.

»Komm her!«

Unsicher tat sie, was er verlangte. Marcus zog sie so heftig an sich, dass ihr Kopf hart auf seiner Schulter landete.

»Tu das nie wieder! Sonst sperre ich dich im Keller ein. Ich habe noch nie um jemanden eine solche Angst gehabt. Und du musst mir nicht helfen! Eltern sollten für ihre Kinder da sein, und nicht andersherum. Es tut mir leid.«

Valerie zitterte, und er spürte, dass sein T-Shirt feucht wurde. Marcus hielt sie fest im Arm, bis sie sich beruhigt hatte.

»Ach ja. Dafür, was er dir angetan hat, bringe ich ihn um.«

Ein zittriges Lachen erklang. »Das würdest du nicht tun.

Und einen Keller haben wir auch nicht, in den du mich sperren kannst.«

»Ich finde schon einen. Und dann breche ich ihm eben die Nase.«

»Das würde mir gefallen.«

»Mir auch«, murmelte er, während er seinen Kopf in ihren Haaren vergrub, und schwor sich, genau das zu tun, wenn er die Gelegenheit dazu bekam.

Er schob sie ein wenig von sich weg. »Alles wieder gut?«

»Ja. Nein. Geht so. Es war schon ganz schön knapp.«

»War es. Aber sag dir immer, dass es gut ausgegangen ist. Und wenn du heute Nacht nicht schlafen kannst, laufen wir eben zusammen eine Runde.«

»Laufen? Netflix gucken!«

»Oder so. Und nun, meine liebe Nachwuchs- und Möchtegern-Polizistin, wirst du uns alles noch mal haarklein erzählen. Nach der Action kommt nämlich der Papierkram, und der kann ganz schön nervtötend sein.«

»Dann habe ich euch geholfen?«

»Wenn ich das zugebe, versprichst du dann, in Zukunft auf solche Aktionen zu verzichten?«

»Nur, wenn du mir versprichst, zu mir zu kommen, wenn ich euch helfen kann.«

Er konnte sich keine Situation vorstellen, in der das passieren würde, doch er nickte.

Sabrina sah vorsichtig um die Ecke. »Können wir rauskommen? Habt ihr alles besprochen?«

Valerie lächelte sie an. »Alles erledigt.«

»Gut, dann gibt es jetzt einen Mittagssnack. Beinahe-Katastrophen machen mich immer extrem hungrig.«

Kaum war der Tisch gedeckt, kehrte auch Juliane zurück, und zwar in Begleitung von Astra.

Valerie sprang auf und umarmte ihn. Astra klopfte ihr unbeholfen auf den Rücken. »Ist ja gut. Ich bin froh, dass ich rechtzeitig da war.«

Marcus hatte sich bereits vor Ort bei ihm bedankt und erst später darüber nachgedacht, dass es sich um einen unglaublichen Zufall handelte, dass Astra zur rechten Zeit dort gewesen war. So unglaublich, dass es kaum mit rechten Dingen zugegangen sein konnte.

»Setz dich und erklär uns, wieso du dort warst!«

Als Astra Anstalten machte, sich einfach umzudrehen und zu gehen, versperrte Marcus ihm sicherheitshalber den Weg. »Und eine Täterbeschreibung brauche ich auch noch. Wir haben nur als Team eine Chance, den Wahnsinn zu beenden. Also setz dich!«

»Ich nehme keine Befehle von dir entgegen!«

»Bitte«, schob Marcus nach und zog einen Stuhl zurück.

»Ich werde mir erst die Hände waschen, wenn du das erlaubst!«

»Ausnahmsweise. Muss ich Freddy mitschicken, damit du nicht abhaust?«

Sekundenlang starrten sie sich grimmig an. Marcus registrierte nur am Rande, dass es totenstill war. Dann bogen sich Astras Mundwinkel kaum merklich nach oben.

Marcus lächelte, folgte dem Beispiel seiner Tochter und umarmte Astra einmal fest. »Danke, Mann«, sagte er und schlug Astra kräftig auf den Rücken.

»Allmählich wird's peinlich«, erwiderte Astra und ging zurück ins Haus.

Marcus war sich sicher, dass er bleiben würde.

KAPITEL 35

Marcus wollte nicht, dass stundenlang sämtliche Fakten noch einmal durchgekaut wurden, und entschloss sich zu einer straffen Gesprächsführung – trotz der Nudelgerichte, der Baguettes und der Salate, die Sabrina und Winfried auf dem Tisch platziert hatten.

»Aus Valeries verrückter Idee nehmen wir das Thema Grundschule mit«, fasste er zusammen.

Sabrina rollte mit den Augen. »Das ist doch Blödsinn.«

Marcus ermahnte sich zur Geduld. Er musste die anderen überzeugen. Auf Basis reiner Anweisungen würden sie unmotivierter ans Werk gehen. »Wieso? Du bist doch auch aufs Alsterschlösschen gegangen, oder?«

»Ja, aber …«

»Dann nenne mir doch mal drei deiner damaligen Klassenkameraden!«

»Conny und Tim und … Keine Ahnung. Ich erinnere mich nicht mehr daran.«

»Eben. Damit kann es doch sein, dass du auch einen Zwischenfall vergessen hast, bei dem jemand beleidigt oder gemobbt wurde.«

»Aber wir waren doch Kinder! Selbst, wenn da was war, dann erinnert sich doch kein Mensch mehr daran.«

Winfried legte seine Gabel, die er sich gerade in den Mund schieben wollte, zurück auf den Teller. »Du nicht, aber der Täter vielleicht schon. Ich gebe zu, dass es ungewöhnlich ist, dass ein Ereignis in so jungen Jahren solche Taten nach sich zieht, aber ausgeschlossen ist es nicht.«

Bisher hatte sich Valerie auffallend zurückgehalten. »Rechne ich das richtig: Es ist genau fünfundzwanzig Jahre her, dass ihr die Grundschule verlassen habt? Könnte das nicht eine symbolische Bedeutung haben?«

»Sehr gut mitgedacht, mein Kind. Das könnte in der Tat sein.«

»Na gut«, lenkte Sabrina ein. »Aber wie sah er denn nun aus? Passt das altersmäßig?«

Valerie zuckte mit den Schultern, doch Astra nickte. »Es ist schwer zu sagen, weil er eine weite Jogginghose und ein Sweatshirt mit Kapuze trug, beides von Adidas. Mitte dreißig käme hin. Mitte zwanzig aber auch.«

Mit Mühe unterdrückte Marcus ein Seufzen. Es wäre zu schön gewesen, wenn Astra eine exakte Beschreibung, am besten noch eine Phantomzeichnung hätte liefern können. »Er hatte blonde Haare und war sportlich. Von der Größe her … ungefähr wie Marcus. Die Schuhe waren ziemlich teuer und neu. Schwarze Asics. Ich hoffe, ihr findet eine Überwachungskamera, die ihn aufgenommen hat.«

»Und wieso warst du bei der Seniorenresidenz?«, stellte Marcus endlich die Frage, die ihn die ganze Zeit beschäftigte.

»Adelheid Brunner liebt die alten Klassiker, hat jedoch eine sehr einseitige Sicht auf die Werke von Goethe und Schiller. In vielen Punkten unterscheiden sich unsere Sichtweisen. Im Sommer haben wir uns oft an der Alster getroffen und uns ausgetauscht. Ich dachte, sie redet mit mir, wenn ich sie sehe und anspreche. Beim Warten auf eine passende Gelegenheit sah ich, dass Valerie mir zuvorgekommen war.«

Astras Ausdrucksweise ließ Marcus aufhorchen. Er hatte

plötzlich das Bild seines alten Deutschlehrers vor Augen, doch er ahnte, dass jede Nachfrage nach seiner Vergangenheit ihn verschrecken würde. »Und wieso hast du Valerie nicht angesprochen, als sie das Gelände verlassen hat?«

»Mir war der Mann in der Joggingkleidung aufgefallen. Er kam von der Alster und schien die beiden ebenfalls zu beobachten. Ich wusste aber nicht, ob an meiner Vermutung was dran war. Erst, als er Valerie gefolgt ist, wurde ich misstrauisch und bin ihr schnell nach. Als der Bus dann von hinten kam, bin ich losgelaufen und war – Gott sei's gedankt – schnell genug da, um sie zurückzureißen. Ich konnte sie gerade noch am Rucksack packen.«

»Warum hast du uns nicht gesagt, dass du Frau Brunner kennst?«

»Weil ich nicht sicher war, ob sie mit mir reden würde. Das weiß ich ja auch immer noch nicht. Es ist ein Unterschied, ob man sich über Literatur unterhält oder über eine Freundin Auskunft geben soll. Etwas anderes ist viel interessanter: Ich hatte den Eindruck, der Mann wusste genau, wo er nach wem Ausschau halten muss. Von der Alster aus kann man das Grundstück jedoch nicht so einfach überblicken, da es höher liegt. Ohne dass ich es beweisen könnte, würde ich vermuten, dass er ursprünglich von dem Gelände der Residenz kam. Dort, wo ich stand, hätte ich Valerie und Frau Brunner niemals erkannt, wenn ich nicht zuvor gesehen hätte, wo sie hingegangen sind.«

Ein Windstoß wehte über den Tisch. Sabrina und Marcus hatten erst einmal genug damit zu tun, Tischdecke und Servietten vor dem Davonfliegen zu bewahren. Deshalb bemerkte er zunächst nicht, dass Freddy aufgesprungen und zur Mauer gelaufen war, die Winfrieds Grundstück zum Wanderweg hin abgrenzte. Der Hund bellte laut, eindeutig eher freudig als alarmiert – als ob er auf ein Leckerli oder eine Streicheleinheit wartete. Da musste jemand stehen, den er kannte!

Marcus und Astra schoben gleichzeitig ihre Stühle zurück.

»Du oben, ich unten«, befahl Astra und lief bereits Richtung Alster.

Damit war jede Diskussion überflüssig. Marcus sprintete am Haus vorbei, verfluchte den Umweg, den er durch die Mauer nehmen musste, und bog für seinen Geschmack viel zu spät auf den Wanderweg ein. Nichts. Er rannte parallel zu Winfrieds Grundstück auf das Wasser zu.

Einige Meter vor sich entdeckte er Astra und ein ganzes Stück entfernt einen Mann in Joggingkleidung, der davonrannte. Auch ohne dass er die Marken erkennen konnte, war Marcus sicher, dass das der Mann war, der Valerie überfallen hatte. Er beschleunigte das Tempo, überholte Astra und verringerte den Abstand zu dem Flüchtenden.

Er ignorierte das Brennen in seinen Oberschenkeln und das Stechen in seiner Lunge. Der Kerl hatte sich an seinem Kind vergriffen! Da rückten die Morde, für die er verantwortlich war, in den Hintergrund.

Täuschte er sich oder wurde der Typ langsamer? Doch! Der Abstand zwischen ihnen wurde definitiv kleiner. Das gab Marcus die Kraft, das Tempo weiter anzuziehen.

Aus dem Augenwinkel nahm er kurz einen Schatten wahr, dann wurde er von den Beinen gerissen und landete schmerzhaft auf dem Boden. Ein Kind weinte. Marcus brauchte einen Moment, um zu begreifen, was passiert war. Ein kleiner Junge war auf seinem Kinderrad ungebremst mit ihm kollidiert. Erst jetzt kam die Mutter hinzu und schrie ihn an, statt sich um ihren Sohn zu kümmern.

Der Mann war natürlich weg. Vermutlich links Richtung Straße abgebogen.

»So ein verdammter Mist«, schrie er unbeherrscht los.

Die Mutter baute sich vor ihm auf. »Was fällt Ihnen eigentlich ein, Sie ...«

Marcus schob sie zur Seite. »Kümmern Sie sich endlich um Ihr Kind! Ihretwegen ist gerade ein Mörder entkommen. Wie können Sie so leichtsinnig sein, den Kleinen mit einem solchen Tempo auf den Wanderweg einbiegen zu lassen? Stellen Sie sich mal vor, ich wäre eine ältere Dame gewesen! Oder Ihr Kind wäre mit einem anderen Radfahrer kollidiert. So ein Wahnsinn! Ich sollte wirklich das Jugendamt unterrichten.«

Die Frau in dem bunten Kleid wurde bleich. Als sie ihn reglos anstarrte, statt sich um ihr immer noch weinendes Kind zu kümmern, reichte es Marcus endgültig. Er setzte gerade zu einer weiteren Belehrung an, als er am Arm gepackt wurde. Astra!

»Komm mit. Der ist weg.«

Marcus atmete tief durch. Das Verhalten der Frau war zwar leichtsinnig gewesen, hatte ihn aber auch fatal an Valeries Mutter erinnert. Dazu war der Kerl ihnen das zweite Mal knapp entkommen. Das reichte, um seine Beherrschung ins Wanken zu bringen. Er musterte das Kind, das jedoch unverletzt wirkte, und gab nach.

Er ließ die Frau einfach stehen und ging eilig davon, ignorierte dabei die Abschürfung am Knie und die leichte Prellung. Mit solchen Verletzungen kannte er sich aus. Etwas Kühlung, und am nächsten Tag war das vergessen.

»Sie hören von mir«, brüllte ihm die Frau nach.

Er ignorierte sie. Was war mit der Welt eigentlich los, wenn Mütter sich nicht mehr als Erstes für ihr gestürztes Kind interessierten?

»Ich hätte ihn fast gehabt«, sagte er und wusste selbst nicht, warum er das sagte.

»Das habe ich gesehen. Obwohl er uns entkommen ist, wissen wir jetzt mehr über ihn. Freddy kennt ihn.«

»Dann hoffen wir mal, dass der Hund des Professors einen überschaubaren Bekanntenkreis hat.«

Die Hoffnung erfüllte sich nicht. Als sie auf die Terrasse zurückkehrten, hatte Winfried ein Glas Grappa vor sich stehen und kraulte Freddy, der auf seinem Schoß saß.

Marcus brauchte keine Frage zu stellen.

»Ich weiß es nicht. Ich zerbreche mir den Kopf. Wieder und wieder überlege ich, auf wen die Beschreibung passt. Aber mir fällt niemand ein.«

Astra hatte sich nicht wieder hingesetzt. In seinen Augen lag eine Härte, die Marcus noch nie an ihm wahrgenommen hatte. »Er wird uns belauscht haben und von der Schule wissen. Und er kennt uns. Ich muss los.«

Marcus wollte ihn zurückhalten, ahnte aber, dass das auf einen Streit hinauslaufen würde. »Was hast du vor?«

»Wie kommst du auf die Idee, dass ich etwas anderes planen könnte, als mir ein Nachtlager zu suchen?«

»Weil ich mir anmaße, dich mittlerweile ein wenig zu kennen. Damit meine ich nicht deine Vergangenheit oder deinen Namen, sondern deinen Charakter. Übrigens bist du verdammt gut in Form.«

»Ich achte auf meine Gesundheit. Wir sehen uns, Running Man. Und pass gut auf deine Kleine auf.«

Einen Moment lang wusste Marcus nicht, ob damit Valerie oder Sabrina gemeint war, dann rief er sich zur Ordnung. Letztere war ganz bestimmt nicht seine »Kleine«. Sein Blick fiel auf das Notebook, das vor Juliane stand. Das war sein eigenes Gerät.

»Besorg für dich und Sabrina morgen auch Notebooks.«

Juliane nickte.

»Ich muss etwas nachsehen«, sagte er, nahm sich den Computer und rief seine Notizen auf. Jetzt machte sich seine Ordnung bezahlt. Er verdrängte den Gedanken, dass er diesen Anruf schon längst hatte tätigen wollen und einfach aus den Augen verloren hatte. Wieder einmal wurde ihm bewusst, dass sie zu wenige für einen derartig umfangreichen Fall waren. Während er die Nummer in sein Smartphone eingab, entfernte er sich ein paar Meter von der Terrasse.

Florian Hausener war auf der Arbeit, aber er erreichte dessen Frau auf dem Festnetzanschluss. »Lauer, vom Hamburger LKA. Entschuldigen Sie die Störung, aber ich habe eine Frage, die leider nicht warten kann.«

»Geht es um meine Schwiegermutter?«

Da bisher kein offizielles Ermittlungsverfahren eröffnet worden war, wunderte er sich über die Nachfrage. »Wie kommen Sie darauf?«

»Mir kam die ganze Geschichte von Anfang an merkwürdig vor. Ist das Testament eine Fälschung?«

»Nicht direkt, ich verstehe, dass Ihnen dieser Punkt sehr am Herzen liegt, aber der muss leider noch etwas warten. Im Moment möchte ich gerne wissen, auf welche Grundschule Ihr Mann gegangen ist.«

»Wieso? Was hat das denn mit Ediths Tod zu tun?«

»Ich kann und darf Ihnen im Moment keine Einzelheiten nennen. Wissen Sie es denn?«

Ein bitteres Lachen erklang. »Natürlich. Ich staube einmal im Monat diesen hässlichen Pokal ab, den er damals bei einem Laufwettbewerb gewonnen hat. Da es seine einzige sportliche Auszeichnung war, steht sie ganz prominent bei uns im Flur.«

Marcus ermahnte sich zur Geduld. »Und welche Schule war es?«

»Das Alsterschlösschen.«

»Danke schön. Wir melden uns.« Er trennte die Verbindung und kehrte an den Tisch zurück. Winfried und Sabrina hatten zugehört und nickten ihm zu. »Treffer?«

»Ja.«

Juliane schlug mit der flachen Hand auf den Tisch. »Was?«

Verständnislos sah er sie an, dann dämmerte es ihm, dass sie als Einzige aufgrund ihrer Schwerhörigkeit das Telefonat nicht verfolgt hatte. »Entschuldige, Juliane. Ich habe das gerade völlig vergessen. Tut mir leid.« Er sah sie direkt an und sprach bewusst deutlich, als er das Gespräch zusammenfasste.

»Ich übernehme die Recherche. Wir müssen das Klassenbuch auftreiben.«

Sie waren einen großen Schritt weiter, darüber sollte Marcus sich freuen, stattdessen verspürte er ein ungutes Gefühl, weil sie offenbar ins Visier des Täters geraten waren. Wie sollte er damit umgehen? Sogar der Gedanke, die Ermittlungen sofort abzugeben, kam ihm.

»Du musst mir unbedingt versprechen, kein Risiko mehr einzugehen«, sagte er zu Valerie. »Auch wenn es dir nicht gefällt, müssen wir ein paar Regeln einführen, bis dieser Albtraum zu Ende ist.«

»Aber Papa! Ich bin doch alt genug, um …«

Marcus schüttelte den Kopf. »Das ist nicht verhandelbar. Entweder du hältst dich daran, oder ich gebe den Fall sofort ab.«

Valerie öffnete den Mund, klappte ihn wieder zu und nickte.

Na, also. Es ging doch.

KAPITEL 36

Während sich Marcus morgens sofort voller Eifer auf seinen Computer gestürzt hatte und seitdem Nachforschungen über die Schule anstellte, an der Frau Brunner Lehrerin gewesen war, hatte Sabrina in ihren Erinnerungen gekramt und sogar eine Kiste voller Fotos mitgebracht, die sie nun durchsuchte. Juliane hatte die Abstimmung mit der Behörde übernommen, denn das fiel eindeutig in ihren Aufgabenbereich. Sie hatte sich das jedoch wesentlich einfacher vorgestellt. Bewusst vorsichtig legte sie ihr Smartphone zurück auf den Schreibtisch, obwohl sie es am liebsten zertrümmert hätte. Doch dann hätte sie nicht mehr telefonieren können. Eine spezielle App, bei der sich das Handy per Bluetooth mit ihren Hörgeräten verband, ermöglichte es ihr, mit ihren Gesprächspartnern zu reden. Die Klangqualität war zwar sehr blechern, aber es ging ihr nur darum, die Worte verstehen zu können, und dafür reichte die Technik locker. Außerdem war es ein Quantensprung im Vergleich zu ihrem Diensttelefon am Festnetzanschluss, das einen völlig veralteten Adapter nutzte.

Sabrina sah sie fragend an und seufzte dann. »Kein Erfolg?«

»Nein.«

»Und jetzt?«

»Kläre ich das persönlich.« Juliane stand auf und nahm ihre Jacke, die sie über die Stuhllehne gehängt hatte.

»Warte! Ich kann …«, begann Sabrina, den Rest hörte Juliane schon nicht mehr, weil sie sich abwandte und damit keine Signale mehr empfing. Eine gute Taktik, um Gespräche dann zu beenden, wann sie es wollte.

Sie war sehr dankbar, dass Marcus, Sabrina und auch Winfried sie als vollwertige Kollegin behandelten und Rücksicht auf ihre Probleme nahmen. Doch nun war es Zeit, ihren Beitrag zu den gemeinsamen Ermittlungen zu leisten. Sicher, sie hatte ihren Job gemacht und das sehr gut. Vor Außeneinsätzen hatte sie sich jedoch bisher erfolgreich gedrückt, doch das wollte sie nun ändern. Die Vorstellung, dass sie eine Zeugin oder ein Opfer bitten musste, sie anzusehen und klar und deutlich zu sprechen, behagte ihr nicht, doch sie hatte kein Problem damit, sich diese dämliche Sachbearbeiterin in der Schulbehörde vorzuknöpfen. Ganz im Gegenteil, der Gedanke gefiel ihr außerordentlich gut. Dienstweg. Überlastung. Verstaubter Keller. Na und? Hier ging es um Leben und Tod. Der Kerl konnte jeden Moment wieder zuschlagen. Und was sollte ihr schon in einer Behörde passieren?

Die Schulbehörde lag am anderen Ende von Hamburg, in Mundsburg. Der Weg dorthin war nur mit Umsteigen zu erreichen. Nach einem Blick auf ihre App entschied sie sich für den längeren Weg, der ihr den Bus ersparte und sich auf zwei U-Bahn-Linien und einen kurzen Fußweg beschränkte.

Wütend blickte sie knapp vierzig Minuten später auf den leeren Platz an einer Gruppe von vier Schreibtischen. Dank ihres Ausweises war sie problemlos in die Büros der Schulbehörde gelangt und hatte sich zu der Sachbearbeiterin, mit der sie telefoniert hatte, durchgefragt. Leider war der Platz nun verwaist, dies galt jedoch nicht für die drei anderen Schreibtische.

Ein junger Mann telefonierte, eine Frau in den Fünfzigern

sah gezielt an ihr vorbei, lediglich die dritte Mitarbeiterin, eine etwas füllige Frau mit nettem Lächeln, deren Alter vermutlich irgendwo zwischen dreißig und vierzig lag, blickte Juliane an. Sie stutzte deutlich, als sie die Hörgeräte bemerkte, doch dann wurde ihr Lächeln noch eine Spur herzlicher. Die Frau stand auf, sah sie direkt an und sprach bewusst deutlich.

»Kann ich Ihnen helfen? Und ehe Sie fragen, meine Tochter hat auch Cochlea-Implantate.«

»Danke. Ich bin vom LKA und brauche dringend die Namen von Schülern einer bestimmten Klasse.«

»Sie hatten vorhin angerufen, oder? Ich habe schon ein ernstes Wort mit meiner Kollegin gesprochen. Mein Name ist Iris Bergner.« Sie hielt ein Namensschild hoch. Dankbar nickte Juliane, denn bei Eigennamen war sie häufig aufs Raten angewiesen, weil dabei ihre Implantate gerne abenteuerliche Kreationen übersetzten. Was für ein Glück, dass sie mit jemandem sprach, der sich damit auskannte.

»Juliane Meyer. Warum wollten Sie mit der Kollegin ein ernstes Wort sprechen?«

»Sie hätte Sie gleich darüber informieren müssen, dass die Akten nicht hier sind. Um welche Schule geht es denn?«

»Das Alsterschlösschen.«

»Was für ein Jammer, dass Sie nicht vor zwei Monaten gekommen sind. Da hätten Sie sich den Gang ins Archiv sparen können. Sekunde, ich sehe nach, wo die Akten aufbewahrt werden.«

Juliane hob eine Hand und hielt die freundliche Mitarbeiterin so erfolgreich davon ab, sich ihrem Schreibtisch zuzuwenden. »Warum komme ich zu spät?«

»Unser Karlchen, das war unser Bote, ist dort früher Hausmeister gewesen. Er schwärmte immer von der guten alten

Zeit und gab gerne mit den Schülern an, die berühmt geworden sind, zum Beispiel diese Justizsenatorin, die … Na, Sie wissen schon.«

»Ja, ich weiß. Wo ist Karlchen?«

»Gestorben. Eine ganz fürchterliche Geschichte.«

»Bitte. Wie genau?« Als die Miene ihres Gegenübers kühl wurde, schob sie schnell eine Erklärung hinterher. »Nicht aus Neugier. Es gibt mehrere Todesfälle in Verbindung mit der Schule, die uns merkwürdig vorkommen.«

»Oh! Ich verstehe. Karlchen hat seinen Schrebergarten drüben in Billbrook über alles geliebt. Seine Parzelle ging bis ans Wasser, und er hatte alles so unglaublich liebevoll gestaltet. Anlässlich seines Jubiläums hatte er uns alle zum Grillen eingeladen und dann … Ein Feuer hat sein Haus zerstört. Die Versicherung weigerte sich zu zahlen, weil er angeblich fahrlässig am Gas herumgespielt hat, zwei Wochen später war er tot. Herzinfarkt. Eindeutig der Kummer.«

Juliane hatte einen Augenblick das Gefühl, der Boden schwankte unter ihr. Obwohl sie kein Wort sagte, wurde Frau Bergner blass. »Sie glauben, dass …« Sie schlug sich eine Hand vor den Mund.

»Geben Sie mir bitte seinen Namen und seine Adresse. Ich kann Ihnen keine Details nennen, aber es würde zu den anderen Todesfällen passen.«

Frau Bergner ließ sich schwer auf ihren Stuhl sinken, notierte jedoch dann die gewünschten Informationen auf einem Zettel. Juliane schoss ein Foto und schickte es an Sabrina. Als Begleittext schrieb sie lediglich: »Todesumstände ansehen. Akte zu Brand im Schrebergarten raussuchen«.

»Sie haben mir schon sehr geholfen. Wenn Sie mir jetzt noch sagen, wo ich die Liste mit den Schülern finde, bin ich Ihnen sehr dankbar.«

»Natürlich. Also, die Sachen werden normalerweise an der Schule aufbewahrt. Wenn die Schule geschlossen wird, geht alles an eine Archivschule.« Sie schrieb das letzte Wort rasch auf einen weiteren Zettel. »Ich muss kurz nachsehen, welche Schule die Sachen übernommen hat.«

Nur wenige Mausklicks waren nötig, dann schrieb Frau Bergner einen weiteren Namen und eine Anschrift auf den Zettel. »Hier werden Sie fündig. Ich wünschte, ich könnte Ihnen die Liste herzaubern, aber so einfach ist das leider nicht. Und bis die Digitalisierung mal in die Puschen kommt ... Na, das wissen Sie ja bestimmt auch.«

»O ja, das kenne ich. Ich danke Ihnen, und herzliche Grüße an Ihre Tochter.«

Im Weggehen bedachte sie den leeren Platz mit einem wütenden Blick, denn den langen Weg hätte sie sich sparen können. Die Schule, in der die Unterlagen aufbewahrt wurden, lag wesentlich dichter am Präsidium. Allerdings hätte sie sonst vermutlich nie etwas von dem Tod des ehemaligen Hausmeisters erfahren. Ihr Bauchgefühl hatte sich sofort gemeldet, das Vorgehen passte perfekt zu ihrem Täter. Er nahm dem ehemaligen Hausmeister das, was ihm am Herzen lag, und zerstörte so sein Leben. Das Schema war eindeutig – wenn man erkannt hatte, wie der Mistkerl tickte. Und wieder waren sie ihm einen Schritt näher gekommen! Juliane eilte so schnell zur U-Bahn, dass sie die Schule wesentlich früher erreichte als gedacht.

Ihr Ziel entpuppte sich als typischer Siebzigerjahre-Bau. Vermutlich hatte die alte Schule – das Alsterschlösschen – wesentlich mehr Charme gehabt. Das Gelände war überraschend leer. Weder Lehrkräfte noch Kinder waren zu sehen. Nur das Schild mit dem Namen der Schule, einige Spielgeräte auf dem eher tristen Platz vor dem Gebäude und die Kreidemalereien auf dem Boden deuteten darauf hin, dass es hier nicht immer so verlassen war. Juliane ging auf den Haupteingang zu. Die Tür war verschlossen. Es gab einen Briefkasten, jedoch keine Klingel. Großartig.

Sie rüttelte verärgert an der Tür, die natürlich nicht nachgab. Unerwartet berührte sie jemand an der Schulter. Juliane wirbelte herum und hatte eine Hand abwehrbereit erhoben.

Erschrocken wich ein fülliger Mann mit grauen Haaren und einem freundlichen Teddybärengesicht zurück. »Ich habe Sie mehrmals gerufen!«, erklärte er.

Tief durchatmend, zwang sie sich zu einer freundlichen Antwort und tippte auf ihr Hörgerät hinter dem linken Ohr. »Ich höre Sie nur, wenn ich Sie ansehe. Juliane Meyer, LKA.« Nachdem sie sich ausgewiesen hatte, stellte sie erstaunt fest, dass ihr die Erklärung nichts mehr ausmachte. Es war eben so und ließ sich nicht ändern. Punkt.

»Ich verstehe. Das tut mir leid. Wie kann ich Ihnen helfen? Die Schule ist heute geschlossen, die Lehrer machen einen Schulentwicklungstag.«

»Einen … was?«

»Tja, fragen Sie mich nicht. Als ob die Herrschaften nicht genügend Ferientage hätten. Aber mir soll's recht sein. Ich nutze diese Tage, um Handwerker herzubestellen.«

Über den Sinn oder eher Unsinn dachte Juliane lieber nicht nach. »Ich brauche dringend Unterlagen aus dem Archiv. Können Sie mir helfen oder jemanden bitten, herzukommen, der es kann. Es ist wirklich wichtig und kann keinesfalls warten.«

»Hm. Der Heizungsinstallateur kommt jeden Moment, und den muss ich einweisen und ihm auch etwas zur Hand gehen. Sie wissen ja bestimmt selbst, wie knauserig die Behörden ihre Aufträge vergeben. Was halten Sie davon, wenn ich Ihnen das Archiv aufschließe, und Sie sehen sich dort einmal um. Vor gut zwei Monaten war die Reinigungstruppe dort, es müsste also verhältnismäßig sauber sein. Und aufgeräumt ist auch alles. Vor Ratten brauchen sie keine Angst zu haben, nur Spinnen gibt's dort reichlich.«

Ausgerechnet Spinnen ... Unwillkürlich sah Juliane sich um, konnte aber niemanden entdecken, und dass es sich bei dem Hausmeister um ihren Täter handelte, konnte sie nun wirklich ausschließen. Die Abweichung zur Beschreibung betrug mindestens dreißig Kilo. »Ich versuche es gern alleine.«

»Gut. Suchen Sie etwas Bestimmtes?«

»Ja, ein Klassenbuch vom Alsterschlösschen, eins, das ungefähr fünfundzwanzig Jahre alt ist.«

»Das ist gut. Die Unterlagen sind ordentlich sortiert und beschriftet. Sie finden alles in den letzten drei Reihen ganz hinten. Kommen Sie mit, ich zeige es Ihnen, junge Frau.«

So hatte sie schon lange niemand mehr genannt. Amüsiert folgte sie ihm zu einem flachen Anbau neben der Sporthalle. Der Hausmeister schloss eine massive Brandschutztür auf.

»Im vorderen Bereich bewahren wir alles Mögliche auf, zum Beispiel die Stühle für Veranstaltungen und den ganzen Dekorationskram. Dahinter beginnt das Archiv, die Abgrenzung ist leicht zu erkennen. Es werden alle Unterlagen in beschrifteten Kartons aufbewahrt. Suchen Sie erst einmal, und wenn Sie was finden, überlegen wir, wie wir das machen, denn Entnahmen müssen protokolliert werden.«

»Das bekommen wir hin. Muss ich sonst noch was wissen?«

»Nun ja, Rauchen ist verboten, weil den Materialien nichts passieren darf.«

»Keine Angst, ich bin Nichtraucherin.«

»Dann legen Sie mal los, junge Frau. Da vorne kommt schon der Hannes, das ist unser Klempner. Ich bin dann im Hauptgebäude, im Keller. Ich kann mich doch darauf verlassen, dass Sie sich ordnungsgemäß abmelden?«

»Großes Ehrenwort!«, sagte Juliane und bemühte sich um ein Lächeln.

Erleichtert atmete sie auf, als der Hausmeister ging. Das Innere wirkte zunächst etwas gruselig, wie es so dunkel vor ihr lag, doch der Eindruck verflog, als sie das Licht einschaltete. Im Schein der Neonröhren sah es nach einem ganz normalen Lagerraum aus. Juliane ging bis zur letzten Regalreihe und bemerkte sofort, dass die Kartons hier eine andere Farbe hatten. Die Beschriftung war perfekt für ihre Suche geeignet. Der Name der Schule »Alsterschlösschen«, gefolgt von dem Jahr und einigen Abkürzungen, die aber selbsterklärend waren und unter anderem für Listen, Zeugnisse und Klausuren standen. Die Suche konnte beginnen! Juliane hob den Deckel von dem ersten Karton, dessen Inhalt fünfundzwanzig Jahre alt war.

***

Er hatte so lange bewegungslos unter der Weide gestanden, dass sich eine Amsel fast bis zu seiner Schuhspitze getraut hatte. Der Vogel wühlte in der lockeren Erde und flog erschrocken davon, als er sich rührte. Seine akribische Vorbereitung, die für nahezu jedes mögliche Szenario eine Lösung bereithielt, hatte sich wieder einmal bezahlt gemacht. Von Anfang an hatte er es in Erwägung gezogen, das Archiv seiner ehemaligen Schule zu verbrennen. Ein Feuer hätte nicht nur Spuren verwischt, sondern auch eine symbolische, reinigende Wirkung. Bisher hatte er keine Veranlassung dazu gesehen – bis er am Vortag das Gespräch auf dem Grundstück des Professors belauscht hatte. Dank der alten Brunner waren sie viel zu dicht an der Lösung. Wenn sie den Grund seiner Tat entdeckten, dann, weil Sabrina sich erinnerte und bereute – und nicht durch schnöde Ermittlungsarbeit!

Dass er nun nicht nur sämtliche Unterlagen vernichten, sondern auch diese Frau mit der schrillen Stimme beseitigen würde, betrachtete er als willkommene Zugabe. Diese schwarze Kleidung und das Piercing beleidigten seinen Sinn für Ästhetik. Immerhin hatte er etwas sehr Interessantes herausgefunden, als er sie beobachtet hatte. Sie trug diese Hörgeräte, die fest mit ihrem Schädel verbunden waren. Den Namen hatte er vergessen, aber er wusste, dass sie nichts davon mitbekam, was hinter ihr passierte. Andererseits: Wo blieb denn da die Herausforderung? Er wartete, bis der Hausmeister mit dem Handwerker in der Schule verschwunden war, und machte sich dann auf den Weg zum Anbau, in dem das Archiv untergebracht war.

Die massive Tür spielte ihm in die Karten. Dass der Schlüssel von innen steckte, war perfekt. Er stellte seinen Rucksack ab, entnahm ihm die beiden Plastikflaschen mit Benzin, die alten Handtücher und natürlich sein Feuerzeug.

Fröhlich vor sich hin pfeifend, ging er auf Juliane zu. Wenn er ihre Begeisterung richtig deutete, hatte sie den richtigen Karton bereits gefunden. Nun legte sie ein Klassenbuch auf den Boden und fotografierte einige Seiten, ehe sie weiterblätterte und die nächsten Aufnahmen machte. Zeit für das letzte Foto!

Vorsichtig deponierte er seine Sachen auf dem Boden und zog einen ausklappbaren Schlagstock aus der Innentasche seiner Jacke. Es war nahezu beleidigend einfach. Zu gerne hätte er für die liebe Juliane auch ein Szenario entworfen, das ihr die Lebensgrundlage entzog und sie dort traf, wo es am meisten schmerzte. Doch manchmal heiligte der Zweck die Mittel.

Er näherte sich ihr, genoss es, als sie erschrocken zu ihm aufsah, und schlug lächelnd zu.

KAPITEL 37

Sabrina war kurz davor, den Karton mit den alten Fotos aus dem Fenster zu werfen. Was hatte sie eigentlich erwartet? Dass es »Peng« machte und sämtliche Erinnerungen waren sofort wieder da? Die Gesichter auf den Fotos sagten ihr rein gar nichts. Sie erkannte gerade mal Conny und sich selbst. Der Anblick der anderen Kinder löste nichts in ihr aus. Dabei stand doch fest, dass die Opfer auf diesen Fotos sein mussten! Sie hatte sie gekannt! Wieso klingelte dann nichts bei ihr? Es war zum Haareraufen.

Sie zerrte sich das Tuch vom Hals und hatte nun wenigstens das Gefühl, besser atmen zu können. Ausgerechnet in diesem Moment verließ Marcus sein Zimmer und blieb vor ihr stehen. Er betrachtete die Fotos, nahm eins und schmunzelte dann.

»Bist du das hier? Der kleine Wildfang neben der Schaukel mit dem dreckverschmierten Gesicht?«

Sein neckender Tonfall gefiel ihr. »Ja. Und? Wie würdest du denn aussehen, wenn Florian dich gerade mit Schlamm beworfen hat?« Sie stutzte und sah Marcus verblüfft an. »Wie hast du das gemacht?«

»Wie habe ich was gemacht?«

»Die Fotos! Bis eben habe ich mich an nichts erinnert, und nun sehe ich Florian vor mir.« Sie tippte auf ein anderes Foto. »Hier, das ist er. Der Junge mit dem Buch auf der Bank.«

»Reden wir über Florian Hausener?«

»Ja, ganz genau. Ich weiß ja, dass die anderen auch hier drauf sein müssten, zumindest auf diesen Klassenfotos. Sieh mal, ich habe hier alle von dem Jahrgang.« Sie schob ihm die Bilder zu, die schon wegen ihrer Größe nicht zu den anderen Aufnahmen passten.

Marcus nahm eins und drehte es um. »Schade, Namen auf der Rückseite wären wohl zu einfach gewesen.«

»Das habe ich auch schon gedacht.«

Er kniff die Augen etwas zusammen. »Könnte das hier Elena von Woltersleben sein?«

Sabrina beugte sich vor. »Ich glaube nicht, bin aber nicht sicher. Ich meine, das ist … keine Ahnung. Eben hatte ich den Namen fast auf der Zunge.«

Marcus hockte sich auf ihren Schreibtisch. »Du kannst es nicht erzwingen. Wenn du mich nach meinem Sitznachbarn in der vierten Klasse fragst oder nach irgendwelchen Namen aus der Zeit, muss ich auch passen.«

»Du meinst, das hier ist Zeitverschwendung?«

»Nein. An die Namen kommen wir über Julianes Besuch im Archiv. Was uns wirklich weiterhilft, sind die Persönlichkeiten, Beziehungen oder Zwischenfälle aller Art. Vielleicht fällt dir etwas ein, wenn du mit jemandem über die Bilder redest, der damals auch auf die Schule gegangen ist.«

»Conny!«, rief Sabrina impulsiv.

»Gute Idee. Ich hole uns Kaffee, und vielleicht finde ich auch noch einen Keks für dich. Dann hast du die ideale Umgebung für einen Kaffeeplausch mit deiner Freundin und wirst dafür sogar noch bezahlt.«

Er ging, ehe ihr eine schlagfertige Erwiderung eingefallen war. Erst, als sie einige Bilder mit ihrem Handy abfotografiert, an Conny geschickt und die Nummer ihrer Freundin gewählt hatte, wurde ihr bewusst, wie einfühlsam Marcus sie auf den richtigen Weg gestupst hatte.

»Irgendwie hat diese Art was, und für sein Alter ist er richtig fit. Wobei ... Wie alt ist er eigentlich?«

»Wer? Mit wem redest du, Sabrina? Hast du meine Nummer nur aus Versehen gewählt, und was soll ich mit den uralten Fotos?«

»Ups, das war ein Selbstgespräch und nicht für dich gedacht.« Sie erzählte Conny von Marcus' Idee und erkundigte sich dann erst nach dem Befinden ihrer Freundin. »Sorry für die Reihenfolge.«

»Kein Ding, wir haben ja schon über WhatsApp geschrieben, da hast du allerdings niemanden erwähnt, der für sein Alter noch ganz schön fit ist. Reden wir gerade über deinen Polizisten?«

»Er ist nicht ›mein‹ Polizist, sondern ...«

»Sondern ...?«, erklang hinter ihr die Stimme von Marcus. Ein gefüllter Kaffeebecher und ein Teller mit Keksen wurden vor ihr abgestellt. Wenn sie die Wärme in ihren Wangen richtig deutete, lief sie gerade knallrot an.

Zum Glück wartete Marcus keine Antwort ab, sondern ging in sein Büro, aber erst nachdem er ihr zugezwinkert und dabei mindestens zehn Jahre jünger ausgesehen hatte.

Das Ganze war einfach zu peinlich! Seufzend wandte sie ihre Aufmerksamkeit Conny und den Fotos zu. Tatsächlich gelang es ihnen zu zweit, wenigstens ein paar Namen zuzuordnen, und sogar einige kleinere Anekdoten fielen ihnen wieder ein. Jedoch nichts, das sie wirklich weiterbrachte.

Nachdem sie sich von ihrer Freundin verabschiedet hatte, spielte sie unzufrieden an ihrem Kugelschreiber herum. Dann hatte sie eine Idee. Sie klickte sich durch die Fallakte und stieß dank Marcus' akribischer Ordnung sofort auf die gesuchte

Telefonnummer. Angespannt wartete sie, dass auf Sylt jemand den Anruf entgegennahm. Endlich meldete sich Paul Alberg. Nach einer kurzen Begrüßung stellte sie die Frage, die ihr auf der Seele brannte. »Wissen Sie zufällig, auf welche Grundschule Ihr Schwiegersohn gegangen ist?«

»Nein, also ja, aber eben nicht zufällig, sondern weil ich seine uralten Unterlagen gerade durchgegangen bin. Aufs Alsterschlösschen.«

»Danke schön, damit haben Sie mir schon sehr weitergeholfen.«

Sie schaffte es gerade noch, sich zu verabschieden, dann schlug sie auf die Schreibtischplatte und stieß einen lauten Schrei aus.

Marcus riss die Tür auf und sah sie erschrocken an. »Was ist passiert?«

»Ich habe ein weiteres Opfer mit der Grundschule in Verbindung gebracht. Marius Fiebinger ist auch aufs Alsterschlösschen gegangen. Ich habe seinen Schwiegervater angerufen.«

Langsam breitete sich ein Lächeln auf Marcus' Gesicht aus. »Sehr schön, dann sind wir also auf der richtigen Spur, und den Beinahe-Herzinfarkt verzeihe ich dir.«

Einen Moment lang sahen sie sich stumm an, dann klingelte in Marcus' Büro das Telefon.

***

Ein scharfer Schmerz an ihrem Ohrläppchen riss Juliane aus der Bewusstlosigkeit. Sie schnappte nach Luft und musste prompt husten. Jetzt erst bemerkte sie die Hitze. Erschrocken riss sie die Augen auf und wünschte sich im nächsten Moment, sie hätte es gelassen. Neben ihr schlugen die Flammen meterhoch und … Jemand beugte sich über sie. Dieser Jemand riss sie nun hoch und zerrte sie mit sich, weg von dem brennenden Regal. Sie schrie auf, als er mit ihr direkt auf eine Feuerwand zusteuerte. Der Griff an ihrem Arm war sicher und fest und gab ihr Halt – im doppelten Sinne des Wortes. Doch er war auch unnachgiebig, sie wollte weg von der Hitze und drehte sich um. Dort war es noch viel schlimmer. Das reinste Inferno. Unbeholfen stolperte sie weiter neben der Gestalt auf die Wand aus Hitze zu. Der Unbekannte beschleunigte das Tempo. Sie liefen so schnell, dass sie erst mit Verspätung die brennend heiße Luft in ihrem Gesicht spürte. Jetzt erkannte sie den Weg. Sie hasteten entlang der Regalwand auf den Ausgang zu.

Kurz vor dem Ziel schienen ihre Beine plötzlich aus Pudding zu bestehen. Vielleicht ließ das Adrenalin nach. Die letzten Meter dehnten sich endlos aus. Ihr Begleiter zog sie mit aller Kraft mit sich. Obwohl sie durch den Rauch unter akutem Sauerstoffmangel litt, stieß sie einen schrillen Schrei aus. So nicht! Sie würde nicht so kurz vor der Rettung aufgeben. Schlagartig erinnerte sie sich. Nun wusste sie, wer sie niedergeschlagen hatte. Diese Genugtuung würde sie dem Kerl nicht gönnen. Niemals. Stolpernd erreichte sie die Tür und wurde dann unsanft ins Freie befördert.

Hart landete sie auf dem Boden, wollte sich hustend wieder aufrappeln und entschied sich dann, dass es einfacher wäre, einfach weiterzukriechen.

Trotz ihrer tränenden Augen erkannte sie endlich ihren Retter. Astra. Sein Mund bewegte sich, doch kein Laut drang an ihre Ohren. Jetzt erst nahm sie die vollkommene Stille wahr, die sie so sehr hasste. Sie begann, unkontrolliert zu zittern. Mit Mühe gelang es ihr, den Kopf zu schütteln und auf ihre Ohren zu zeigen.

Astra nickte und half ihr bis zu der Hecke, die den Parkplatz einrahmte. Er hockte sich vor sie hin und deutete erst auf seine Hand, dann auf ihr rechtes Ohr.

Juliane brachte einen Laut zustande, der hoffentlich Zustimmung ausdrückte. Etwas zupfte an ihrem rechten Ohr, strich dann sanft über ihre Muschel. Dies wiederholte sich auf ihrer linken Seite. Dann umfasste Astra ihr Kinn und drehte ihren Kopf so, dass sie ihn direkt ansah. »Hörst du mich jetzt?«, fragte er und sprach dabei sehr laut und betont deutlich.

»Ja, ja. Ich höre dich!«

»Die Kabel hatten sich gelöst. Wie geht es dir?«

Ihre Antwort bestand aus einem Hustenanfall, gleichzeitig liefen ihr Sturzbäche von Tränen über die Wangen.

Astra hielt sie fest, obwohl er selbst keuchend nach Luft schnappte. Erschrocken zuckte sie zusammen, als ein Mann mit gelbem Helm und blauem Anzug sich über sie beugte. Dann verstand sie. Die Feuerwehr war eingetroffen!

***

Marcus merkte selbst, dass er viel zu schroff klang, als er die Empfangsdame nach dem Weg zu Juliane fragte, aber das ließ sich nun nicht mehr ändern. Er sprintete den Flur entlang, der zur Notaufnahme führte, und vergewisserte sich mit einem raschen Seitenblick, dass Sabrina ihm folgte.

Eine Schwester stellte sich ihm in den Weg. Ehe er sie anraunzen konnte, deutete sie auf eine Tür. »Sie finden die beiden hier. Ich wäre Ihnen sehr verbunden, wenn Sie sie dazu überreden, eine Nacht zur Beobachtung zu bleiben.«

»Mal sehen«, sagte Marcus und hielt sich nicht mit Anklopfen auf.

Astra saß auf einem Bett, das mit durchsichtiger Folie überzogen war. Juliane lag immerhin, hatte einen dünnen Schlauch unterhalb der Nase und sah ihn erschrocken an. Marcus berührte Astra flüchtig an der Schulter.

»Was macht ihr nur für Sachen?«, entfuhr es ihm statt einer vernünftigen Begrüßung.

»Gib mir dein Handy, Marcus«, sagte Juliane mit heiserer Stimme.

»Warum?«

»Gib her!«, wiederholte sie energisch.

»Tu es besser. Sie wäre mir fast an die Gurgel gegangen, weil ich keins besitze.«

»Was ist denn eigentlich passiert? Deine Erklärung am Telefon war mehr als dürftig.«

Astra hustete und rang nach Luft.

Marcus winkte ab. »Okay, dass es gebrannt hat, habe ich verstanden. Brauchst du Sauerstoff?«

»Braucht er! Aber er lehnt jede Behandlung ab, weil er keine Krankenkasse hat, und jetzt will ich dein Handy haben!«

Marcus atmete tief durch. Beiden ging es einigermaßen gut, das beruhigte ihn. Trotzdem hätte er in diesem Moment an die Decke gehen können. Befand er sich denn im Irrenhaus? Warum erzählt ihm keiner, was genau passiert war?

Er zog sein Smartphone aus der Jackentasche. Ehe er es Juliane geben konnte, klopfte es an der Tür, und ohne eine Aufforderung abzuwarten, betraten zwei uniformierte Kollegen den Raum. Die Polizisten sahen sich etwas erstaunt um und musterten dann Astra genauer. Sie wechselten einen Blick.

Der Ältere, ein Grauhaariger mit dem Namensschild »Freiling«, nickte Astra zu. »Wir möchten mit Ihnen reden. Wir haben erfahren, dass ein Obdachloser in den Brand an der Schule …« Weiter kam er nicht.

Wie eine Furie schoss Juliane hoch, hustete erbärmlich und verhedderte sich in dem Schlauch. »Er hat mich gerettet, ihr bescheuerten Idioten! Und nicht irgendwas angezündet! Ihr seid doch echt …« Was immer sie sagen wollte, ging in einem neuen Hustenanfall unter, was vielleicht auch besser war.

Marcus atmete ein weiteres Mal tief durch und drückte dann Sabrina sein Smartphone in die Hand. »Juliane, du legst dich wieder hin und hältst die Klappe. Sabrina, klingle bitte nach der Schwester und sorg dafür, dass Astra Sauerstoff bekommt. Die Rechnung geht ans LKA. Sie beide, Sie kommen mit mir.«

Freiling verschränkte die Arme vor der Brust. »Mache ich, wenn Sie uns verraten, wer Sie sind.«

»Lauer, LKA Hamburg. Den Streifen nach Ihnen vorgesetzt, und nach dem Chaos hier brauche ich dringend einen Kaffee. Die beiden in den Betten arbeiten für mich und sind ganz bestimmt keine Brandstifter! Ansonsten versuche ich auch noch, herauszufinden, was eigentlich passiert ist. Ich vermute, meine Mitarbeiterin ist im Rahmen ihrer Ermittlungen angegriffen worden.«

Das reichte, um die Kollegen zu überzeugen.

Zwanzig Minuten später hatte er mit den Polizisten vereinbart, dass er den Fall weiterverfolgen würde, ihnen zugesichert, den Papierkram mit der Feuerwehr zu übernehmen, und ihnen einen Kaffee spendiert, der sogar einigermaßen schmeckte.

Als er in das Krankenzimmer zurückkehrte, hatte auch Astra einen Schlauch unter der Nase, und die Folie auf dem Bett war verschwunden.

Er stellte die drei Kaffeebecher, die er auf einem geliehenen Tablett balanciert hatte, auf dem Nachttisch ab und behielt den vierten in der Hand. Vielleicht half ausreichend Koffein, um den Überblick zu behalten und die nächsten Schritte einzuleiten.

»Mist. Ich wollte gerade meine Verabredung mit Christian absagen, da hat er sie schon verschoben«, murmelte Sabrina und blickte auf ihr Smartphone.

»Du wirst es überleben, dein Christian läuft dir schon nicht weg! Juliane, was war an meinem Handy so wichtig?«

»Trink deinen Kaffee. Ich erkläre es ihm!«, mischte sich Sabrina ein. »Und es ist nicht mein Christian, sondern nur ein sehr netter, gut aussehender, charmanter Mann, mit dem ich gerne etwas Zeit verbringe!«

»Du wolltest mir erklären, was es mit meinem Smartphone auf sich hat!«

Sabrina rollte mit den Augen. »Der Täter hat Julianes Handy mitgehen lassen, aber das Foto von der Klassenliste war bereits in ihrer Cloud. Es ist ein wenig schwer zu entziffern, weil die Handschrift echt das Letzte ist, aber wir haben alle Namen! Und auch noch ein paar andere Seiten, die für uns durchaus interessant sein könnten.«

»Hat er ihr Handy mitgenommen? Oder ist das verbrannt? Habt ihr eine Ortung veranlasst?«

»Ähm …« Sabrina drehte eine Haarsträhne zwischen den Fingern.

Das war auch eine Antwort. Marcus holte dies mit einem kurzen Anruf bei der Leitstelle nach.

Danach fasste Sabrina die Ereignisse in dem Archiv zusammen.

Marcus hatte nach den Schilderungen der Polizisten geahnt, dass es knapp gewesen war, aber nun die Details zu erfahren, war noch einmal ein anderes Kaliber. »Was für ein Glück, dass Astra da war. Warum er da war, klären wir gleich. Kannst du den Angreifer beschreiben?«, fragte er schließlich Juliane.

»Leider nicht richtig. Es ging so schnell. Ich dachte nur noch, dass er wirklich gut aussieht. Aber es ist alles verschwommen, einfach weg. Tut mir wahnsinnig leid.«

»Das muss es nun wirklich nicht. So ein Schock ist völlig normal. Vielleicht fällt dir noch was ein, und wenn nicht, macht es auch nichts. Astra?«

»Kapuzenshirt und Jeans. Das Gesicht war verdeckt. Er hatte das Gebäude von einem Versteck bei der Haltestelle aus beobachtet. Ich dachte erst, das wäre einer der Dealer, der dort sein Depot hat. Hätte ich etwas geahnt, hätte ich ihn mir von vorne angesehen. Ich war zu langsam und zu weit weg, um ihn aufzuhalten, bin aber sofort rein, als er wieder draußen war.«

»Hat er dich gesehen?«, hakte Marcus sofort nach.

»Ich glaube schon«, gab Astra zögernd zu.

»Gut, dann telefoniere ich jetzt mit Winfried. Wenn ihr nicht im Krankenhaus bleiben wollt, überlegen wir uns etwas anderes. Vielleicht kann er dabei helfen. Und wir erhöhen die Sicherheitsmaßnahmen.«

Erstaunlicherweise widersprach niemand.

Er ging auf den Flur, um in Ruhe zu telefonieren und auch, um seine Gedanken zu sortieren. Winfried reagierte erst bestürzt und dann gewohnt hilfsbereit. »Natürlich habe ich genug Zimmer und Schlafmöglichkeiten für alle. Ich telefoniere gleich mal mit dem Stationsarzt, vermutlich kann ich die Nachversorgung von Juliane und Astra problemlos übernehmen. Und beiden würde es bestimmt guttun, dort herauszukommen. Ich melde mich gleich.«

Kaum hatte er das Telefonat beendet, fiel ihm auf, dass Astra ihm die Erklärung schuldig geblieben war, wieso er sich in der Nähe der Schule aufgehalten hatte. Marcus wollte schon wieder in den Raum stürmen und eine Antwort fordern, als ihm bewusst wurde, dass er es keine Sekunde lang in Betracht gezogen hatte, dass der Obdachlose hinter den Anschlägen auf Valerie oder Juliane steckte. Darüber sollte er nachdenken, denn eine solche Einstellung hatte mit objektiver Polizeiarbeit nichts zu tun.

Er atmete noch einmal tief durch und betrat dann wieder den Raum.

»Winfried meldet sich gleich. Er redet mit dem Arzt und hofft, dass ihr zu ihm umsiedeln könnt. Wo ist dein Einkaufswagen, Astra?«

»Sicher versteckt unter einer Brücke. Willst du den etwa bergen, Running Man?«

»Warum nicht?«

»Und wieso fragst du nicht, wieso ich bei der Schule war?«

Marcus wich Astras forschendem Blick nicht aus. »Ich habe gefragt! Du hast nicht geantwortet, und damit liegt der Grund für mich auf der Hand. Du kennst dich in dem Viertel perfekt aus und wusstest, wo sich die Unterlagen befinden. Du hast damit gerechnet, dass der Täter dort auftaucht, und deshalb das Archiv beobachtet. Wenn du wieder fit bist, werde ich dir mitteilen, was ich von deiner Eigenmächtigkeit und deiner Verschwiegenheit halte!«

Astra wandte den Blick ab. »Fast richtig. Ich hatte keine Ahnung, wo sich die Unterlagen befinden, sonst hätte ich Juliane den Weg zur Behörde erspart. Ich war vorhin bei Adelheid. Wir haben lange miteinander geredet. Sie wusste natürlich, wo die Unterlagen aufbewahrt werden. Hätte ich ein Handy gehabt, hätte ich dich angerufen, aber so blieb mir nur der direkte Weg.«

»Verstehe. Dann warten wir mal ab, was Winfried sagt, und überlegen uns dann das weitere Vorgehen.«

KAPITEL 38

Mittlerweile hatte sich Marcus einige böse Blicke von Krankenschwestern eingehandelt, weil er auf dem Flur hin- und herlief und dabei ein Telefonat nach dem anderen führte. Auch wenn es ihm widerstrebte, musste er einen Teil des Falls aus der Hand geben. Er hätte lieber Tag und Nacht durchgearbeitet, denn er spürte, dass sie der ominösen Spinne dicht auf den Fersen waren. Es passte alles perfekt zusammen, sämtliche Spuren führten zu der alten Grundschule. Winfried hatte zwar ordentlich an der Erkenntnis zu knabbern, dass offensichtlich ein Vorfall im Kindesalter rund fünfundzwanzig Jahre später derartige Auswirkungen hatte, konnte es aber auch nicht ausschließen.

Marcus ermahnte sich zur Geduld. Für persönliche Empfindlichkeiten war kein Platz, zumal an oberster Stelle die Sicherheit seiner Mitarbeiter stand. Und mit diesem Punkt würde er starten, denn Juliane hatte ihm absichtlich oder unbewusst ein paar Dinge verschwiegen. Wie gut, dass er mit Winfried einen medizinischen Experten an Bord hatte.

Als Erstes bat er Valerie, nach der Schule direkt zu Winfried zu gehen. Die Vorstellung, dass seine Tochter alleine zu Hause war, behagte ihm nicht. Da er dies in weiser Voraussicht mit dem Überfall auf Juliane begründete, erhielt er nach wenigen Sekunden bereits das Daumen-hoch-Symbol als Zustimmung. Er zögerte kurz. So ganz konnte er es dann doch nicht lassen, er tippte weiter: *Ich schicke dir gleich ein paar Fotos mit Namen drauf. Du kannst gerne schon mal schauen, was du zu den Personen findest.*

Dieses Mal bekam er eine ganze Armada von Smileys zurück. Na großartig. Vielleicht hätte er darauf doch besser verzichtet. Aber jetzt war es zu spät. Er seufzte und schickte ihr die Fotos, die Juliane aus der Cloud heruntergeladen hatte.

Nächster Punkt. Valerie war zwar im Internet ein Ass, hatte aber keinen Zugriff auf die Daten des Einwohnermeldeamtes. Jetzt zahlte es sich aus, dass er mit den Kollegen von Alexanders Dezernat die Telefonnummern ausgetauscht hatte. Sonst hätte er sich an Tannhäuser wenden müssen, was ihm weniger gefallen hätte.

Er überlegte kurz, rief dann Toni an und kam nach einer knappen, aber herzlichen Begrüßung sofort auf den Punkt. »Ich habe eine Liste von Namen, die ich auf weitere mögliche Opfer und vor allem den Täter durchsehen muss. An wen würdest du dich wenden? Für uns alleine ist es zu viel, es würde zu lange dauern.«

»Ich schicke dir die Nummer von unserem Toprechercheur aufs Handy. Sag ihm, worum es geht, und er arbeitet es mit seinem Team durch. Aber mach dir eine Notiz, dass wir uns auf ein Bier treffen, wenn du den Mistkerl hast. Dirk und Alexander brennen auch darauf, dass der Fall abgeschlossen ist und du uns alles erzählst.«

Nachdem er sich so lange von den Kollegen ferngehalten hatte, freute er sich darauf. »Das machen wir!«

Er hatte kaum aufgelegt, da wurde ihm bereits eine SMS mit der Telefonnummer angezeigt. Der Kollege reagierte exakt so, wie Toni es vorhergesagt hatte, und versprach bereits für den nächsten Tag in den frühen Morgenstunden erste Ergebnisse. Marcus schickte auch ihm die Fotos und wich gerade noch einer Krankenschwester aus, die mit einem Tablett voller kleiner Plastikdosen auf dem Gang unterwegs war. Sie stellte die Sachen auf einem kleinen Tisch ab und stemmte die Hände in die Taille.

»Sie nerven, Herr Kommissar!«

Ehe er sich entschuldigen konnte, lächelte sie. »Wir haben mitbekommen, worum es geht. Schließlich haben Sie und Ihre Kollegen in Uniform viele Gespräche geführt, an denen wir gar nicht vorbeihören konnten, was wir aber auch nicht wollten. Gehen Sie doch ins Schwesternzimmer. Da gibt's heute sogar Kuchen, und der Kaffee schmeckt auch besser.«

»Und ich stehe Ihnen nicht mehr im Weg«, ergänzte Marcus.

»Ich sehe, Sie haben den richtigen Beruf! Exakt so ist es.« Sie öffnete eine Tür und deutete einladend hinein. »Immer rein in die gute Stube.«

Marcus folgte ihr schmunzelnd.

Die nächsten Telefonate führte er deutlich entspannter. Nachdenklich kaute er auf einem Stück des köstlichen Schokoladenkuchens und blickte aus dem Fenster auf eine hohe Linde mit ausladenden Ästen. Seine Frau hatte einen Kettenanhänger mit einem stilisierten Baum getragen und ihm von der Bedeutung dieses Symbols für die nordischen Mythologien erzählt. Er erinnerte sich kaum noch an Details, hatte aber plötzlich das Gefühl, er würde in den Verästelungen seinen Fall wiedererkennen und endlich das Gesamtbild vor Augen haben.

Vielleicht war es auch so. Doch noch hatten sie den Täter nicht, und außerdem war da noch die nicht unerhebliche Kleinigkeit, dass sie Beweise für die Staatsanwaltschaft brauchten, denn die Behörde würde sich von ihren Theorien und seinem Bild eines Baumes garantiert nicht beeindrucken lassen. Er riss sich zusammen und machte sich auf den Weg zu seinem Team, wozu er nun auch Astra zählte. So, wie er sie kannte, würden sie wenig begeistert auf seine teils relativ eigenmächtigen Entscheidungen reagieren.

Kaum hatte er die Tür geöffnet, begannen alle drei gleichzeitig zu reden. Großartig.

»Einer nach dem anderen. Sabrina?«

»Was hast du jetzt vor?«

»Sage ich euch, wenn ihr nicht gerade redet. Astra und Juliane?«

Astra bedachte ihn mit einem bösen Blick. »Ich überlasse dir das Wort.«

»Gut. Ein Streifenwagen ist unterwegs, sammelt deine Sachen ein und bringt sie zu Winfried. Zivile Kollegen sind unterwegs, um dich und Sabrina ebenfalls dorthin zu bringen. Du hast die Wahl: eine Nacht in Winfrieds Gästezimmer oder hier. Dann natürlich in einem Zimmer mit Männern, ich habe schon von den Schwestern gehört, dass diese Belegung eine Ausnahme war, weil du unbedingt in Julianes Nähe bleiben wolltest.«

»Das nennst du eine Wahl?«

»Für mich ist es eine.«

Die Art, wie Sabrina das Kinn vorschob, zeigte ihm bereits, dass sie nicht begeistert war. »Und wieso soll ich zu Winfried?«

»Wieso denn nicht? Ich möchte die Sache mit der Grundschule gerne mit ihm gemeinsam besprechen. Und es würde mir auch nicht gefallen, wenn du alleine im Präsidium herumsitzt.«

Sie hob ihr Handy. »Christian hat gefragt, ob wir uns heute Abend noch treffen können, und ich …«

»Jetzt vergiss doch diesen Pfleger mal für ein paar Stunden!«, fuhr er sie an. »Kann er dich im Zweifel vor dem Kerl schützen, der es auf Valerie und Juliane abgesehen hatte?«

Sabrina wollte antworten, doch Juliane kam ihr zuvor. »Er hat recht. Was ist mit mir?«

Jetzt erst fiel ihm auf, dass sie wieder sehr abgehackt sprach. Da Winfried ihm erklärt hatte, dass Julianes Hörgerät nur noch eingeschränkt Signale empfing und dies auch Auswirkungen auf ihre Sprache hatte, kannte er die Ursache und hatte schon entsprechende Maßnahmen ergriffen, um ihr zu helfen. Wesentlich freundlicher als zuvor Sabrina, lächelte er sie an. »Wir beide haben in einer guten Stunde einen Termin beim besten Hörgeräteakustiker der Stadt, damit deine Cochleas wieder richtig funktionieren und du vor allem wieder ein Handy hast und telefonieren kannst. Wenn alles wieder eingestellt und repariert ist, fahren wir auch zu Winfried. Okay? Ach so, damit du nicht Tag und Nacht arbeitest, habe ich ein Rechercheteam auf die Namen angesetzt. Morgen früh bekommst du von ihnen die Basics und kannst dich dann reinstürzen, um nachzuschärfen. Valerie nimmt sich parallel das Internet vor. Ich denke, so bekommen wir die Namen in Rekordzeit mit Infos unterfüttert, denn ich bin ganz sicher, dass wir dort sämtliche bisherigen Opfer, vermutlich noch weitere, und vor allem auch den Täter finden.« Sein Handy vibrierte und zeigte ihm eine Nachricht von Valerie an. Er überflog die wenigen Worte. »Wir haben, oder eigentlich Valerie hat schon zwei Treffer bei den Opfern, die wir kennen. Elena von Woltersleben ging in die Klasse, genauso wie Florian Hausener. An Letzteren hatte Sabrina sich ja auch schon erinnert, aber nun haben wir es schwarz auf weiß. Ich bin ganz sicher, das ist unser Durchbruch.«

Juliane schwieg geraume Zeit, dann zitterte ihre Unterlippe leicht. »Unterstützung ist gut. Der Termin noch besser. Danke, Boss.«

KAPITEL 39

Zum Glück verzichtete der Taxifahrer während der kurzen Fahrt auf Small Talk. Sabrina drehte einen Zipfel ihres Halstuches zwischen den Fingern. Ihr ging der Blick von Marcus nicht aus dem Kopf, als sie angekündigt hatte, das Treffen mit Christian am Abend nachzuholen. Obwohl sie es gerade nach seiner überflüssigen Bemerkung absolut richtig fand, die Verabredung wahrzunehmen, war es ihr schwergefallen, die anderen bei Winfried zurückzulassen. Die Ermahnung von Juliane, vorsichtig zu sein, hatte ihr ungutes Gefühl noch verstärkt.

Da sie keineswegs leichtsinnig sein wollte, hatte sie ein Taxi für die kurze Fahrt zum *AlsterCliff* bestellt. Der Fahrer stoppte auf dem nahe gelegenen Parkplatz. »Dichter kann ich nicht ranfahren. Da vorne geht's lang. Es sind nur ein paar Meter. Sie können es nicht verfehlen, einfach Richtung Wasser laufen.«

Vermutlich hielt er sie für gehbehindert oder ortsfremd. Denn welchen Grund sollte es sonst geben, sich gerade mal zwei Kilometer fahren zu lassen. Sie bedankte sich und rundete den Betrag großzügig auf.

Als sie das Szenebistro erreicht hatte, zögerte sie, die Außenterrasse zu betreten. Was mochten die anderen gerade machen? Aßen sie wieder gemeinsam Pizza? Sie lächelte, als sie an die hitzige Diskussion zwischen Astra und Marcus dachte, als er den Obdachlosen partout zu einem Handy überreden wollte. Der Streit hatte erst geendet, als Valerie ihrem Vater etwas ins Ohr geflüstert hatte. Sie hätte zu gerne erfahren, was der Teenager in dem Moment ausgeheckt hatte. Ob sie die Sache schon geklärt hatten? Und ob sie vielleicht sogar schon einen Schritt weiter an den Täter herangekommen waren?

Erst jetzt bemerkte sie, dass Christian ihr bereits zuwinkte. Wieder hatte er einen der besten Plätze in dem gut gefüllten Bereich erwischt. Wie machte er das nur?

Sie zwang sich zu einem Lächeln. »Entschuldige, ich war kurz noch in Gedanken bei der Arbeit.«

»Dann freue ich mich umso mehr, dass es doch noch geklappt hat! Du brauchst dringend ein wenig Abwechslung von alldem Stress. Was darf ich dir bestellen? Einen Aperol Spritz zum Start?«

War es wirklich Abwechslung, die sie nun brauchte? Alles in ihr schrie danach, weiterzumachen. Das nannte sich dann wohl Jagdfieber.

»Ja, das klingt gut«, sagte sie dennoch. Die anderen würden auch ohne sie klarkommen. Den Stich in ihrer Magengegend schob sie auf den Hunger, wie immer, wenn sie mit sich selbst nicht im Reinen war, hatte sie Lust auf etwas Süßes. Als die Kellnerin kam, um ihren Getränkewunsch aufzunehmen, bestellte sie sich gleichzeitig einen Kaiserschmarrn.

Christian sah sie ungläubig an. »Für mich bitte das Rinderfilet, medium rare.«

Kaum waren sie wieder alleine, grinste er. »Ich liebe ja Pfannkuchen, als Hauptgericht wäre es mir zu wenig. Stell dich aber schon mal darauf ein, dass ich unbedingt probieren will.«

»Nur, wenn ich dir ein paar Pommes klauen darf.«

»Abgemacht!«

Kaum hatte Sabrina den ersten großen Schluck von ihrem Drink genommen, fiel ein Teil der Anspannung von ihr ab. Der Blick auf die Alster, die ruhig dahingleitenden Boote und Wasservögel, dazu noch die nette Gesellschaft. Genau das brauchte sie jetzt. Christian gelang es verblüffend gut, von ernsten zu leichteren Themen zu wechseln, ohne in Trivialitäten abzurutschen. Über einen Thriller, den sie beide im Fernsehen gesehen hatten und in dem es um einen fanatischen Rassisten ging, kam er auf den Umgang mit Vorurteilen und alte Gewohnheiten zu sprechen.

Er blickte sichtlich verlegen an ihr vorbei auf die Wasseroberfläche. »Es hat gedauert, bis ich eingesehen habe, dass es sinnvoll ist, das Wort ›Negerkuss‹ nicht mehr zu verwenden. Schließlich kannte ich den Begriff schon immer und habe ihn nie mit etwas Bösem verbunden. Das lag eben daran, dass ich niemals die Perspektive gewechselt habe, also mir überlegt, wie die Bezeichnung dieser Süßigkeit verletzend auf Menschen mit dunkler Haut wirken kann.«

Die Einstellung gefiel ihr, trotzdem hatte das Wort »böse« sie wieder an ihren Job erinnert. »Wo du gerade bei Kindern bist. Erinnerst du dich noch an deine Klassenkameraden aus der Grundschule?«

Christian stellte das Glas wieder ab, ohne getrunken zu haben. »Aus der Grundschule? Himmel, das ist lange her. Warte mal. Mit Ecki bin ich gemeinsam aufs Gymnasium gewechselt. Wir waren lange beste Kumpels. Und dann war da einer über mir, der immer ein richtiges Ar… ich meine, der war unheimlich fies. Und ein Mädchen mit blonden Haaren fällt mir noch ein, das werde ich nie vergessen. Es sah sogar ein wenig so aus wie du.«

»War sie deine erste große Liebe?«

Ein vernichtender Blick traf sie. »Sie hatte reiche Eltern

und die Micky Maus im Abonnement. Damit wusste sie immer zwei Tage früher als ich, wie die Fortsetzungsgeschichte weiterging. Heute nennt man das ›spoilern‹. Damals habe ich es gehasst, dass sie mir vorab immer alles verraten hat.«

Schmunzelnd trank Sabrina den letzten Schluck ihres Cocktails und protestierte nicht, als Christian mit einer entsprechenden Geste ein weiteres Glas bestellte.

Trotz der amüsanten Geschichte fiel ihr etwas auf. »Eigentlich ist es doch komisch, du erinnerst dich an zwei Dinge, die dich geärgert haben, doch nur an eine gute Sache. So tickt das menschliche Gehirn wohl.«

»Klar, das ist wie bei den Rezensionen auf Amazon. Wenn alles gut ist, nimmt man es hin. Hat irgendetwas die Erwartungen nicht erfüllt, kotzt man sich seitenweise aus. Entschuldige die Ausdrucksweise. Doch diese Einstellung macht mich rasend. Sieht denn niemand mehr die schönen Seiten des Lebens? Und wenn einen wirklich etwas ärgert, muss man eben dagegen vorgehen und das Übel aus der Welt schaffen.«

Impulsiv fasste Sabrina nach seiner Hand und drückte sie. »Exakt so ist es!«

Für einen Moment trafen sich ihre Blicke, und etwas, das Sabrina dort zu sehen glaubte, erschreckte sie. Verdammt, sie wollte doch keine falschen Hoffnungen in ihm wecken! Schnell zog sie die Hand zurück, obwohl ihr die Berührung nicht unangenehm gewesen war.

Christian kommentierte ihre Reaktion nicht. »Wie kommst du jetzt gerade auf die Grundschulzeit? Hast du eine alte Freundin getroffen?«

»Ja, so ungefähr. Mir ist bewusst geworden, dass ich fast keine Erinnerungen mehr an diese Zeit habe. Mir fallen weder die Gesichter noch die vollständigen Namen meiner Mitschüler mehr ein. Es reicht gerade mal für ein, zwei Vornamen. Und …« Im letzten Moment fiel ihr ein, dass Marcus sie davor gewarnt hatte, über Conny zu reden. Obwohl es ihr übertrieben erschien, verschwieg sie Christian lieber, dass auch das Gespräch mit ihrer Freundin nur die Erinnerung an unbedeutende Szenen zurückgebracht hatte. »… eigentlich ist das doch schade«, beendete sie den Satz anders als ursprünglich geplant.

»Ich denke, es ist normal. Wenn du dich an alles erinnerst, was du jemals erlebt hast, streikt dein Gehirn irgendwann. Ich würde darauf tippen, dass man sich an den engsten Kreis erinnert, also die Clique, mit der man damals viel gemacht hat. Das sind dann vielleicht zwei bis fünf Schüler.«

Bei dem Wort Clique kam Sabrina ein Gedanke, den sie wieder nicht richtig zu fassen bekam. Verdammt. Zum zweiten Mal hatte sie das Gefühl, kurz vor der Lösung zu stehen, die ihr dann wieder entglitt.

»Bist du mit dem Kopf wieder bei der Arbeit?«

Sabrina entschied sich für die halbe Wahrheit. »Eine Kollegin hatte heute einen schweren Unfall. Ich musste nur kurz an sie denken. Es geht ihr wieder gut, aber dass es so knapp war, macht mir zu schaffen.« Die Kellnerin wechselte ihr leeres Glas gegen ein volles aus. Sabrina trank einen Schluck. »Ich bin heute vermutlich keine gute Gesellschaft.«

»Das finde ich gar nicht. Außerdem ist deine Reaktion nur verständlich. Ich hoffe, du schwebst nicht ebenfalls in Gefahr!«

»Nein, natürlich nicht. Ich bin doch nur so eine Art Aushilfsermittlerin, und ich habe mir heute sogar ein Taxi gegönnt. Alles gut. Mach dir keine Sorgen.«

»Möchtest du darüber reden? Ich merke ja, wie es dich beschäftigt. Ihr seid immer noch diesem miesen Verbrecher auf der Spur, der die arme Adelheid Brunner fast umgebracht hätte, oder?«

Sabrina nickte und trank noch einen Schluck. »Aber das Drama ist bald vorbei.« Sie zeigte zwischen Daumen und Zeigefinger einen kleinen Abstand. »Wir sind so dicht an ihm dran.«

Christian lehnte sich zurück. »Das ist gut.«

Dass er auf weitere Nachfragen verzichtete, gefiel ihr. Erst, als das Essen serviert wurde, kamen sie irgendwie wieder auf die Ermittlungen zu sprechen, und ohne es zu wollen, verriet Sabrina ihm dann doch einige Details. Als sich ihr schlechtes Gewissen meldete, beruhigte sie es damit, dass er ja durch die Besuche im Altersheim ohnehin Bescheid wusste und außerdem auch Winfried half. Eigentlich gehörte er irgendwie schon dazu.

KAPITEL 40

Marcus hatte trotz der frühen Morgenstunde bereits einen aufdringlichen Typen vom Ordnungsamt verscheucht, der ihm einen Strafzettel verpassen wollte. Die Parkplatzsituation im Univiertel war katastrophal, sodass ihm nichts anderes übrig blieb, als im Halteverbot zu stehen.

Wo blieb Sabrina nur? Er stellte sich lieber nicht vor, dass sie so spät kam, weil sie die halbe – oder die ganze – Nacht mit ihrem geliebten Pfleger rumgemacht hatte. Gerade, als er aussteigen wollte, öffnete sich die Haustür, und sie stürmte heraus.

Sabrina riss die Beifahrertür auf und reichte ihm einen Kaffeebecher mit Deckel. »Extra für dich, aber leider hat mitten im Brühvorgang die Kaffeemaschine gezickt. Ich dachte, den könntest du nach deiner Lauftour gebrauchen. Nebenbei wäre ich auch mit einem Taxi zu Winfried gefahren, denn ich bin ja nicht lebensmüde! HVV ist erst wieder angesagt, wenn diese widerliche Spinne im Knast sitzt.«

Zum Glück musste sie nun Luft holen, und er kam zu Wort. »Woher weißt du, dass ich laufen war?« Eigentlich hatte er sie vernünftig begrüßen wollen, aber nun sprach er das aus, was ihm als Erstes in den Sinn gekommen war.

»Na, weil du die WhatsApp heute Morgen um vier Uhr dreißig geschrieben hast. Und ich weiß von Valerie, dass du immer früh unterwegs bist.«

»Gut kombiniert.« Er fuhr los, trank an der ersten Ampel einen Schluck Kaffee und nickte anerkennend. »Dein Kampf mit der Maschine hat sich gelohnt, der schmeckt richtig gut.«

»Ist auch eine sauteure Bohnensorte, die ich nur bei besonderen Anlässen verwende. Normalerweise hole ich mir drüben vom Bäcker was.«

»Und wieso bin ich ein besonderer Anlass?«

»Weil ich es total lieb finde, dass du mich abholst. Wie geht's Juliane?«

»Gut, vermutlich sitzt sie schon an meinem Notebook. Dabei sollte sie es langsam angehen lassen. Konntest du denn schlafen?« Eigentlich wollte er wissen, wie der Abend mit Christian verlaufen war und ob sie die Nacht alleine verbracht hatte.

»Geht so. Ich war gegen halb zwölf zu Hause und viel zu aufgedreht. Ich habe abwechselnd gelesen und Fernsehen geguckt, aber nichts hat mich so richtig interessiert. Gegen halb zwei war ich dann im Bett und habe auch einigermaßen geschlafen. Das war bei dir wohl anders?«

»Ja. Ich habe wieder und wieder überlegt, wie es sein kann, dass der Täter so nahe an uns dran ist. Das hat mir keine Ruhe gelassen, und dann bin ich meine Standardrunde gelaufen.«

Sabrina sah aus dem Fenster. »Gut, dass es heute trocken bleiben soll. Im Regen wärst du bestimmt nicht gelaufen, oder?«

»Bin ich auch schon, aber ich werde mich nicht beschweren, dass ich nicht nass geworden bin.«

»Wieso biegst du hier ab? Zu Winfried geht's da drüben lang.«

»Weiß ich, aber wir wollen noch kurz zum Präsidium. Ich habe für dich und Juliane Notebooks beantragt.«

»Hey, gute Idee!«

»Finde ich auch.«

Sabrina boxte ihm lachend in die Seite. »Sei nicht so selbstgefällig!«

»Hu, tätliche Angriffe auf Vorgesetzte. Das muss ich mir für deine Beurteilung merken.«

Sie grinsten sich an, und wieder spürte er ein Flattern in der Magengegend. Sein Handy, das neben dem Sitz lang, vibrierte und signalisierte den Eingang einer neuen Mail. Er riskierte einen schnellen Blick und gab das Mobiltelefon an Sabrina weiter. »Lies mal vor. Das ist von der KTU.«

»Na gut. Aber nur, weil du am Steuer sitzt. Ich bin ja nicht deine Assistentin und … Ach, verdammt!«

Die Ausdrucksweise war so untypisch für Sabrina, dass er sofort alarmiert war. Er musste nicht nachfragen. »Die Auswertung der Funkzellen ist da. Da gab es irgendeine doofe technische Verzögerung, die ich eh nicht kapiere. Aber Fakt ist, dass Julianes Handy sich nach dem Überfall Richtung Altersheim bewegt hat. Kurz davor ist es dann offline gegangen, vermutlich schwimmt es in der Alster. Meinst du, die Spinne hat dort gar keinen Gehilfen, sondern sitzt da selbst?«

Wieso musste er nun sofort an Christian denken? Das ergab keinen Sinn, schließlich hatte er Adelheid Brunner gerettet. Lag es an der Eifersucht, die er sich nicht wirklich eingestand?

»Oder es ist reiner Zufall«, schlug Marcus vor.

»Glaubst du das?«

»Nein.«

* * *

Grübelnd sah er auf die Stelle, wo dieser nervige Kommissar im Halteverbot geparkt und auf Sabrina gewartet hatte. Die freie Lücke war schon längst von einem Nissan erobert worden, dennoch starrte er weiter vor sich hin.

Verärgert traf seine Stimmung nicht einmal annähernd. Sein Plan war perfekt gewesen. Wie hatte Juliane den Brand nur überleben können? Es war niemals vorgesehen gewesen, dass die Polizei die Unterlagen über seine alte Klasse in die Hände bekam. Gut, die Namen alleine brachten noch nicht den Durchbruch, aber sie waren sehr nah dran. Zu nah. Eigentlich war es nahezu unmöglich, ihm auf die Schliche zu kommen, weil es keine Verbindung mehr gab zwischen seinem damaligen Ich und der Person, die er heute war. Und dennoch … Was wäre der nächste Schritt? Er scrollte durch seine Teilpläne. Sabrina wollte er sich aufsparen. Die Brunner hatte er auf später verschoben. Er konnte einen anderen Projektabschnitt vorziehen. Das würde ihm gefallen. Endlich wieder aktiv sein Ziel vorantreiben! Genau. Er überflog die einzelnen Schritte. Perfekt. Das war machbar.

Wieder sah er zu dem Ort, an dem Lauer geparkt hatte. Im Prinzip lag die Lösung doch auf der Hand. Der Polizist war der Dreh- und Angelpunkt. Wenn es ihm gelang, ihn zu beseitigen, hatte er sämtliche Probleme mit einem Schlag gelöst.

Es hatte sich gelohnt, auf den Schlaf zu verzichten. Wer so früh zum Laufen aufbrach, konnte beim nächsten Mal leicht einen bedauerlichen Unfall haben. Rasch überflog er die noch offenen Teilprojekte. Till oder Ingo? Bei beiden war alles vorbereitet. Er entschied sich dafür, den lieben Ingo von seinem armseligen Dasein zu befreien.

***

Juliane hatte ihren Arbeitsplatz bei Winfried nach draußen verlegt. Der Tisch auf der Terrasse war mit DIN-A4-Zetteln übersät, mittendrin stand das Notebook, auf dessen Tastatur sie wild einhämmerte.

Nachdem sie Sabrina und Marcus kurz begrüßt hatte, fasste Juliane die Zettel zu einem ordentlichen Haufen zusammen. »Jeder Schüler hat ein eigenes Blatt. Damit lässt es sich leichter visualisieren, ob es sich um ein Opfer handelt.«

»Aha«, sagte Marcus nur. Er wäre anders vorgegangen, hatte aber nicht vor, sich auf eine Diskussion mit seiner Assistentin einzulassen. »Sind die Vorarbeiten brauchbar?«

»Mehr als das«, erwiderte Juliane und konzentrierte sich wieder auf den Bildschirm, sah dann aber noch einmal Sabrina an. »Nimm dir ein paar Zettel und überleg doch mal, was dir zu den Namen einfällt. Valerie hat sich auch schon ein paar geschnappt und ist im Internet auf die Suche gegangen. Sie hat aber nur zwei Stunden Zeit und muss dann zur Schule.«

Obwohl offensichtlich war, dass Juliane weitermachen wollte, wagte Marcus noch eine Nachfrage. »Um wie viele Namen geht es denn hier überhaupt?«

Juliane schnaubte. »Dreißig direkt aus der Klasse. Aber im Prinzip müssen wir alle aus der Jahrgangsstufe durchgehen, denn Sport wurde klassenübergreifend unterrichtet, genauso wie Textiles Werken und ...«

»Bitte, was für ein Werken?«, wollte Marcus wissen.

»Nennt sich auch Handarbeit. Außerdem haben wir Einträge gefunden, die darauf hindeuten, dass es Cliquen gab, in denen Schüler aus verschiedenen Klassen waren. Weißt du denn gar nichts mehr von der Zeit, Sabrina?«

Erst jetzt fiel Marcus auf, dass Sabrina ins Leere starrte und geistesabwesend den Mops kraulte, den sie auf dem Arm hielt.

»Die Klasse war damals gar nicht so wichtig. Wir haben eigentlich mit denen gespielt, die auch bei uns in der Nähe gewohnt haben. Das war eine riesige Gruppe. So ein paar weitere Vornamen fallen mir langsam wieder ein. Aber keine

Gesichter. Zum Beispiel Ingo. Der war ziemlich eingebildet, weil er fast nur Einsen geschrieben hat. Aber trotzdem war er irgendwie nett. Wir haben ihn immer Ingo-Bingo-Dingo genannt.«

Marcus berührte sie leicht am Arm. »Mach so weiter. Notier dir, was dir einfällt, und verbinde das mit Julianes Zettelwirtschaft. Wo stecken eigentlich Astra und Valerie?«

Juliane lächelte. »Gerade haben sie sich noch heftig in der Essecke gestritten. Vielleicht siehst du mal besser nach. Winfried ist nach unten ins Gartenhaus geflüchtet. Sein Helfer will nachher vorbeikommen und die Medikamente neu ordnen oder inventarisieren oder so etwas.«

Sabrina strahlte. »Oh, davon hat Christian gar nichts erzählt.«

Mit bewundernswerter Beherrschung, für die ihn niemand loben würde, verkniff sich Marcus eine ätzende Bemerkung und ging stattdessen nach drinnen, um Astra und Valerie zu suchen. Er ahnte, worum es in ihrem Streit ging, und hätte den Beamtensold eines halben Jahres auf seine Tochter gesetzt.

Im Flur kam ihm Astra schnaubend entgegen. »Valerie ist ein unfassbarer Dickkopf.« Da er am Arm eine nagelneue Smartwatch trug, lachte Marcus leise.

»Keine Ahnung, von wem sie das hat. Aber ihre Idee ist doch gut. Du hast ein Handy kategorisch ausgeschlossen, aber von einer neuen Uhr als kleines Dankeschön für deine Hilfe war nie die Rede. Hat sie dir von dieser SOS-Funktion erzählt?«

»Hat sie. Ich musste sie ihr dreimal vorführen! Als ob ich ein kleines Kind oder ein uralter Greis wäre. Ich gehe dann mal. Danke, dass deine Leute meine Sachen eingesammelt haben.«

»Du weißt, dass ich dir danken sollte! Pass auf dich auf und lass mal von dir hören. Und vor allem: keine riskanten Alleingänge mehr. Ich sehe dir doch an, dass du was vorhast.« Das war zwar ein Schuss ins Blaue, aber da Astra plötzlich interessiert den Fußboden betrachtete, hatte er wohl richtiggelegen.

»Ist nur eine völlig schräge Idee. Ich will mir mal was ansehen. Wir bleiben in Verbindung, Running Man. Aber noch eine Nacht umgeben von Steinen, und ich werde irre.«

KAPITEL 41

Ingo Stahnke setzte den kleinen Bagger zurück und achtete darauf, dem Lebensbaum nicht zu nahe zu kommen. Seine Auftraggeber waren mit ihrem Garten dermaßen penibel, dass sie vermutlich jeden Ast kannten und ihnen jede noch so kleine Beschädigung vermutlich sofort auffiel.

Er hatte ihnen dazu geraten, die Fläche für das geplante Gerätehaus mit Waschbetonplatten zu legen, aber nein, der Hausherr hatte darauf bestanden, dass ein ordentliches Fundament gegossen wurde. Was für eine Verschwendung von Zeit und Geld. Doch ihm sollte es recht sein. Mehr Arbeitszeit bedeutete mehr Stunden, die er in Rechnung stellen konnte, und das würde er tun. Nachdem er seine Auftraggeber darauf hingewiesen hatte, dass normaler Beton fast vier Wochen zum Austrocknen brauchte, hatten sie tief in die Tasche gegriffen und sich für eine schnell härtende Mischung entschieden. Wenn er die heute ausbrachte, konnte er sie nach gut einer Stunde schon belasten und glätten und morgen dann weiterarbeiten. Laut Beschreibung sollte das Zeug bereits nach fünfzehn Minuten hart sein. Er war gespannt, ob das tatsächlich der Fall sein würde.

Sollte es Probleme geben, hatte er Zeit genug, sich eine Lösung zu überlegen. Das Ehepaar, dem das Haus mit dem traumhaften Grundstück gehörte, war zwar schon Ende siebzig, aber noch viel unterwegs. Drei Tage würden sie in ihrem

Ferienhaus an der Nordsee verbringen, das bedeutete für ihn, drei lange Tage, in denen er in Ruhe arbeiten konnte. Der Garten gefiel ihm, für seinen Geschmack war er nur etwas zu geometrisch angelegt, er mochte es lieber natürlicher.

Ingo reckte sich und drehte sich um, als er ein lautes Knacken hörte, konnte jedoch niemanden entdecken. Im Hamburger Stadtteil Rissen gab es einige nette Wohngegenden, und diese hier gehörte dazu. Ab und zu mal ein Einbruch, ansonsten machten die Verbrecher einen Bogen um die Häuser. Die Grundstücke waren so groß, dass man von den Nachbarn rechts und links so gut wie nichts mitbekam, weshalb teure Alarmanlagen zur Standardausstattung gehörten. Die Villen hatten zwar schon einige Jahre auf dem Buckel, waren aber immer noch echte Augenweiden. Das Gebäude mit dem weißen Klinker und den dunkelblauen Dachpfannen würde ihm auch gefallen, lag aber jenseits seiner finanziellen Möglichkeiten. Sein Einmannbetrieb reichte gerade eben so, um seine kleine Familie zu ernähren.

Nachdenklich rieb sich Ingo über die verschwitzte Stirn. Vielleicht war er dem Finanzamt gegenüber doch zu ehrlich. Seine Frau lag ihm andauernd damit in den Ohren, dass er einfach zu gut für diese Welt war, doch so war er eben. Gewalt und Unehrlichkeit verachtete er. Deshalb ging er auch seit Jahren nicht mehr zur Wahl. Politiker waren allesamt korrupt und hatten nur ihren eigenen Vorteil im Blick.

Er leerte eine halbe Flasche Wasser in einem Zug und musste über sich selbst lachen. Was stand er hier herum und philosophierte? Der Kies war verteilt und mit dem Rüttler verdichtet, sämtliches Material hatte er mit dem Bagger vom Parkplatz hierher transportiert, und der Beton war so weit, dass er ihn in der Grube verteilen konnte. Sein kleiner Mischer kam zwar kapazitätsmäßig an seine Grenzen, aber es würde schon gehen, wenn er die Platte in zwei Etappen goss.

Er schrak zusammen, als plötzlich ein Mann in einem blauen Arbeitsoverall vor ihm stand. »Moin, ich habe gar nicht gewusst, dass heute noch mehr Arbeiten anstehen.«

Der Arbeiter bückte sich und hob eine der Stahlmatten an. »Ganz schön schwer für einen alleine.«

»Tja, kannst gerne mit anfassen.«

»Das werde ich sogar. Aber verrate mir erst, wie jemand, dem nach dem Abi alle Türen offenstanden, zu so einem Versager werden konnte? Was hast du aus deinem Leben gemacht? Ich sehe hier den klassischen Handlanger und Hilfsarbeiter vor mir.«

Ärger kochte in Ingo hoch. »Wer bist du? Und wieso glaubst du, mich zu kennen? Meine Arbeit macht mir Spaß! Wer kann das schon von sich behaupten?« Wieso verteidigte er sich gegen den Unbekannten eigentlich? Was interessierte ihn der Idiot! Ehe er sich noch zu etwas hinreißen ließ, was er später bereute, wandte er sich ab, um mit seiner Arbeit fortzufahren.

Ein scharfer Schmerz an seinem Hinterkopf ließ ihn in die Knie brechen.

»Wir waren noch nicht fertig! Hat dich möglicherweise dein schlechtes Gewissen davon abgehalten, etwas aus deinem Leben zu machen?«

Ingo tastete nach der Stelle an seinem Schädel, die fürchterlich pochte, und fühlte Blut an seinen Fingern. Erstmals empfand er Angst, hart an der Grenze zur Panik. Im nächsten Moment stand der Mann vor ihm und zerrte Ingos Kopf mit einem schmerzhaften Griff in die Haare hoch. »Es zeugt von sehr schlechten Manieren, wenn man sich mitten im Gespräch einfach umdreht.«

»Was willst du von mir? Was wirfst du mir vor? Du musst mich verwechseln! Lass mich einfach los, hau ab, und wir vergessen das hier.« Ingo blinzelte, um die Benommenheit zu vertreiben, hatte damit aber keinen Erfolg. Es war, als ob ein grauer Nebel aufstieg und seine Wahrnehmung trübte.

»Du erinnerst dich also nicht? Tja, da war deine gute alte Freundin Anja mit ihrer Protzkarre schneller. Sieh mich mal genau an.« Der Mann machte ein summendes Geräusch, das an Bienen erinnerte.

Anja? Sie war bei einem grauenhaften Unfall in ihrer Garage gestorben! Hatte der Kerl hier sie etwa ermordet? Das konnte doch nicht wahr sein! Das nachgemachte Summen wurde lauter. Eine Erinnerung stieg in Ingo auf. »Das kann nicht sein. Das war doch nur ...« Die Faust raste auf ihn zu, und er stürzte in eine bodenlose Schwärze.

Etwas Nasses in seinem Gesicht riss Ingo aus der Bewusstlosigkeit. Als Erstes spürte er das Pochen in seinem Kopf, dann wurde ihm auch schon klar, dass er in ernsthaften Schwierigkeiten steckte. Er lag in der Grube, die er selbst ausgehoben und mit den Brettern gesichert hatte. Er wollte sich aufrichten oder wegrollen, scheiterte und erstarrte, als er begriff, dass eines der Metallgitter, die er in den Beton einarbeiten wollte, ihn niederdrückte und seine Hände an den Stahl gefesselt waren. Was hatte der Mistkerl vor? Er konnte weder fragen noch um Hilfe schreien, denn der alte Lappen, den er sonst zum Händeabwischen nahm, war fest um seinen Mund gebunden. Als die erste Ladung flüssiger Beton auf seinem Oberkörper landete, verstand er, was sein ehemaliger Schulkamerad vorhatte. Das musste ein Albtraum sein! Doch die Feuchtigkeit, die durch sein T-Shirt sickerte, verriet ihm, dass dem nicht so war. Vergeblich versuchte er mit aller Kraft, sich zu befreien. In einem steten Fluss tropfte der Beton auf ihn herab. Es würde nicht lange dauern, bis er komplett damit bedeckt war. Zahlen irrten durch seinen Kopf, aber durch die Schmerzen konnte er nicht vernünftig rechnen. Hatte er noch eine winzige Chance? Reichte der Beton, um ihn umzubringen? Er wusste es nicht.

Resigniert schloss er die Augen und hörte dann das laute Lachen seines Mörders. Wieso nur? Nach so langer Zeit? Wegen einer solchen Lappalie? Er begriff es einfach nicht. Panik drohte ihn zu überwältigen, doch er zwang sich, die Angst zu beherrschen, und rief sich Bilder seiner Familie ins Gedächtnis. Wenn er schon sterben musste, dann wenigstens mit der Erinnerung an die schönen Momente in seinem Leben.

***

Marcus gab es nicht gerne zu, aber er fühlte sich nicht nur überflüssig – er war es. Juliane ergänzte die Auswertungen der Recherchetruppe, Sabrina unterlegte die Informationen mit ihren Erinnerungen an die Schulzeit, teilweise sogar mit Fotos. Valerie hatte nach gerade mal drei Schulstunden ihre Nachforschungen im Internet zu vielen ehemaligen Schülern Informationen aus Zeitungen oder dem Social-Media-Bereich zusammengefasst und kümmerte sich jetzt in Winfrieds Wohnzimmer um ihre Hausaufgaben. So hatten sie bereits die bekannten Opfer als Klassenkameraden von Sabrina identifiziert. Daneben waren sie auf zwei Todesfälle gestoßen, die vor dem Hintergrund ihres Wissens zumindest Fragen aufwarfen. Auf diese hatte sich Winfried gestürzt, um das Täterprofil weiter abzurunden. Damit war für Marcus nur übrig geblieben, sich mit dem Mops zu beschäftigen. Es war nur ein kleiner Trost, dass Christian seinen geplanten Besuch um einige Stunden verschoben hatte, weil es einen Notfall im Altersheim gegeben hatte.

Plötzlich kam Marcus ein Gedanke. Verdammt, er hatte die Berichte der KTU völlig vergessen, sondern lediglich gesehen, dass die Kollegen ihm einige Mails mit seitenlangen Anhängen geschickt hatten. Bisher hatte er dafür keine Zeit gehabt und es nun schlicht und einfach vergessen.

Er warf den Ball ein letztes Mal und vertröstete Freddy dann mit einem Hundekuchen, ehe er sich an sein Notebook setzte. Das verschwundene Handy von Juliane war noch nicht wieder aufgetaucht, die letzte Position jedoch bestätigt worden. Marcus ließ sich den Bereich auf Google Maps anzeigen. Tatsächlich, das Gerät war in unmittelbarer Nähe des Altersheims zum letzten Mal online gewesen. Theoretisch kam auch ein Ort direkt an der Alster infrage, doch Marcus tippte auf das parkähnlich angelegte Grundstück. Diesen Punkt hatte er doch glatt aus dem Auge verloren. Nachdenklich notierte er »Seniorenresidenz« auf seinem Notizblock.

Das Gift, das zweimal im Wein verwendet worden war, entpuppte sich als ein Stoff, der auch in gewissen Herzmedikamenten enthalten und mit dem Fingerhut verwandt war. Hier machte die verwendete Dosis aus einer hilfreichen Arznei ein gefährliches Gift. Bevorzugte Einsatzorte der Tabletten waren Herzkliniken und … Altersheime.

Marcus umkringelte das zuvor geschriebene Wort. Er hatte dem Ort eindeutig nicht genügend Aufmerksamkeit geschenkt, dabei war dort zunächst Edith Hausener manipuliert und später umgebracht worden und auch Adelheid Brunner ins Visier des Killers geraten. Marcus fuhr sich mit den Händen durch die Haare. Astra hatte da weiter gedacht als er. Er hatte sich dort umgesehen und mit Frau Brunner gesprochen.

Verdammt. Das hätte ihm nicht durchrutschen dürfen. Wieso hatte er den Punkt einfach mit »Da wird der Täter jemanden bestochen haben« ad acta gelegt? Und wieso erinnerte er sich erst jetzt daran, dass er eine Liste der Angestellten angefordert hatte? Marcus überflog den Posteingang und stieß auf eine Mail der Heimleiterin.

Die Angestellten und ihre persönlichen Daten waren in einer Excel-Datei aufgeführt, in einer Spalte stand das jeweilige Eintrittsdatum. Marcus sortierte die Liste nach dieser Information und stutzte. Fast alle Pfleger und Verwaltungsangestellten arbeiteten seit Jahren dort. Lediglich Christian und eine Frau mit einem asiatischen Namen hatten in den letzten beiden Jahren dort angefangen. Das half ihm auch nicht weiter. Niemand würde so weit im Voraus planen, und nur weil er den Pfleger nicht mochte, hieß das nicht, dass … Marcus überprüfte Christians Geburtsdatum. Na also, zwei Jahre jünger als Sabrina. Damit konnte er kaum mit ihr in die gleiche Klasse gegangen sein. Es sei denn, er arbeitete dort unter falscher Identität. Marcus öffnete die Datei, die sämtliche Namen der Schüler enthielt. Kein Christian. Lediglich einer hieß so mit zweitem Vornamen. Ein gewisser Lutz Christian Engelbrecht.

»Erinnerst du dich an Lutz?«, fragte er Sabrina, die einige Meter entfernt von ihm am Kopfende saß.

Sie legte die Fotos zur Seite. »Nicht so richtig. Irgendwas klingelt da. Ich glaube, er war ein kleines Pummelchen. Zu meiner Clique gehörte er nicht. Die habe ich mittlerweile schon alle beisammen. Es ist ganz erstaunlich, an was man sich plötzlich erinnert.«

Ehe Marcus den Gedanken weiterverfolgen konnte, stand Winfried auf und sah Sabrina fest an. »Es muss einen Zwischenfall gegeben haben, der ein Kind extrem traumatisiert hat. Ich habe mir zwei Todesfälle angesehen und bin erschrocken, wie gut diese passen.«

»Will ich das wirklich hören?«, fragte Sabrina mit einem gequälten Lächeln. Sie gab Winfried keine Gelegenheit zu einer Antwort. »Natürlich will ich alles wissen! Ich finde die menschlichen Abgründe, die sich hier auftun, nur so fürchterlich. Und irgendetwas sagt mir, dass du gleich noch einmal ordentlich nachlegst.«

»Erzähl«, bat Juliane.

Winfried wartete zunächst noch, bis Marcus nickte. »Er tötet entweder, indem er dem Opfer das nimmt, was es am meisten liebt. Oder aber er nutzt das, was das Opfer am meisten liebt, als Mordinstrument. Ich habe hier einen SUV, ein Motorboot und einen Kletterunfall im Angebot. Alles ehemalige Mitschüler von Sabrina. Ich war mir zuvor schon sicher, doch die ausgeklügelte, ja, wahrlich ausgefeilte Planung, deutet auf einen sehr intelligenten Menschen hin. Jemand, der extrem zielstrebig und äußerst entschlossen ist. Die Vorgehensweise nötigt mir Respekt ab. Es ergibt sich ein Zeitraum von insgesamt drei Jahren. Vermutlich steuert alles auf ein großes Finale oder einen grandiosen Schlussakkord zu – also sozusagen zum silbernen Jubiläum des Ereignisses, das uns Rätsel aufgibt.«

Wieso musste er wieder an Christian denken? Außer dem Einstellungsdatum im Altersheim gab es nichts, das diesen Gedanken untermauerte. Immerhin hatte er durch seine schnelle Reaktion Frau Brunner das Leben gerettet. Es wäre ein Leichtes gewesen, sie einfach sterben zu lassen.

»Hast du eine Idee?«, fragte Winfried prompt.

Marcus hätte zu gerne seinen Gedanken mit dem Experten diskutiert, traute sich jedoch nicht, den Namen in Gegenwart von Juliane und vor allem Sabrina zu nennen.

»Nicht wirklich«, wehrte er ab.

»Und unwirklich? Du denkst doch hoffentlich nicht an den von mir sehr geschätzten Astra!«

Marcus blinzelte überrascht. Nach der Einleitung hatte er doch tatsächlich wieder an den Pfleger denken müssen. »Natürlich nicht!«, fuhr er Winfried an. »So viel Menschenkenntnis solltest du mir zutrauen!«

Sein Handy vibrierte und zeigte ihm einen Anruf von Tannhäuser an. Alarmiert nahm er das Gespräch entgegen.

»Ich habe versucht, Sie im Präsidium zu erreichen«, stellte sein Vorgesetzter nach einer knappen Begrüßung fest.

»Wir sind heute zu Professor Kohlmorgen umgezogen. Er gibt uns bei der Einschätzung der Lage wertvolle Hinweise.«

»Da ich nun weiß, wo Sie sich aufhalten, und Sie darüber hinaus ja auch auf dem Handy erreichbar sind, habe ich mit der Wahl Ihres Arbeitsplatzes kein Problem. Im Gegenteil, Sie setzen damit eine Tradition einiger meiner besten Mitarbeiter fort. Aber nun zum Grund meines Anrufs. Ich bekam einen Hinweis auf eine erschreckende Straftat und befürchte, dass diese in Ihr Ressort passt. Sagt Ihnen der Name Ingo Stahnke etwas?«

»Ja! Ist ihm etwas zugestoßen?«

»Ich schicke Ihnen gleich eine Adresse aufs Handy. Und ich möchte Ihnen keinesfalls reinreden, aber es wäre wohl besser, Sabrina dieses Mal nicht mitzunehmen. Der zuständige Beamte vor Ort war bereits sehr erschüttert.«

»Danke für die Warnung. Ich bin unterwegs.«

Die anderen sahen ihn neugierig an. »Vermutlich ein weiteres Opfer. Ich fahre alleine hin. Ihr macht hier weiter.«

»Ich komme mit«, sagte Sabrina.

»Nein, kommst du nicht. Und fang gar nicht erst an zu diskutieren. Das war eine Anweisung.«

Juliane hob eine Hand, als ob sie in der Schule wäre. »Darf ich?«

»Ja. In Ordnung. Ich sage noch Valerie Bescheid, und dann können wir los.« Er ignorierte Sabrinas wütenden Blick und ging ins Haus, um mit seiner Tochter zu reden.

Erwartungsgemäß wäre sie auch am liebsten mitgekommen. Als er das ablehnte, kündigte sie an, nach drüben an ihren PC zu gehen. Marcus kam eine Idee.

»Du würdest mir einen riesigen Gefallen tun, wenn du hierbleibst. Nicht nur, weil es mir sicherer erscheint, ich würde mich besser fühlen, wenn du …« Er drehte sich rasch um, doch Sabrina und Winfried waren definitiv außer Hörweite. »… Christian im Auge behalten könntest. Irgendwas … Wahrscheinlich geht die Fantasie mit mir durch, oder es liegt einfach daran, dass ich ihn nicht mag. Aber er ist mir hier ein wenig zu plötzlich aufgetaucht, und ich fürchte, dass Sabrina ihm zu viel von den Ermittlungen erzählt hat.«

Marcus rechnete mit Widerspruch, stattdessen schluckte seine Tochter und nickte dann. »Das mache ich gerne. Ich weiß ja, dass Winfried ihn sehr schätzt, aber da ist was an ihm, das mir komisch vorkommt. Ich kann gar nicht genau sagen, warum, aber da ist irgendetwas in seinem Blick … Lass mich raten. Kein Wort zu den anderen. Richtig?«

Er legte den Kopf etwas schief. »Fast, Freddy darfst du einweihen. Aber ansonsten kein Wort! Nur gucken! Wehe, du spielst wieder Miss Marple!«

Bei der Vorstellung, er könnte recht haben, und sie kam dem Täter zu nahe, wurde ihm flau im Magen. Er ermahnte sich, es nicht zu übertreiben. Mehr als ein ungutes Gefühl hatte er nicht, noch nicht einmal einen vagen Anfangsverdacht. Nicht einmal die Beschreibung, die er von Valerie und Juliane hatte, passte richtig. Andererseits war die sehr unkonkret gewesen, und es reichte eine Perücke, um die Haarfarbe zu ändern.

»Hey! Du vergleichst mich doch wohl nicht mit der alten Schrulle?«

»Nun ja … Ich muss los.«

KAPITEL 42

Dank des Blaulichts brauchte er weniger als eine halbe Stunde bis nach Rissen. Als er den Wagen am Straßenrand hinter einigen Einsatzfahrzeugen stoppte, pfiff er leise durch die Zähne. »Nicht die schlechteste Gegend.«

Juliane ging nicht auf den Kommentar ein. Sie hatte schon die ganze Fahrt über geschwiegen, doch Marcus hatte das auf die Nutzung von Blaulicht und zeitweise Martinshorn geschoben. Jetzt fasste sie in einer für sie ungewohnten Geste nach seiner Hand.

»Ich kann Lippenlesen und habe gesehen, was du zu Valerie gesagt hast.«

Marcus brauchte einen Moment, bis er begriff, was sie meinte. »Du meinst eben gerade. Bei Winfried?«

»Ja. Ich wünschte, ich könnte dir sagen, dass du falschliegst und ich ihn als meinen Angreifer ausschließen kann. Allein deshalb, weil ich weiß, wie sehr Sabrina und Winfried ihn schätzen. Doch das kann ich leider nicht. Astra hat mich übrigens auch schon auf ihn angesprochen.«

»Auf Christian?«, wiederholte er überflüssigerweise.

Statt ihn zurechtzuweisen, lächelte Juliane flüchtig und nickte nur.

»Und ich kam mir schon völlig bescheuert vor deswegen. Valerie gefällt sein Blick nicht, und nun auch noch Astra. Darüber muss ich nachdenken. Aber jetzt lass uns erst mal sehen, was wir hier haben. Vielleicht sind wir danach schlauer.«

Ein paar Minuten später wünschte er sich, er wäre im Wagen geblieben. Neben ihm rang Juliane nach Luft. Als er sie ansah, wiegelte sie ab.

»Geht schon. Immerhin lebt er noch.«

So weit war Marcus gedanklich noch nicht gewesen, obwohl sie natürlich recht hatte. Die Feuerwehrmänner und Rettungssanitäter würden sich kaum dermaßen bemühen, wenn es um die Bergung einer Leiche ging.

Ein Streifenpolizist, der ziemlich blass um die Nase herum aussah und dessen Uniform über und über mit Beton verschmiert war, kam auf sie zu. »Seid ihr vom LKA?«

»Ja, Lauer und Meyer.«

»Marcus und Juliane«, verbesserte seine Assistentin ihn. »Hast du ihn gefunden?«

»Nein, ich war erst als Zweiter bei ihm. Ihr solltet mal mit dem Herrn da drüben reden und ihn dann am besten gleich für eine Medaille vorschlagen. Ioannis Papadopulus. Er ist so etwas wie das Hausfaktotum der Besitzer und auch von einigen Nachbarn. Gerade, als er nach Hause fahren wollte, ist ihm ein Mann entgegengekommen, der ihm komisch vorkam. Daher hat er hier nach dem Rechten gesehen und Ingo Stahnke gefunden. Den Namen haben wir aus der Brieftasche, die sich wiederum in der Jacke befand. Herr Papadopulus hat unmittelbar nach Absetzen des Notrufes damit begonnen, dem Opfer die Atmung zu ermöglichen. Ich habe ihm dann geholfen. Laut Notarzt hat er ihm damit fürs Erste das Leben gerettet, dennoch kann bisher niemand sicher sagen, ob er es schafft.«

Juliane schielte zu dem Ort, an dem das Opfer versorgt

wurde. »Sehe ich es richtig, dass er mit Beton übergossen wurde?«

»Ja. Das Zeug war schon sehr zäh, aber nicht ganz ausgehärtet. So ein verfluchtes Pech, dass ich alleine unterwegs war. Zu dritt wären wir noch besser gewesen.«

»Ihr habt schon zu zweit ordentlich was geschafft. Mach mal für heute Feierabend, der Bericht hat Zeit bis morgen. Den Anblick schüttelt man nicht so einfach ab.« Marcus hatte trotz der Sauerstoffmaske gesehen, wie verzerrt die Gesichtszüge des Opfers waren, und mochte sich nicht vorstellen, wie genau die Situation vor Ort und die Erste-Hilfe-Maßnahmen ausgesehen haben mussten.

Der Polizist nickte, stand aber weiter wie erstarrt vor ihnen. »Er hat kaum noch geatmet. Da war überall das Zeug über ihm, und ich mag mir das Gewicht auf seiner Brust gar nicht vorstellen. Aber er war zeitweise bei Bewusstsein. Und er hat immer wieder ein Wort gesagt: Bienen.«

»Bienen?«, wiederholte Juliane verblüfft.

»Ja. Bienen. Bis er irgendwann wieder ohnmächtig wurde.«

»Danke. Und nun zisch ab.«

Das Gespräch mit dem griechischstämmigen Mann, der bestimmt schon in den Siebzigern war, brachte sie nicht weiter. Die Beschreibung des Täters entsprach dem, was sie schon wussten. Relativ jung, sportlich, bekleidet mit Jeans und Kapuzenpulli. Papadopulus konnte nicht einmal sagen, was ihm komisch vorgekommen war, sondern schilderte ihnen lediglich ein ungutes Gefühl und beschrieb wortreich, dass er etwas Böses gespürt hatte.

Als Marcus sich seine Personalien notierte, stutzte er. »Sie sind über achtzig!«, entfuhr es ihm.

Papadopulus lachte. »Rechnen kann der Herr Kommissar. Die Arbeit hält mich jung. Zu Hause gehe ich meiner Ilse nur auf den Wecker. So ein bisschen Schrauben und Fegen ist doch kein Problem. Ich kenne den Ingo, der ist ein ganz Netter. Tun Sie mir bloß den Gefallen und sperren Sie den Täter weg. Der ist ein Monster.«

Dem widersprach Marcus nicht und nickte. Der Grieche gefiel ihm, und die Vorstellung, dass seine Frau Ilse hieß, brachte ihn zum Schmunzeln. Fischmarkt traf Akropolis.

Plötzliche Hektik an der Stelle, wo Feuerwehr und Notfallmediziner immer noch konzentriert arbeiteten, lenkte ihn ab, und er verabschiedete sich rasch von dem Griechen.

Mit angehaltenem Atem verfolgte er, wie Ingo auf eine Trage gehoben wurde.

Juliane fasste nach seinem Arm und drückte ihn fest. »Sie haben ihn aus dem Mist rausgeholt. Nun wird er auch den Rest schaffen. Ganz bestimmt.«

Ihre Geste berührte ihn. »Ich hoffe, du hast recht. Ich veranlasse, dass sein Zimmer Tag und Nacht bewacht wird, denn der Täter hatte sich den Ausgang sicher anders vorgestellt.«

Die erste Einschätzung des Notarztes dämpfte die Hoffnungen, die Marcus auf Ingo als Zeugen setzte. »Maximal fifty-fifty. Aber das ist besser als das, was ich am Anfang getippt habe. Und noch was, normalerweise lass ich mich zu so etwas nicht hinreißen, aber seht zu, dass ihr das Monstrum kriegt, das hierfür verantwortlich ist.«

Juliane sah dem Arzt nach. »Hat er Bienen gesagt?«

»Ja. Aber was soll es damit auf sich haben?«

»Keine Ahnung, das finden wir heraus. Ich schicke Sabrina eine Nachricht. Wenn ihr dazu nichts einfällt, soll sie sich an alle ehemaligen Mitschüler und auch Frau Brunner wenden. Irgendjemand muss damit etwas anfangen können. Es kann doch nicht sein, dass sich niemand an das Ereignis erinnert, das für den Täter von so einschneidender Bedeutung war.«

»Was hältst du davon, wenn du mit Valerie zu Frau Brunner fährst? Sie war immerhin die Lehrerin der Parallelklasse. Irgendetwas muss sie wissen. Wenn ihr gemeinsam die Klassenliste durchgeht, fällt ihr vielleicht was ein.«

So ungern er auch Valerie weiter in den Fall hineinzog, musste er doch zugeben, dass Julianes Vorschlag gut klang. Sicher hatte die alte Dame das Gefühl, in Valeries Schuld zu stehen, und das konnte er ausnutzen. »Gute Idee. So machen wir es.«

Als sie bei der Villa eintrafen, war Valerie mit ihrem iPad auf die Terrasse umgezogen. Den Grund entdeckte Marcus sofort. In der Nähe des Gartenhauses standen Sabrina und Christian eng nebeneinander und verstanden sich offenbar blendend.

»Der Professor ist mit Freddy kurz ums Eck«, erklärte Valerie. »Was ist denn passiert?«

Ehe er antworten konnte, näherten sich Sabrina und Christian. Großartig! Und jetzt? Er konnte und wollte nicht vor Christian über ihre Ermittlungen reden.

»Was ist passiert?«, fragte Sabrina prompt.

Zu seiner Überraschung übernahm Juliane das Regiment. »Ein weiteres Opfer. Nicht schön. Details dann später«, fertigte sie die Reporterin knapp ab.

Sabrina wurde blass. »Und wer ist es?«

Juliane verschränkte die Arme vor der Brust und sah stumm Christian an.

Der stutzte und lächelte dann. »Ich verstehe. Ich gehe dann mal besser ins Gartenhaus. Ich habe da eh noch was zu erledigen.«

Kaum war Christian außer Hörweite, funkelte Sabrina abwechselnd Marcus und Juliane an. Aufgebracht zeigte sie auf Valerie. »Dass ihr einem Teenager Details verratet, ist okay, aber bei Christian stellt ihr euch so an? Vielleicht kann er uns helfen!«

»Vielen Dank. Verzichte«, erwiderte Marcus. »Ich hoffe sehr, dass du dich an die Erklärungen erinnerst, die du unterschrieben hast, und nicht mit deinem Christian über Details unserer Ermittlungen gesprochen hast!«

Sabrina wich seinem Blick aus. Marcus fluchte und warf Valerie einen entschuldigenden Blick zu.

Juliane schüttelte missbilligend den Kopf. »Fahrt los. Ich erstelle die Zusammenfassung. Wir haben viele Details, aber keinen Überblick, wer nun Opfer, wer in Sicherheit und wer verschwunden ist.«

»Doch, haben wir«, widersprach Valerie. »Ich habe mich gelangweilt und das in Excel erfasst. Ich musste ja nur deine Daten und die von der Recherchetruppe kombinieren, das war ein Kinderspiel. Es gibt drei Männer in Hamburg und zwei, die irgendwie weg sind.«

»Sehr gut, Valerie. Ich sehe es mir an und stelle eventuell noch Anfragen ans Einwohnermeldeamt. Wirklich, sehr gute Arbeit.« Der Blick, den Juliane dabei Sabrina zuwarf, enthielt eine deutliche Botschaft, die sogar Marcus verstand: *Das wäre dein Job gewesen!*

»Ich habe versucht, mich zu erinnern«, verteidigte sich Sabrina, obwohl sie niemand direkt angeklagt hatte. »Was habt ihr denn jetzt vor?«

Marcus legte Valerie einen Arm um die Schulter. »Ich nutze weiterhin meine arme Teenagertochter für unsere Ermittlungen aus. Bitte bleibt hier, bis ich zurückkehre. Und es wäre mir sehr wichtig, dass ihr die nächsten Nächte bei Winfried oder mir übernachtet. Wir sind ihm so dicht auf den Fersen, dass es ungemütlich werden kann. Und noch einmal ausdrücklich: Kein Wort zu Christian!«

Sabrina rollte genervt mit den Augen. »Schon klar. Woher wollt ihr eigentlich wissen, dass Winfried nicht schon längst mit ihm darüber geredet hat? Nun, er hat nichts unterschrieben. Ich bin gespannt, wie du ihn davon abhalten willst.«

Sie drehte sich auf dem Absatz um und stolzierte davon.

Juliane sah ihr nach und verzog den Mund. »Winfried wird das sicher nicht tun. Aber sicherheitshalber spreche ich noch einmal mit ihm.«

»Tu das. Und geh kein Risiko ein, bis ich zurück bin!«

KAPITEL 43

Während der kurzen Fahrt zum Altersheim gelang es Marcus nicht, seine Gedanken zu sortieren. Auch wenn Valerie bald volljährig war, durfte sie sich offiziell nicht an den Ermittlungen beteiligen. Dennoch band er sie ein. Ihre Unterstützung hatte sich durchaus als nützlich erwiesen, und wenn er ehrlich war, musste er zugeben, dass er es genoss, dass sich ihr Verhältnis dadurch zunehmend besserte. Vorher hatte er das Gefühl gehabt, mit seiner Tochter in einer WG zu wohnen, das war nun anders. Würde er sich wieder so entscheiden und ihre Einmischung dulden? Ja, würde er. Besonders glücklich war er darüber nicht.

Und dann war da noch Christian. Objektiv betrachtet, blieb es dabei, dass er lediglich ein ungutes Gefühl vorzuweisen hatte. Und hätten Valerie oder Juliane ihn nicht trotz einer eventuellen Verkleidung oder Perücke erkennen müssen, wenn er sie angegriffen hätte?

Irgendetwas musste er übersehen haben. Nur was? Immerhin hatten sie mit den Namen der Klassenkameraden und der Verbindung zwischen den damaligen Kindern und heutigen Opfern eine solide Basis für weitere Ermittlungsansätze – und zwar in Form von klassischer Polizeiarbeit.

Als er vor dem Gebäude anhielt und ausstieg, sah Valerie ihn über den Wagen hinweg an. »Bekommst du Ärger mit deinem Chef, weil ich mich eingemischt habe?«

Die Frage war naheliegend, war ihm aber noch nicht in den Sinn gekommen. Er dachte kurz über die letzten Telefonate mit Tannhäuser nach und schüttelte dann den Kopf. »Nein, im Gegenteil. Ich habe das Gefühl, dass er genau das von mir erwartet hat. Merkwürdig.«

»Wieso merkwürdig?«

»Weil ich das von mir selbst nicht kenne. Früher schon, aber die letzten Monate oder eher Jahre … Ach, lassen wir das. Ist nicht so wichtig.«

Valerie kam um den Wagen herum und boxte ihm leicht in die Seite. »Ich glaube, ich weiß, was du meinst. Aber du warst schon vorher so cool und hast es nur verborgen. Als du mir den Zettel mit dem WLAN-Zugang gegeben hast, wusste ich, dass es richtig war, zu dir zu ziehen.«

Es fiel ihm schwer, jetzt zuzugeben, wie sehr ihn diese Worte berührten. Daher hob er nur eine Augenbraue. »Du meinst, mich zu überfallen?«

Statt beleidigt zu sein, umarmte sie ihn fest. »Ich vermisse nur das Meer.«

»Dann fahren wir, sobald es geht, für ein Wochenende an die Nordsee. Da bekommst du ausreichend Meer.«

Valerie strahlte über das ganze Gesicht, und er musste an die Fotos von längst vergangenen Kindergeburtstagen denken, die seine Ex-Frau ihm geschickt hatte.

»Prima Idee. Das machen wir. Ich freue mich drauf.«

»Na, hoffentlich langweilst du dich da nicht mit deinem ollen Vater.«

»Ach was. Da gräbst du bestimmt auch noch einen Massenmörder oder Serienkiller aus.«

Also, das hatte er keineswegs vor. Ehe er die Worte kommentieren konnte, wechselte Valerie das Thema. »Komm, ich bin sicher, Frau Brunner sitzt auf ihrer Lieblingsbank.

Weiß sie eigentlich mittlerweile, dass der Wein vergiftet war?«

»Gute Frage. Der Bericht liegt schon länger vor, eigentlich müssten Sabrina oder Juliane die Heimleitung informiert haben.«

»Na, du hast deinen Laden ja im Griff!«

Er suchte noch nach einer passenden Antwort, als Valerie bereits loslief.

Sie winkte der älteren Dame schon von Weitem zu.

Frau Brunner stand zur Begrüßung auf und nahm Valerie in den Arm. »Meine Lebensretterin!«

»Nein, das war Karma. Ich war nur zufällig am richtigen Ort und kannte die richtigen Puzzleteile. Wie geht es Ihnen denn nach dem neuen Schreck?«

»Allmählich gewöhne ich mich daran, dass meine Stunde fast geschlagen hätte. Und wen bringst du da mit? Oh, deinen Vater.«

Marcus reichte Frau Brunner die Hand.

»Und ich dachte, der Herr Kommissar lässt nur noch seine Tochter und den geschätzten Astra für sich ermitteln.«

»Ungewöhnliche Täter erfordern ungewöhnliche Maßnahmen«, erwiderte er mit einem Zwinkern. »Astra und meine Tochter stoßen leider an ihre Grenzen, daher würden wir sehr gerne noch einmal auf Ihre Hilfe zurückgreifen. Wir haben einige Namen mitgebracht und hoffen nun, dass Sie sich erinnern.«

Adelheid Brunner setzte sich wieder auf die Bank und sah Valerie auffordernd an. »Na, dann komm mal her und erzähle mir, was ihr wissen wollt.«

Marcus verzichtete wohlweislich darauf, sie darauf hinzuweisen, dass immer noch er es war, der die Ermittlungen führte. Valerie nahm ihr Smartphone aus der Tasche ihrer Jeans, wischte und tippte ein paarmal auf dem Display herum, ehe sie nickte. Auf die Idee, ihn um Erlaubnis zu fragen, kam sie gar nicht, und eigentlich vermisste er es auch nicht.

Valerie schilderte knapp, aber sehr emotional, wie sie auf die Namen der Schüler gestoßen waren und welche Verbindungen sie bisher gefunden hatten.

»Wir reden hier über die Abschlussklasse vor fünfundzwanzig Jahren?«, hakte Frau Brunner nach.

Valerie nickte.

»Mein Kind, da traust du mir aber einiges zu. Nenn doch mal ein paar Namen.«

Valerie sah wieder auf ihr Handy. »Ich könnte ja mit ein paar Einträgen ins Klassenbuch beginnen. Hier ist zum Beispiel eine Gruppe aufgeführt, die immer wieder zu spät kam. Und der eine Junge, das müsste der Enkel von Edith Hausener gewesen sein. Er hatte damals auch einen Pokal fürs Laufen gewonnen.«

»Stimmt. Daran habe ich neulich gar nicht gedacht. Mit Edith habe ich darüber nämlich noch gesprochen. Der kleine Florian war ein echter Sportmuffel. Viel lieber steckte er seine Nase in Bücher. Leider interessierten ihn vor allem diese Romane aus dem Schneider-Verlag. Für die Klassiker der Weltliteratur konnte ich ihn nie begeistern. Heute wäre er wohl ein ideales Mobbingopfer, doch die anderen Kinder mochten ihn, weil er so lustig war. Sie hatten sogar einen Reim mit seinem Namen, doch auf den komme ich nicht mehr. Doch Laufen, das konnte er ganz gut. Am Wettkampftag war es sehr warm. Ihm hat das nichts ausgemacht, und er hat einen Pokal gewonnen. Den hat er so geliebt, dass er ihn wohl heute noch hat.«

»Hat er. Er steht im Flur auf einer Kommode«, bestätigte Marcus.

Die ehemalige Lehrerin lachte. »Ja, so kenne ich ihn. Manchmal konnte man in den Kindern schon erkennen, wie sie später mal werden. Edith hatte mir ein Foto von der kleinen Elena gezeigt. Sie war damals schon ein Modepüppchen und hat die Jungs um den Finger gewickelt. Die haben ihr dann die Sachen hinterhergetragen und sie die Hausaufgaben abschreiben lassen.«

»Sie meinen Elena von Woltersleben, die ehemalige Justizsenatorin?«

»Ja, so hieß sie nach ihrer Heirat. Wissen Sie, da gab es damals so eine ziemlich große Clique. Die hingen jede Pause zusammen. Die e und die d. Das war vielleicht ein Grüppchen, das kann ich Ihnen sagen.«

Valerie und Marcus wechselten einen Blick. Er war sicher, dass Frau Brunner sich nun wieder an die damalige Zeit erinnerte. Es war Zeit, die letzten fünf Namen ins Spiel zu bringen.

Bei vier Kindern musste die ehemalige Lehrerin passen, doch bei Lutz wurde sie nachdenklich. »Komisch, den habe ich plötzlich vor Augen, obwohl er durch und durch unscheinbar war. Er konnte einem leidtun, denn seine Eltern waren sehr sonderbar und jedem modernen Teufelszeug gegenüber abgeneigt.«

»Teufelszeug?«, hakte Valerie nach.

»Ja, ich erinnere mich, dass sie es so genannt haben. Es war auf einem Elternabend. Die Eltern von Lutz wollten eine Schuluniform einführen, weil sie eine Jeans für Teufelszeug hielten. Vor allem bei den Mädchen. Ich erinnere mich noch gut an die hitzigen Diskussionen. Der Junge war nett, hat sich aber von allen ferngehalten. Er beobachtete viel. Ich erinnere mich an seine Aufsätze über Vögel und Libellen. Er muss die Tiere stundenlang studiert haben.«

»War er ein Außenseiter? Wurde er gemobbt?«

»Das würde ich nicht sagen. Alles haben wir Lehrerinnen ja nicht mitbekommen, aber ich meine, dass er geduldet wurde. Er war ein ziemliches Moppelchen, doch dabei überraschend sportlich. Solche Kinder werden eigentlich nicht getriezt. Da fällt mir auch wieder ein, dass seinem Vater die körperliche Ertüchtigung an unserer Schule nicht weit genug ging. Diese Ausdrucksweise war dann doch sehr antiquiert, passte aber zu seiner Weltanschauung.«

Marcus verzichtete darauf, den Widerspruch zwischen »unscheinbarem Schüler« und diesen Details zu erwähnen.

»Erinnern Sie sich an irgendeinen Zwischenfall aus dieser Zeit, der mit Bienen zusammenhängt?«

Adelheid Brunner sah an Marcus vorbei auf die Alster. »An Bienen – doch, da ist etwas, jedoch sehr verschwommen. Da müssten Sie Karlchen fragen. Irgendwie habe ich noch vor Augen, wie er mir ganz aufgeregt etwas erzählt. Aber ich weiß nicht mehr, was es war. Doch, halt. Das kann gar nicht zu Ihren Fragen passen, denn ich bin ganz sicher, dass die Aufregung nach dem Ende der Sommerferien war.«

Marcus kniff die Augen etwas zusammen und schüttelte den Kopf. Sie mussten die ältere Dame nicht noch mehr beunruhigen und verschwiegen ihr besser, dass der ehemalige Hausmeister der Schule auch unter den Opfern war.

»Vielen herzlichen Dank. Mit ihren Erinnerungen haben Sie uns sehr geholfen!«, sagte Marcus schließlich nur.

»Aber gerne doch. Wenn es Ihre Zeit erlaubt, würde ich mich sehr freuen, wenn Sie und Ihre Tochter mal zu einem kleinen Plausch bei Kaffee und Torte vorbeikämen. Ich muss mich ja für die Lebensrettung noch erkenntlich zeigen.«

Valerie fasste nach der Hand von Frau Brunner. »Das müssen Sie nicht! Aber ich komme trotzdem gerne. Auch einfach nur so. Aber wenn es dann wirklich Torte gibt, kann es dann vielleicht Marzipantorte sein? Die liebe ich!«

»Die bekommst du, mein Kind. Und du darfst mich auch jederzeit besuchen.«

»Das werde ich! Darf ich Sie noch eine Sache fragen? Es hat nichts mit den Ermittlungen zu tun. Kennen Sie den Spruch: Ich frag das für eine Freundin?«

Frau Brunner lachte. »Nein, den kenne ich nicht, aber ich ahne, was er bedeutet. Dann frag mal, natürlich nur für deine Freundin.«

»Mögen Sie den Pfleger Christian?«

Die vorher so heitere Miene von Frau Brunner verfinsterte sich. »Er erscheint mir sehr kompetent, und viele mögen ihn. Meine liebe Freundin Edith ließ auf ihn nichts kommen.«

Valerie nickte langsam. »Ich verstehe. Mir geht es da wie Ihnen. Manchmal ist das, was man nicht sagt, so viel lauter als das, was man sagt.«

Das Lächeln kehrte ins Gesicht der älteren Dame zurück, als sie Marcus ansah. »Sie können sich äußerst glücklich schätzen, so eine kluge und einfühlsame Tochter zu haben.«

»Das bin ich«, sagte Marcus und musste schmunzeln, als sich Valeries Wangen röteten.

»Sag mal: Glaubst du wirklich, dass Christian der Täter ist?«, wollte Valerie wissen, als sie wieder im Wagen saßen.

Marcus horchte in sich hinein. »Ich würde es mir beinahe wünschen, weil wir dann endlich einen Verdächtigen hätten. Aber rein objektiv glaube ich es nicht. Ich tippe auf einen der fünf Männer, über die wir noch nichts wissen.«

Valerie runzelte die Stirn und ähnelte damit plötzlich auf verblüffende Weise ihrer Mutter. »Und unser heißester Kandidat ist dieser Lutz mit seinen merkwürdigen Eltern.«

»Ganz genau.«

»Du, sag mal. Hieß der nicht Christian mit zweitem Vornamen?« Valerie wartete keine Antwort ab, sondern suchte kurz in den Daten auf ihrem Smartphone. »Hieß er«, stellte sie triumphierend fest.

Marcus verzog nur den Mund und startete den Motor. War das nun ein Zufall oder doch mehr? Er blickte zur Alster hinüber. Auf dem Fußweg entlang des Ufers waren viele Spaziergänger unterwegs. Und was hatte es zu bedeuten, dass Julianes Handy ausgerechnet hier zuletzt geortet worden war? Er wusste es einfach nicht.

KAPITEL 44

Den restlichen Tag verbrachte Marcus damit, in Winfrieds Wohnzimmer die Akte für die Staatsanwaltschaft auf Vordermann zu bringen. Trotz Julianes Hilfe war es eine mühselige und zeitraubende Aufgabe, und er hätte sein Notebook einige Male fast an die Wand gepfeffert.

Sabrina hatte es übernommen, nach den beiden Männern zu suchen, von denen sie bisher keine Spur hatten. Nachdem Julianes Bemühungen vergeblich gewesen waren, hatten die beiden Frauen entschieden, dass nun Sabrina mit ihren Tricks aus der Journalistenkiste ihr Glück versuchen sollte. Wenn Marcus richtig vermutete, dann hatten die beiden sich während seiner Abwesenheit ausgesprochen, zumindest war kein Missklang zwischen ihnen mehr wahrnehmbar. Das galt aber nicht für sein Verhältnis zu Sabrina. Die Blicke, die sie ihm immer wieder zuwarf, bewegten sich irgendwo zwischen »stinksauer« und »extrem enttäuscht«. Eigentlich sollte er dagegen etwas unternehmen, doch er hatte weder eine Idee, wie er die Situation entschärfen sollte, noch besondere Lust dazu, denn letztlich fühlte er sich im Recht.

Nachdem er die Datei geschlossen und gespeichert hatte, stand er auf und ging zu Winfried in die Küche.

Der ehemalige Rechtsmediziner stand an der Arbeitsplatte, hatte einen riesigen Berg Salat vor sich und schnippelte weiter grüne Blätter in Streifen. Neben ihm auf dem Fußboden zerrte Freddy ein Würstchen aus einer Verpackung. Marcus würde wetten, dass das ursprünglich nicht für den Hund gedacht war.

»Winfried?«, fragte Marcus bewusst leise.

Dennoch zuckte der Professor zusammen, blinzelte und starrte auf den Salat. »Verflixt. Da war ich wohl ein wenig abgelenkt.«

»Nun, Freddy wird das gefallen haben.«

Winfried sah zu seinem Hund und schrie entsetzt auf. »Die sollten auf den Grill! Weißt du, was eins davon kostet? Also wirklich. Böser Hund!«

Marcus verstand nicht übermäßig viel von Hundeerziehung, aber dass Winfried den Mops nun hochnahm und kraulte, erschien ihm nicht unbedingt die passendste Reaktion.

»Kann ich dir irgendwie helfen?«

»Das brauchst du nicht. Ich finde es schön, euch alle hier zu haben.« Winfried setzte den Hund wieder ab, griff nach dem Messer und richtete es wie einen Zeigestock auf Marcus. »Zwei Dinge. Der Täter ist umfassend über deine Ermittlungen informiert. Er reagiert darauf. Und ich bin mir sicher, dass er aus einer ziemlich kaputten Familie kommen muss. Hätte das auslösende Ereignis an der weiterführenden Schule stattgefunden, würde das als Antriebsfeder reichen, doch es erscheint mir unmöglich, dass ein zehnjähriger Junge auf ein einziges Ereignis dermaßen viel projiziert, dass er eine derartige Mordserie plant.«

»Du bist sicher, dass es um ein einmaliges Ereignis geht?«

»Ja, ganz sicher. Wäre es beispielsweise ein kontinuierliches Mobbing, hätte sich irgendjemand daran erinnert: deine Frau Brunner, Sabrina, ihre Freundin … So ganz vergisst man die Kinder nie, auf denen man herumgetrampelt hat.«

Marcus fiel eine Bemerkung von Frau Brunner ein, die

plötzlich Sinn ergab. »Womöglich hat dieses Ereignis am Ende des Schuljahres stattgefunden. Frau Brunner erwähnte, dass der Hausmeister ihr damals am Anfang des neuen Schuljahres irgendetwas von Bienen erzählt hat.«

»Bienen … War das nicht auch das, wovon Ingo Stahnke gesprochen hat, nachdem man ihn aus dem Zement befreit hat? Bienenstiche. Ein Bienennest. Doch das klingt für mich eher nach einem Unfall. Wieso sollten daran die Mitschüler schuld sein?«

»Das, was du über das familiäre Umfeld gesagt hast, passt zu den Eltern von Lutz.« Marcus gab möglichst genau das wieder, was die ehemalige Lehrerin ihnen erzählt hatte.

Winfried fuchtelte wild mit dem Messer herum. »Passt eindeutig!«

»Okay, aber bitte leg das Ding weg, bevor du dich, Freddy oder mich noch aufspießt.«

»Entschuldige. Was hast du jetzt vor?«

»Den Grill anheizen.«

»Sehr witzig.«

»Wir haben drei Männer in Hamburg, die wir uns morgen vorknöpfen. Außerdem suchen wir noch nach den beiden anderen, zu denen auch Lutz gehört. Aber wenn du mich fragst, deutet alles auf Lutz.«

»Klingt in der Tat nach einer vielversprechenden Spur.«

»Isst Christian mit uns?«

»Nein, der ist schon vor einiger Zeit gegangen. Als Hilfe bei der Versorgung der Obdachlosen schätze ich ihn sehr.«

Enthielt diese Bemerkung eine gewisse Einschrankung? Marcus kratzte sich am Kopf. Die Frage brannte ihm auf der Zunge. Sollte er, oder sollte er nicht?

»Nimmst du mal die restlichen Würste aus dem Kühlschrank? Die müssten gerade noch so für uns reichen.«

»Ich habe auch noch welche drüben, die hole ich gleich.«

Marcus ging zum Kühlschrank. Draußen bellte ein Hund. Eine Frau rief irgendwas. Der Busch vor dem Fenster bewegte sich plötzlich.

Das durfte doch nicht wahr sein!

Er sprintete zur Haustür und stürmte ins Freie. Vor der Pforte stand eine ältere Dame mit einem weißen Pudel und deutete die Straße entlang. »Er ist weg. Der stand direkt unterm Fenster. Also so etwas habe ich hier ja überhaupt noch nicht gesehen. Mit dem grauen Zeug ist er mir erst gar nicht aufgefallen. Wenn meine Hilda nicht so gebellt hätte, hätte ich ihn nie bemerkt.«

Weit und breit war nichts mehr von dem Mann zu sehen. Das Küchenfenster war gekippt, und besonders leise hatten Winfried und er sich nicht unterhalten. Verdammt! Wütend schlug er auf die Pforte und erreichte nur, dass seine Hand schmerzte.

Erschrocken sah die Frau ihn an. Rasch zückte er seinen Polizeiausweis. »Entschuldigen Sie den Ausbruch, und vielen Dank für Ihre Aufmerksamkeit. Ich ärgere mich nur, dass ich den Kerl nicht erwischt habe.«

»Der ist gelaufen wie ein junger Gott! Und sah eigentlich auch so aus.«

»Haben Sie vielleicht seine Haarfarbe erkannt?«

»Aber selbstverständlich. Dunkelblond oder braun. Dazu war er mittelgroß und mittelschlank. Und altersmäßig würde ich ihn zwischen zwanzig und vierzig einschätzen.«

Na, die Beschreibung brachte ihn ja wirklich weiter. »Und er trug graue Sportkleidung?«

»Ja. Und sehr weiße Schuhe.«

Christian hatte eine Jeans und ein helles Sweatshirt getragen, aber auch einen Rucksack dabeigehabt. Wieder war Marcus nicht sicher, ob das nun für oder gegen seinen Verdacht sprach. Immerhin hatte der Mops den Eindringling ignoriert.

Marcus bedankte sich und ging zurück ins Haus, wo Winfried und Sabrina gleichzeitig auf ihn einredeten.

»Es stand jemand unterm Küchenfenster und hat uns belauscht. Die Beschreibung passt auf fast sämtliche Hamburger unter fünfzig und bringt uns leider kein bisschen weiter. Ich bitte die Spusi, sich den Bereich mal anzusehen, verspreche mir aber nicht viel davon.«

Winfried verschränkte die Arme vor der Brust. »Wenn es Lutz war, weiß er jetzt, dass wir ihn identifiziert haben.«

»Und dass wir keine Ahnung haben, wo wir ihn finden. Ich würde sagen, dass er sich noch sicher fühlt und weitermachen wird.«

Der Professor bückte sich und hob Freddy auf, der zappelnd protestierte. »Unser Täter handelt wie ein Raubtier. Er wird wild um sich beißen, wenn er sich weiter in die Enge getrieben fühlt. Wir müssen ihn so schnell wie möglich finden.«

KAPITEL 45

Marcus betrachtete die parkenden Fahrzeuge und suchte vergeblich nach einer Lücke. Wieso fanden die Helden im Kino eigentlich immer einen Parkplatz direkt vor ihrem Ziel? Die Realität sah deutlich anders aus.

»Da!«, rief Sabrina.

Nun entdeckte auch Marcus den Fiesta, der gerade losfahren wollte. Sabrina grinste ihn schelmisch an. »Das passt natürlich nur, wenn du deine Riesenkarre in die kleine Lücke reinbekommst.«

Marcus hatte sich gerade umgedreht, um rückwärts einzuparken. Er zögerte und sah Sabrina direkt an. Der Kommentar über Frauen am Steuer blieb ihm förmlich im Hals stecken, als er bemerkte, wie nahe er ihrem Gesicht gekommen war, da sie sich im gleichen Moment zur Mittelkonsole vorgebeugt hatte. Es reichte nur für ein unverbindliches Grinsen.

Nachdem sie ausgestiegen waren, blickte Sabrina sich um und deutete dann auf die Straße vor ihnen. »Da vorne ist ein Schanzenbäcker, und ich brauche unbedingt einen Kaffee. Wartest du hier?«

»In Ordnung. Hast du schlecht geschlafen?«

»Ja.«

Bei der kurz angebundenen Antwort fragte er besser nicht weiter nach.

Während sie in der Bäckerei verschwand, sah Marcus sich

um. Besonders wohl fühlte er sich nicht dabei, dass er Sabrina einer potenziellen Gefahr aussetzte, aber sie würde ihre ehemaligen Mitschüler im Zweifel schneller und leichter zum Reden bringen.

Sabrina kehrte mit zwei Bechern und einer Tüte zurück. »Hier, für dich, der müsste dir eigentlich schmecken.« Sie stellte sich gerader hin und sah ihn direkt an. »Ich habe schlecht geschlafen, weil du mit deinen Vorwürfen recht hattest. Ich habe nur meine Zeit gebraucht, bis ich nicht mehr beleidigt war und die Situation etwas klarer sehen konnte. Es war falsch von mir, mit Christian so offen über alles zu sprechen. Ich halte ihn zwar nicht für den Täter, muss aber akzeptieren, dass du das anders siehst. Ich habe einfach jemanden zum Reden gebraucht. Und mit dir wollte ich das nicht, weil ich Angst hatte, dass ich dann zu weich für den Job wirke und du mich rauswirfst.«

Marcus probierte den Kaffee und nickte anerkennend. »Sehr gut. Ich hätte dich nicht rausgeworfen, und du kannst jederzeit mit mir reden. Tag und Nacht.« Mist, das klang nun falsch und entschieden zu zweideutig.

»Danke, Marcus. Das weiß ich zu schätzen.«

»Gut, dann mach das auch in Zukunft.«

»Lädst du mich dann auch ins *AlsterCliff* ein?«

»Ich bin zu alt für dich«, stellte er klar und trank einen weiteren Schluck Kaffee.

»Das entscheide ja wohl immer noch ich. Außerdem ging es um ein nettes Essen oder einen Drink und nicht um eine feste Zukunftsplanung.«

»Valerie schwärmt für so ein Diner bei uns in der Nähe. Die Burger sind ganz ordentlich, und deinen Aperol gibt's da auch. Sobald wir diesen Kerl geschnappt haben, kannst du dir den Laden ja mal ansehen.«

»Wer könnte schon eine so charmante Einladung ausschlagen. Abgemacht.«

Wenige Minuten später erreichten sie ein typisches Mehrfamilienhaus. Sabrina musterte die Namen neben den Klingeln. »Mist. Dritter Stock. Ich hasse die Treppenhäuser in solchen Gebäuden.«

»Ich fürchte, die Aufzüge wären noch schlimmer.«

»Stimmt. Na, dann mal los.«

Ralf Jenkins öffnete ihnen die Tür, nachdem sie sich über die Gegensprechanlage vorgestellt hatten.

Vor der Wohnungstür angekommen, schnappte Sabrina nach Luft. »Du bist kein bisschen außer Atem!«, beschwerte sie sich.

Jenkins öffnete die Tür und ersparte ihm die Suche nach einer passenden Antwort. Marcus reichte ein Blick, um den Mann als Täter ausschließen zu können. Jenkins hatte mindestens dreißig Kilo Übergewicht und nur noch vereinzelt Haare auf dem Kopf. Dennoch redeten sie einige Minuten miteinander. Doch er konnte ihnen weder in Bezug auf die Mitschüler helfen, von denen jede Spur fehlte, noch war ihm irgendein Zwischenfall mit Bienen bekannt. Marcus ermahnte ihn, in den nächsten Tagen vorsichtig zu sein und bei jedem merkwürdigen Gefühl sofort den Notruf zu wählen.

Als sie zu ihrem nächsten Ziel gingen, war Sabrina zunächst ungewohnt still. »Meinst du, dass er in Gefahr sein könnte?«

»Nein, eher nicht. Sein Name taucht nirgends auf. Er hatte mit der Clique, um die es hier anscheinend geht, nichts zu tun.«

»Diese Clique, wie du sie nennst, das waren so viele – und eigentlich nur eine Gruppe von Schülern, die die Pausen miteinander verbracht haben. Wie kann man die nur Jahre später für etwas zur Verantwortung ziehen, an das sich niemand mehr erinnert? Ach, egal. Lass uns weitersuchen.«

Auch der nächste ehemalige Mitschüler entpuppte sich als Reinfall. Nils Breitscheid trug eine dicke Brille und konnte aufgrund einer Unverträglichkeit keine Kontaktlinsen benutzen. Außerdem war er kleiner als der mutmaßliche Täter. Immerhin erinnerte er sich an Lutz, weil sie eine Zeit lang Comichefte ausgetauscht hatten. Damit war jedoch Schluss, als die Eltern von Lutz bemerkt hatten, was für einen »Schund« ihr Sohn las.

Sie waren schon an der Tür, als Breitscheid plötzlich stehen blieb. »Eine Sache fällt mir gerade noch ein. Ich bin nicht sicher, aber ich glaube, dass Lutz, also seine Eltern, nach Ende des Schuljahres wegziehen wollten. Darum wusste er auch nicht, auf welche Schule er in der fünften Klasse gehen würde.«

Auf dem Weg zurück zum Wagen seufzte Sabrina. »Es kommt mir wie Zeitverschwendung vor, noch zu dem dritten Mann zu fahren. Es deutet doch alles auf Lutz.«

»Eigentlich stimme ich dir zu. Aber nun überlege mal, was passiert, wenn wir Lutz vor uns haben, ihn festnehmen und dann den Staatsanwalt überzeugen wollen, einen Haftbefehl zu beantragen.«

Sabrina schwieg einige Zeit. »Wir haben eine Theorie und eigentlich nur ein paar Aussagen, die diese belegen. Aber nichts Handfestes.«

»Ganz genau. Der Täter ist unglaublich clever. Er hat bisher nirgends Spuren hinterlassen. Wir haben keine DNA von ihm, keine Fingerabdrücke, und nichts, das er verwendet hat, lässt sich über den Beschaffungsprozess zu ihm zurückverfolgen.«

»Beschaffungsprozess klingt witzig. Du meinst Kauf.«

»Ja, auch. Wobei er die benutzten Medikamente oder eher Gifte vermutlich irgendwo geklaut hat.«

»Zum Beispiel im Altersheim. Du denkst immer noch an Christian? Du weißt aber schon, dass er jünger ist und deshalb gar nicht mit mir in eine Klasse gegangen sein kann?«

Marcus sah sie ruhig an.

Sie riss die Augen auf. »Du denkst, dass er Lutz sein könnte?«

Das wäre wohl der Moment, an dem er ihr beichten sollte, dass Juliane schon dabei war, Christian zu durchleuchten. Marcus entschloss sich jedoch zu einem Ausweichmanöver. »Ich weiß bisher nur aus den Beschreibungen und den Zeugenaussagen, dass der Täter ein unglaubliches Geschick hat, sein Auftreten zu verändern.«

Sabrina runzelte die Stirn, sagte aber nichts mehr.

Marcus entschied sich, das Gespräch trotzdem fortzusetzen. »Wenn es uns heute oder morgen gelingen würde, den Aufenthaltsort von Lutz ausfindig zu machen, haben wir trotzdem immer noch nichts gegen ihn in der Hand. Die Beweislage ist so dürftig, dass ich nicht einmal eine TKÜ, ich meine, eine Überwachung seiner Telefone, durchbekommen würde, und das nervt mich gewaltig.«

»Absolut verständlich. Ich bin gerade noch mal jedes Opfer für mich durchgegangen. Die Planung ist schon fast genial. Egal, ob es um den Wein oder den Anschlag auf das Restaurant geht. Wie kann man nur gleichzeitig so clever und so grausam sein?«

»Ich finde, es ehrt uns, dass wir so etwas nicht nachvollziehen können.«

»Stimmt auch wieder. Hast du denn einen Plan, was wir mit Lutz machen, wenn wir ihn gefunden haben?«

Davon hatte er sogar eine sehr genaue Vorstellung, die bewegte sich allerdings am Rande der Legalität. Marcus schüttelte lediglich den Kopf.

Ohne Vorwarnung blieb Sabrina stehen, und wurde prompt von einer Frau mit einem Kinderwagen angepflaumt.

Sie richtete ihren Zeigefinger wie eine Waffe auf ihn. »Der Täter ist ja irgendwie immer wieder in der Nähe. Du wartest einfach auf ihn! Wenn er dich angreift, hast du ihn, und er liefert dir auch gleich einen Grund, ihn festzunehmen.«

Seit wann war er so leicht zu durchschauen? Marcus sah sich wieder einmal aufmerksam um, konnte aber niemanden entdecken, der ihm verdächtig vorkam. »Vielleicht. Allerdings kann ich auf mich aufpassen. Um euch mache ich mir viel größere Sorgen. Außerdem sollten wir das jetzt nicht in aller Öffentlichkeit diskutieren, sondern den nächsten deiner ehemaligen Mitschüler besuchen.«

Die Adresse ihres dritten Kandidaten führte sie in den Stadtteil Horn zu einem alten, aber sehr gepflegten Einfamilienhaus. Auf der gegenüberliegenden Straßenseite gab es zu seiner Freude sogar ausreichend Parkplätze.

»Niemals«, stellte Sabrina fest, kaum dass Marcus den Wagen gestoppt hatte.

Er betrachtete die Rosen im Vorgarten, das Bobbycar und das Kinderrad. »Vermutlich hast du recht. Aber lass uns trotzdem mit ihm reden.«

Die Frau von Till Patzer öffnete die Tür und reagierte erschrocken auf ihre Vorstellung und den Anblick von Marcus' Dienstausweis. »Till arbeitet eigentlich um diese Zeit«, sagte sie dann.

»Aber heute ist er zu Hause?«, hakte Sabrina lächelnd nach.

»Ja.«

»Könnten wir ihn dann vielleicht sprechen?«

»Ich weiß nicht. Also eigentlich nicht so gerne. Er ruht sich gerade aus.«

Marcus ermahnte sich zur Geduld. »Ich bedauere die Störung sehr, aber es ist wirklich äußerst wichtig.«

»Worum geht es denn überhaupt?«

»Das würden wir gerne mit Ihrem Mann besprechen.«

Sie warf die Hände in die Luft. »Na, meinetwegen. Dann kommen Sie rein. Aber muss es denn so ein Überfall sein? Sie hätten sich ja wenigstens ankündigen können.«

Im Wohnzimmer empfing sie der noch ziemlich verschlafen wirkende Ehemann mit einem gequälten Lächeln und einer geschwollenen Backe und bot ihnen an, Platz zu nehmen. Die Ehefrau blieb mit vor der Brust verschränkten Armen vor der Terrassentür stehen.

»Ich habe gehört, was meine Frau gesagt hat. Tut mir leid, sie wird zur Löwin, wenn es um die Familie geht. Mir sind zwei Weisheitszähne entfernt worden, und das war kein Vergnügen. Wie kann ich Ihnen denn helfen? Den Zahnarzt habe ich nicht umgebracht, obwohl mir zeitweise der Gedanke gekommen ist.«

Sabrina lachte. »Sie Armer, das kann ich gut verstehen.«

Marcus übernahm es, ihn nach Lutz und einem Zwischenfall mit Bienen zu fragen.

Statt zu antworten, schüttelte Patzer den Kopf. Der Blick, den der Mann mit seiner Frau wechselte, gefiel Marcus nicht. »Wie kommen Sie denn nach all den Jahren auf meine Grundschulzeit?«

»Also doch«, murmelte die Frau leise.

Sabrina legte den Kopf etwas schief. »Na, dann erzählen Sie mal. Unsere Frage scheint Sie ja nicht zu überraschen.«

Till Patzer tippte leicht auf seine Wange. »Übernimm du, Schatz. Reden ist gerade ziemlich anstrengend.«

»Mein Mann hat ein fotografisches Gedächtnis. Namen, Gesichter … Er merkt sich einfach alles. Unser Sohn fragt ihn ständig, wo was liegt, weil er nie etwas vergisst. Nun ja. Wir verfolgen natürlich auch die Presse, und da fiel Till auf, dass innerhalb kurzer Zeit Mitschüler von ihm ums Leben gekommen sind oder fast umgekommen sind.«

Patzer nickte und sah Sabrina fest an. »Du hast ganz hinten neben deiner Freundin Conny gesessen. In Deutsch warst du richtig gut, in Mathe hat's gerade so für die Gymnasialempfehlung gereicht.«

Sabrina nickte. »Stimmt.«

»Gehörten Sie zu der Clique aus den beiden Klassen? Haben Sie die Pausen mit Ihren Mitschülern und denen aus der Parallelklasse verbracht?«

»Ich hole dir noch was zum Kühlen. Wobei es mir wirklich lieber wäre, wir würden das Gespräch fortsetzen, wenn es meinem Mann besser geht.«

Marcus verbarg seine Ungeduld über die erneute Einmischung. Ein bisschen Zahnschmerzen waren nicht mit einem weiteren Mord vergleichbar.

Patzer lächelte entschuldigend oder versuchte es vielmehr. »Wie gesagt. Sie wird zur Löwin.«

»Das habe ich gehört!«, erklang es aus der Küche.

»Zu Ihrer Frage. Ja, habe ich.«

Nun wechselten Sabrina und Marcus einen Blick.

»Wo ist Ihr Sohn?«, fragte Sabrina.

»Bei seiner Oma«, antwortete Frau Patzer und wurde blass. »Sie glauben, dass wir in Gefahr sind?«

»Wir können es nicht ausschließen. Es gab einige Opfer, die Mitglieder dieser Clique waren. Wir wissen nicht, auf wen es der Täter abgesehen hat, aber grundsätzlich wäre es möglich.«

»Wie?«, krächzte die Ehefrau fast. »Wie wurden die anderen umgebracht?«

Da ihm der scharfe Verstand des Ehemannes gefiel und

vielleicht helfen konnte, entschloss sich Marcus zu einer ehrlichen Antwort und beschrieb das Vorgehen des Täters.

Kreidebleich im Gesicht stand Patzer auf. »Raus hier. Sofort.«

Marcus sprang auf. »Wie bitte?«

»Rufen Sie einen Experten von der Feuerwehr! Das Haus hier ist unser Ein und Alles. Letzte Woche war der Schornsteinfeger da und hat irgendetwas an der Heizung gemacht. Ich bin dem noch nicht nachgegangen, weil ich zu viel zu tun hatte. Meine Frau war da. Aber ich habe noch nie was von der Verordnung gehört.«

Frau Patzer nahm ein Fotoalbum aus der Schrankwand, rannte in den Windfang und kehrte mit zwei Jacken zurück. »Draußen ist es kalt. Zieh die besser an. Ich muss noch nach oben und …«

»Nein. Musst du nicht. Das können wir alles ersetzen. Wir gehen jetzt raus!«

Marcus nickte beifällig und schilderte auf dem Weg nach draußen bereits der Leitstelle die Situation. »Die Kollegen sollen sich beeilen. Wenn der Täter beobachtet hat, dass wir vor Ort sind, dann wird es im wahrsten Sinne des Wortes brenzlig.«

KAPITEL 46

Das durfte doch nicht wahr sein! Sein Plan war absolut perfekt gewesen. Den ganzen Vormittag hatte er darauf gewartet, dass Lauer bei Tills Familie erschien, und dann das. Dabei war das Schicksal doch auf seiner Seite gewesen! Till und Lauer und Sabrina auf einen Schlag. Was war denn nur schiefgelaufen?

Wütend starrte er auf die Feuerwehrfahrzeuge, die die Straße blockierten.

Einer der Männer, der Aufschrift auf seiner Jacke nach der Einsatzleiter, redete nun mit Lauer und Till.

Die Mienen verrieten ihm, worum es ging. Der Keller war durch das Gasleck bereits zum potenziellen Explosionsort geworden. Welche Überraschung! Hätte er seine brillante Schaltung doch bloß früher ausgelöst und nicht erst, als Sabrina und ihr heiß geliebter Kommissar aufgetaucht waren. Sein Fehler. Er hatte sich verkalkuliert und bekam nun die Quittung dafür. Es war so, wie seine Eltern es ihm beigebracht hatten: Weiche niemals vom rechten Pfad ab. Jeder Fehltritt führt ins Verderben.

Natürlich brachten die Experten der Feuerwehr die Lage schnell unter Kontrolle. Da. Nun trug einer ein elektronisches Bauteil hinaus, das er nur zu gut kannte. Viel Spaß bei der Suche nach Fingerabdrücken. Die würden sie nicht finden. Er war schließlich kein Amateur.

Tills Frau ging mit Sabrina ins Haus und kehrte wenig später mit zwei prall gefüllten Reisetaschen zurück. Das Ehepaar stieg in einen Streifenwagen, der mit Blaulicht davonfuhr. Folgen war aussichtslos. Damit würde er sofort die Aufmerksamkeit auf den Lieferwagen lenken. Um Till würde er sich später kümmern und nun einfach weiterbeobachten. Eine gute Aufklärung war nicht zu unterschätzen, und vielleicht ergab sich noch eine Gelegenheit.

Es war ein kleiner Trost, dass Lauer immer wieder die Gegend musterte, aber nicht auf die Idee kam, dass er hinter der verdunkelten Scheibe saß und alles verfolgte. Das war eben der Unterschied zwischen einem mittelmäßig begabten Polizisten und einem genialen Geist.

Endlich rückte die Feuerwehr ab. Nur noch Sabrina und der Polizist standen vor dem Haus und unterhielten sich. Nun würde sich seine Geduld doch noch bezahlt machen. Rasch setzte er sein Baseballcap auf und zog sich zusätzlich noch die Kapuze seines Sweatshirts darüber. Nun noch die extragroße Sonnenbrille, und seine Tarnung war perfekt. Er kletterte auf den Fahrersitz. Alles, worauf es jetzt noch ankam, war das richtige Timing.

Lauer telefonierte, und auch Sabrina blickte auf ihr Smartphone. Jeden Moment war es so weit. Als der nervige Kommissar sein Handy wegsteckte, startete er den Motor. In der ruhigen Wohnstraße war normalerweise kaum Verkehr. Nachdem die Einsatzfahrzeuge verschwunden waren, sahen Sabrina und Lauer lediglich flüchtig nach links und rechts, ehe sie die Straße überquerten.

Er gab Gas und schoss genau auf die beiden zu.

Sabrina erstarrte und bewegte sich nicht vom Fleck, sah ihn einfach nur an, doch Lauer reagierte schneller als erwartet. Einen Sekundenbruchteil vor dem Zusammenstoß riss er

Sabrina zurück und stürzte mit ihr gemeinsam zwischen den geparkten Fahrzeugen zu Boden.

Sofort lenkte er den Transporter weiter nach rechts, ahnte aber schon, während er an den Wagen entlangschrammte, dass er die beiden nicht mehr erwischen würde.

Eine ungeheure Wut stieg in ihm auf. Nun musste er das Fahrzeug aufgeben, das ihm so treue Dienste geleistet hatte. Das gefiel ihm überhaupt nicht. Eine Ersatzbeschaffung war problemlos möglich, aber mit Aufwand verbunden, den er gerne vermieden hätte. Er ballte die Hand zur Faust. Es war Zeit für den Schlussakkord. Jetzt ging es um seine persönliche Sicherheit. Letztlich zählte das Ergebnis, und das hatte er so gut wie erreicht. Für Till und seine nette kleine Familie würde er sich etwas Neues überlegen und sich dann um die restlichen drei offenen Punkte kümmern. Danach stand nur noch Sabrina auf seiner Liste. Die würde er vorziehen und gemeinsam mit ihrem Polizisten ausschalten. Danach hatte er sämtliche Störungen, die aus der Vergangenheit resultierten, beseitigt und konnte ein neues Leben beginnen. Eins, das ihn direkt auf die Sonnenseite des Schicksals katapultieren würde. Und wenn ihm langweilig wurde, konnte er immer noch ein neues Projekt starten.

***

Marcus sprang auf und sah, dass der Wagen schon längst außer Reichweite war. Er half Sabrina hoch und musterte sie prüfend. Erst mit Verspätung fiel ihm auf, dass er immer noch ihre Hand festhielt, und es kostete ihn einiges an Überwindung, sie loszulassen. Täuschte er sich, oder hatte auch sie nur widerwillig seine Hand freigegeben? Das musste warten. Leider. Er vergewisserte sich, dass es Sabrina bis auf leichte Schürfwunden an den Händen und den Knien gut ging, und veranlasste die Fahndung nach dem Fahrzeug. So, wie er den Täter einschätzte, würden über kurz oder lang Kollegen auf ein brennendes Wrack stoßen, und sie waren wieder keinen Schritt weiter. Denn verwertbare Spuren könnte er in dem Fall vergessen. Wütend starrte er in die Richtung, in die der Transporter verschwunden war. Den Fahrer hatte er durch das Cap und die Sonnenbrille nicht eindeutig identifizieren können. Er war sich keineswegs sicher, dass es sich um Christian gehandelt hatte, ausschließen konnte er das jedoch auch nicht.

Unbeherrscht schlug er mit der flachen Hand auf die Motorhaube des Wagens vor ihm. Wie hatte er den Kerl in dem Transporter nur übersehen können? Er hatte doch geahnt, dass der Täter auf sie wartete. Und dann das.

Sabrina berührte ihn leicht am Arm. »Till und seine Frau sind in Sicherheit. Nur darauf kommt es an. Lass uns zu ihnen fahren. Mit seinem Gedächtnis könnte er uns weiterhelfen. Vielleicht gibt es noch mehr, die auf der Liste des Täters stehen. Die müssen wir warnen.«

»Nun musst du mir also auch noch erzählen, wie ich meinen Job zu erledigen habe?« Er stieß ein zittriges Lachen aus. »Du hast völlig recht.« Er zog sie kurz an sich und strich ihr dann eine Haarsträhne zurück. Schon in der nächsten Sekunde erschrak er über sein Verhalten, wobei er nicht sicher war, ob er die Umarmung oder die Sache mit der Haarsträhne besser gelassen hätte. Er lächelte etwas angestrengt. »Ich wollte nur sehen, ob … Also, ich bin froh, dass dir nichts passiert ist. Wie geht es dir?«, erkundigte er sich reichlich verspätet.

Sabrina funkelte ihn an. »Nur durchgeschüttelt, dank deiner Wahnsinnsreaktion, und gleichzeitig so sauer, dass ich zur Axtmörderin werden könnte. Hast du dieses liebevolle Heim bemerkt, das der gewissenlose Gangster in die Luft jagen wollte? Das geht doch nicht. Also wirklich nicht!«

Sowohl die Ausdrucksweise als auch die Prioritätensetzung brachten ihn zum Schmunzeln, und die Anspannung verflog.

»Na dann, ab ins Präsidium.«

Auf dem Weg dorthin rief Sabrina im Altersheim an und fragte, ob Christian zu erreichen wäre. Marcus hätte sich das für später vorgenommen und war über die Eigeninitiative überrascht.

»Er hat heute erst später Schichtbeginn«, sagte sie dann.

Marcus verzichtete lieber auf einen Kommentar, um den fragilen Frieden nicht zu zerstören. Gleichzeitig fragte er sich wieder, wie sie Christian jemals die Taten nachweisen sollten, sofern er denn wirklich der Täter war.

Der Flur und die Räume im Polizeistern fühlten sich nach den Stunden in Winfrieds Villa merkwürdig fremd an.

Im Besprechungszimmer neben seinem Büro warteten Till Patzer und seine Frau bereits. Sabrina hatte aus der Cafeteria Kaffee und Kekse besorgt. Sie verteilte die Becher und Teller auf dem Tisch und lächelte Till dann an. »Eigentlich können wir uns doch auch duzen? Schließlich kannten wir uns schon als Kinder, auch wenn ich dich völlig vergessen habe.«

Till lachte und hielt sich sofort eine Hand an die Wange. »Gerne. Ich habe dich allerdings sofort wiedererkannt. Außerdem erinnere ich mich, dass deine Familie damals bei meinen Eltern Thema war.«

Seine Ehefrau nickte Sabrina zu. »Kerstin reicht natürlich auch für die Retter unseres Hauses.« Ihr Blick enthielt eine deutliche Frage, die in Richtung Marcus adressiert war.

Ratlos zögerte Marcus einen Moment. So ein Verhalten war Zeugen gegenüber nicht besonders professionell. Aber was war an diesem Fall schon normal?

»Marcus reicht ebenfalls. Ich weiß, wie schwer Ihnen … ich

meine, dir das Reden fällt, aber wir müssen unbedingt sicherstellen, dass wir weitere potenzielle Opfer rechtzeitig ausfindig machen. Bisher dachten wir, dass wir alle möglichen Ziele des Täters identifiziert haben. Damit lagen wir offensichtlich falsch. Sabrina gibt dir die Liste mit allen Namen, die wir aus beiden Klassen kennen, und es wäre großartig, wenn du uns sagst, ob sie zu dem Dunstkreis dieser Clique gehörten oder nicht.«

Till nickte, und Sabrina schob ihm das Notebook von Marcus zu. Es dauerte nur wenige Minuten, dann war er fertig und hatte die Namen von drei Frauen hervorgehoben.

Marcus bedankte sich und gab die Namen an Juliane durch, die die aktuellen Namen und Adressen der ehemaligen Schülerinnen kannte. Obwohl er am liebsten selbst losgefahren wäre, würden zunächst Streifenwagenbesatzungen für die Sicherheit der Familien sorgen.

Till nahm sich, ohne zu fragen, erneut das Notebook und sah sich konzentriert die Liste mit den Namen an. »Kann ich die Verbrechen sehen? Gerne in chronologischer Reihenfolge.«

Die Daten hatte Juliane zusammengestellt, sodass Marcus nach einigen Mausklicks die gewünschten Informationen auf dem Monitor hatte.

Sabrina hielt es nicht auf ihrem Stuhl, und sie sah Till über die Schulter. »Jetzt erkenne ich es auch. Er hat eine ganz bestimmte Reihenfolge. Von den Tonangebern hin zu den Mitläufern. So langsam erinnere ich mich auch an Details, und ich habe auch wieder Lutz vor Augen. Der war immer irgendwie am Rande dabei. Aber ich kann mich nicht daran erinnern, dass wir mal gemein zu ihm waren.«

»Doch, da war etwas«, meinte Till. »Am letzten Schultag. Das weiß ich noch.« Er presste sich beide Hände an den Kopf.

»Ausgerechnet jetzt lässt mich mein Gedächtnis im Stich. Wir hatten unsere Zeugnisse in der Hand und standen ein letztes Mal auf dem Schulhof zusammen.«

»Das war eine ganz komische Mischung aus Freude und Angst. Am nächsten Tag sollte die Abschlussfeier in der Turnhalle sein«, ergänzte Sabrina. »War Lutz da eigentlich noch dabei?«

»Ich glaube nicht.« Till nahm sich einen Keks und gab ihn nach einem Bissen seiner Frau. »Ich vergesse andauernd, dass ich ein Loch im Kiefer habe.«

»Und das bei deinem Gedächtnis«, zog sie ihn auf.

»Tja, immer wenn es drauf ankommt, streikt es. Es gab auf dem Schulhof irgendeinen Krach am letzten Tag, und ich bin ganz sicher, dass Lutz der Auslöser war. Es war ganz bestimmt kein Mobbing von uns gegen ihn. So etwas kannten wir damals nicht.«

Kerstin hatte sich bisher zurückgehalten, nun schüttelte sie vehement den Kopf. »Diese riesige Clique, oder was auch immer, die soll etwas getan haben, das diesen Lutz dazu gebracht hat, so auszuticken? Das ist doch komplett irre! Ihr wart doch nur Kinder, die in der Pause miteinander gespielt haben.«

Niemand widersprach ihr.

Als das Ehepaar sich verabschiedete, bedankte sich Marcus noch einmal herzlich. Endlich waren sie einen großen Schritt weitergekommen, damit hatte er vorher nicht unbedingt gerechnet. Sie hatten nun nicht mehr nur einen vagen Verdacht gegen Lutz, sondern konkrete Hinweise auf ein mögliches Motiv.

KAPITEL 47

Obwohl die Sonne hinter Wolkenbergen verschwunden war, saß Marcus wieder auf Winfrieds Terrasse. Langsam scrollte er durch die Namen der Schüler und überflog die Daten, die Juliane oder auch Valerie hinzugefügt hatten.

Juliane hatte zu den zwei bisher noch fehlenden Schülern lediglich herausgefunden, dass einer der beiden mittlerweile verstorben war. Zuletzt hatte er in Niedersachsen gewohnt. Von Lutz fehlte weiterhin jede Spur.

Es war nur eine Theorie, dennoch spürte er, dass er auf der richtigen Spur war. Jemand rächte sich an seinen ehemaligen Mitschülern für etwas, das am letzten Schultag auf dem Pausenhof geschehen war. Im Fokus stand eindeutig Lutz, der spurlos verschwunden war. Marcus war überzeugt davon, dass Lutz eine neue Identität angenommen hatte. War das die von Christian? Sein Bauchgefühl sagte Ja, doch ausnahmsweise war er nicht sicher, ob er seinem Instinkt trauen konnte.

Valerie betrat mit einem prall gefüllten Stoffbeutel die Terrasse. Höchst widerwillig hatte er zugestimmt, dass sie zur Schule ging und den Weg alleine zurücklegte. Theoretisch sollte sie dort sicher sein, dennoch war er jedes Mal froh, wenn sie wieder zu Hause oder bei Winfried auftauchte.

Sie hielt ein eingewickeltes Paket hoch. »Ein Croque mit extra viel Salami und Peperoni. Wo sind die anderen?«

»Juliane und Sabrina sitzen drinnen, denen war es hier zu kalt. Sag mal, hast du was von Astra gehört?«

»Nein. Und gesehen habe ich ihn auch nicht. Seid ihr weitergekommen?«

»Ein bisschen. Von einem Mitschüler fehlt jede Spur.«

»Kann es Christian sein?«

Marcus lehnte sich zurück. »Gute Frage. Ein ehemaliger Klassenkamerad von Sabrina hat ein nahezu fotografisches Gedächtnis. Ich fahre morgen mit ihm mal im Altersheim vorbei. Sabrina ist sicher, dass Lutz ganz anders aussah. Sie erinnert sich aber hauptsächlich daran, dass der Junge damals wohl ziemlich stämmig war.«

Valerie öffnete eines der Päckchen und schob es ihm hin. »Aber irgendetwas beschäftigt dich noch, oder? Dabei habt ihr den Täter doch schon fast.«

»Tja. Selbst, wenn Lutz in diesem Moment durchs Gartentor spazieren würde, hätte ich nichts gegen ihn in der Hand. Es gibt nicht ein beweiskräftiges Indiz. Überhaupt nichts. Nicht einmal die Zeugenaussagen helfen uns weiter, weil die so vage sind, dass sie auf viele Männer passen könnten.«

Valerie aß zunächst ein Stück von ihrem Croque. »Meinst du, er ist noch hinter Sabrina her?«

Damit war seine Tochter erschreckend nahe an dem Punkt, der ihm als einziger Ausweg blieb. Davon sollte er sie schnellstens abbringen. »Du siehst zu viele amerikanische Serien! Ich kann sie nicht als Köder einsetzen. Das erfordert so viele Genehmigungen, dass wir nächstes Jahr so weit wären.«

»Und was machst du dann?«

»Einen Croque mit meiner Lieblingstochter essen.«

»Du hast nur eine! Und du weichst mir gerade aus.«

Genau, aber das würde er nicht zugeben. »Nö, ich habe Hunger.«

Sowohl Sabrina als auch Juliane bestanden darauf, in ihren eigenen Wohnungen zu übernachten. Sabrina hatte bei Winfrieds enttäuschtem Blick gezögert, war aber hart geblieben. Marcus musste das akzeptieren, hatte ihnen aber zumindest das Versprechen abgerungen, dass sie in ihren Wohnungen blieben und er sie dorthin bringen und am nächsten Tag auch wieder abholen würde.

Marcus ließ es sich nicht nehmen, Juliane bis zu ihrer Wohnungstür zu begleiten.

Statt sich zu verabschieden, blieb sie vor der geöffneten Tür stehen und trat unsicher von einem Fuß auf den anderen. »Soll ich überprüfen, ob drinnen alles in Ordnung ist?«

»Nein. In deinem Posteingang findest du eine Mail von mir. Ich war die ganze Zeit unsicher, ob ich sie dir schicken soll, und habe mich eben erst im Auto dazu entschieden.«

»Verrätst du mir, worum es geht? Du willst doch hoffentlich nicht kündigen?« Er konnte nicht verhindern, dass sein Tonfall etwas zu scharf wurde.

»Nein, Boss. Ganz bestimmt nicht. Lies sie einfach in Ruhe. Aber erst zu Hause.«

Er verabschiedete sich, ohne ihr das zu versprechen. Kaum saß er wieder in seinem Wagen, rief er auf dem Smartphone seine Mails auf.

Die Nachricht war extrem kurz: *Dein ungutes Gefühl kann ich hiermit untermauern, denn ich finde keine Informationen über Christian, die älter als vier Jahre sind.*

Das war kein Beweis, nur ein weiterer Baustein seiner Theorie. Nachdenklich startete er den Motor. Hatte er wirklich keine andere Chance, ihn zu überführen, als darauf zu warten, dass der Täter sie angriff? Und was war, wenn er dann zu langsam war? Oder Unschuldige gefährdete? Oder noch schlimmer, Valerie, Sabrina oder Juliane erneut in eine bedrohliche Lage gerieten?

Eigentlich sollte er sich freuen, dass sie mit ihren Ermittlungen so weit gekommen waren. Das war nicht selbstverständlich, wenn er an die Ausgangslage dachte, die nicht mehr gewesen war als das Gefühl einer Lokalreporterin.

Zu Hause angekommen, vergewisserte er sich, dass Valerie am PC saß und dort mit ihren Freunden spielte, und ließ sich im Wohnzimmer auf die Couch fallen. Erschrocken fuhr er hoch, als es im nächsten Moment an der Terrassentür klopfte. Winfried und Freddy.

»Entschuldige den Überfall. Ich dachte, du sitzt noch draußen.«

»Das ist doch kein Überfall! Du bist jederzeit willkommen. Möchtest du etwas zu trinken?«

Der Mops streckte sich lang unter dem Couchtisch aus. Zögernd setzte sich Winfried. »Ein Glas Rotwein wäre nett.«

Marcus fand nach kurzem Suchen eine Flasche Primitivo, die er vor Ewigkeiten von einem Nachbarn geschenkt bekommen hatte, für den er während des Urlaubs den Briefkasten geleert hatte. Für sich nahm er eine Flasche Bier aus dem Kühlschrank.

Der Wein schien Winfried zu schmecken. Er nickte sogar anerkennend.

»Ich habe zufällig mitbekommen, dass du mit Valerie geredet hast. Und ich akzeptiere deinen Versuch, mich nicht zu verletzen, aber erlaube mir die offenen Worte, wie dämlich das von dir ist.«

Marcus spürte, dass er rot anlief. »Ich wollte nur …«

Winfried hob lediglich eine Hand, aber das reichte, damit sich Marcus wie ein ungezogener Schüler fühlte und sofort den Mund hielt.

»Christian ist mir kompetent zur Hand gegangen, wofür ich ihm sehr dankbar bin. Doch warum sollte dadurch mein Blick auf ihn getrübt sein?«

»Ich dachte …«

»Nein, Marcus. Du hast eben nicht gedacht, sondern dich von sehr undurchdachten Gefühlen leiten lassen.«

In gewisser Weise hatte er es wohl verdient, so abgekanzelt zu werden. »Spätestens morgen hätte ich dich um deine professionelle Einschätzung gebeten.«

»Das will ich dir aber auch geraten haben. Die Ausbildung zum Pfleger ist sehr umfangreich, unterscheidet sich dennoch in Nuancen von einem Medizinstudium. Christian hat Begrifflichkeiten bei der Organisation meines kleinen Behandlungsbereiches verwendet, die eher unüblich sind. Wie gesagt, es handelt sich nur um Nuancen. Auf Nachfrage erwähnte er ein Medizinstudium in Kiel, das er begonnen, aber nicht beendet hat.«

Marcus spürte, dass das noch nicht alles war, und wartete ungeduldig, dass Winfried weitersprach.

Winfried drehte das Weinglas in der Hand und stellte es auf den Tisch. »Diese kleine Unterstützung bei euren Ermittlungen hat mir gutgetan. Mein Verbrauch an alkoholischen Getränken ist signifikant zurückgegangen. Und bei dir sind die Laufausflüge weniger geworden, oder?«

»Stimmt. Worauf willst du hinaus?«

»Das war nur die Einleitung zu einer kleinen Eigenmächtigkeit. An der medizinischen Fakultät der Universität zu Kiel gab es niemals einen Studenten namens Christian Felder. Ein abgebrochenes Studium in diesem Bereich wäre im Arbeitsgebiet der Pflege durchaus eine Referenz, doch die gute Frau Wackersberg hat für mich in den Bewerbungsunterlagen von Christian nichts dazu gefunden.«

»Das stützt unsere Theorie. Viel mehr interessiert mich jedoch deine Einschätzung.«

»Wenn dir aufgrund einer narzisstischen oder gar psychopathischen Veranlagung jede Empathie fehlt, kannst du bis zu einem bestimmten Grad die Darstellung von Gefühlen erlernen, doch ein aufmerksamer Beobachter wird immer etwas im Blick oder der Mimik vermissen. Ich schob meine Wahrnehmung zunächst auf eine nachvollziehbare Unsicherheit, weil ich über eine gewisse Reputation verfüge, die auf jüngere Nachwuchskräfte durchaus einschüchternd wirken kann. Mir erscheint nun jedoch eine andere, nämlich die zuvor skizzierte Möglichkeit, naheliegender.«

Nachdem er sich zuvor als abgekanzelter Schüler gefühlt hatte, kam Marcus sich nun wie ein Student vor, der seinem Professor lauschte – und eigentlich stimmte das Bild ja auch.

»Was kann denn aus einem Mann, dem alle Möglichkeiten offenstehen, so ein Monster gemacht haben?«

»Das Ereignis am letzten Schultag in Kombination eines sehr schädlichen Einflusses durch das familiäre Umfeld, beispielsweise.«

»Eine üble Kindheit haben doch viele. Ist es nicht viel wahrscheinlicher, dass man als so ein Monster geboren wird?«

»Die Antwort ist schwierig, lautet aber eigentlich Nein. Früher vermutete man das tatsächlich, doch neuere Forschungen zeigen, dass beispielsweise narzisstische Störungen erst durch fehlende emotionale Wärme, unzureichende Grenzen und eine fatale Verknüpfung von Leistung und Liebe ausbrechen.«

»Verstehe, dazu kommt dann noch das Ereignis X als Auslöser oder Brandbeschleuniger. Aber wie kann es sein, dass sich sonst niemand daran erinnert? Nicht einmal Till Patzer mit seinem phänomenalen Gedächtnis?«

»Das wiederum ist gar nicht so ungewöhnlich, sondern liegt in der subjektiven Wahrnehmung begründet. Die anderen Schüler haben das Ereignis für unwichtig gehalten, und deshalb ist es nicht mehr in ihrem Gedächtnis präsent. Vermutlich war es auch nichts Dramatisches, doch wir begegnen bei solchen Persönlichkeitsstörungen sehr häufig dem False-memory-Syndrom.«

Das Wort war selbsterklärend. »Der Täter hat also eine komplett andere Sicht auf den damaligen Tag. Und gibt den Mitschülern die Schuld an … irgendetwas.«

Winfried trank einen Schluck Wein. »Ich glaube, Christian, der durchaus mit Lutz identisch sein kann, hat das Studium nicht freiwillig abgebrochen. Und daran gibt er vielleicht dem damaligen Ereignis die Schuld.«

»Könntest du mir das, was du eben gesagt hast, in Form eines Gutachtens niederschreiben? Damit hätte ich endlich etwas, mit dem ich zur Staatsanwaltschaft gehen kann. Außerdem können Juliane und Sabrina morgen sämtliche Unis abklappern. Irgendwo werden wir Lutz oder Christian finden. Denn auf eins ist in Deutschland Verlass: die Verwaltung.«

»Ich bin zwar nicht sicher, ob dir meine Ausführungen wirklich helfen, aber wir versuchen es.«

»Ich danke dir!«

Winfried prostete ihm mit dem Weinglas zu. »Das hättest du auch schon früher haben können. Du musst nicht immer alles alleine lösen.«

KAPITEL 48

Nun komm schon raus und lauf deine bescheuerte Runde! Es gab gleich vier Stellen, die ideal waren, um sich der lästigen Plage namens Lauer zu entledigen. Der überhaupt nicht geschätzte Herr Kommissar musste einfach nur das Haus verlassen, um seine Laufrunde zu absolvieren, doch danach sah es momentan nicht aus. Nirgends brannte Licht, alles war dunkel. Draußen setzte schon die Dämmerung ein, und in wenigen Minuten würde es schlagartig hell werden, damit stieg das Risiko von unliebsamen Zeugen.

Eine Bewegung an einem Hauseingang lenkte seine Aufmerksamkeit von dem Reihenhaus ab, in dem Lauer wohnte. Für eine Katze war der Schatten zu groß. Hatte dort einer der Penner übernachtet? Das war in dieser Gegend eher ungewöhnlich. Die widerlichen Subjekte suchten sich für gewöhnlich Flecken an der Alster oder am Fleet.

Er sah genauer hin. Tatsächlich, nun konnte er die Gestalt erkennen. Vermutlich ein Mann, vielleicht täuschte aber auch der unförmige Mantel. Ein Hausbewohner war anscheinend sehr früh unterwegs und hatte den uneingeladenen Schläfer vertrieben. Gut so. Wenn es nach ihm ging, sollte man diese elenden Versager ausrotten. Aus zusammengekniffenen Augen beobachtete er, dass der Penner langsam die Straße hinabschlenderte und zwischen zwei Häusern aus seinem Sichtfeld verschwand. Das konnte Astra gewesen sein. Doch wo war dann der typische Einkaufswagen? Sicher war er sich nicht, aber überzeugt genug, um den gemütlichen Platz in seinem Golf aufzugeben und nachzusehen. Es wäre ihm ein Vergnügen, den Störenfried aus dem Weg zu räumen.

Nach einem letzten prüfenden Blick auf das Haus von Lauer sprintete er dem Penner hinterher. Dort, wo Astra verschwunden war, führte ein Weg zum Fleet hinunter. Wesentlich langsamer als zuvor ging er weiter und spähte zunächst vorsichtig um die Ecke, ehe er den Pfad betrat, der direkt am Ufer entlangführte. Rechts konnte er niemanden entdecken, doch links von ihm bewegte sich in einiger Entfernung etwas im Gebüsch. Vorsichtig schlich er weiter und zog den Taser aus der Jackentasche. Die klare Luft, die Wasserfläche, auf der ein paar Enten schwammen, und die Auslöschung eines Störfaktors. Konnte ein Tag schöner beginnen? Er hielt sich eng an den dichten Büschen und erkannte schließlich Details.

Der Einkaufswagen! Dort hatte der Penner also seine lächerlichen Habseligkeiten verborgen. Der Versager sollte ihm dankbar sein, dass er ihn von seinem Elend erlöste! Doch wo steckte Astra nur?

Sich aufmerksam umblickend und auf jedes Geräusch lauschend, schlich er näher. Nichts. Nur der dämliche, voll beladene Einkaufswagen.

»Suchst du mich?«, erklang hinter ihm eine ruhige Stimme.

Tief durchatmend verbarg er sein Erschrecken, drehte sich um und zwang sich zu einem Lächeln, während er den Taser fester umklammerte.

»Ich habe dich zufällig gesehen und …«

»Zufällig gesehen, während du das Haus von Marcus beobachtest? Das wird ihn bestimmt interessieren!«

Nur, dass der Penner an seinem Handgelenk herumfummelte, das unter dem Ärmel des lächerlich großen Mantels verborgen war, verriet seine Nervosität, ansonsten wirkte er überraschend kalt und beherrscht. Egal, es war Zeit, Astras Dasein ein Ende zu setzen. Die Welt wäre ein besserer Ort ohne ihn.

Er hob den Taser und drückte auf den Auslöser. Krampfhaft zuckend fiel Astra zu Boden, ehe er das Bewusstsein verlor.

Der Rest war ein Kinderspiel. Er zerrte den Penner ans Ufer und platzierte ihn so, dass der Kopf im Wasser lag. Das Szenario war so leicht zu durchschauen, dass es auch dem dümmsten Polizisten klar sein musste: *Besoffener Penner in die Alster gefallen und ertrunken.*

***

Ein schriller Ton seines Handys riss Marcus aus dem Schlaf. Verdutzt sah er auf die Nachricht, die eingeblendet wurde. Was sollte das? Dann endlich begriff er, was er vor sich hatte. Die Smartwatch von Astra hatte ein Notsignal an ihn geschickt. Der Standardtext »Ich brauche Hilfe« wurde um eine Ortsangabe ergänzt. Mit zitternden Fingern tippte Marcus auf die GPS-Daten, und sofort öffnete sich Google Maps. Der Standort war ganz in der Nähe, knapp zweihundertfünfzig Meter zeigte die App an. Er zog sich seine Schuhe über, riss das Schulterholster mit der einsatzbereiten Waffe aus dem obersten Fach im Schrank und rannte die Treppe hinunter.

Brieftasche, Schlüsselbund und Smartphone stopfte er in die Sportshorts, die er als Schlafanzug nutzte, dann knallte er die Haustür hinter sich zu.

Er sprintete los. Auf der anderen Straßenseite fuhr ein blauer Golf aus einer Parklücke, der ihm aus irgendeinem Grund verdächtig vorkam. Astra war wichtiger. Er lief weiter, beschleunigte das Tempo noch weiter, und plötzlich fiel ihm der Wagen ein, der ihnen vor über einer Woche gefolgt war. Das war das gleiche Modell gewesen. Doch das musste warten. Er jagte den Weg Richtung Alster hinunter. Als Erstes entdeckte er den umgekippten Einkaufswagen, dann die reglose Gestalt direkt am Wasser. Nein, sogar im Wasser.

Keuchend nach Luft schnappend zerrte er Astra zurück und überprüfte die Vitalfunktionen. Keine Atmung, kein Puls. Ohne zu zögern, begann Marcus mit der Wiederbelebung. Abwechselnd blies er Sauerstoff in Astras Lungen und übte einen festen Druck auf den Brustkorb aus. Immer wieder tastete er nach dem Puls. Endlich spürte er ein leichtes Flattern.

»Na, was ist denn hier los?«, ertönte eine laute, schrille Stimme.

Das Erste, was Marcus sah, war ein Dackel, dessen Bauch beinahe den Boden berührte. Ihm folgte eine füllige Frau, die einen hellorangefarbenen Steppmantel trug.

»Rufen Sie 112. Schnell.«

»Das ist doch ein Penner. Der hat nur …«

»Das ist ein Polizeibeamter! Los jetzt!«

Er wusste selbst nicht, was ihn zu dieser Aussage veranlasst hatte, doch sie wirkte.

»Oh, das konnte ich ja nicht wissen.« Die Frau zog ein glitzerndes Teil, das sich als iPhone entpuppte, aus der Tasche und rief den Notruf. Nachdem sie ihrem Gesprächspartner die exakte Position mitgeteilt hatte, erkundigte sie sich deutlich freundlicher als zuvor, ob sie noch helfen konnte. Nachdem er das verneint hatte, stolzierte sie mit dem Dackel davon.

Keine fünf Minuten später kam ein Rettungswagen den schmalen Pfad hinuntergefahren.

»Puls noch unregelmäßig, Atmung ganz flach. Wiederbelebung war erforderlich.«

»Alkohol?«, fragte der Sanitäter, klang dabei aber völlig neutral.

»Nein. Angriff während einer polizeilichen Ermittlung.«

Der zweite Mann hatte den Mantel am Hals zurückgeschoben. »Sieht nach einem Elektroschocker aus.«

Marcus lief es kalt den Rücken hinunter. »Und dann vermutlich ins Wasser gezerrt.«

»Verstehe«, sagte der Erste, ohne sich von der Versorgung unterbrechen zu lassen. Wenig später war Astra an einem Messgerät und einer Infusion angeschlossen.

»Stabil. Wir nehmen ihn mit. Haben Sie die Personalien?«

»Wohin bringen Sie ihn? Ich komme nach. Ich bin vom LKA, und er arbeitet für mich.«

Der Sanitäter betrachtete erst Marcus' Shorts, dann das Schulterholster und grinste flüchtig. »Nettes Outfit habt ihr neuerdings.«

Marcus hätte beinahe laut losgelacht. »Er hat mit seiner Uhr einen Notruf an mich abgeschickt. Mich korrekt anzuziehen, stand nicht auf meiner Prioritätenliste. Also? Wohin? Er braucht sofort Polizeischutz.«

»Eigentlich hätte ich gesagt, schauen wir mal, wo sie uns hinschicken, aber wenn das so ist: ins UKE.«

»Gut. Ich komme gleich nach. Vollständig angezogen. Aber erst warte ich, bis ihr hier sicher weg seid.«

»Hui«, kommentierte sein Kollege. »Wird ja immer spannender.«

Eine halbe Stunde später schob Marcus den Einkaufswagen mit Astras Sachen in seinem Garten auf die Terrasse. Er zuckte zusammen, als plötzlich drinnen das Licht anging und die Terrassentür aufgerissen wurde.

»Papa! Das sind doch Astras Sachen. Was ist passiert?«

Er musste schlucken und dachte daran, wie seine Tochter ihn zum Kauf der Uhr überredet hatte. »Du kannst dich als indirekte Lebensretterin feiern lassen. Ich erzähle dir gleich alles. Wenn du sowieso schon wach bist: Kannst du mir einen Kaffee machen? Ich muss gleich ins UKE. Und noch was: keine Schule heute!«

»Papa! Es ist Samstag.«

Damit war das dann auch geklärt, wenn auch anders als gedacht. Während er sich anzog, veranlasste Marcus über die Leitstelle, dass Astra Polizeischutz bekam und ein Streifenwagen vor seinem Haus parkte. Von dort aus konnten die Kollegen sowohl die Villa von Winfried als auch sein Reihenhaus im Auge behalten, und das erschien ihm dringend nötig.

Marcus nickte dem uniformierten Kollegen vor dem Zimmer zu, stieß die Tür auf und blieb wie angewurzelt stehen. Astra saß aufrecht im Bett und zielte mit der Fernbedienung auf den Fernseher. Er lächelte, als er Marcus erkannte.

»Running Man. Ich wollte dich schon anrufen, aber meine Uhr muss noch trocknen. Dabei hieß es doch, sie sei wasserdicht.«

Marcus fehlten die Worte. Er beschränkte sich darauf, Astra fest eine Hand auf die Schulter zu legen, und setzte sich dann auf den Stuhl.

»Sag mal. Du kannst doch nicht … Verdammt, habe ich eine Angst um dich gehabt.«

»Das war doch so nicht geplant. Also, pass auf …«

»Erst will ich wissen, wie es dir geht!«

»Gut. Wirklich gut. Heute Abend kann ich raus. Hast du zufällig eine Idee, wo meine Sachen sind?«

»Bei mir auf der Terrasse. Die vorderen Räder des Einkaufswagens ziehen nach links. Das sollten wir uns mal ansehen. Und bitte schlaf heute Nacht bei uns, wenn du hier nicht bleiben willst. Du kannst dir da sonst was weggeholt haben.«

»Ach was. Unkraut vergeht nicht. Aber ich denke drüber nach. Und nun hör mal zu.«

Marcus war froh, dass er auf dem Stuhl saß. Obwohl er eigentlich damit gerechnet hatte, war es noch einmal eine ganz andere Dimension, dies als Tatsachen zu hören. Nicht nur der brutale Angriff auf Astra erschütterte ihn, sondern er hatte auch mit der Vorstellung zu kämpfen, dass der Killer offensichtlich auf ihn gewartet hatte.

»Und es war ganz bestimmt Christian Felder, der Pfleger aus dem Altersheim?«

»Natürlich. Er stand doch direkt vor mir. Wie soll ich mich da irren? Meinst du, die glauben mir das? Also diese ganzen Rechtsheinis?«

»Ich denke schon«, erwiderte Marcus, obwohl er nicht ganz sicher war. »Ich könnte deine Kleidung untersuchen lassen, vielleicht findet die KTU dort etwas?«

»Nee. Er hatte dünne Handschuhe an. Dir ist schon klar, dass er da auf dich gewartet hat?«

»Ja. Er scheint von meinen Joggingrunden zu wissen. Ich hätte damit gerechnet, dass er tagsüber was versucht, darauf war ich vorbereitet.«

»Das klingt nach mehr als nur vorbereitet. Du hast darauf gehofft.«

»Stimmt.«

»Tja, dann alles auf Anfang. Wer weiß denn eigentlich, dass es mir wieder bestens geht?«

Zu der Einschätzung des Gesundheitszustandes hätte Marcus einiges zu sagen gehabt, zumal Astra gerade fürchterlich hustend nach Luft schnappte.

»Ich verstehe, worauf du hinauswillst. Vielleicht wäre es tatsächlich das Beste, dich sterben zu lassen. Zumindest offiziell. Übrigens ziehe ich mein Angebot zurück, dass du bei uns übernachten kannst, stattdessen wirst du dich bei Winfried einquartieren. Und ehe du protestierst, lass mich erst einmal alles in Ruhe durchdenken. Im Moment ist es nur eine Idee, aber wenn ein Plan daraus wird, brauche ich bei Winfried jemanden, der auf Valerie aufpasst.«

»Das Argument ist fies, Running Man. Aber denk erst mal schön nach. Und hör mir noch mal kurz zu. Ich habe mich gestern dort umgesehen und vor allem umgehört, wo Christian wohnt und …«

»Sekunde. Woher hast du denn seine Adresse?«

Astras Blick gab ihm das Gefühl, eine sehr dumme Frage gestellt zu haben. »Na, von Juliane, natürlich.«

»Natürlich«, wiederholte Marcus spöttisch, hätte sich den Einwurf aber sparen können.

»Also, zurück zum interessanten Teil. Bei seiner offiziellen Anschrift wohnt er gar nicht. Das ist eines von diesen Grindelhochhäusern, wo keiner den anderen kennt. Alles anonym. Ich bin ihm vom Altersheim zu seinem eigentlichen Unterschlupf gefolgt. Da hat er keine direkten Nachbarn, aber jede Menge Platz. Das Ganze ist kein Wohngebäude, sondern eine verlassene Werkstatt. Eigentlich wäre er dort sicher, aber er hat nicht mit denen gerechnet, die man nicht sieht. Der alte Fritz hat dort seine … nennen wir es mal Unterkunft, und der hat einige hochinteressante Beobachtungen gemacht. Der Fritz dachte nämlich, dass da mehrere Männer wohnen, aber von wegen. Christian verlässt das Haus in den unterschiedlichsten Verkleidungen und ändert seinen Typ so perfekt, dass man schon sehr genau hinsehen muss, um ihn zu identifizieren. Vom jungen Schnösel bis zum Sportfreak in Proletenklamotten ist alles dabei. Natürlich alles mit unterschiedlichen Haarfarben. Und es gibt mindestens drei Fahrzeuge, einen Transporter, weiß, einen Golf, blau, und einen Nissan, silbern.

Nimm dir mal was zu schreiben, dann nenne ich dir die Kennzeichen.«

Marcus holte sein Smartphone hervor, um sich die Daten zu notieren. »Du solltest echt bei uns anfangen!«

»Nee, lass mal.«

Obwohl Astra es zu verbergen versuchte, wirkte er von Sekunde zu Sekunde müder.

»Wenn du im Moment alles hast, rede ich mit meinem Vorgesetzten und komme dann wieder.«

»Ja, alles gut. Mach dir um mich keine Gedanken.« Die Augen fielen Astra bereits zu.

Eine Schwester betrat den Raum und verstand Marcus' fragenden Blick sofort richtig. »Das Adrenalin hat ihn wach gehalten, nun wird er sich erst einmal ausruhen. Machen Sie sich keine Sorgen um Ihren Freund.«

»Sehr gut. Kann er heute wirklich bereits entlassen werden? Wenn ich dafür sorge, dass er einen erfahrenen Mediziner in der Nähe hat?«

»Dann wäre das vielleicht möglich. Doch das ist nur meine Meinung, das müssen Sie mit der Ärztin besprechen.«

»Das werde ich. Danke.«

KAPITEL 49

Frau Walter, die Sekretärin seines Vorgesetzten, empfing ihn mit einem Lächeln. »Ich habe alle Termine verschoben. Für Kaffee und Kekse ist bereits gesorgt. Nehmen Sie sich die Zeit, die Sie brauchen.«

»Danke.«

Neben Tannhäuser wartete eine Frau in der Besprechungsecke auf ihn, die er nicht kannte. Die braunen Haare trug sie in einem modernen Kurzhaarschnitt, und die grünen Augen musterten ihn neugierig.

Tannhäuser begrüßte ihn freundlich und deutete dann auf die Unbekannte. »Frau Berg ist von der Staatsanwaltschaft. Sie hört zunächst inoffiziell zu und ist anschließend bereit, ein Urteil über die Erfolgsaussichten einer Anklageerhebung abzugeben.«

»Das ist gut, denn ich bin selbst nicht sicher, inwieweit wir genug Futter fürs Gericht haben.«

Sie schmunzelte. »So kann man es auch ausdrücken. Dann freue ich mich, dass ich Ihnen helfen kann, denn ich weiß, dass der zuständige Kollege ein wenig … nennen wir es übersorgfältig ist.«

So konnte man es natürlich auch bezeichnen, dass der Staatsanwalt nahezu fanatisch darauf bedacht war, keinen Fall zu verlieren.

Da Marcus immer wieder an der Fallakte gearbeitet hatte,

konnte er problemlos die Ereignisse zusammenfassen und sämtliche Hinweise aufzählen. Erst, als er zu Astras Zeugenaussage kam, entspannte die Staatsanwältin sich und nickte leicht.

Sie presste die Fingerkuppen gegeneinander. »Einen Durchsuchungsbeschluss für die Werkstatt könnte ich Ihnen auf der Basis besorgen. Sie wissen bestimmt selbst, dass ein guter Anwalt die Aussage von Astra in der Luft zerreißen wird. Wie sicher sind Sie, dass wir damit genug für eine solide Anklage bekommen?«

»Ich bin mir ziemlich sicher, dass uns das nicht so leicht gelingen wird. Der Täter ist in seinem Handeln extrem intelligent und vorausschauend. Er taktiert mit dermaßen vielen doppelten Böden, dass ich bis zu Astras Aussage immer wieder an meiner eigenen Intuition gezweifelt habe.«

Besonders überrascht wirkte Berg nicht, als sie sich zurücklehnte. »Ich habe befürchtet, dass Sie das sagen. Doch ich sehe Ihnen an, dass Sie einen Plan B haben. Und der wird kaum darin bestehen, dass Sie warten, bis dieses arme Opfer im Zement aus dem Koma erwacht, damit Sie einen weiteren Augenzeugen haben. Wie sieht Ihr Plan aus?«

Da die behandelnden Ärzte zwar mittlerweile sicher waren, dass Ingo überleben würde, er in absehbarer Zeit aber kaum vernehmungsfähig war, konnte er ihnen nicht weiterhelfen. Marcus sah unauffällig seinen Vorgesetzten an, der ihm signalisierte, offen zu reden. Tief durchatmend skizzierte er seine Idee, mit der er Christian Felder alias Lutz Engelbrecht eine Falle stellen wollte. Der einzige Haken war, dass er einen Teil der Aufgabe nicht selbst übernehmen konnte. Doch zum Glück kannte er mittlerweile Kollegen, denen er vertraute.

Tannhäuser hob zwar eine Augenbraue, als Marcus beschrieb, welche Rolle Sabrina zukam, doch er widersprach nicht.

Am Ende schwiegen beide. Tannhäuser trank einen Schluck Kaffee, während Marcus sich endlich traute, einen der Kekse zu nehmen

»Es klang, als ob Sie bestimmte Vorstellungen bezüglich der eingesetzten Kollegen haben«, sagte Tannhäuser dann.

Mit der Frage hatte Marcus nicht gerechnet. Eher mit einer Diskussion über Risiken. Plötzlich hatte er wieder den Moment vor Augen, als er Dirk und Alexander beim Betreten des Präsidiums beobachtet hatte. Wie viel hatte sich seitdem verändert! Wenn Tannhäuser zustimmte, war es, als würde sich ein Kreis schließen. Mit Verspätung bemerkte er, dass beide ihn abwartend ansahen. Verlegen räusperte er sich. »Das ist richtig. Wenn Sie einverstanden sind, würde ich gerne Dirk Richter und Toni Petersen fragen.«

Unerwartet lehnte sich die Staatsanwältin zurück und lachte. »Wieso überrascht es mich nicht, dass Sie die Herren kennen? Ihr Vorgehen passt perfekt zu deren unorthodoxer Arbeitsweise. Wollen Sie nicht auch Alexander noch ins Boot holen?«

»Würde ich ja. Aber es erschien mir anmaßend, einen Kriminalrat so zu verplanen.«

Tannhäuser lächelte amüsiert. »So, wie ich Herrn Frank einschätze, wird er sich die Gelegenheit nicht entgehen lassen wollen. Einen Moment, bitte.«

Während Tannhäuser seine Sekretärin bat, die Kollegen zu rufen, erklärte die Staatsanwältin ihm, dass Alexander Frank ihr Nachbar war und sie mit ihm und den anderen bereits öfters zusammengearbeitet hatte.

Sie stand auf, nahm sich noch einen Schokoladenkeks – und zwar ausgerechnet den, den Marcus bereits anvisiert hatte – und nickte Tannhäuser zu. »Mich brauchen Sie ja nicht länger, und es warten drüben genug Akten auf mich. Wenn Sie Erfolg haben, dann ist der Fall bei meinem Kollegen in den besten Händen. Sollte es schiefgehen, was ich nicht glaube, dann übernehme ich selbst, und dann nageln wir den Mistkerl gemeinsam fest. Viel Erfolg heute Abend!«

Nachdem die Staatsanwältin gegangen war, schmunzelte Tannhäuser. »Die Frau Oberstaatsanwältin haben Sie beeindruckt. Und mich auch. Ich bin gespannt, was Ihre Kollegen sagen.«

Zehn Minuten später kannte Marcus die Antwort. Ohne zu zögern, stimmten die drei Männer zu. Wie von Tannhäuser vorhergesagt, ließ es sich Alexander nicht nehmen, beim Schlussakkord dabei zu sein.

***

Es war für Sabrina ein merkwürdiges Gefühl, dass Marcus sie zu Hause besuchte. Gut, dass sie aufgeräumt hatte! Erst, als zwei gefüllte Kaffeebecher auf dem Tisch standen, verflog ihre Nervosität etwas.

Nachdem er einen Schluck getrunken hatte, deutete Marcus auf das Wandregal, das ihr ganzer Stolz war. Nicht nur ihre Lieblingsromane hatten dort einen Platz gefunden, sondern auch ausgewählte Erinnerungsstücke und unzählige Kerzen. »Schön hast du es hier. Die Mischung aus alt und modern gefällt mir.«

Sabrina lächelte. »Danke, aber bei dir gefällt es mir auch. Wieso treffen wir uns eigentlich hier?« Sie runzelte die Stirn. Das klang falsch. »Also nicht, dass du denkst, ich will dich nicht hier haben!« So euphorisch hatte sie es eigentlich auch nicht gemeint.

»Na, du warst schon weg, als wir alles organisiert hatten, und ich wollte dich nicht zurückzitieren. Außerdem ist das Ganze ziemlich abenteuerlich, und hier fällt es dir vielleicht leichter, mir einen Vogel zu zeigen.«

»Das würde ich nie tun.« Sie stutzte kurz. »Ich weiß, dass die Wohnung für mich alleine ganz schön groß ist, aber ich liebe es, so viel Platz zu haben.«

Marcus sah sie irritiert an, und sie konnte ihn gut verstehen. Wieso verteidigte sie sich eigentlich? »Vergiss es. Ich wollte nur die Frage beantworten, die die meisten stellen, wenn sie das erste Mal hier sind. Ich habe die Wohnung von meinen Eltern übernommen und mag sie einfach. Du hast also einen Plan?«

»Ja, aber alleine werden wir keinen Erfolg haben, sondern ich habe mir Hilfe geholt. Ein Platz wäre noch frei, und ich könnte mir vorstellen, dass der etwas für dich wäre. Ich will dir aber nicht verschweigen, dass es trotz aller Sicherheitsmaßnahmen ein klein wenig riskant werden könnte.«

»Erzähl!«, forderte Sabrina, und das tat Marcus.

Mit jedem seiner Worte wuchs ihre Aufregung. Sein Plan war gut. Simpel, aber auch durchdacht und vor allem clever. Als er sie schließlich fragend ansah, nickte sie knapp. »Natürlich bin ich dabei.«

Die Worte zeigten aber bei Weitem nicht, welche widersprüchlichen Gefühle in ihr tobten. Da war tiefer Respekt dafür, dass Marcus am Ende anderen die Bühne überließ, Angst, dass es am Ende wirklich Christian sein würde, der ihnen ins Netz ging, auch wenn sie zugeben musste, dass es daran nach Astras Aussage kaum noch einen Zweifel gab, und Ärger, dass sie auf ihn hereingefallen war. Impulsiv fasste sie nach Marcus' Hand. »Weißt du, da hält er sich für so schlau, und am Ende bist du doch cleverer.«

Langsam schüttelte Marcus den Kopf. »Wir«, korrigierte er

lächelnd. »Wir sind cleverer. Das ist Teamarbeit. Aber freu dich nicht zu früh, noch ist nicht sicher, dass mein Plan aufgeht.«

»Das wird er. Ganz sicher!«

***

Christian beobachtete auf dem Display seines Tablets, wie Valerie Lauer sorglos die Straße hinunterschlenderte. Sie trug ein Baseballcap in grellen Farben, das einen Teil ihres Gesichts verbarg, aber die langen blonden Haare und die fürchterlichen Klamotten, die so typisch für Teenager waren, identifizierten sie eindeutig.

Er war überrascht, dass sie zu Hause übernachtete, eher hätte er darauf getippt, dass sie die Nacht bei einer Freundin oder bei diesem dämlichen Professor verbringen würde. Umso besser. Damit war sein Alternativplan gesichert, doch noch setzte er darauf, dass er den ursprünglichen in die Tat umsetzen konnte. Der Streifenwagen, der vor dem Haus parkte, war jedenfalls kein Hindernis. Die Polizisten sorgten lediglich dafür, dass er die Gegend nicht mehr direkt im Auge behalten konnte. Doch schließlich gab es Überwachungskameras in allen möglichen Größen. Eine davon hatte er an dem Mülleimer gegenüber installiert. Die Bilder wurden direkt auf sein Tablet und sein Handy übertragen. Besser ging es kaum.

Nun hieß es warten. Lauer war bereits zu Hause. Die anderen Mitglieder des Teams hatte er nicht gesehen. Vermutlich trauerten sie um den Penner.

Als er gesehen hatte, wie schnell Lauer zu Astra gerannt war, hatte er schon fast befürchtet, sein Plan wäre schiefgegangen, aber ein Anruf im UKE hatte ihm bestätigt, dass die Nervensäge tot war. Wahrlich kein Verlust für diese Welt.

Seine Geduld wurde auf eine harte Probe gestellt, doch

natürlich hatte er die Wartezeit einkalkuliert. Gegen ein Uhr morgens öffnete sich die Tür, und Marcus Lauer verließ in Laufkleidung sein Reihenhaus. Deutlich früher als sonst, vielleicht ließ ihm der Fall keine Ruhe? Der Gedanke gefiel Christian.

Wenn es sich irgendwie verantworten ließ, würde er auf eine persönliche Konfrontation mit dem Polizisten nicht verzichten. Es wäre ihm doch bestimmt ein Trost, dass er sterben würde, aber vorher noch erfuhr, wer der Täter war, den er so verzweifelt gesucht hatte.

Er lächelte zufrieden, als Marcus an ihm vorbeilief. Nach einer kleinen Wartezeit fuhr er los und folgte Marcus mit ausgeschalteten Scheinwerfern. Gleich würde Lauer die Straße überqueren und lieferte ihm somit die erste Möglichkeit, ihn auszuschalten. Eigentlich schade, dass er seine Pläne, für die er jahrelang die Vorarbeiten geleistet hatte, nun so rasch vollenden würde.

Er gab Gas.

Doch statt über die breite Straße zu laufen, bog Lauer auf einen schmalen Pfad zwischen den Häusern ein. Christian sah auf die Karte: Anscheinend wollte der Polizist über den Leinpfad an die Außenalster gelangen. Auch dort gab es den perfekten Ort, um ihn abzufangen.

»Dann eben so«, sagte er zu sich selbst, schaltete die Scheinwerfer ein und steuerte sein neues Ziel an.

Als er Lauer an der Krugkoppelbrücke ein Stück vor sich sah, grinste er breit. Wieder beschleunigte er und bremste dann fluchend ab, ausgerechnet jetzt kam ihm ein Taxi im Schritttempo entgegen. Was wollte der Idiot um diese Zeit hier?

Lauer bog sofort hinter der Brücke nach links auf den Fußweg ein. Solide Gitter verhinderten, dass er ihm folgen konnte.

Christian hielt an und schloss kurz die Augen. Zweimal

war er gescheitert, das war ein Zeichen. Dann eben Plan B. Er wendete und fuhr zurück.

In ausreichender Entfernung zum Streifenwagen hielt er in einer Einfahrt, die um diese Zeit vermutlich niemand nutzen würde. Und wenn, kam man mit etwas Vorsicht auch noch an seinem Wagen vorbei. Wie erwartet konzentrierten sich die Polizisten auf den Vordereingang.

So dämlich und so berechenbar!

Er schlich durch die Büsche auf den hinteren Teil des Grundstücks und lauschte. Nichts. Alles war ruhig. In dem Zimmer von Valerie war noch schwaches Licht zu sehen. Christian nutzte sein digitales Fernglas und erkannte den Monitor, auf dem *League of Legends* lief. Davor saß Valerie mit einem Kopfhörer.

Wenn er Lauer das nahm, was ihm am meisten bedeutete, würde er schon alles andere vergessen. Die Ermittlungen in diesem Fall ausdrücklich eingeschlossen.

Die Terrassentür aufzustemmen, war ein Kinderspiel. Da hatte er mehr erwartet. Mit dem Taser in der Hand schlich er durch das Haus.

Vorsichtig stieß er die Tür zu Valeries Zimmer einen Spalt auf. Das Mädchen war so in ihr PC-Spiel vertieft, dass sie ihn überhaupt nicht bemerkte. Auf dem Monitor spiegelte sich nichts, damit würde sie der Elektroschock ohne Vorwarnung erwischen. Das war eigentlich viel zu gutmütig von ihm, denn sie hatte seine Pläne schon gewaltig durcheinandergebracht.

***

Angespannt lauschte Sabrina auf jedes Geräusch. Ihr Herz raste. Das Ende war so nahe, alles lief exakt so, wie Marcus es vorhergesagt hatte. Die letzte Runde würde an sie gehen. Das

Headset, das sie trug, dämpfte die Umgebungsgeräusche, sodass sie nichts hörte, doch ihr Gefühl sagte ihr, dass sie nicht länger alleine war. Ihre Lunge brannte, und rasch atmete sie tief ein. Da hatte sie doch glatt das Luftholen vergessen. Obwohl alles in ihr danach schrie, sich umzudrehen, starrte sie weiter auf den Bildschirm. Wenn Marcus seinem Plan vertraute – und bisher lief ja alles exakt so, wie von ihm beabsichtigt –, sollte sie das auch tun.

Aus dem Augenwinkel nahm sie eine Bewegung neben sich wahr. Sie drehte minimal den Kopf und erkannte gerade noch einen Taser, der auf ihren Hals gerichtet war.

Nach einem Schlag von Toni landete der Elektroschocker auf dem Boden.

Sabrina stand auf und sah Christian direkt an.

»Sabrina?«, stammelte er.

Verächtlich schnaubte sie. »Natürlich! Hast du wirklich geglaubt, Marcus setzt seine Tochter einer solchen Gefahr aus?«

Er streckte die Hand nach ihr aus und hatte offenbar immer noch nicht registriert, dass sie nicht alleine waren.

Toni brachte sich mit einem Schritt zwischen Christian und Sabrina. »Das würde ich lassen! Darf ich mich vorstellen? Toni Petersen, LKA. Und hinter Ihnen warten noch mein Boss Alexander Frank und mein Kollege Dirk Richter darauf, dass Sie endlich dort landen, wo Sie hingehören!«

Christian kniff die Augen zusammen und machte Anstalten, um Toni herumzugehen.

Sabrina konnte es nicht fassen. Wie konnte er die Lage nur so falsch einschätzen? Toni verlor die Geduld mit ihm und brachte ihn mit einem festen Griff zu Boden. Wenig später trug Christian Plastikhandschellen und war endgültig keine Gefahr mehr.

»Und das war's jetzt?«, überlegte sie laut.

Die drei Polizisten lächelten. Dirk zwinkerte ihr zu. »Ich finde ja auch, ein Tusch wäre angebracht, aber da müssen wir wohl lange warten.« Seine Miene wurde ernst, als er auf Christian herabsah. »Besonders beeindruckend sieht er nicht aus.«

Alexander nickte. »Absolut erbärmlich.«

Toni verschränkte die Arme vor der Brust. »Und die Pfeife hat es geschafft, uns den Abend zu versauen?«

Dirk grinste breit. »Meinst du heute oder dein Familienessen bei Guido?«

»Letzteres!«, knurrte Toni, beugte sich über Christian und zerrte ihn hoch. »Und ehe ich es vergesse: Sie sind vorläufig festgenommen, wegen so vieler Morde, dass ich den Überblick verloren habe, inklusive des heutigen Mordversuchs!«

Die Tür flog auf, und mit der Waffe in der Hand stürmte Marcus herein. »Ihr habt ihn! Ein Glück. Alles okay, Sabrina?«

Sabrina eilte an Toni vorbei, stolperte fast über Christian und hatte dann Marcus erreicht. Sie griff nach seiner Hand. »Ja. Alles gut. Genau, wie du es geplant hattest. Nur das Spiel muss Valerie mir mal in Ruhe erklären, ich habe nicht so ganz begriffen, worum es geht. Eigentlich hätte ich beim Warten lieber mit deinen Kollegen Skat gekloppt.«

Dirk lachte. »Sei froh, ich habe ein halbes Vermögen an Alexander verloren.«

»Du wirst es überleben.« Alexander grinste spöttisch auf Christian herab. »Übrigens war die anscheinend so leicht zu knackende Terrassentür mit einem Bewegungssensor gesichert …«

Obwohl Sabrina die Männer verstand – da reichte ein Gedanke an all die Opfer –, bekam sie fast Mitleid mit Christian. Das Gefühl verflog sofort, als sich seine Miene verzerrte. In der nächsten Sekunde brüllte Christian seine Wut, seinen Hass und wohl auch seine Enttäuschung laut heraus.

Marcus löste mit einem bedauernden Blick seine Hand aus ihrer und schlug ansatzlos zu. »Notwehr«, sagte er. »Mein Trommelfell war in Gefahr.«

Sabrina ballte die Hände zu Fäusten und atmete tief durch. »Eigentlich hat er noch viel mehr verdient. Wenn ich mir vorstelle, was er mit Valerie … lassen wir das lieber.« Etwas unsicher sah sie Marcus an. »Tut es dir jetzt leid, dass du am Ende nicht dabei warst?«

Marcus schüttelte lächelnd den Kopf. »Nein. Für mich zählt nur das Ergebnis, und am Ende hast du es mehr verdient, den Schlussakkord mitzuerleben. Das heute Abend war ganz schön mutig.« Marcus neigte den Kopf in Richtung seiner Kollegen. »Auch wenn mir drei Männer für diesen erbärmlichen Wicht nun fast übertrieben erscheinen.«

»Ich war ja eigentlich nicht eingeladen«, erwiderte Alexander mit einem Zwinkern.

Dirk grinste. »Und zu zweit hätten wir kein Skat spielen können. Passt schon. Und irgendwie ist es richtig, dass wir alle zusammen hier sind. Ich veranlasse dann mal, dass der Dreck abtransportiert wird.«

Toni seufzte. »Ich mag an den ganzen Papierkram gar nicht denken, der nun folgt. Wie gut, dass ihr die Hauptlast tragen werdet.«

Marcus und Sabrina überboten sich damit, ihn mit ihren Blicken zu durchbohren. Dennoch konnte nicht einmal die Aussicht auf die endlosen Berichte die Freude über ihren Sieg trüben. Gemeinsam würden sie schon alles in die richtigen Worte fassen.

KAPITEL 50

Am nächsten Nachmittag war Marcus der Letzte, der bei Winfried eintraf. Ausnahmsweise trafen sie sich drinnen, in der Essecke, die ins Wohnzimmer integriert war. Auf dem Tisch stapelten sich bereits die Dinge, die draußen fürs geplante Grillen benötigt wurden – vom edlen Porzellanteller bis hin zu den Kristallgläsern.

Insgesamt hatte der Raum die Ausmaße eines kleinen Ballsaals, doch dadurch wirkten die massiven Möbel aus Eiche nicht zu erdrückend. Gemeinsam mit den cremefarbenen Stofftapeten, die farblich perfekt zu den Sitzflächen der Holzstühle passten, und den dezenten Farbtupfern in Form von Kissen und Vasen gefiel Marcus der Raum, obwohl er selbst nie zu solchen Möbeln gegriffen hätte, selbst wenn er sich die hätte leisten können. Dennoch war er froh, dass sie gleich nach draußen umziehen würden. Freddy empfing ihn laut bellend und wedelte mit dem Schwanz.

»Was ist denn mit dem los?«, erkundigte sich Valerie sichtlich besorgt.

Marcus grinste breit und hob eine kleine Tüte hoch in die Luft. »Könnte daran liegen.«

Freddy begann nun, auf den Hinterbeinen um ihn herumzutänzeln. Das hätte er dem Mops gar nicht zugetraut.

»Eine Sekunde, Freddy.« Marcus nahm einen der Teller vom Tisch und drapierte darauf eine Ecke Käse, zwei Scheiben

Salami und ein Stück Rinderfilet. »Mein Herr«, sagte er zu dem Mops, beugte sich hinab und stellte ihm den Teller vor die Nase. »Das haben Sie sich verdient. Du hast uns so einige Male entscheidend mit deinem Bellen und Nichtbellen geholfen. Lass es dir schmecken!«

Lachend lehnte sich Valerie zurück. »Was für eine Show! Aber er hat es sich verdient. Erzähl, wie ist es gelaufen?«

Winfried nickte energisch. »Genau. Los, vorher ziehen wir nicht nach draußen um, und der Grill bleibt kalt.«

Auch Astra, Sabrina und Juliane sahen ihn ungeduldig an, doch Marcus ließ sich nicht drängen.

»Ich erzähle euch alles. Aber draußen.«

Er ließ sich von Astras leisem Gebrumme ebenso wenig beeindrucken wie von Julianes bösem Blick. Auf der Terrasse genoss Marcus einen Moment lang die sommerlichen Temperaturen und die Tatsache, dass er am späten Nachmittag nicht länger alleine sein musste. Normalerweise hätte er sich um diese Zeit durch Netflix geklickt, oder er hätte gelesen. Alles hatte sich geändert. Doch dies war definitiv nicht der richtige Zeitpunkt für solche Gedanken.

»Papa! Es reicht!«, drohte Valerie.

Widerstrebend gab Marcus nach. Er wollte gerade mit seinem kurzen Bericht beginnen, als er ein rundes Gerät, in etwa so groß wie seine Handfläche, mitten auf dem Tisch entdeckte. »Was ist das denn?«

Juliane zupfte am Kragen ihres T-Shirts. »Meins. Wir sind zu viele geworden. Das ist ein Mikrofon, das eure Worte einfängt und an meine Cochleas sendet. Es ist zu anstrengend, euch immer direkt anzusehen, dafür redet ihr zu schnell und zu wild durcheinander. Ich hoffe, es stört euch nicht.«

Valerie sprang auf und umarmte Juliane, die sichtlich überrascht reagierte und einen Moment nicht wusste, wohin sie mit ihren Händen sollte, ehe sie die Geste erwiderte. »Natürlich nicht! Wieso hast du das Ding nicht schon längst genutzt? Ich vergesse immer, dass du so schlecht hörst, weil man es dir nie anmerkt.«

»Wurde erst heute geliefert. Ich habe es bisher nicht vermisst, weil ich nicht mit so vielen Menschen gleichzeitig zusammen war.«

Marcus sah sie direkt an. »Ich auch nicht.«

Valerie verdrehte die Augen. »O Mann, ehe es zu rührselig wird, kriegt euch wieder ein! Was war denn nun?«

Winfried richtete die Wurstzange auf Marcus. »Auch mich würde der Auslöser dieser Taten nun sehr interessieren. Wenn du so freundlich wärst, zu beginnen, steigt die Wahrscheinlichkeit, dass auch wir heute noch etwas zu essen bekommen – und nicht nur der Hund!«

Marcus setzte sich und nahm das gefüllte Weinglas entgegen, das Valerie ihm reichte. Eigentlich bevorzugte er Bier, aber irgendwie schien dieses Getränk zu diesem Moment besser zu passen.

»Zunächst, du, Winfried, lagst völlig richtig mit deiner Vermutung des False-memory-Syndroms. Ich habe nach der Aussage von Christian noch mit Till Patzer telefoniert und von ihm erfahren, was damals tatsächlich vorgefallen ist. Nebenbei, die Vernehmung von Christian musste abgebrochen werden, weil er wieder komplett durchgedreht ist und nur noch geschrien hat. Die Frage der Schuldfähigkeit wird uns noch beschäftigen.«

Valerie schnaubte und warf ein Stück Baguette so schwungvoll auf den Teller, dass es auf die Tischdecke rutschte. »Jemand, der so genial plant, soll nicht schuldfähig sein? Ich glaube, ich spinne!«

Marcus seufzte. »Warten wir mal ab, was die Justiz daraus

macht. Also, am letzten Schultag vor den Sommerferien haben die Kinder sich nach dem Unterricht auf dem Pausenhof getroffen. Das hatten sie vorher besprochen, weil es das letzte Mal war, dass sie sich alle sahen. Danach ging es ja auf die weiterführende Schule. Christian war extrem überdreht und hat die ganze Zeit ein paar der Mädchen geärgert. Ganz besonders Conny und Elena. Einige haben wohl noch versucht, ihn davon abzuhalten, aber ohne Erfolg. Schließlich haben ein paar Jungs sich zusammengetan und ihn in den Fahrradschuppen gesperrt.«

Sabrina schüttelte den Kopf. »Daran erinnere ich mich überhaupt nicht.«

»Da bist du in guter Gesellschaft. Auch Conny und Elena von Woltersleben, die passenderweise seit heute wieder ansprechbar ist, konnten sich nicht daran erinnern.«

»Und was ist daran so schlimm, in einen Schuppen gesperrt zu werden?«

»Im hinteren Teil des Schuppens gab es einen Abstellraum. Dort war das einzige unvergitterte Fenster, relativ hoch und relativ schmal. Und dort gab es ein Wespennest. Als Christian versuchte, durch das Fenster zu klettern, haben sie ihn angegriffen. Der Hausmeister hat ihn erst Stunden später gefunden. Da war er längst bewusstlos.«

Schweigen breitete sich aus, dann schüttelte Astra den Kopf. »Wespen und keine Bienen? Das Ganze ist zwar nicht schön, aber letztlich doch nur ein Unglück gewesen. Wie kann ein Kind deshalb so austicken?«

»Es hat wohl lange gedauert, bis er sich davon erholt hat, die medizinischen Details erspare ich euch. Ein Psychologe, der die Vernehmung verfolgt hat, meinte, dass es normal gewesen wäre, wenn Christian nach dem Zwischenfall Panikattacken beim Anblick von Bienen und Wespen und Angst vor dunklen Räumen gehabt hätte. Das wäre ja noch verständlich, doch es hat sich herauskristallisiert, dass seine Eltern bei jeder schlechten Note, bei allem, was danach schiefging, diesem Ereignis die Schuld gegeben haben. Christian oder eigentlich ja Lutz war per Definition unschuldig, verantwortlich waren immer die Bienen. Seine Eltern sprachen aus unerfindlichen Gründen immer von Bienen. So etwas prägt natürlich. Dass er dann durch die Vorprüfungen des Medizinstudiums rasselte, war zu viel für ihn. Von da an war er auf dem Rachetrip.«

»Nicht Rache«, korrigierte Winfried. »Es ging ihm vor allem darum, sich selbst zu beweisen, dass er alles kann. Alles in der Hand hat. Sonst hätte er sich ja mit seinen eigenen Mängeln auseinandersetzen müssen. Ich will ihn nicht verteidigen, keineswegs, aber die eigentlich Schuldigen werden nicht angeklagt.«

»Du meinst, seine Eltern?«, fragte Valerie.

Winfried nickte. »Ich will nicht abstreiten, dass das Erlebnis im Schuppen traumatisch war, doch das, was daraus geworden ist, hätte verhindert werden können.«

Marcus sah Winfried an, dass er noch nicht alles gesagt hatte. »Was ist da noch außer seinen Eltern?«

Winfried trank zunächst einen Schluck Wein. »Man darf den Reiz des Bösen nicht unterschätzen. Die ersten kleinen Erfolge dürften ein derartiges Glücksgefühl ausgelöst haben, dass er schon deshalb weitergemacht hat.«

Sabrina nickte langsam. »Okay, das ergibt Sinn. Dennoch finde ich nicht, dass es auch nur irgendetwas entschuldigt. Was ist denn eigentlich mit seinen Eltern?«

»Sie sind an einer Kohlenmonoxid-Vergiftung im Schlaf gestorben und haben ihrem Sohn ein kleines Vermögen hinterlassen.«

Juliane beugte sich vor. »Unfall oder seine ersten Morde?« Marcus zuckte mit der Schulter: »Steht noch nicht fest, aber man sieht sich die Akte von damals nun mal etwas genauer an. Danach hat er seinen Namen geändert, sich im Prinzip dafür einfach nur falsche Papiere besorgt, bei Bedarf irgendwelche Nachweise sehr professionell gefälscht und seinen Plan geschmiedet.« Marcus schüttelte sich. »Ihr glaubt gar nicht, wie viele Punkte er ganz akribisch in einer App festgehalten und abgehakt hat. Uns ist schon beim Überfliegen richtig übel geworden. Für die Staatsanwaltschaft ist das natürlich ein wahres Fest. Ich soll euch ein Kompliment für eure Arbeit ausrichten, was ich hiermit tue.« Marcus hob sein Weinglas. »Von Tannhäuser ebenfalls, und er sagte etwas, dem ich mich nur anschließen kann: Keine normale Polizeitruppe hätte den Fall knacken können, das war nur in dieser ungewöhnlichen Kombination möglich, und dabei schließe ich Astra und Valerie ausdrücklich mit ein! Nicht zu vergessen, dass alles damit begann, dass eine neugierige Lokalreporterin Fragen gestellt und nach Verbindungen gesucht hat, die keinem anderen aufgefallen sind.« Er prostete Sabrina zu.

Sie erwiderte die Geste. »Wir sind eben ein unschlagbares Team! Eigentlich sollten wir weitermachen.«

Valerie nickte begeistert und hob ihr Glas.

Winfried und Juliane folgten ihrem Beispiel, und auch Astra hob seine Dose.

»Warum nicht?«, erwiderte Marcus. Lächelnd trank er einen Schluck und freute sich auf das, was vor ihm lag.

IN HAMBURG SAGT MAN TSCHÜSS UND DANKE …

… an alle Leser, die Marcus und sein Team begleitet haben.

… an Lars und Nadja von der besten Agentur überhaupt, fürs Plotten, Diskutieren und Basteln.

… an alle Testleser und Experten in Sachen Hund, Strafrecht und Polizeiarbeit – ihr wisst, wer gemeint ist!

… an Lisa Wolf fürs unglaublich wertvolle Lektorat.

… an Isabell Spanier und das gesamte Verlagsteam für alles, vom genialen Cover bis zur geduldigen Titelsuche.

… an die vierbeinigen und zweibeinigen Familienmitglieder, für eure Geduld und Unterstützung.